读客外国小说文库

熊猫君激发个人成长

Crescent Moon

みかづき

追逐新月的人

[日] 森绘都 著　　黄晔 译

上海文艺出版社

主要登场人物

☽

大岛吾郎 曾在小学里做勤杂工，之后成为私塾的教师、管理者

大岛千明 （旧姓赤坂）私塾的教师、管理者

大岛蕗子 大岛家的大女儿，与吾郎并无血缘关系

兰 大岛家的二女儿

菜菜美 大岛家的三女儿

一郎 蕗子的儿子

杏 蕗子的女儿

赤坂赖子 千明的母亲，大岛三姐妹的外婆

目　录

第一章

眼神法则

· 001 ·

第二章

月光与阴云

· 034 ·

第三章

蓝色风暴

· 081 ·

第四章

星星陨落的瞬间

· 121 ·

第五章

津田沼之战

· 172 ·

第六章
最后的梦想
·220·

第七章
继承赤坂血统的女人们
·289·

第八章
新 月
·370·

后 记
·501·

主要参考文献
·503·

第一章
眼神法则

那孩子有双清澈的眼睛。

第一次看到蕗子时，吾郎就特别留意到了这个姑娘。她身上带有一种智慧萌芽的成熟气质，散发着与其他孩子不同的光晕。

昭和三十六年（1961年），那是大岛吾郎在千叶县习志野市立野濑小学工作的第三年。

野濑小学建于明治末年，经过多次扩建，如今已经拥有三栋相连的木结构校舍。吾郎工作兼居住的地方被分到了最旧那栋楼一层的北侧。虽说那里正式的名字叫勤杂工室，不过有一部分学生喜欢叫它“大岛教室”。

吾郎比学校里的老师都要年轻，可能是因为没什么代沟吧，孩子们都喜欢“吾郎，吾郎”地叫着跟他一起玩。一天有个男孩哭着对他说：“教的东西都不懂。”于是吾郎就答应在勤杂工室帮他辅导功课，从此便一发不可收。很快学校里就传开了，都说跟着吾郎一学就会，孩子们争先恐后地跑来找他补习。最近连着好多天都有将近二十人过来，摆着一张矮脚餐桌，面积只有六叠[①]大的屋子里已经人满为患了。

“吾郎，这个作业我不会。”

“课上讲的我都跟不上。”

“今天一整天，老师说的我一句都没听懂。”

放学之后，好不容易从乱哄哄、挤了五十多人的教室里解放出来，孩子们狼狈不堪地逃到勤杂工室，诉说着各自不同的烦恼。而他们都有一个共同点，那就是眼神忽东忽西游移不定。

学习不好的孩子大都难以集中注意力，而无法集中注意力的孩子眼睛里往往是不安定的。发现这个“眼神法则”之后，吾郎最先要做的就是想尽办法将他们的视线集中于一点。

被迫去弄懂完全听不懂的知识，这样的焦虑感充满了孩子们的内心，而第一步就是要让他们平静下来。不能急，也没必要一下子灌输太多知识。首先要安抚情绪，让他们把所有的思绪都集中到眼前的一道题上。只要能顺利地迈出这一步，大多数孩子就能自然而然地往前走了。他们的接受能力极强，一旦掌握了集中注意力的秘诀，就如同完成了一次蜕变。其中一些孩子用不了几次就可以从大岛教室毕业了。

——吾郎，谢谢你！

那些微笑着离开的孩子，他们的眼神已经不再游移。

---

① 叠，日本计量单位。一叠约等于1.62平方米。

正因为如此，当只有一年级的蕗子第一次出现在勤杂工室时，她眼神中的笃定让吾郎猝不及防。

学习不好的孩子不会有这样的眼神。

不仅如此，在向蕗子讲解她提出的算术题时，吾郎也感觉有点不太对劲。一般的孩子弄清了之前不懂的问题，就会像突然开窍般露出恍然大悟的表情，可是蕗子没有。她并不是没有理解，给她出的题都能对答如流。

难道是教她之前她已经会了？不可能，要是那样的话还来这儿干吗？

“吾郎。”

就在他没了头绪的时候，蕗子突然又火上浇油地提了个与算术无关的问题。

“吾郎，你是勤杂工，为什么要帮我们辅导功课呢？学校给你补助吗？”

这一记大胆的直线球把吾郎搞得有些不知所措。

“没有啦，哪有什么补助啊！我就是喜欢才这么做的。”

“喜欢？”

“和你们在一起很开心，看到你们学习有进步也感觉很欣慰。”

“那你为什么不当老师呢？”

这个问题又一次戳到了吾郎的痛点。原本也可以随便说点儿什么敷衍过去，但是面对蕗子如此率真的眼睛，他不想撒谎。

“我上高中的时候，父亲经营的批发店倒闭了，所以只能辍学去工作，根本没有自己选择职业的机会。”

此时，蕗子始终平静如水的眼睛里泛起了一缕波澜。原来这孩子不仅聪明，心地还很善良。吾郎微笑着摸了摸她可爱的短发。

“没关系，我很满意现在的工作，能对别人多少有些帮助也很开心。”

蕗子心悦诚服地点点头，那天之后她就成了定期光顾勤杂工室的常客之一。大多数时候她都是抱着算术、理科[①]之类的课本过来，可是不管教她什么，怎么教，吾郎都感觉不出这孩子是真的在向自己寻求帮助。

他百思不得其解，就拜托与自己交情不错的老师矢津文彦帮着查了查一年级九班蕗子的成绩。果不其然，这孩子的成绩相当出色，同时他还了解到一些关于蕗子的家庭情况。

“赤坂蕗子的家庭好像有点儿不一般。母亲没结婚，独身生下了她。现在和外婆还有母亲，三个女人一起生活。”

得知这些内情后，吾郎越发关注起蕗子来。虽说是个问题家庭，但赤坂家的经济状况看起来并不差。蕗子总是穿着干净的衬衫和半裙，用的是赛璐珞[②]的笔盒。在学生们大多使用铝制或塑料制笔盒装铅笔的年代，高级的赛璐珞笔盒无疑是引人羡慕的。

当然，就算是衣食无忧也未必生活美满。说不定蕗子是想在自己身上寻求父爱的温暖呢？就为了这个才撒谎来勤杂工室吗？吾郎都想到这一层了，可是蕗子根本就不是个黏人爱撒娇的孩子。她时

---

① 日本小学的算术和理科是单独分开的不同科目，理科一般指自然科学。

② 赛璐珞（celluloid），最早发明的合成塑料。后因其稳定性差、易开裂等问题，逐渐被其他更安全的塑胶取代。

常和自己保持一定距离，从不远处投来敏锐的目光，与其说是个渴求父爱的孩子，更像是个极为审慎的观察者。

时间一天天过去了，可吾郎心中的谜团始终没有解开。终于熬过了让勤杂工室变成灼热地狱的夏季，而一件将要改变他命运的事情就在此时发生了。

每天傍晚用不到一小时的时间给孩子们辅导功课已经成了吾郎的习惯性活动，可时不时也会被一些琐事打断。比如放学之后，他接到通知说有流浪狗跑进了校园，因此只能中途离开一会儿。等他把狗赶跑返回“大岛教室”的时候，发现蕗子正在给同年级的女生讲算术题。

吾郎一下子愣住了，蕗子讲的那道题不就是刚才她说要向自己请教的吗?

“看下这里”“想一下这个问题”“按顺序一个个来”，蕗子还摆出一副大姐姐的架势，嘴里说的全是吾郎平时那一套，活脱脱一个吾郎二世。

“小蕗，吾郎他……”

蕗子突然察觉到同学们的小声耳语，脸一下子变得通红。终于看到她的反应像个孩子，吾郎突然止不住地大笑起来。

虽说在工作场合已经极力控制了，但他本来就笑点超低，只要触到了自己的笑点，即便别人还没搞清楚有什么可笑的，他也会笑个没完。而蕗子的“吾郎范儿”恰恰就踩到了那个“点”上。吾郎笑到肚子抽筋，全然不顾眼前一脸茫然的孩子们。

直到笑意退去，他才发现蕗子抽抽搭搭地哭了起来。

糟糕，这会儿才清醒过来已经晚了。

“吾郎把小蕗弄哭了。”

“他都笑成那样了，不哭才怪呢！”

高年级学生一个劲儿地起哄，哭声也随之越来越大。最后，蕗子忍不住跑出了勤杂工室。吾郎让大家自习，自己也慌慌张张地追了出去。

被夕阳染红的校园和往常一样，到处都闪动着孩子们欢蹦乱跳的身影。像是要守住因校舍扩建而减少的土地，孩子们在这些有限的空间里享受着拍洋画[①]、要贝壳陀螺[②]和捉迷藏等游戏的乐趣。欢闹声此起彼伏，吾郎快步从他们中间穿过，一把抓住了蕗子。

“对不起，我不该笑你。不过，那是因为太高兴了，好不容易才看到你真实的样子嘛。”

“啊？”

“我早就知道那些题你都会做。”

哭声止住了，蕗子慢慢抬起头望着吾郎，尴尬与释怀同时写在她脸上。

“吾郎，对不起，我对你撒谎了。”

“一定是有原因的吧。我知道你不是那种以戏弄大人取乐的孩子。”

话音未落，只见泪珠如晨露沾湿花瓣般从蕗子的脸颊轻轻划

---

① 拍洋画，旧时一种儿童游戏。洋画是绘有图画的硬质小画片。在地面上拍打，将他人的洋画拍翻转过来或插入其下者为胜。

② 贝壳陀螺，从日本大正时代开始在孩子中盛行的小型陀螺玩具。最初将沙子、黏土等灌入海螺壳中制成，后来变为仿照其外形制作的铁陀螺。

过，吾郎忍不住心疼起这孩子来。

“为什么要装作不懂呢？和我说实话，我保证不生气。”

“那您也不生我妈妈的气吗？”

“你妈妈？”

“是妈妈让我这么干的。她说让我去看看吾郎是怎么辅导大家学习的。”

“为什么妈妈要你这么做？”

“我也不知道。”

蕗子的妈妈。难道是那个未婚母亲把女儿派到勤杂工室的？那又是为了什么呢？真是越来越搞不明白了。不过，此时吾郎并不想再追究下去，他安慰似的把手放在蕗子的肩上，希望她不要为此有过多的负疚感。

“回家之后能不能帮我给你妈妈带句话？要是想知道什么，就请她直接来找我吧。小蕗如果还想来勤杂工室，随时欢迎你来做我的助手。我其实正在考虑要找个人帮我呢。”

看到蕗子终于露出了笑容，吾郎这才感觉如释重负。

第二天，蕗子的母亲赤坂千明就提出要来大岛教室听课。

注意力和紧张感是密不可分的。平时吾郎总是强调要将注意力集中于一点，不过在缺乏紧张感的环境中，想做到这点需要花很多时间。而且，想要在有很多孩子聚集的空间内制造紧张感其实并不容易，更别说是大岛教室了，全是一堆孩子在榻榻米上你拥我挤的，其难度绝不亚于在赛台上击倒大鹏[①]。

然而，这天的勤杂工室却充斥着紧张感，连擤鼻涕的声音都听不到。没人窃窃私语，没人东张西望，也没人乱写乱画，所有的孩子都在专心做题。这架势连吾郎都是第一次见。

理由显而易见，就是蕗子的母亲千明正默默地站在门口观察着他们的一举一动。

孩子们迎来这位非同寻常的参观者，先是被她高挑优美的身材惊艳了，再加上那一身时尚的欧式套装更是让人赏心悦目。而最致命的还是她锐利的眼神，好像一个错别字都别想蒙混过关，给人一种无形的压迫感。

省下了每次拖拖拉拉浪费在“集中注意力上的时间”，孩子们一开始就拿起课本快速进入了学习状态，他们以平时难以想象的速度写满了整页笔记。于是，吾郎那天就提前下课了。

“好了，今天就上到这儿。大家都很努力，剩下的时间就去操场上玩吧。”

吾郎当然是想让孩子们明白，只要能更快地集中注意力就能更快得到解脱。而他自己也盼着早点儿解脱呢。细长的眼睛，白皙的肌肤，尖尖的下颌，仿佛是竹久梦二[②]笔下美人的西洋版，连吾郎都感受到了那女人目光中巨大的威慑力。

---

① 大鹏幸喜（1940—2013）：原名纳谷幸喜，日本大相扑力士，第48代横纲。其创下的32回幕内优胜纪录，使他拥有“昭和大横纲”之美誉，被认为是日本的国民英雄。20世纪60年代有“巨人、大鹏、玉子烧”的说法，并称为“孩子们最喜爱的三大事物”。

② 竹久梦二（1884—1934）：日本画家、诗人，本名竹久茂次郎。以美人画闻名，其作品被称为“梦二式美人”。

吾郎和孩子们玩完相扑游戏，浑身沾满沙子回到勤杂工室之后，和千明面对面坐下来交谈。

“老师，蕗子一直承蒙您的关照。”

“哪里，我只是个勤杂工，不是老师。”

说实话，吾郎最怵这种眼神纹丝不乱的成熟女性。那种眼睛好像能搅乱自己的平常心，让他不知不觉就乱了方寸。

吾郎始终不敢直视坐在矮脚餐桌对面的女人，先是苦口婆心地让她不要称呼自己“老师”，接着又用尽浑身解数婉拒她带来的礼物。

“我怎么能收您的礼物呢？请拿回去吧。”

“别这么说，只是一点儿心意罢了。”

“心意我领了。”

“您不收下，我心里怎么过意得去呢？”

“再怎么说，我也不能收。”

“您不收我就把它放在这儿了。”

“放在这儿我也不会收的。”

“怎么这么固执啊！没办法，看来只能我先开动了。”

“啊？”

一番推让过后，女人气急败坏地拿起了桌上的圆罐。她打开盖子，用纤细的手指从里面层叠摆放的点心中取了一块。那是一种薄如纸片的圆形烤饼，看起来比普通的脆饼高级，个头比她的手掌还要大。吾郎看着那雪白的牙齿把点心咬碎，又咔嚓咔嚓地不断咀嚼着。

女人吃光了整块烤饼，接着就把罐子推到已经看傻的吾郎面前。

“请吧，您不会就让我一个人显得那么没教养吧？”

如此强势的性格实在与她的外貌不符，惊叹之余吾郎也只能认输了，他也担心再执拗下去会让女人难堪。

“那我就不客气了。”

吾郎无奈地叹了口气，拿起一片陌生的点心放进嘴里。咬下去的瞬间，烤饼碎成两片，一股淡淡的甜香在口中蔓延，原来烤饼中间还夹着一层口感醇厚的奶油。什么时候这个国家已经随处可见这种高档的零食了？吾郎心中竟生出颇多感慨，一不做二不休干脆把整块点心一股脑儿塞进了嘴里。他咽下口中最后一点碎渣，望着对面的女人说：

“您要是满意了，那就请说明来意吧。还有，为什么要让您女儿装作侦察的样子跑到我这儿来？”

吾郎抛出的问题并没有让女人眼睛里流露出丝毫的慌乱。

“不是装作侦察，就是侦察。确实是我让她来大岛教室学习的。我想知道勤杂工室的守护神到底是何方神圣。”

“守护神？”

“好多孩子的妈妈都是这么称呼大岛先生的。”

“怎么可能，为什么啊？”

“可能是因为您创造了不少神话吧。原本在班里排名五十五的学生，经过大岛先生的辅导一跃考进了前十名。平时考试连30分都拿不了的孩子也能考到80分、90分了。最近经常听说类似的事。”

“请等一下！”

吾郎一脸茫然。

“多半是夸大其词了吧。我只是帮着孩子们自习而已。”

“不，我今天亲身感受之后才明白，就算是使用同样的教材，经过大岛先生讲解，孩子们就有了变化。这是因为您懂得等待。”

“懂得等待？”

“在引导孩子们自己作答之前，您能够静静地等待，绝不插嘴。这点看似简单，其实大多数老师都做不到。”

“您别取笑我了。”

这个女人是在戏弄自己吗？可她信誓旦旦的口吻又让吾郎越发感觉无所适从。

“我已经说了好多次了，我不是老师。高中都没毕业，更别说考取教师资格证了。您这么抬举，我实在承受不起。”

“教师资格证算什么！”

女人厉声反驳道。

“我有教师资格证，但这并不代表我能掌握你那种教学方式。”

吾郎凝视着对面的女人。

“您做过学校老师？”

“没有，只是有资格证而已。大学毕业的时候我就彻底改主意了。”

“改主意？”

“大岛先生，您不觉得公立学校是一个很可怕的地方吗？”

没弄清她提问的意图，吾郎不知道该如何作答。

二人的谈话中断了，房间里回荡着风打在玻璃窗上的呜咽声。

窗外渐渐暗了下来，秋日的寒意也隔着单薄的坐垫从地板下面渗透出来。

“大岛先生，我没读过小学。”

等不及吾郎的回答，女人再次开口。

“这就是出生在昭和九年（1934年）的悲剧。就在我该上小学的那年，全国的小学都改名为‘国民学校’，而我毕业的那年才改回叫小学。大岛先生，您知道国民学校吗？”

吾郎又被问住了，不过这次是因为他走神了。

昭和九年出生的话，这女人今年二十七岁，比吾郎大五岁。

“啊，知道，国民学校嘛。我就上过一年，那会儿太小，没什么印象了。”

“那真是幸运啊，要是上满六年保准一辈子都忘不掉。”

那是作为少年国民[①]被效忠国家的宣传洗脑的六年，所有人都必须一字不错地背诵出《教育敕语》[②]。随着战局发生变化，教师们对学生的体罚更是变本加厉。班里有同学询问班主任：“神风特工队是如何通过科学的方式编组产生的？”结果就被说成是“大不敬”，还挨了一顿揍……女人不紧不慢地向吾郎讲述着那些不堪回首的往事。

“而最令我无法忍受的就是，之前将军事教育贯彻到底的老

① 第二次世界大战期间，日本的小学被改名为国民学校，而小学生被称为少年国民，出来要接受基本的军事训练，还被灌输了“共存共荣”之下战争的合理性等思想。

② 明治天皇1890年10月颁发的关于国民精神和各级学校教育的诏书。内容贯穿克忠克孝、仁爱信义、皇权一系、维护国体、遵宪守法、恭俭律己的封建道德，灌输皇室利益高于一切的思想，以维护天皇制国体。

师，战争一结束立刻就变脸了。之前高喊着打倒恶畜美英的老师，又在用同一张嘴高唱和平。正义的标准就这样被轻易地偷换了。学校太可怕，教育不可信，这种想法那时已经深入我的骨髓。”

她平淡的语气下充满了愤怒，吾郎静静地把盘坐的双腿换了个位置。

他知道女人想说什么，诸如此类的抱怨之前也经常从前辈们口中听到。然而对于太平洋战争结束时尚处幼年的吾郎来说，在切身体会方面很难与她产生共鸣。

不过，这女人的话倒让他感觉有些前后矛盾。

“既然您那么恐惧学校，当初为什么还要选择教师这行呢？”

“是啊，因为日本这个国家已经走下了神坛，军事教育也在朝民主教育转变。我励志要成为肩负起新教育重任的一员，决不允许再出现和自己一样的战争牺牲品。”

可是，话音刚落女人就露出了一丝冷笑。

“现在我才明白那时的想法有多天真。这个国家是不可能如此轻易改变的。”

“您指的是什么？”

“大岛先生，我总感觉日本这个国家的深处住着一群思想僵化到无药可救的万岁太郎。”

“万岁太郎？”

“不知道是不是世道太平了他们就会感到不满，嘴里喊着‘日本万岁’‘日本万岁’大摇大摆地跑出来搅局。有时候那些喊着‘神风吹啊’‘神风吹呀’的追随者神风次郎们也会跟着一起折腾。”

“神风次郎……”

面对如此奇异的比喻，吾郎一时无语，但他也不是不能理解其中的含义。众所周知，昭和二十七年（1952年）日本从美国手中拿回主导权之后，这个国家再次出现了中央集权的倾向。

“我上大一那年，政府修订了学校教育法，教科书的审定权被移交到文部[①]大臣手中，第二年便开始通过“教育二法”[②]对日教组（日本教职员工会）进行打压。又过了两年，原本采取公选制的教育委员会改成了任命制，目的只有一个——扩大文部省的权限。大学快毕业那会儿，我完全放弃了成为公务员的打算。如果为这个国家卖命，哪天世道又变了，就不得不去迎合太郎和次郎们的宣传造势，成为被利用的工具。”

“所以你就放弃了做教师这条路？”

女人讲述着自己改变决定的原委，从她的表情中看不出半点遗憾。吾郎觉得这个人很特别，在对她产生强烈兴趣的同时又感觉难以理解。都已经读到大学毕业了，怎么能如此轻易地放弃呢？

“恕我冒昧，您不觉得可惜吗？正因为您清楚教育的可怕，才更应该想方设法成为教师，保护孩子们不受到国家的伤害啊。拿出勇气和太郎、次郎们对抗到底不好吗？”

---

① 文部大臣是日本的国务大臣。1871年9月2日设置，执掌管理教育行政的文部省。自2001年1月6日开始，文部省和科学技术厅两者合并为文部科学省，其首长变为文部科学大臣。

② “教育二法”是《教育公务员特例法改正法》和《关于义务教育学校确保教育政治中立的临时措施法》的统称。

吾郎越说越激动，突然又回过神来。

“抱歉，我太自以为是了。”

“没有，我也曾经考虑过大岛先生所说的这条路。可是，我的心已经转向了另一个地方。不需要和太郎、次郎们战斗，在一个他们祸害不到的地方，用我自己的方式从事教育。”

“祸害不到的地方？”

“我从几年前就开始做家庭教师了。”

“家庭教师……”

“直接去孩子们的家里单独授课，在这种小地方还没什么人知道，教的孩子也屈指可数。但不管怎么样，我还是想用某种方式参与到孩子们的教育中去。不是在国家的监督之下，而是寻找一片能自由呼吸的净土，让这些担负着未来的孩子获得知识的力量。”

让孩子们获得知识的力量。刹那间，女人眼睛里闪出一团火。那火焰如此绚烂，让吾郎不由得失了神。

“所谓的正义、美德，都会随着时代的大潮不断被新的定义所取代，而知识的力量是没有人能夺走的，不是吗？只要教给孩子们足够的知识，就算再次遭遇动荡年代，他们也能用自己的头脑去判断什么是正义，什么是邪恶。不是吗？”

每次被追问“不是吗？”，吾郎就感觉被这女人的灼热炙烤了一下。他嗅到了危险的气息，本能告诉自己不要太接近这个人，可他还是不由自主地被这个嚼完点心又大谈儿童教育的神奇女人吸引了。

不行——

吾郎逃离般躲避着女人的眼睛。

“话说回来，您是因为做家庭教师才好奇我是怎么辅导孩子们学习的，所以就让蕗子来侦察，是这么回事吧？”

“是的，不过今天听了大岛教室的课之后，我又有了新的想法。我要正式向大岛先生发出邀请。”

女人跪坐着向后退了退，只见她将纤瘦的下颌贴向已经起毛的榻榻米，深深地行了一个跪礼。

“请您做我的合伙人吧。”

“什么？”

“大岛先生，请您来我即将开业的私塾吧。”

女人一直低着头，吾郎也愣在那儿说不出话来。就算他想回答，也要先搞清什么是“私塾”吧。

一个跪拜的女人和一个发呆的男人——二人相对的画面在天花板上的电灯泡的照射下凝固了。

“私塾？”

矢津文彦在野濑小学教六年级，之后一周的周六吾郎去他借住的公寓拜访。

“什么东西？”

“哎呀，果然连矢津老师都不知道啊。”

“私塾……”

“最近好像都这么叫学习辅导班。”

“哦，原来是学习辅导班。”

矢津不住地点着头，握着马克笔的右手一直没停。虽说他刚年过四十，却已经生出了不少白发。不知道是因为长年任劳任怨之下深不可测的耐力，还是因为他老是弓着背的缘故，矢津的样子总让吾郎联想到行走在沙漠中的单峰驼。

“这么说，你准备和那个学生的母亲一起开学习辅导班了？”

“没有，我当然是郑重地拒绝了。不过，前几天她又写来一封信。”

“信？”

“说是如果我改变心意，随时可以去找她，还留下了她家的地址。”

“原来是这样，看来她是很看中你喽。”

矢津眼角刻着深深的鱼尾纹，真是越看越像骆驼。

“可你说的那个私塾，一个普通的母亲能那么容易办起来吗？”

“先不说她是不是个普通的母亲，据说只要找到合适的开班地点，并不需要太多资金。”

“地方找好了吗？”

“好像是打算在八千代町附近租一栋房子。”

八千代町，矢津在嘴里念叨着这个地名。

“确实，那里的住宅小区建好之后居民肯定会增加，今后可能会变得很热闹吧。不过，迁居也需要相当的费用才行啊。”

“其实，小蕗他们家确实情况比较特殊。”

吾郎相信矢津会守口如瓶，于是就把千明对自己说的赤坂家的事情都告诉他了。

听千明讲，她现在和母亲住在一起。她母亲出生在一个贫穷的小商人家庭，从小就吃过不少苦，二战前在大久保的一间咖啡厅做女招待。当时习志野一带密布着各种军事设施，被大家称为“军乡”。一到休息日，军人们经常会光顾咖啡厅，不久千明的母亲就与一位军官一见钟情结为夫妻。男方家是在武藏野拥有大片土地的名门望族，开始大家都羡慕她嫁入了豪门，但千明的母亲很快就发现自己是个不受欢迎的儿媳妇。婆家人瞧不起她做过女招待，对她百般欺侮。没想到开战后丈夫又抛下她和年幼的千明战死了。很快，婆婆就逼着她断绝了亲属关系，而作为补偿，千明的母亲得到了一笔不小的分手费。

“她一直用那笔钱精打细算地过日子，据说多少还剩了一些，打算用来做私塾的筹备款。”

“再怎么精打细算，也是一个女人独自把女儿培养到大学毕业了吧。真是个了不起的母亲啊！”

看到矢津嘴里叼着烟一脸沉思的样子，吾郎给他划了根火柴。

“结果女儿生了个没有父亲的孩子，还不愿意做老师了对吧。”

“是啊，千明还笑着和我说，她们母女两代人都是单亲抚养孩子。”

“要说起来，女人真是顽强啊。”

“我也有同感。”

吾郎接过矢津递过来的烟也抽了起来。房间里弥漫着两个人吐出的烟雾，东南西北四个方向都是堆积如山的书籍。单看那密度和灰尘的话，这个房间足以让人窒息，可不知道为什么，待的时间久了反倒感觉莫名其妙的放松和安逸。

“矢津老师，你觉得呢？”

吾郎把话题拉了回来，

“你说私塾什么的会有市场吗？时代真的变了吗？”

“时代？”

“听说今年《学习指导要领》①有所更新，义务教育的指导项目增加了。高中和大学的升学率也在逐年上升，千明说今后将会是一个竞争的时代，仅凭课堂学习还达不到应试要求的孩子自然会在校外寻求帮助。”

“确实啊。”矢津说着，圆眼镜后面的眼睛露出了笑意。

“战后的生育高峰导致孩子数量激增，而学校的增建还远远无法满足需求。为了争夺有限的名额，家长们成天逼着孩子们学习。这样下去必定会发展成一个偏重‘学力②’的社会。现阶段如果不采取措施的话，后果不堪设想，但文部省却还在雪上加霜。”

说着他放下香烟拿起马克笔，在桌上的厚卡纸上画了一个结句的感叹号。

“反对学力测试！”

文部省正在全国范围内以中学二、三年级学生为对象强制推行学力测试，而日教组发起的遍及全国的反对运动也持续了相当长的时间。学力测试违背了教育基本法的精神，将孩子们按成绩排位，

① 《学习指导要领》是日本小学、初中和高中各学科、课程计划编制纲要。

② 指通过学校等系统的教育而获得的能力。能够正确理解教学内容，将其作为知识掌握并运用这些知识去创造新事物的能力。

必定会挑起学生之间和学校之间的激烈竞争。日教组担心出现这种状况，强烈要求文部省撤销决定。另一方面，大约从五年前开始一直持续的对职务评定的抗议活动如今也进行得如火如荼。野濑小学有八成的教师都是工会成员，他们也在为此事奔忙。

“反对文部省，保护民主教育！”

矢津又拿出一张纸写下了上面这句话，写完便放下笔伸了个大大的懒腰，又把脖子转得嘎嘎直响。

“事情已经发展到今天这个地步了，那些严禁公务员罢工活动的地方公务员法真是让人恨得牙痒痒。这个国家的教育到底会变成什么样啊？”

矢津脸色难看，但始终保持着温和的语调。听人说战争期间，他曾在巨大的心理压力之下鼓动学生们加入圣战[①]，战后又因为出现短时精神衰弱而住院治疗。从那以后不管遇到什么状况他都不会大嚷大叫了。

“可是吾郎，听起来也许有些自相矛盾，其实我对文部省的政策也不是全盘否定。特别是战后的发愤图强，这点值得肯定。”

“值得肯定吗？”

“当然可以。那场惨烈的战争之后，这个国家自强不息。在那个一穷二白的年代，不惜投入大量人力财力复兴教育。也正因为如此，战败后才过了两年就实现了看似不可能的六三制[②]。在那个年

① 日本在二战中以“圣战”一词作为全国总动员的标语，推行实为侵略扩张的大亚洲主义。

② 指小学六年、中学三年的义务教育制度。

代，连欧洲的战胜国都还没有普及持续到中学的义务教育呢。虽然这当中也包含了GHQ（驻日盟军最高司令部）的意向，但六三制是日本要求的。就因为军事教育的愚蠢让人刻骨铭心，所以这个国家拼死也要筑起民主教育的基石。”

“可是呢，”矢津放低了语调继续说，“到底是为什么，我们日本人总是好了伤疤忘了疼呢？这么快中央集权就死灰复燃了，而影响人格形成的教育必定在劫难逃。”

“啊，就是太郎和次郎。”

“什么？”

“是千明的一个比喻。”

吾郎详细解释了一下，矢津叼着第二根烟的嘴角露出了愉悦的窃笑。

“有意思，我怎么就没想到呢。”

“我也想不到啊，什么万岁太郎、风神次郎的。”

“不是那个，是要和太郎次郎断绝关系、自力更生的想法。”

“啊？”

“不是像我们这样集体作战，而是单打独斗地开拓一片新天地。原来如此，对于她来说那就是私塾吧。真有意思，吾郎你真的不想尝试一下吗？”

“啊？我吗？”

吾郎的声音都变调了，他本以为矢津会阻止自己，没想到竟然劝他加入。

“都还没搞清楚到底是什么呢，老师您是认真的吗？”

“一条新路总是要走过之后才知道它真正的样子。”

“可是……”

“总之自己踏出这一步，去弄清楚不是很好吗？你才二十二岁，那么年轻，人生还有无限的可能性。我打心底觉得让你一直这么窝在勤杂工室做什么守护神太可惜了。”

“不会啊，我很满意现在的工作。能让来勤杂工室的孩子们弄懂学习中遇到的难题，这就很好了。”

“可是，就算你自己觉得好……”

矢津的声音微微有些发抖，像是担心隔壁住户会偷听似的盯着墙看了半天。然后他慢慢起身，“我送你出去吧。”说着便催促吾郎走出了房间。

两人走过杂草丛生的乡间小道，望着左右两边已经开始收割的农田，此时的一番对话让吾郎有些心神不宁。

“吾郎，咱们学校的老师里有些人不太喜欢大岛教室，这你知道吧？”

“啊，知道。怎么了？”

“你越来越受欢迎，让有些人自尊心受到了伤害，甚至还让一些人妒火中烧。这可不是开玩笑的。”

“对不起。”

“你不需要道歉，但一定要小心，小心这些同僚背后使绊子。”

接着，矢津就给吾郎举了最近发生的流浪狗的例子。这段时间，野濑小学的校门附近经常出现一条茶色的杂种犬。

“他们叫你去把狗轰走，你总是用食物做诱饵的吧。”

“是啊，我用午餐剩下的面包逗它，把它带到离学校远点儿的地方去。”

“那你知道为什么最近一段时间那条狗每天都来吗？”

吾郎的脸腾的一下红了。

“是为了要面包吧。”

“也许吧。我本来觉得这条狗挺乖的，没什么问题。但没想到有些老师竟然提出要把它送到收容所去。还有人慷慨激昂地说，应该由你来负责送去收容所。”

吾郎顿时脸色煞白。

“我可办不到。”

“是啊，我也不会让你那么做的。总之今后要提防着点儿，不要傻乎乎地给那些嫉妒你的人留下口实。”

“明白了，实在抱歉！”

和矢津道别后剩下吾郎一个人，他显得有些无精打采。没想到流浪狗茶茶丸都能惹出这么大麻烦，回想起矢津的忠告，他内心也越发忐忑了。把狗送到收容所去杀掉？这简直让人无法接受。那是一条活泼又爱与人亲近的小狗，它总是望着人的眼睛使劲摇尾巴，就算没有主人还是勇敢乐观地活着。

吾郎似乎在流浪狗茶茶丸身上看到了自己的影子。他在空袭中失去了母亲和妹妹，家业破产后与父亲也几乎断绝了关系。高中辍学的吾郎打过很多份短工，后来经熟人介绍才好不容易找到现在这份稳定的工作。难道这也不过是临时栖身？早晚都有被赶出勤杂工室的一天吗？

吾郎呆呆地站在田间小路上，战后农地改革催生的一大片水田在湿冷的暮色下进入了梦乡，唯一投来光亮的那轮新月也开始缓缓沉入西边的天空。吾郎望着月亮柔和的运行轨迹，脑海中忽然回想起那日临别时千明留下的一句话。

“大岛先生，我认为如果把学校教育比作太阳，那私塾就好比是月亮。它在黑夜里静静地为那些无法充分吸收太阳光芒的孩子送去光亮。虽说它现在还只是柔弱的新月，但总有一天会变成满月的。”

太阳和月亮。教育的世界里真的需要两种光源吗？

吾郎将信将疑，可那个女人信心满满的声音始终回荡在他耳边，挥之不去。

两天后的周一，吾郎从早上开始就感觉惴惴不安。不管是用焚烧炉处理垃圾，还是去农协收账，一想到茶茶丸这会儿是不是又在校门口溜达，他心里就七上八下的。可那么多老师都盯着呢，工作时间又不方便跑出去看。

“大岛。”

就在这天的午休时间，教务处长罕见地出现在勤杂工室。

“你马上来一下，校长找你。”

处长生硬的语气已经让吾郎慌了神，没想到等着他的却是校长无比凝重的表情。吾郎站在与教员室只有一墙之隔的办公桌前面，年近退休的校长把一个信封递了过来。

“这封信是在信箱里发现的。”

信？吾郎惊讶地接过信封，上面既没贴邮票也没写寄件人，只在收件人位置用漂亮的楷书写下了校长的名字。那笔法苍劲有力，却让人感觉心里不太舒服。

“你看一下！”

吾郎听从校长的指示战战兢兢地打开信纸，整个人瞬间僵住了。这是一封有关他操守的举报信，信上写道：

贵校的勤杂工大岛吾郎不配在圣洁的学校里工作。他私下里正与贵校学生的母亲通奸，据说之前也与其他母亲有过类似的不正当关系。贵校竟然雇用如此寡廉鲜耻之人，我怎么能安心地把孩子托付给你们呢？

看完这封信，吾郎彻底绝望了。事已至此……

“你说，这是事实吗？”

大概是不想做无谓的解释了，吾郎干脆横下一条心回答说：“是。”这反倒让校长和教务处长有些措手不及。

“是？你知道自己在说什么吗？你打算怎么办？”

“信上写的都是事实，全都是我的过失。”

“什么？一句过失就完了？瞧瞧你给我干的好事！”

“非常抱歉。”

吾郎深深地低下了头，但他的声音依旧扎实有力。明知已经走投无路了，可说实话，他心里并没有多少愧疚。

每天放学后，学生和老师们都走了，偌大一个校园里只剩下吾郎一个人，这时候偶尔会有学生的母亲过来找他。“多亏您的帮助，我女儿的成绩提高了。”“您说怎样才能让我家孩子在家里好好学习呢？”多数人都是唠叨几句孩子的事儿就回去了。但也有极少数的女人会表现出对老公的不满，说小姑的坏话，最后就变成了对吾郎赤裸裸的勾引。有时候他能顺利脱身，但有时候也只能束手就擒，仅此而已。

就是没有结果的短暂幽会，那些母亲也不过是想找个人消遣罢了，能有什么大不了的事儿？几次肌肤相亲过后，她们就心满意足地回归家庭了。重视家庭孩子的女人懂得见好就收，当她们发现吾郎对自己产生了某种情愫，马上会说：“谢谢您教会我怎么对老公温柔，对小姑宽容。”留下一句感谢的话，用极含蓄的方式给一时的逢场作戏画上句号。

在吾郎看来，把自己能奉献的某些东西毫无保留地奉献出去获得感谢——从这点上来说，告别这些女人就和送别孩子们从大岛教室毕业时的心情没多大差别。但这些话要是对校长和教务处长说的话，只能是火上浇油。

“大岛，你真是太让人失望了。学校里可容不下你这样的奸夫，趁教育委员还不知道，事情没闹大之前，你赶紧卷铺盖走人吧。”

被狠批一顿之后，大岛被迫辞职，同时失去了工作和住处。

该失去的总会失去。事发突然，吾郎还没回过神来。他把仅有的几件衣服和书一股脑儿塞进包里。难道是那些不喜欢大岛教室的老师在害他？吾郎觉得这种做法实在太卑鄙了，但他也没兴趣找出那个幕后黑手。不管是谁干的，很明显是自己有错在先。如果跑去工会告状，只会受到更重的责罚。相比之下，今天下课后抱着书本过来的孩子们发现他不在了会怎样呢？想到这里，吾郎才真的感觉心痛。

吾郎在这里生活了两年半，他把房间的每个角落都仔仔细细地打扫了一遍，才转身离开了野濑小学，之后又在校门附近徘徊到傍晚。倒不是因为他对这里恋恋不舍，而是在寻找茶茶丸。自己不在了，这条狗该怎么办呢，很快就会被送去收容所了吧？吾郎自己都没地方住了，当然不可能再去照顾狗，但他想至少把茶茶丸领到一个老师们的魔掌伸不到的安全地带。

可偏偏就那天不见茶茶丸出现，眼看太阳快要下山了。

今天先回去，明天再来吧。吾郎刚要放弃，向前迈了一步又倏地停下了，他蹲在地上笑了起来。回哪儿去呢？工作和住处都没了，自己能去哪儿呢？这个一点儿都不好笑的现实又戳到了吾郎的笑点。

不管怎么样，今晚先去矢津的宿舍借住一晚吧。

对于吾郎来说，此时能依靠的人好像只剩下矢津了。没有别的地方可去——不对。

突然，一封信从他大脑中闪过。吾郎从包里取出自己拿来当记事簿用的大号笔记本，抽出夹在里面的信封。寄信人是赤坂千明。

打开三折的信纸，整页漂亮的楷书跃入眼帘。

“哎呀，您是大岛吾郎先生啊？欢迎欢迎！外孙女和女儿都承蒙您的关照。快请进吧。别客气，请，请。”

几十分钟后吾郎上气不接下气地叩响了赤坂家的木门，迎接他的是蕗子的外婆。

“您来得正好，马上就该吃晚餐了。要是大岛先生不介意的话，就留下和我们一起吃吧。哎呀，千万别推辞啊，一定要留下。蕗子肯定会开心的。”

她的声音清脆而洪亮。虽说已经做了外婆，但因为生千明的时候还很年轻，现在应该还不到五十岁。她和千明不是一个类型的，长着一张圆脸，是个温文尔雅的美人，想必曾经也是个风韵十足的女招待吧。说起来，和千明这个母亲相比，蕗子倒是长得更像她的外婆。

“对了，对了，您和我女儿有话要说吧。请慢慢聊，就在这个房间。啊，房间太小，让您见笑了。”

极善待客的赖子把吾郎领到起居室，只见千明端端正正地坐在矮桌前，好像早就在那儿等着吾郎了。

其实就是在等他吧。

“我马上倒茶过来。对了，千万别推辞啊……请一定留在家里吃晚饭，就这么说定了！”

赖子看上去是那么温柔可亲，她边说边去了厨房，只剩下千明和吾郎两个人相对而坐。起居室里摆设不多，是间朴素又不失品位的日式房间。

千明眼睛眨也不眨地看着吾郎说：

“我知道您会来。”

这女人到这时候还能如此面不改色地看着我？千明的淡定让吾郎心生畏惧。

“给校长写信的就是你吧？”

“对，是我。”

“就为了让我辞掉勤杂工来帮你开私塾？”

就算面对正面质问，千明的眼睛也没有任何躲闪。

“确实有这方面的原因。但是我作为一个母亲，不能容忍你的所作所为也是事实。”

她的回答异常冷淡。

“大岛先生，你不要太轻视女人，特别是那群叫母亲的人。你做的那些事儿迟早会败露的，到时候母亲们必定群起而攻之。在那之前把事情解决掉，对你有好处。”

“有好处？你……”

“你的确是被大家奉为勤杂工室的守护神。不过最近已经开始流传一些有损你名声的闲话了。守护神禁不住诱惑之类的。”

“这么说你只凭听来的谣言就认为我人品有问题，然后给校长写了信？”

“不是，因为我确信传言是真的。”

隔着拉门，院子里传来的狗叫声让千明迟疑了一下，接着她用越发锋利的目光狠狠地瞪着吾郎。

“前几天我女儿去找好朋友昭子玩，回来说在她家吃到一种新奇的西式点心。很大很圆，中间还加了奶油。”

“啊！”

“是你把我带给你的点心送给昭子妈妈了吧，大岛先生。”

“啊……”

“当时直觉就告诉我，传言是真的。我心里说不出地心疼昭子那孩子。她还被蒙在鼓里美滋滋地吃着点心呢。你就一点儿都没想过吗？”

“我……”

“大岛先生，你没有理性吗？和学生的母亲发生关系，难道不是对信任你的孩子们的一种背叛吗？”

吾郎已经完全处于劣势，他一边语无伦次地“啊……”“嗯……”支吾着，一边扪心自问。自己到底有没有理性呢？想弄清这一点就必须先给理性下个定义。不对——定义？如此说来，自己不是一直在故意回避不合理的现实吗？

“对不起，那个……”

自我厌恶、羞耻心和自暴自弃同时在内心爆发，吾郎用手捂住胸口发出微弱的声音。

“不知怎么搞的，我身体里好像还住着一个无药可救又轻浮的好色吾郎。”

“你不适合在学校工作。”千明马上回应道。

“不过，大岛先生，刚才我是作为一个母亲说不能原谅你，但从私塾经营人的立场出发，依然很欣赏你。你具备一种能调动起孩子们情绪和思维的能力，这是不可多得的。当然，我要反复提醒你注意做人的操守。不过，既然有过人的才能，请一定要在我们

GORO[①]私塾大展拳脚啊。”

“吾郎……私塾？”

“是用罗马字写的GORO，大岛先生。今后将是西文的时代了。”

千明的嘴角终于露出了笑意。吾郎瞬间打了个寒战，他下意识地想要逃跑。不好，又掉进了那个圈套。眼神纹丝不乱的女人知道如何有力地控制和支配男人，她们一副若无其事的样子，就将男人逼入了无法回头的死胡同。这正是成熟女性的“眼神法则”——

赶紧撤。再这么糊里糊涂下去可就真的没有退路了，吾郎心中一阵焦躁，急忙起身要走。几乎同时，赖子从门口兴冲冲地跑了进来。

“真抱歉，让您久等了。说好的晚餐已经准备好了，我马上就端过来。是牛肉锅，不知道大岛先生喜不喜欢。我今天可是一咬牙买了上等的牛肉，请一定多吃点儿哦。再怎么说，今天是给大岛先生开欢迎会嘛。”

“欢迎会……”

那欢快的声音又让吾郎打了个寒战。他两手抓着行李，感觉自己正身处人生最大的危急关头。必须赶紧走，现在，马上，一分钟也不能耽误。

吾郎像那些画里画的那样飞奔着逃向门口，可就在此时，身后传来了小女孩和小狗的声音。

① GORO，吾郎的日语发音。

“坐下，布朗尼。坐！对嘛，想吃饭就要注意听哦。”

是蕗子，这声音吾郎很熟悉。当他意识到这点时，刚才一直听到的狗叫声好像也变得耳熟了。

吾郎猛地掉头回去，扔下两只手里的包，顺着声音的方向打开拉门。隔着里面的落地窗，他看见昏暗的院子里，蕗子正在和一条小狗玩额头碰额头的游戏。

夜色渐深，他无法完全看清楚。不过那圆圆的尾巴绝对是……

“茶茶丸！”

他用力打开窗户冲向檐廊，蕗子和小狗同时把头转了过来。啊，果然是茶茶丸。它也注意到了吾郎，一个劲儿地摇着尾巴。这时蕗子说了一句“好了”，它立刻狼吞虎咽地吃起了眼前的食物。

茶茶丸原来在这儿，它好好的。不知道是因为肚子太饿，还是突然从紧张中释放出来，或是尚未真正得到释放，吾郎一屁股瘫坐在檐廊下，差点儿没哭出来。他将虚弱的目光投向正在吃大餐的茶茶丸。

“布朗尼注意力很集中，是个聪明的小家伙呢。”

不知道什么时候，蕗子在旁边坐了下来。

“它已经能听懂‘坐’了，很聪明吧。”

那天真无邪的声音把吾郎的思绪拽了回来，为什么茶茶丸在这里被叫成布朗尼了？他觉得很奇怪。

“小蕗，这狗是怎么回事？”

“它现在不是无依无靠了吗？所以我们就去把它找到带回来了。”

"无依无靠？"

"吾郎不是向学校辞职了吗？"

"嗯。"

"然后要和妈妈一起开私塾对吧？我特别特别高兴！"

茶茶丸转眼间就把食物吃得一干二净，它走过来依偎在蕗子脚边，一边蹭着小鼻子一边发出撒娇的叫声。蕗子轻轻抚摸着它的头，眼里闪着泪光。

"吾郎，我一定努力学习。妈妈和我约好了，只要我在吾郎的私塾好好学习，她就答应收养布朗尼。我会加油的！想到能一直和吾郎还有布朗尼在一起，我就特别特别特别高兴……"

那楚楚可怜的泪水让人束手无策，吾郎一时不知如何回应，他感觉自己掉入了层层陷阱。不用回头也知道，千明正站在身后的屋子里用那灼人的眼神望着自己。落地窗大开着，一股浓浓的牛肉香味和赖子开心的哼唱一起飘了过来。必须走，在坠入无可挽回的深渊之前赶快走。吾郎脑子还算清醒，可蕗子和茶茶丸是那么可爱，之前也没有能逃脱"眼神法则"的先例，再加上——自己此刻的饥饿感绝不亚于刚才的茶茶丸。

吾郎昏昏沉沉地仰望着夜空，今夜的新月澄澈清冽，犹如一把插向他未来的利刃。

第二章
月光与阴云

霜融化后的道路异常难走。再怎么想用木屐齿避开路上的泥泞，还是免不了被湿凉的泥水沾湿布袜。吾郎一步一步小心翼翼地走着，突然跑在他前面的茶色小脚丫停住了，左右摇摆的尾巴也耷拉下来。

光顾着看脚下，吾郎这时才抬起头。原来是一直被当作布朗尼游乐场的那片空地被栅栏围了起来，还能看到里面有重型挖土机在工作。

“又开始啦。”

这次又是多大规模的公寓呢？又会有不少家庭带着孩子搬来这个社区吧。千明要是知道了，保准又会两眼放光，吾郎边琢磨着边抚摸沮丧的布朗尼。

这里被称为住宅小区的开拓先锋，吾郎他们搬过来差不多有两年了。以京成电铁八千代台站为中心，周边区域的开发如今仍势头不减。一片片松林被砍掉，取而代之的是越来越多在这里安家落户的人。随着“八千代都民”的称呼广为人知，这里也作为东京市郊的住宅区得到了快速发展。明年车站对面还要建一座新小学，相邻的花见川地区也在建设大型住宅小区。每次听到这些利好消息，吾郎都忍不住要佩服千明当初独具慧眼地选择了这里。

“走，我们也去开发新的游乐场怎么样？”

吾郎催着布朗尼往回走，午后的阳光洒在路上，隐约看到前面有人走过来。

七八个小男孩欢闹着跑过来，把泥水溅得乱飞。他们中有一半人在大衣外面背着小学生专用的双肩包，还有一半人用风吕敷[①]裹着教科书。用风吕敷的孩子里有一个是吾郎认识的。

是私塾的学生小川武。

在吾郎班里学习语文和数学的小武是个爱说爱笑的孩子。他上四年级，在小学班里年龄最小，不过每天都能听到他扯着嗓子说话，很是抢眼。就在前几天，吾郎看见他在用橡皮擦草稿本上写错的答案，便责问他怎么回事儿。结果他学着植木等[②]的口吻说：“虽然我明白，可就是停不下来！”逗得全班哄堂大笑。

不过，今天小武和学校同学走在一起，脸上却不见了往日的开朗。很明显，他也认出了吾郎，但就是故意低着头不看，两人走得越近他头就低得越深。

察觉到小武的心思，吾郎走过时没有和他打招呼。孩子们吵闹

---

① 风吕敷是日本传统中用来搬运或收纳物品的包袱布。

② 植木等（1926—2007）：日本著名喜剧表演艺术家。

的声音渐渐远去，却在吾郎心中留下了淡淡的苦涩。

吹在身上的北风又添了几许寒意。

昭和三十九年（1964年）二月，吾郎和千明一起开办了“八千代私塾”，如今已经过去两年了。虽然吾郎在狗狗的名字上让步了，但在私塾的名字上还是坚持了自己的意见。他们在住宅小区和独栋住宅区的交界处租了一户民宅，前年春天在这里挂起了招牌。

说是招牌，其实就是在门牌边上挂了一块用毛笔写着名字的小木牌。除此之外，看起来和普通的住家没什么两样。他俩也不懂什么宣传和经营的技巧，只能一步一个脚印地慢慢来。他们都已经做好了打持久战的准备，但出人意料的是私塾开业仅半年，从周一到周五的小学及中学班全都报满了。之后报名来私塾上课的人也始终络绎不绝，从第二年开始又增加了周六的课程。千明还考虑把周日的休息也取消，但吾郎最终想办法让她打消了这个念头。

这个时代需要私塾，又被千明言中了。

这些年，教育行业的发展趋势出现了明显的变化。在战后婴儿潮里出生的孩子已经到了上高中的年龄，为普及高中运动，大张旗鼓地打着“不要让十五岁的春天哭泣”的标语。经济界为了提升国际竞争力，向文部省提出了培养精英的要求。随着经济高度发展，口袋里有余钱的家庭纷纷开始在孩子的教育上投资……各种因素叠加在一起，让人们把目光投向了私塾。

全国范围内私塾的数量持续快速增加。原本似有似无的月光，那轮廓正在一天天地不断扩大。

可没想到的是，月亮在得到更多光亮的同时，遮住它的阴云也越变越深。

“我回来了。”

吾郎遛狗回来，拉开了一楼起居室的隔扇门，围坐在被炉旁的三个女人一齐朝他看过来。

“爸爸你回来啦。”

“回来啦。”

“你回来啦。”

蕗子和赖子分别放下了手里的作业和毛衣针冲着吾郎微笑，只有千明手中的油印机辊子没有要停下来的意思。这个时间她总是在忙，可今天的脸色却格外难看。

妊娠反应最严重的阶段应该已经过了。吾郎忐忑地钻进了被炉的一角，很快便注意到扔在坐垫旁边的一张报纸。

与蒋介石握手的吉田茂[①]。这张照片，不是今天的晨报吗？明明已经藏在旧报纸堆的最下面了，怎么会……

“你看了吗？”

他小心翼翼地询问千明，可从那冰冷的侧脸上依旧看不出丝毫表情。

没有否认那就是看了吧。吾郎把手按在额头上，心想这下完蛋

① 吉田茂（1878—1967）：日本二战后的第一任首相，也是最后一位由天皇任命的首相。

了。《私塾是必要之恶[①]》，她一定也读了这个标题刺眼的专栏吧。

遮住月亮的乌云——就是现实中人们的歧视目光。私塾如雨后春笋般不断涌出，随之而来的批判之声也日益高涨。

“私塾是靠孩子挣钱的奸商。”

“私塾是煽动应试竞争的罪魁。”

“私塾是教育界结不出果实的花。”

各种谩骂满天飞。像是正伺机完成致命的一击，这个月有份权威报纸开设了名为《两个学校》的专栏连载。

《连大年夜都逼着孩子们学习，私塾只有三天的新年假期》

《晚上去私塾有被骗和学坏的风险》

《私塾是脱离父母管制的安全地带，孩子们假装在学习，其实什么也没学到》

《家族利己主义的抬头引发了私塾火爆的异常现象》

报社每天都用这样极端的言论装饰版面。匿名作者拿学校和私塾做对比，原本应该是论述两者利弊的文体，可是关于私塾除了“弊”之外根本听不到其他的声音。

今天的专栏更是恶毒至极，吾郎觉得这种文章要是让千明看了实在不利于胎教，就偷偷给藏了起来。结果还是徒劳……吾郎的眼

① 必要之恶是为了实现好的结果而必须发生的恶事。它是“两害相权取其轻”中较轻的一方。

睛始终没离开榻榻米上的那张报纸。

“随他们说去好了。”

千明一边干活一边说。

“我根本就不在意那种东西，倒是要感谢他们呢！这个连载开始以来，我们私塾的报名人数还增加了呢。”

“增加了？“

“私塾不是好东西，可既然这么流行，不如送自己的孩子去试试。这就是家长的想法。”

说得好像满不在乎，听那阴森森的语气就知道她憋了一肚子的气。如果真的不在意，又怎么会把已经藏好的报纸翻出来看呢？

“真的，吾郎。”

每当吾郎摸不透妻子的真实想法，岳母赖子总会及时冲过来解围。

“今天也是，六年级学生亲御打电话来，哭着央求给他一个名额。最近船桥和佐仓那边也都有人过来咨询呢。几乎每天都接到学生家长打来的电话，问四月份之后的课程怎么安排。我也只能又是感谢又是道歉的。”

妻子一心都扑在私塾上，家里的事情全交给岳母料理。除此之外，赖子还要负责和学生们的妈妈沟通。看到她又挤出时间给即将出生的宝宝织小鞋，吾郎不由得弯下了腰：“对不起！”

“本来早就该把下一期的课程定下来了。可是……”

“也有些家长说要是我们这边有问题，还想尽快去申请其他的私塾。”

“实在对不起，学生那边也一直在问我。不过课时分配没确定之前，还要麻烦您……”

“不是已经定下来了吗？！”千明扯着嗓门喊了一句。

“下期和这期一样，从周一到周六，每天两节课。”

“可是，孩子出生之后怎么办？”

“背着孩子我也要去上课。家里的事儿我妈和蕗子都可以帮忙。”

“干吗要给家里人添这么多麻烦啊？理科和社会科[①]报的人比较少，下期就别开了，你专心教中学英语怎么样？”

“理科和社会科也是必考科目，虽然没有三门主科报名的人多，可现在不都招满了吗？”

千明的口气咄咄逼人，吓得蕗子直往被炉下面钻，好像在说“又开始了”。

“我不同意减课，现在同行都在加课，连休息日都没有了。如今咱们靠这张招牌还能吸引一些学生，可是行业内的淘汰马上就要开始了。没理由让自己这么被动。”

“想要长久地做下去，就没必要争一时的长短，稳扎稳打才是关键。等孩子的事儿忙过一阵再说，暂时减少一些课时，经济上损失不了多少。”

“这不是钱的问题，是态度。在我们私塾上课的八十个学生，我一个都不想放手。本来还在考虑增加每班名额，扩大规模呢。”

① 社会科是日本高校教学科目之一。内容涉及历史、地理等。

“二十人已经是极限了，这我还觉得太多了呢。”

“好了，”坐在一旁的赖子看两人争来争去也没个结果，于是放下手里的毛衣针，“准备晚饭，准备晚饭。”她故意说了两遍，跨过地上刚印好的卷子往厨房去了。“我来帮忙，我来帮忙。”蕗子说着也兴冲冲地追了过去。

就剩下吾郎在那儿叹气，他瞟了一眼柱子上的报时钟，已经四点半了。再过一会儿门口又要热闹起来了，私塾的学生们一来就会央求吾郎上课前先让他们看一小会儿电视。和千明说了半天，今天还是没个结果。

开私塾已经两年了，在时代的推波助澜下，“八千代私塾”顺利地走上了正轨。现在吾郎的收入已经远远超过了一个大学刚毕业的公司职员。虽说已经从经济上的不安中解脱出来，但和妻子之间的分歧却没有一天不折磨着他的神经。吾郎很佩服千明作为一名私塾教师的满腔热忱，在这点上自己也只能甘拜下风。但另一方面，他也希望千明能更用心地做好一个妻子和母亲。

说起来他俩压根就没经过什么恋爱的蜜月期，一直拖拖拉拉没有明确关系。连吾郎自己都没想明白千明为什么会提出和他结婚。只是一时冲动？因为蕗子想要个父亲？还是结婚之后就可以把他留在这里当一辈子私塾教师了？

“吾郎。”

吾郎无奈地喝着冷茶，在一旁使劲推着油墨辊的千明终于抬起了头。应该是上课要用的二十份卷子都印好了。

“你总说孩子出生之后怎样怎样的，可你认真考虑过这孩子的人生吗？”

那犀利的眼神让吾郎脸上写满了紧张。自从千明怀孕之后，这已经是她第三次这么问自己了。之前回答“希望孩子能健康成长”“活得坚强、开朗又美丽”的时候，千明总是投来一种看待落榜生的眼神。

这次决不能再搞砸了。吾郎正襟危坐地答道：

“嗯，考虑了。满月参拜就选菊田神社怎么样？”

不用说，一个足以让汗毛结冰的冷眼结结实实地砸到吾郎身上，他感觉额头上被写了个大大的叉，实在无地自容，赶紧站起来，嘴里还说着“上课，上课”。看来今天也只能溜之大吉了。

对于苦恼的吾郎来说，就要上小学四年级的蕗子是他最大的安慰。

“爸爸，血液的工作就是在身体中流动，运送氧气和营养吧？”

已经三月份了，下一期的课程安排还迟迟未决。这天下午陪吾郎一起出门遛布朗尼的蕗子突然问了这么个问题。当时他俩在路边的休耕田里发现了一些笔头菜①，正忙着准备给晚餐加个菜呢。

“嗯？啊，主要是这个作用。”

为什么突然问这个？吾郎虽然觉得奇怪但还是表示了肯定，紧接着蕗子又学着他讲课时的腔调说了起来。

“那大脑的工作是思考和创造吧。我觉得，比起运送氧气和营

---

① 笔头菜（学名Equisetum arvense L.）也叫问荆或杉菜，野菜的一种，因看上去像毛笔而得名。日本民间有采摘笔头菜，清洗干净后用来炒鸡蛋吃的习惯。

养的血液来说，思考事物的大脑更为关键。”

“嗯，不过直接用来维持生命的血液也不可小视哦。”

“大脑也关系到生命吧。一旦失去大脑人就死了。”

“嗯，说得也是。”

“思考和创造比仅仅运送氧气和营养重要，所以大脑，大脑……”

还未融化的积雪在地里画出了斑驳的图案，他俩正蹲着摘野菜，蕗子却一筹莫展地望着吾郎。

“爸爸，学习各种知识技能，其实就是继承大脑吧。”

“继承大脑？”

“我是这么想的。”

“这样啊，也可以这么认为吧。”

无论年龄大小，女人们时不时就会说出些超出吾郎理解范围的话，他搞不清女儿到底想说什么，只能回答得模棱两可。蕗子还以为得到了肯定，心满意足地点点头继续摘笔头菜。一阵大风刮过，带着春天的气息吹蓬了她的娃娃头。

“我说，爸爸，继承大脑虽然是件好事，但也有点儿恐怖。”

“为什么？”

“妈妈不是经常说她没上过小学吗？在那个叫国民学校的地方接受变态的教育，她特别厌恶那些，所以到现在还不能相信国家和学校。”

“嗯，是经常听她抱怨。”

“变态教育，就是要把小孩子培养成强悍的士兵吗？”

“是啊，那叫军国主义，向学生们灌输在战争中取胜是最高荣誉的精神。”

“妈妈说她从来不相信那些，可是……”

“可是什么？”

“妈妈成了像士兵一样强悍的人，还是因为那种教育吧。”

吾郎先是愣了一下，然后又忍不住笑了起来。“像士兵一样”真是一语中的，他又像往常一样，触到笑点就停不下来了。

“爸爸，我可是很认真地和你说呢。”

“抱歉，抱歉。确实，你妈妈身上的反抗精神很可能是战争教育的功劳。”

“我讨厌国民学校，把妈妈变成了那个样子。”

“那个样子？”

“一点儿都不可爱，外婆总是这么说她。”

吾郎又差点儿没笑出来，不过这次他忍住了。

“蕗子，所有人在成长过程中都会受到周围各种事物的影响，比如家庭、学校，还有生活环境。对于你妈妈来说，也许学校教育的影响的确很大，但影响不会是单方面的。”

“嗯。”

“而且，你妈妈不只是单纯地憎恶过去的教育。她还以此为动力，用自己的方式努力做着教育。这样的妈妈绝对不是不可爱的人哦！”

“真的吗？”

“嗯，我真的从来没见过工作那么拼命的人。你也知道的，有时候在二楼给学生补课，他们刚一走你妈就啪嗒啪嗒地跑下楼梯冲进洗手间。每次听到那个声音，我都会觉得她真是个可爱的人。”

“嗯。”蕗子用伶俐的大眼睛望着吾郎，使劲点了点头。可能因为憋在心里的话说出来轻松了很多，小脸也多云转晴了。

“爸爸，你想不想看白鹭？”

蕗子突然站了起来，用握着笔头菜的手指了指背后的松林。布朗尼追着野兔子疯跑的身影在树丛间时隐时现，那里让人回想起这一带开发前的景象。

“那儿有白鹭吗？”

“嗯，有时候有。就在里面那个池塘。爸爸，我们去看看好不好？”

没等吾郎回答，蕗子已经跑了过去。最近她突然长高了不少，在父亲的眼里，女儿的背影是那么光彩照人。

蕗子越来越聪明了，不光头脑机灵，内心也在飞速成长。那势头就像是初春的笔头菜，每天带给吾郎的活力是任何人都无法取代的。

当然，刚当上继父的那段时间吾郎也吃了不少苦头。因为不知道怎么和小女孩相处，经常感到困惑和焦虑。他总以为父亲就应该是一副威严的样子，可有时候自己都觉得严厉得过分了，搞得第二天一反常态又跟哄小猫似的拼命讨好。这种缺乏一惯性的做法简直就是为人父母的反面教材。不过，不管他怎么折腾，蕗子都不曾记恨他这个新手老爸，还总是主动让步。小孩子都是这么宽宏大量的吗？还是蕗子是个特例？吾郎还不能确定。

"好吧，就这么定了。今天无论如何要说服你妈，减少下一期的课时。"

牵着蕗子的手往家走的路上，吾郎好像在给自己打气似的说。

"小蕗，你也希望多一些和家人欢聚的时间吧。我记得你说想去谷津游乐园来着。那我们就去吧，挑战一下过山车。只要好好说，妈妈是会理解的。"

人类的大脑真是神奇，当他对别人说"千明很可爱"的时候，就感觉自己真的是和一个可爱的女人在一起生活了。等第二个孩子平安生下来，千明作为母亲的意识变强了，那所有的问题不都迎刃而解了吗?

可蕗子还很冷静。

"爸爸，你对妈妈千万不能大意哦。"

一句话把吾郎点醒了，他倏地抬起头仰望天空。飘飘忽忽的云朵之间露出一抹不祥的青色月影。

"小蕗，你会写大意两个字吗？"

"会写，练习过。"

"果然。"

对妈妈千万不能大意。几分钟后吾郎就体会到了这句忠告的价值。

两人回到家时，千明正一脸怒气地等着他们呢。

"蕗子，你从明天开始不要去学校上课了。跟着那种老师学习，简直有百害而无一利。"

拉开起居室隔扇门的瞬间就听到千明刺耳的喊声，吾郎和蕗子不约而同地往后退了一步。

到底出什么事了？

“刚才蕗子的班主任来电话了。”

千明好像觉得说了也是白费，干脆把头转回油印机的蜡纸上，又开始嘎达嘎达地用铁笔刻起字来。倒是赖子从厨房里探出头来帮着解释了一句。

“老师说蕗子在学校和同学推销八千代私塾，所以打电话来提意见了。又说会扰乱班风，让以后别这么做了。有这回事吗？蕗子？”

蕗子被问得直发愣。

“爸爸，什么叫推销？”

“就是劝别人来咱们家私塾学习。”

“啊？我没那么做过啊！不是那么回事儿……”

原来，蕗子班里有个男生总爱“塾子[①]”“塾子”地叫她，昨天那个男生又找碴儿问她学校的作业是不是私塾老师帮着做的。蕗子刚上小学三年级，进不了八千代私塾，况且家里的私塾根本就不教学生们怎么做作业。但是不管她怎么解释对方都不相信，所以才说了句“不信你可以自己去看看”。

“是这样啊。小蕗，这不叫推销，只是建议。”

蕗子在学校里经常被那些坏孩子嘲笑说是塾子吗？吾郎心中暗

① 这里指在私塾学习的孩子，带有一些贬低的意思。

暗担忧。他摸了摸蕗子的头说：

“这不，又学会了一个新词呢。这件事我去向你们班主任解释吧。”

“说什么都是对牛弹琴。”

话音未落就被千明泼了一盆冷水。

“那个老师本来就看不起私塾，家长会的时候还絮絮叨叨和我抱怨个没完。说什么上私塾的孩子不好好听课，不重视学校的学习之类的。根本不去反省一下，为什么自己的课学生都不爱上。”

“好了，好了。”

“听说那个老师连工会都没加入。也不知道现在的老师都变成什么样了。要是因为职务评定那种东西就吓破了胆，那还有什么资格担负起孩子们的教育啊？”

千明越说越气，拿着铁笔的右手忽然停住了。应该是有地方刻错了，她一脸烦躁地用修改液的刷毛涂改错字，来回涂了半天又愤愤地支起一条腿。

“修改液用完了。”

“我去给你买吧。”

吾郎正想出去透透气，没想千明却说：

“家里还有新的。”

说完就直奔壁橱，从里面取出一个木盒子。

吾郎见状不由自主地“啊”了一声。糟糕，这下真是火上浇油。

他屏住呼吸看着千明打开专门用来放教学备用品的木盒，那东西瞬间就暴露了。

"啊！"

是一份今天的晨报。因为专栏文章写得太刻薄，吾郎就换了个地方藏起来。

千明本来脾气就暴，看了这个不知道要出什么乱子。吾郎感觉脑袋发晕，只见千明迅速翻开了报纸。

"由于之前的一些就职经历，致使某些私塾经营者性格阴暗。"

"有些人认为自己是教育界见不得光的人，他们性格扭曲，常常恶意攻击学校教育。"

以吾郎对千明的了解，这种文章绝对会激怒她。

时间一点点流过，就算是细读全文也足够了，可千明始终盯着报纸不抬头，两只手撑在榻榻米上一动不动。她的表情像是被定格了，只有翘起的指尖变得有些苍白。

沉默了许久，千明终于开口了，这时吾郎才发现她一直盯着看的并不是专栏的那个版面。

"你看这个了吗？"

"哪个？"

"说清新学院的。"

"啊……"

吾郎记得那好像是一篇关于知名大型私塾快速扩张的报道。最近几年，大举开拓郊区市场的清新学院，从开设私塾以来已经连续迫使多家竞争对手接连倒闭了。其令人发指的繁殖能力被称为“私塾界的一枝黄花[1]”。报道中还提到清新学院下一步准备进军的区域包括船桥、松户还有八千代。

“没想到清新学院会关注八千代。”

“只是备选而已，没确定呢。和船桥、松户相比，八千代只是刚起步的社区，就算真来这边也是几年以后的事了……”

吾郎劝了几句就不说了，一脸严肃的千明好像根本没在听，她突然站了起来。

“我决定了！”

“什么？”

“我出去一下。抱歉，第二节社会课你帮我上吧。”

这位热血教师让别人帮着代课可不多见。到底决定什么了？千明根本没给人问话的机会，连书包都没拿就火急火燎地冲出了家门。吾郎还要上课，所以没办法追出去，可他一直揪着心，再见到千明的时候夜已经深了。

“你去哪儿了？”

“我不会输的！”

千明散乱着头发，显得很疲惫，不管吾郎问她什么都不回答，却闪着炯炯有神的眼睛一反常态地不停念叨着“我不会输！”“我怎么会输呢？”

---

① 指加拿大一枝黄花（学名Solidago canadensis L.），又名黄莺，多年生草本植物。繁殖力极强，与周围植物争阳光、肥料，直至其他植物死亡，对生物多样性构成严重威胁。可谓黄花过处寸草不生，被称为生态杀手、霸王花。

“你啊，是太累了吧。”

不知道是因为对教育的热忱，还是因为在商战中取胜的决心，总之千明纤瘦的身体里藏着一团火。相比依赖老公和家人，她更愿意什么事都自己扛。看着有孕在身的妻子，吾郎说不出地心疼。

两天后，一个名叫胜见正明的人来到八千代私塾。

“有人吗？”

浑厚的腹式发音隔着三栋房子都能听见。这人个子很高，身材匀称，四方大脸上一双充满求知欲的黑眼睛闪闪发光。

“能让我去听听您的课吗？”

“听课？啊，您是学生家长吧。”

“不，今天不是作为家长来的，是作为同行来向您学习的。”

“同行？”

“抱歉忘了自我介绍，我叫胜见正明，在大和田那边开了家胜见私塾。”

大和田的胜见私塾和这里只差一站路，这个名字吾郎也有耳闻。不仅如此，去年千明还曾谋划着把蕗子送过去打探敌情。主要是因为她知道有些学生离开八千代私塾去了胜见私塾，自尊心大受打击。可对方却拒绝说“小学三年级上私塾太早了，应该多让孩子在外面玩玩”，此事也就不了了之了。

胜见私塾应该算是八千代私塾的竞争对手，那儿的校长为什么要到这儿来呢？

“是胜见老师啊，您能来太好了。快请进吧，教室在楼上。”

千明从里屋冲出来，连拉带拽地把胜见领到了二楼。吾郎越来越糊涂了，是千明请胜见来的吗？

从千明冲出家门的那个晚上开始，他就预感有什么事情要发生。难道那天千明去拜访了胜见？可那是为什么呢？

吾郎心里一个劲地打鼓。小学班的课五点钟开始，胜见的出现让教室显得格外拥挤。吾郎尽量不去看他，把注意力都集中在孩子们身上。

和往常一样，将两个日式房间打通布置的教室里，四年级到六年的小学生们坐在长条课桌旁学习。当然，不同年级学习内容是不一样的，所以他们每个人都会拿到一份为自己订制的卷子。先让学生们自习，只有遇到问题时才给予指导，这便是吾郎的教学方法。

尽管孩子们都习惯了大班上课和被动地接受知识，但只要教授的一方不抢着大包大揽，他们自然就能独立思考了。搞不懂的问题总是那么“不可思议”。当他们开始思考“为什么”的瞬间，求知的好奇心就在心中发芽了。吾郎觉得，让孩子们喜欢上学习的最佳方法就是用心地呵护这棵小芽茁壮成长。

包括那些刚进私塾时啃着指甲不愿意思考的孩子，一旦他们体会到自己解开“不可思议”时的喜悦心情，四十五分钟的课就会变得很短。每次看到孩子们恋恋不舍、不想回家的样子，就是吾郎最幸福的时刻。

“老师，谢谢您！”

“老师，下周还让我们看电视吗？”

“可以啊！”

“老师老师，我爸爸的表弟抽中了开幕式的门票。”

“哇，是东京奥运会吗？”

“哎呀，好棒啊！”

“真羡慕你爸爸的表弟啊。”

“太牛了！”

“那有什么了不起的，我爸爸的姑表兄弟还要参加奥运会呢！”

“你骗人！”

“真的。”

“百分之百是撒谎。”

“百分之二百是真的！”

“那你倒说说，参加什么项目啊？”

“踩高跷！”

“好了，大家都回家吧！”

小学生们聒噪一阵离开后，吾郎开始捡拾地上的垃圾，把课桌重新摆正，为下面中学班上课做准备。就在这时候，一直盘腿坐在教室后面的胜见冲了过来。

“大岛老师，可以问你几个问题吗？”

“嗯？”

“今天，学生们每人拿到的卷子内容都不一样吗？那些不会都是老师您手写的吧？”

“嗯，是的。”

胜见越凑越近，吾郎倒是大方作答。

“千明老师是按照年级出题的，不过我都是针对每个学生。”

“这样啊，是因为每个学生的学习进度不一样吗？”

“有这个原因。不过就算是学习同一个单元，每个人理解能力不同，掌握程度也是有差距的。我出的习题要让每个孩子都能拿到80分。”

“80分？”

“得到好成绩，孩子们一高兴就更有干劲了，而且还会为丢掉的20分感到懊恼，铆足了劲要在下次拿100分。”

“啊，原来如此。不过给每个人分别出题很费工夫吧。”

“是的，所以一个班二十人就是极限了。”

胜见一边摸着他的美人沟[①]不住地点着头，一边连珠炮似的继续发问：“另外，我还想问……”他的眼睛像孩子一样，毫不掩饰自己的好奇心。

“听说八千代私塾是禁止使用橡皮的，这又是为什么呢？”

“因为随便用橡皮一擦，错误答案就不见了。”

“嗯？”

“看不到错误答案，孩子们很快会忘记自己的弱点，同时也失去了一次反省自己的宝贵机会。事实上，总爱用橡皮的孩子的确更容易在相似的问题上反复出错。”

“原来如此！”

不知不觉教室里已经坐满了中学生，胜见这才放过吾郎。

“哎呀，真是太感谢了！吾郎老师，下次请一定到我的私塾来

① 美人沟下巴是指在下巴的中间有一条浅浅的沟，在西方又叫欧米茄型下巴（w型下巴）。

玩。一定哦！”

怎么说呢？这是个看着体温都比一般人高的热血男。吾郎倒是挺欣赏胜见热心好学的态度，但他到底有什么目的呢？

直到那天吃晚餐的时候，吾郎才得知妻子出人意料的计划。

一般赶上千明上第二节课，家里的晚餐时间都会推迟。因为下课后她总会不厌其烦地给成绩落后的学生补课。有时候时间太晚了，家长都会不放心地跑来接孩子。虽然吾郎一直主张让学生们在“短时间内集中注意力”，但他也打心底里佩服妻子的这份执着。反过来说，越是这么个工作起来连吃饭上厕所都忘了的女拼命三郎，吾郎越不忍心让她生了第二个孩子还要带三门课。

“我开动啦。”

都八点多了，一家人才坐到餐桌旁。看到早已饿坏的蕗子狼吞虎咽地吃着赖子烧的菜，吾郎心里很不是滋味。大人都忙着私塾的事儿，让这孩子吃苦了。

可今天晚上，别说多看女儿一眼了，千明有没有注意到盘子里的菜都不好说。

“我和胜见老师正在积极商量一件事。”

她一副心不在焉的样子小声嘟囔了一句，全家人瞬间停了筷子。

“什么？”

要干吗？见老公、母亲和女儿全都疑惑地望着自己，千明不由得直了直腰。

“合伙经营私塾。”

“啊？”

“是我先提出来的，将八千代私塾与胜见私塾合并。这样做可以增强双方的实力，在今后激烈的竞争中占据主动地位。”

吾郎把手里夹着酱汁烤肉的筷子放回盘子上。

是不是听错了？再怎么说，这么大的事千明也不至于不和自己商量一下就自作主张吧。吾郎屏住呼吸望着千明，可她已完全陷入了沉思，根本没注意到自己。

沉默压得人喘不过气来，吾郎一下子没了食欲。他脑子里又响起了那天的警钟。

——对妈妈千万不能大意哦。

☽

千明的理由是这样的。

近段时间，人们对教育的关注度急速上升。不光是清新学院，多数大型私塾都在筹谋着从市内向郊区进军的计划。而这对于原本就不堪重负的中小型个人私塾来说，很可能成为压垮骆驼的最后一根稻草。就算私塾这东西靠不住，至少要把孩子送到有点儿知名度的地方去。家长们一定是这么考虑的。

“本来日本人就爱跟风。等到大私塾一进驻，像我们这种个人私塾恐怕就会逐个被淘汰了。估计胜见老师也已经在为此事担忧了，他对我的建议很感兴趣，今天听过课之后还说要认真研究一下呢。而且对于我们来说，再没有比胜见老师更好的合作伙伴了。毕竟胜见私塾的实力足以从我们手中抢走学生嘛。”

在千明心里，合并的事儿好像已经板上钉钉了。既不是商量也不是说服，只是用说明的语气强调合伙经营的必要性。只要她认准的事，八头牛也拉不回来。吾郎知道此刻对妻子说什么都没用了，但这次他实在无法保持沉默。

“可我们这种授课方式，是不会轻易被大私塾抢走学生的。不管是我的班还是你的班，今年的应届生几乎都考取了他们的志愿学校。就算暂时受到大私塾的打压，只要坚持下去，学生一定会回来的。”

“要是还没到那时候就经营不下去了怎么办？”

“我们还有积蓄啊。就算把学费定得比其他私塾低一些也没事儿，反正这两年的收入已经远远超出预期了。”

“那些积蓄我想用来投资新校区。像现在这样在家里上课还是受限制。要是有了独立的教学场所，不仅能接纳更多的学生，还能提高私塾的知名度。”

“千明，私塾能不能办下去并不取决于学生的数量和名声，我觉得授课质量才是立身之本。”

吾郎的坚持和千明的好胜发生冲突也不是第一次了。

“你说的这些都在理。可是现实情况是，授课质量不错的个人私塾在大私塾的重压下同样不堪一击。不对，想要击垮我们的不光是大私塾，真正的敌人是想尽办法制约私塾的文部省。”

“文部省？”

“现在都在说，私塾是造成偏重学力和应试竞争的罪魁祸首，可归根结底还不是文部省修改《学习指导要领》和组织学力测试引发的弊端？相比挽救落后生，文部省一直把精英教育放在首位。结果教育出了问题，凭什么全都赖在私塾身上啊？在那些善于操纵舆论的官僚眼中，私塾可能是最好的替罪羊吧。”

难道说文部省控制大众传媒，把教育衰落的责任嫁祸给了私塾？

不可能吧？吾郎话到嘴边又咽了下去。憎恶文部省的妻子所说的当然不能全信，可似乎也不无道理。表面上置之不理，好像提到私塾都会有失身份，暗地里却在信息操纵上做文章，这倒是很符合官僚们的行事作风。

“你是说文部省为了自保利用了私塾？”

“是的，但我倒认为这对于私塾而言未尝不是一个机会。除非文部省愿意正视问题的本质，否则这个国家的教育就不会有良性发展。现在公立学校水平下滑的状况不是一年比一年严重吗？老百姓又不傻，很快他们就会对公立教育失去信心，转而投奔私立学校。”

面对千明的一番慷慨陈词，吾郎无言以对。

“我一定要在公立教育之外，开辟出另一个比学校更扎实可靠的教育场所，绝对不会向文部省、大私塾还有社会舆论认输。我要把八千代私塾做成一所实力强厚的学校给他们看！”

千明坚定的眼神里闪耀着光芒。

而吾郎却感到不寒而栗，有种类似恐惧的东西正向他袭来。

难道说，月亮要战胜太阳吗——

千明是个强势的女人，这点吾郎早就知道了。无论婚前婚后她都是大岛家的实际当家人，吾郎也没觉得委屈。突然和三个毫无关系的女人成了一家人，与其让他这个年纪小的老公勉强主事，还不如跟在能干的妻子身后诸事顺畅，吾郎自己也乐得清闲。说实话，有这样一个遇到任何问题都能挺身而出的妻子，站在她身后默默守护的吾郎还挺享受这种感觉的。

可是只有这一次，他在犹豫该不该顺着千明。

眼看就要二十五岁的吾郎没有仔细考虑过八千代私塾的未来。对他来说，此时此刻坐在眼前的学生就是一切。他要把自己竭尽全力的付出给到每个人，想要做到这一点，私塾的规模自然越小越好。

当然，八千代私塾不是吾郎的私人物品，所以他不能无视千明提出的加强团队力量的意见。但在这件事上，是千明从一开始就无视了他的存在。

两人一起经营私塾，合并这么大的事千明连个招呼都没打，就自作主张地跑去和胜见商量了，当老公的心里自然不痛快。

所以，吾郎这次少有地和妻子闹起了别扭。

自从那天晚上关于合并的事谈崩了，夫妻俩之间就横起了一道冰冷的屏障。吾郎毫不掩饰自己的不悦，可精明能干的千明并不是个体贴的女人，而且她本来就对吾郎小富即安的保守观念颇为不满。就这样，吾郎不开口，千明也不开口；夫妻俩不说话，女儿也跟着默不作声。只有赖子没有加入这场无言的战争，总是时不时地故意抱怨几句给他们听。

“那么大的事就一个人定了？”

“多少也要想想老公的感受嘛。”

平时夫妻俩意见不合赖子从不插嘴，只有这次她力挺女婿，表现出了对千明的不满。吾郎知道岳母在为他们担心，可是赖子的抱怨让家庭气氛变得越发紧张了。

就在冷战开始后的第四天，家里出了一件事。

蕗子出去遛布朗尼一直没回来，天越来越黑，吾郎已然坐不住了。他把自己能想到的地方都跑了一遍，原来蕗子到朋友家去了。

“小蕗，这么晚不回家也不说一声，不知道我们担心吗？”

吾郎用平时没有的严厉口吻质问她，而蕗子却回以平时没有的执拗眼神。

“对不起，不过我不想回去。在家待着太累了。”

“累？”

“总是提心吊胆，胡思乱想。”

蕗子小声说出了心里话，吾郎这才意识到大人之间的争执给孩子的内心造成了多么大的伤害。

“应该说对不起的是我，小蕗。因为私塾的事，让你不开心了。”

和蕗子手牵着手回家的路上，吾郎垂头丧气的。蕗子用怜惜的目光看着他。

“不是爸爸的错，都是妈妈不好。”

“不，并不是谁不好。只是我们想要保护的东西不同而已。”

说完这句话，吾郎忽然感觉有些心酸。难道家人不就是最应该保护的吗？

“总之，把私塾的问题带到家里是我的错。今后私塾是私塾，家是家，会分开考虑的。”

“分开？可是私塾就在家里啊。”

“是不太容易啊。”

“我觉得关键是劳逸结合。”

“说得对，劳逸结合。比如说，在一楼就绝对不能说关于私塾的事。”

“嗯，说了就罚款。”

“哈哈！”

“还有，偶尔也要全家人出去走走。”

“是吗？想出去？”

“嗯，周日就像普通人家一样。”

像普通人家一样。蕗子望着远处的天空无意间说出的一句话让吾郎瞬间恢复了气力。

“好嘞，那我们也出去玩，就去谷津游乐园吧。”

“啊？”

“择日不如撞日，下周日怎么样？”

“真的吗？”

“嗯，一言为定！”

可能是高兴得过了头，蕗子先是愣了几秒钟，突然又“哇！”地大叫着蹦了起来，把走在前面的布朗尼吓了一跳。

大正末年开业的谷津游乐园据说原本是一大片盐田，大正六年（1917年）被台风摧毁之后，这片地就被京成电铁买下来开发成了娱乐设施。被台风吹得寸草不留的土地上，最先出现的是将原劝业银行本部大楼移建过来的乐天府。之后又建起了海水浴场、跑马场、放射能温泉、玫瑰园。这片开阔的土地上每年都发生着多彩的变化，如同被战火烧焦的原野上渐渐有了人烟，婴儿潮出生的孩子如今已欢闹着走进了人们的视野。

战争已经过去二十年了，就像婴儿潮出生的孩子们为了追求更高的学历而涌入高中一样，开始懂得享受生活的人们在谷津游乐园的游乐设施前排起了长长的队伍。

“真不得了。这么多人都是从哪儿来的呀？”

“爸爸，这边，这边！”

终于如愿以偿的蕗子脚步都变得轻快了，她头一个目标就是日本以最大规模为傲的海上过山车“冲浪飞机”。因为是最受欢迎的游乐项目，人挤得水泄不通，光排队就要一个半小时。游乐园里人多闷热，吾郎已经被搞得晕头转向了。

两节课的时间就这么白白浪费了？这种问题只能卡在喉咙里，可不能对蕗子说。在吾郎眼里，人们争先恐后地去体验人为的恐怖和刺激，这算是一种和平的象征。

不过，在千明和赖子看来，不过是一帮喜欢凑热闹的人罢了。

“啊，好恐怖！这东西真厉害，光看看就要晕啦！”

“我倒不觉得可怕，不过孕妇不能坐吧。”

“那还用说吗！蕗子，你和吾郎两个人去吧。”

结果就只有吾郎一个人陪蕗子加入了长蛇般的队伍。

“那我们俩去那边逛逛，玫瑰园的玫瑰还没开呢。”

“没开的话可以去看看老虎呀。”

“呃，老虎和玫瑰差太远了吧。吓人！”

周日午后，春天的气息乘着碧蓝的晴空翩翩而来。放眼望去，人声鼎沸的游乐园里尽是带着孩子来玩的家长，此外还有学生和情侣。看着妻子和岳母挤在人群中的背影，吾郎感觉心里很踏实。

吾郎开始提议去谷津游乐园的时候，不爱出门的千明反应并不积极。虽然早就进入稳定期了，还是推说自己大着肚子不方便。为了把她从油印机的墨臭味里拉出来，吾郎可没少费心思。

一旦走出来游山玩水，才发现外面的空气真的能让人放松。特别是在这种海风习习的游乐园，想要阴着脸不说话都难。冷战暂时停歇，千明和赖子很自然地聊了起来。精心打扮的蕗子穿着心爱的白色连衣裙，脸上也露出了明媚的笑容。

细想起来，自从私塾开业以来，不管是工作上还是精神上，吾郎总是处于紧张状态，一家人在一起享受假日变得遥不可及。一天天从早到晚想的都是私塾的事，也许这样的忙碌不仅让蕗子，也让千明和赖子变得郁郁寡欢了。

吾郎一边反省这两年张弛无度的生活，一边和蕗子玩词语接龙消磨时间。眼看就快到他们俩了，他心里突然有些发慌。

“哇——”

“救命啊——”

过山车每载上新一拨客人开动起来，头顶就会传来无数的哀号声。开始时吾郎觉得就像在听和自己无关的特殊音效，可是随着前面的人越变越少，他感觉浑身的关节开始少有地僵硬起来。终于排到了，和蕗子并排坐在简陋的座椅上，他发现自己竟然不争气地出汗了。

这机器真的安全吗？到底是什么人发明的这个玩意儿呀？

“欸，爸爸。”

就在吾郎用汗津津的手死死抓住扶手时，蕗子竟若无其事地和他聊了起来。

“爸爸，你不希望咱们家私塾变大吗？”

为什么是现在？在这种情况下？吾郎脑子里塞满了问号，可他嗓子干得直冒烟，什么也说不出来。

“我坚决支持爸爸，肯定是妈妈不对。不过呢，有时候我也会稍微想那么一下，要是私塾变大了也挺好的。”

工作人员确认好安全带离开后，过山车缓缓地启动了。随着高度和速度的增加，即将把他们带入未知世界的轨道对面呈现出一片蓝色的大海。

“我们家私塾要是变大了，就会有更多的孩子来学习了吧。如果有更多的孩子来学习，那样的话，那样的话……”

难不成蕗子就是要借着这个极其慌乱的机会说出平时难以启齿的话？吾郎刚想到这里，突然有股剧烈的冲击袭来，眼前的景色变成了一阵风。

“那样的话，那样的话，我就……”

爆裂般的哀号声，风声，机器声，各种声音争先恐后地往耳朵里灌。难以置信，吾郎竟然清晰地捕捉到了女儿的声音。

“不会再被他们叫成塾子了吧！”

就在听到女儿灵魂深处痛苦呐喊的那天，藏在妻子和丈母娘心底的秘密也袒露在吾郎面前。

四个人一起玩了鬼屋、坐了观览车之后，千明和蕗子去了洗手间。剩下赖子和吾郎两个人，聊了一些之前不曾触及的话题。

“吾郎，真的要谢谢你，能接受我这个任性自私的女儿，又那么疼爱蕗子。”

他俩坐的长凳对面有一个巨型泳池，隔着泳池对面的海盗之城笼罩着一层薄雾。天上的云越压越低，赖子抬头望着快要钻进云层的高塔，深吸了一口气。

“我心里觉得过意不去，你还年轻，就要承受这么多。说真的，你有没有想过要逃跑啊？”

“三天想一次吧。”

“啊？”

“开玩笑的。幸好我这人心大，您不用担心我。可能在千明眼里，有时候觉得我的心太大了。”

吾郎故意打趣似的笑着说道，可赖子的红唇上却看不出一丝笑意。

“吾郎，我想应该让你知道，千明坚持合并私塾大半是因为我的缘故。”

“因为妈妈您？”

“我战死的丈夫出身名门，这你也听说了吧。他上战场的那段时间，我和千明也是为了躲避战争，回了他的老家，没想到在那儿受尽了欺侮。就因为我做过咖啡馆的女招待，公公婆婆无论如何也不能接受，还不停地唠叨，说我不是正经女人，骗了他们的儿子。就连千明都得不到和其他孙辈同样的待遇，没少吃苦。”

赖子苦笑着，眼睛微微有些湿润。

“所以，千明心里特别清楚，父母的职业对孩子的人生有多大影响。”

游乐园里的嘈杂声变得模糊了，吾郎的大脑瞬间一片空白，最先浮现在白色之中的是蕗子的脸，接着是千明腹中那个时时刻刻都在成长的小生命。

“她之前怎么可能想到，教孩子学习的私塾会和咖啡馆一样遭受白眼？这样卑微的日子要持续到什么时候呢？千明内心一定很焦虑吧。原本不应该是这样的……”

“啊……”

“我也不是袒护自己的女儿，但因为父母的职业而让孩子受委屈，真的很让人羞愧。”

一向爽朗的岳母显得有些难过，吾郎想到她经受的那些苦楚，又联想到如今千明心中背负的苦。按理说，这重担自己应该替她分担一半的。

“对不起，都怪我不好，没尽到一个做父亲的责任。”

“挺好的，是吾郎的心大拯救了我们。”

“果然，连妈妈也觉得我心大是吧。”

“呵呵。”

“正好我也想听听您的意见。和胜见私塾合并的事，妈妈是怎么想的？如果把孩子们放在第一位的话，确实该这么做吗？”

“吾郎，我觉得八千代私塾能有今天，就是因为你总能把学生的需要放在首位。”

赖子不假思索地答道。“不过，”接着她又说，“想到蕗子越来越大了，可能家和私塾还是分开比较好。”

“是啊，小蕗很快就长成大姑娘了。”

“对了，蕗子之前还悄悄和我说了她将来的梦想呢！”

“梦想？”

“说是长大之后也要在八千代私塾当老师，成为爸爸最得力的帮手。”

这时候，蕗子穿过人群跑了回来，谈话被打断了。不过，自从赖子告诉了自己女儿稚嫩的梦想，在之后很长一段时间里，它一直都是吾郎心中最闪亮的那颗启明星。

在“教育”的浩瀚宇宙中，就算太阳和月亮都不见了踪影，在吾郎心里，始终还有那么一点微弱的光亮在支撑着自己。

三年前，第一次走进勤杂工室的明眸少女。

这孩子有一天将会走上讲台，和自己在同一个地方教书。

一直以来模糊不清的未来图景，忽然间被描绘出了一幅激动人心的画面。吾郎此刻才第一次领悟到，八千代私塾和家族命运之间系着一条难以斩断的锁链。

“我想去胜见私塾看看。”

那天晚上，钻进起居室铺好的被褥，吾郎对千明说出了心里的决定。

“先去听听胜见老师的课，好好聊一聊，再决定接下来的事儿吧。”

搬到八千代台之后，蕗子就睡到赖子的房间去了，晚上躺下后的这段时间也成了夫妇俩唯一的独处机会。

千明在夜的黑暗中轻声呼吸，丈夫的话让她迟疑了几秒。她忽然转过头说：

“你是在勉强自己吗？”

“不勉强怎么做你丈夫啊？”

走出游乐场的欢闹，只剩下两个人的时候，吾郎声音里还带着一些不悦。

“说实话，合并的事，我希望你开始能和我商量一下。”

“开始就商量的话，你会反对吧。”

“不管先说还是后说，该反对还是要反对的。可你越是瞒着不说，越让人心里不痛快，反而更抵触。总之这次的事你办得不够好。”

在小灯泡微暗的灯光下，千明难得诚恳地低下了头，日夜操劳已经在她暴着青筋的纤瘦脖颈留下了痕迹。

“吾郎。”

“嗯？”

“如果真的合并了，我打算减少自己的课时。”

千明突然表态，让吾郎有些意外。

“什么意思？”

“我想就按你说的，今后只专心负责英语这一门。这样既可以多些时间顾家，也可以帮着料理私塾的幕后工作。”

“幕后工作？”

“现在全都交给母亲做了，但之后规模扩大的话，她一个人肯定应付不来。”

“可你上次还说不想减少课时，那么坚决……”

“只要找到能替我的老师，就算我的课时减少了，也不会影响私塾整体的课时啊。”

“话是这么说。”

虽说吾郎一直提议要她减课时，但话从千明自己嘴里说出来，他这个主谋倒是没了主意。

“真的可以吗？理科和社会科你也一直很用心啊。”

“即使那么用心，还总是把他们留下来补课，可我对学生的帮助还不及你的一半。”

“没那回事儿。”

“是真的。我经常听到学生的母亲们聊天，说孩子在吾郎老师的课上学得特别明白，还说吾郎老师教的科目成绩都有提高。这两年来，别说补课了，你连作业都没给他们留过。”

“那个……”

“没事的，我作为老师没有很高的天赋，这点从当家教那会儿就隐约发现了。所以才拼命要把你拉进来啊，我已经把自己的梦想寄托在大岛吾郎的才能上啦！”

梦想，没想到在得知蕗子梦想的同一天又听到这个词。而此刻，吾郎并不觉得兴奋，反倒有一股伤感紧紧勒住了他的心。

“胜见老师也一样，是今后八千代私塾需要的人才。我替自己选了他，就这么简单。”

“千明……”

吾郎用手指轻抚千明雪白的脸颊，发现她薄薄的嘴唇在微微颤抖。

“不是吗？热情和实力是两回事儿。和我相比，胜见老师更能帮到学生们。日常事务和财务管理也很重要，我能在幕后支持你们就够了，也算是对孩子们的教育有所帮助吧……”

“千明，别说了。”

好像是不忍再听下去，又好像要抚慰那份颤抖，吾郎心疼地将千明拥入怀中。

“做你自己想做的就好，朝着你确信的方向走下去，我陪你。”

去胜见私塾的路不太好走。

那天，吾郎下了第一节课便赶着出门去听胜见七点的课。胜见私塾所在的大和田和八千代台就差一站，要放在平时一会儿就走到了。可早上就开始下雨，一路的泥泞害得他多费了不少时间。

好不容易走到了，吾郎刚放下的心又悬了起来。

真的是这儿吗？胜见的住所兼教室？

他上下左右地看了半天，又把自己手里的地址和顶着一只空奶瓶的信箱对照了好几遍。这里确实挂着“胜见私塾”的牌子，但眼前这间破旧不堪的小平房还是让他不敢相信。

窗户上贴满了修补用的胶带，房顶上的瓦片也剥落了，护板严重变形的外墙边长满了杂草。随便一处颓败的景象都让人无法相信这里是有人住的，更别说是什么有很多人排队等着入学的人气私塾了。

要不是看到有个穿着学校制服的男生一边寒暄，一边将那扇歪歪扭扭的拉门踢到一边冲了进去，吾郎可能还站在那儿犹豫不决呢。

他战战兢兢地跟在男生身后跨进了大门。走进大门，胜见家的起居室一览无余。隔着个充样子的土间[①]，到处开裂起皮的榻榻米一直延伸到里屋。

屋里摆满了各种杂物，一股不太好闻的气味夹杂在湿热的空气里。胜见正在吃乌冬面，看到吾郎来了急忙冲上去迎接。

“哎呀，吾郎老师，欢迎欢迎！您能光临我这个破砖烂瓦的出租屋真是太好了。我可不是说客套话，这房子在我来之前就是间废屋。主要是刚开私塾那会儿，我不仅身无分文，还欠了一屁股债。”

胜见依然用他那发自丹田的洪亮声音说着。

“就因为这房子太过简陋，刚开私塾那会儿可把我累惨了。妈妈们要是来参观，单是看到这么破的屋子也不可能把孩子送过来，肯定会被吓跑的。所以呢，只要有人打电话来咨询，我就一家一家亲自上门去拜访致谢。先得到她们的信任，之后再让她们看到这房子，如此一来，家长们就算有些吃惊也不会轻易打退堂鼓了。”

吾郎也努力让自己别打退堂鼓，随着胜见的招呼进了屋。他把

---

① 日本传统住家中室外与室内的过渡地带。起居的空间高于地面，铺设木板等板材的区域称为“床（ゆか）”，与外界地面同高的区域称为“土间”。

木屐脱下来跟门口的一大堆鞋子摆在一起，迈上了榻榻米，和胜见抱着婴儿的妻子寒暄一番后就径直往里走。推开拉门就是教室，一间不足八张榻榻米大的日式房间。踩上去到处都吱嘎作响的地板上摆着两张矮脚桌，每张桌子坐六个中学生，桌上摊着他们的草稿本。讲台自然是没有的，胜见盘腿坐在靠土墙立着的黑板前面。

跪坐在后面的吾郎如坐针毡，每当有风吹过，打满了补丁的窗户就嘎达嘎达地响个不停。雨水敲打着地上的接水桶，隔着拉门还能听到外边婴儿的哭闹声。在这样嘈杂的地方，学生们能集中注意力吗?

可没过多久，吾郎就不得不承认自己是在杞人忧天了。

课程开始后，别说是学生了，就连吾郎自己也渐渐被胜见的语言魅力所吸引。

“今天上历史课，上课之前我照例要和大家分享五分钟的小知识。历史不仅仅存在于教科书当中，它其实就在我们身边，在这个世界的各个角落。比方说，和我们社区相邻的习志野市的历史有谁知道吗？知道的举手！”

全部十二个学生中，有三个人举了手。和八千代台差不多，新建住宅占大多数的大和田一带也有很多从周边县市移居过来的人。

“好，木村你来说一下。”

被胜见点到的那个学生边答应边挺直了腰板。

“战争结束之前，那里是被称为军都的士兵之城。到处都是用于训练士兵的军事设施。”

“答对了。自明治六年（1873年）建起第一个军事训练设施之后，数量和规模都在不断增加。现在习志野市内的大型建筑多半都是当年作为军事设施而建的。比如顺天堂大学、千叶工大，包括邮局、习志野医院都是。”

学生们惊讶地相互对视着，眼里充满了好奇。

“好了，刚刚我们已经听身边人讲了他们知道的事儿，接下来再追溯一段历史。有没有谁知道，作为军都被开发之前，习志野是个什么样的地方？”

见学生们没人举手，胜见嘴角微微上扬，转身在黑板上写了个“马”字。

“其实，很早以前，那一带是被称为小金牧的放牧场的一部分，有很多马在草场上奔驰。”

“哇——”

“而且小金牧还是日本屈指可数的马匹产地，出产了不少名马。其中最最有名的就要数镰仓时代红极一时的骏马‘生食’了。它曾在举世闻名的宇治川之战中一鸣惊人。”

胜见讲得绘声绘色，活脱脱一个说书先生。“怎么回事？”“怎么回事？”下面的学生都催着他赶紧往下讲。

“问得好！那是寿永三年（1184年），为了讨伐在京都为非作歹的木曾义仲[①]，源义经[②]打算亲率两万五千大军发起进攻。可是且慢，宇治川水流湍急，如若不能顺利过河，讨伐木曾的计划就要前

---

① 木曾义仲（1154—1184）：又名源义仲，日本平安时代末期著名武将。

② 源义经（1159—1189）：日本平安时代末期著名武将，在著名的源平合战中战功彪炳。

功尽弃了。战马能过得了这河吗？彼时冰雪消融，水位高涨，河面上还弥漫着浓雾，所有人都无所适从地伫立在河边。就在此时，名叫佐佐木高纲和尾原景季的两名武将自告奋勇地冲了出来，他们都想打头阵过河以此扬名。只见二人争相跨上心爱的战马，勇敢地向河面奔去。高纲和景季互不相让，使出浑身解数刺激战马。最后是佐佐木高纲在争夺头阵的残酷比拼中取胜，首先到达了对岸。高纲奋不顾身的英雄壮举赢得了众人的喝彩，而他所骑的战马，大家不要吃惊，正是与你们近在咫尺的那片土地上培育出来的'生食'。"

"哦——"

学生们听得起劲，胜见讲得投入，五分钟早就过了，而吾郎并不认为这是无谓的跑题。

"小知识就说到这儿吧，大家打开课本。"

胜见声调一转，拍着手招呼大家。此时，学生们被名马话题集中起来的注意力自然而然地转到了教科书上，他们眼里闪烁着对传奇历史浓厚的兴趣。

胜见的课堂就像个大舞台，他独特的语言风格和洪亮的腹式发音引人入胜，从头到尾都把学生们抓得死死的。如果说吾郎的教学方式是"静"，那胜见恰恰就是"动"。与引导学生自发领悟的吾郎不同，胜见更擅长主动出击。

有意思，胜见的风格与自己截然不同，也许正是因为这样的不同，吾郎才被他深深吸引了。这个同行拥有自己所不具备的资质，这真是一次激动人心的会面。

“其实，我原来在证券公司上班。”

那天晚上学生们放学之后，他俩坐在矮脚桌边，用胜见妻子做的关东煮和炒鱼肉香肠下酒。胜见说起自己的过去，令人颇感意外。

“看不出来吧。是啊，其实我自己也没想到会去干那么个不适合自己的工作。那会儿挣得多，生活也很奢侈，可是总有些负能量发泄不掉。就因为每天见的那些人，那些客户都是十足的拜金主义。每天睡下、醒来，都是钱钱钱，高兴也好伤心也罢，都离不开钱。难道自己活着就是为了让那些有钱人变得更有钱吗？想到这些我就觉得心灰意冷。再加上工作任务压得人喘不过气，我身体就垮了。住院的时候，我一直在思考一个不成熟的问题。比钱重要的东西是什么？”

人生终归只有一次，我想把有限的生命用在比钱更重要的东西上。胜见有了换工作的念头，他想起自己上大学的时候在学习辅导班当过代课老师。

“回想过去的人生，那段时间竟是自己最充实的时光。站在讲台前很开心，每每都能得到一些回应，学生们还对我说学习变得有意思了，也让我渐渐迷上了这份工作。什么是私塾教师的使命？我觉得，如果想干这行就要不断地为成长中的孩子们点燃火把。就像火柴，把头擦亮点燃，就算最后自己烧成了灰，只要能在有缘相遇的孩子们心中留下一束有意义的火焰，那也算是很有价值的人生吧。既然在医院住了这么久，钱也花得所剩无几，我就决定从这间陋室起步。”

“原来如此，有价值的人生……”

吾郎不知道如何抵挡命运的激流，一路任凭三个女人摆布。当他看到胜见靠着自己的坚韧不拔走到今天，简直佩服得五体投地。

“但是，社会上对私塾并不认可，甚至还有人说是私塾煽动了应试竞争。可像我妻子那样一年忙到头……”

“随他们说好了。我觉得说应试竞争是什么人煽动的，这种说法本身就很荒谬。”

几杯酒下肚，胜见越发滔滔不绝了。

“今天这种状况，从颁布学制[①]那天起就应该预想到了。”

“学制？”

“是政府要实现村中家家有文化，家里人人都学习。在明治五年（1872年）颁布学制之前，日本人是生活在极其严苛的身份制度之下的对吧？原则上，男孩要继承父亲的工作，女孩要嫁给和父亲从事同一职业的男人。一个人冲出产道的时候，他的社会地位已经确定了。而学制把人们从这种桎梏中解放出来，具有划时代的意义。也就是说，只要接受教育，任何人都有机会找到一份好工作，凭着自己的努力过不一样的人生。普通老百姓第一次将自由握在手中，当所有人在起跑线上排成一列的时候，竞争就是必然的了。如果有人认为应试竞争不好，那就只能回到明治五年以前的封建社会了。”

“的确，如果依靠努力可以改变自己的位置，那谁都想努力过上好日子啊。”

---

① 这里指1872年日本颁布的教育制度。

“能和主妇们说‘你不可以想要吸尘器’这样的话吗？同样的道理，伸伸手就能够到的高等教育，谁又能说不许别人去追求呢？说多少漂亮话也没用，想要摆脱贫困，只能靠学习。所以我想教给学生们一些有意义的知识，一味灌输应试策略的课程是没有可燃性的。火，他们需要的是火。使他们内心的求知欲永不熄灭，我觉得那就是自己的使命。”

最后这句话说得痛快，吾郎听了心里一热。虽然与自己的风格大相径庭，但胜见有明确而独立的教育观。和千明一样，他没有随波逐流，而是拥有自己的信念。只有不分地位高低、所有人都能平等交流的地方才可以叫私塾，倘若真是如此，那里的确还潜藏着无限的可能性。

“吾郎老师，怎么样？我们合伙干吧。我听了吾郎老师的课，发现有些东西是自己不具备的。”

“哪里哪里，我今天才是受益匪浅。”

“老实说，就这么一个人干下去，我心里也总感觉不踏实。如果再生病就完蛋了，连个替我的人都没有。”

“哎呀，能代替胜见老师的人可不那么容易找啊。”

“说什么呢！”

两人边喝边聊，喝到醉醺醺的时候，彼此已经完全敞开了心扉。他们相互恭维得不亦乐乎，酒喝完了，趁胜见妻子去酒馆打酒的工夫，两人还勾肩搭背地唱起了胜见自己创作的私塾之歌。

学习呀学习　八千代的小村子

在我们快要倒塌的学校里

把双手高高举向天空

抓住知识　飞向明天

把鼻孔撑得鼓鼓的

吸饱知识　照亮未来

该告辞的时候雨也停了。为了醒酒，吾郎决定拿着胜见借给他的手电筒步行大约四十分钟回家。可能是兴致正高，布袜被水浸湿了都浑然不觉。

吾郎一个人走在没有星星也没有月亮的夜空下，一边愉快地哼着歌，一边反复回想着和胜见聊到的理想私塾。客观来看，或许两人所说的几乎没有共通之处，但他们都有一颗不妥协的上进心，希望把课上得更好，在这点上一拍即合。吾郎觉得，除了矢津之外，自己又有了一个可以依靠的好兄弟。

“就和他一起干吧。”

无论结果是凶是吉，如果是矢津的话一定会说去试试吧，因为“你还年轻”。

矢津如今还在为工会活动而忙碌吧，吾郎心里挂念着他，不一会儿已经走进了八千代台区域，却不知道为什么倏地停住了脚步。

一户民宅的院子里，有个光头少年正拽着绳子从井里打水。和吾郎居住的车站北侧相比，开发较晚的东边还没通自来水，公用设施的建设滞后于社区发展。是时代发展已经接近极限了吗？这时少年顺着手电的光回过头来。

“啊，吾郎老师！”

“咦？是你啊！”

吾郎定睛一看，原来是自己认识的私塾学生小川武。

“你住在这儿啊？”

他边说边走过去，帮着小武一起往上拉吊桶，又把水倒进大水桶。一次是装不满的，他们又把吊桶放下水井。

“挺能干的呀，帮家里干活呢？”

“……”

“这种体力活我过去也经常干。”

“……”

“虽然挺累的，不过现在想起来，这也算是锻炼身体了。”

小武一言不发地望着漆黑的井底。说起来，最近在私塾也听不到他快活的声音了。

出什么事了吗？吾郎有些纳闷。第二桶水打上来，小武终于小声叨咕了一句：

“老师，前几天的事，您别怪我。”

“嗯？”

“就是在路上遇到您，我假装不认识。”

“你说那个呀，没事的。”

吾郎先是愣了一下，立刻就笑了。

“也不光是你，大家都这样。是不想让学校的同学知道自己上私塾吧。”

小武没有回答，手指在反光的小鼻头下面蹭了蹭。

“老师，我下学期就不能去八千代私塾上课了。”

“啊？为什么？”

“我妈说，奥运会结束之后，我爸的工作会减少，家里收入也没那么多了，没办法继续供我上私塾。”

“……”

吾郎不知道该说什么，只感到一阵撕心裂肺的痛。

“虽然没有对学校的朋友们说过，但是我真的很喜欢八千代私塾。不仅很开心，学习也轻松多了，我也很喜欢吾郎老师。可惜以后去不了了，四月开始就不能去了。”

倔强的小武不愿直视吾郎的眼睛，他难过地脱开吾郎握着绳子的手跑开了。

四月开始就不能去了——严酷的现实让吾郎一下子酒醒了，刚刚还热血沸腾的心瞬间凉了半截。

面对自己最珍视的学生，吾郎找不到合适的言语。他求助般地仰望夜空，苦苦寻找，却不见一缕月光。

第三章
蓝色风暴

吾郎正抱着菜菜美往大门外走，忽然看到蕗子回来了，她胸前的制服飘带在阳光下闪闪发光。恍惚间他以为自己打开了异次元的大门。太阳还高挂在头顶，这个时间大女儿应该在高中的教室里才对，难道时空被动了什么手脚吗?

当然不可能，吾郎很快就意识到这种怪异的想法是占据他大脑中心的酒精在捣鬼。他使劲揉了揉眼睛，凝神看过去。这里的确是杂草丛生的大岛家，面前站着的也是如假包换的蕗子。

“爸，你果然忘了。”

蕗子走到一脸茫然的吾郎面前笑着说道，齐肩长发在湿热的风中飘动。

“我不是和您说了吗？今天和明天是期末考试，只有上午去学校。”

“啊，是的，是的。”

为了掩饰尴尬，吾郎啪啪地拍着脑门。

“考试怎么样？咳，我们家蕗子肯定不用操心的。”

“嗯——语文大概70分，数学50分，世界史也就30分吧。”

“什么？”

“我是说给老师出的题打分啦！”

蕗子冲着呆愣在那儿的吾郎调皮地吐了吐舌头。

“如果是爸爸的话，出的题肯定比那些好多了。”

“小蕗，给老师辛苦出的试题打分可不是什么好习惯哦！”

吾郎忍着笑故作严肃。蕗子有些难为情，乖乖地说了句“知道啦！”又伸手摸了摸吾郎怀中菜菜美的小脑袋。

“菜菜，今天和爸爸一起吧？”

“嗯。”

“在爸爸工作的地方要乖哦！不可以见到哪个老师都撒娇。”

就快两岁的菜菜美冒出“啊哈——”一声，像是打了个哈欠。蕗子又抬头对吾郎说：

“我一会儿也去，今天妈妈和外婆可能会很忙，我负责做些简单的饭菜。”

“什么啊，怎么能让正在考试的女儿干这些呢！”

“没问题，我是大岛家的女儿嘛。”

这话好贴心啊，吾郎不由得笑了。“那我先走了。”他说着，刚迈出一步，蕗子的声音又从身后追了过来。

“爸，今天晚上你可不许喝太多酒哦！”

吾郎不好意思地拱了拱后背，向身后摆摆手。什么都瞒不过蕗子的眼睛，她肯定发现自己最近几乎每天早起都带着一副无精打采的醉意。

“爸爸，要肩膀。”

和被抱着相比，菜菜美更喜欢骑肩膀。她一撒娇，去私塾的路就显得更远了。吾郎的硬底鞋踩在柏油路上嘎嘎作响，肩上的三女儿真是一天比一天重了。

私塾和家刚分开那会儿，上下班步行也就十分钟。可到了昭和四十六年（1971年）的今天，已经延长到十五分钟了。七年来，无论是住宅小区还是独栋住宅的密度都大幅增加。随着社区的繁荣，可以用来抄近路的小巷和空地也都被占得差不多了。最初的开发伴随着对未来的无限期许，带来的是一种畅快感。而经过某个阶段之后，就转而成了一种令人窒息的闭塞感。密密麻麻的建筑物挡住了视线，仅存的一小片松林里也已经看不到白鹭的影子了。然而此刻的吾郎无暇沉浸于对过去的恋恋不舍中，他本人每天都发生着天翻地覆的变化。

“啊呀，我说吾郎，可就是今天晚上了，第四节课真的没问题吗？说实话，我心里都发虚。学生们肯定闹得厉害。”

“吾郎老师，孝一等您半天了。”

七年前，大岛家和胜见共同出资买下一栋老宅子，改建后挂起了“八千代学习塾”的招牌。教员室是将两个房间打通而成的，吾郎刚一进门，胜见和千明两个人的声音同时扑面而来。

“哎呀，那也只能硬着头皮上啊……”和胜见说话的同时吾郎扭过头，看到川上孝一就坐在房间中央拼在一起的六张办公桌一角。

“孝一君！”

见到原来教过的孩子，吾郎喜出望外。

“哎呀，这才多久没见，瞧这出息的，都是大学生了。”

吾郎放下菜菜美，边说边大步走了过去。细看过去，孝一和初三从八千代学习塾毕业那会儿没多大变化。倒三角的脸上只有那对一字浓眉最特别，其他五官都显得有些平庸。

“老师，好久不见。”

“哎呀，你可是让我大吃一惊啊。之前是听说你在开成[①]那边读书很用功，可没想到竟然考上了东大。记得那会儿你还把‘八角’读成了‘八用’，后来全班同学都管你叫‘八用’。现在想想跟做梦似的。”

“多亏了老师的指导，八用那事儿您就忘了吧。”

“那可不行，我可不会忘的！今天你能来太好了，这儿说话不自在，我们到隔壁去。”

“第三教室妈妈在用。”

见吾郎拉着孝一要去隔壁，抱着菜菜美的千明赶忙说。

“小五B班的芳子突然说要退学，妈妈正找她谈话呢。”

“赖子的解忧聊天室啊。芳子她怎么了？”

“最近学习中遇到阻碍的孩子特别多，特别是小学五年级和六年级。”

“都是学校的问题，那种教材，无论如何一年时间也消化不

① 开成町，地名，位于日本神奈川县西湘地区。

了。函数呀集合之类的让小学生来学，也太狠毒了。”

斜前方堆满教材的桌子旁传来了阿杉的意见，他原来就是一名小学老师。这时坐在他旁边的胜见又叫着吾郎的名字岔开了话题。

“说真的，第四节课要怎么上啊？我是老师，安排我上也没办法。可是学生们不会老实听课的。今天晚上想让那帮孩子学习，就跟让猴山上的猴子做广播体操一样不可能。”

“不过，芳子要退学可能还和朋友有关系。之前和她一起来私塾的由美上个月不是搬到东京去了吗？”

“啊，因为朋友啊，女孩子这种情况倒也挺多的。”

“那我们先去聊两句。”

老师们自顾自地说着自己关注的话题，吾郎干脆带着孝一上楼了。第二教室在改造中铺了木地板，这会儿门是开着的。吾郎打开了所有的窗户，好让热气快点儿散出去。他和孝一面对面坐在学生用的长条书桌前。

“其实是这样的，电话里我也和你简单说过了，我们正在考虑增加教师。现在这里只有五个人，其中两个还是外聘的。从学生人数来说有些难以应付，每天都忙得不可开交。”

“学生数量好像还在不断增加是吧？”

“是啊，这几年私塾行业不怎么景气，幸好我们这边的报名人数一直都在增加，扩招的事儿也迫在眉睫。可现在主要问题还在教学这方面，找不到合适的人，很少有老师能融入这种时刻需要保持热情的工作环境。所以我就考虑还不如在私塾的毕业生里找找，然后就选中了你。”

“可是我只有被教的经验啊。”

“这我知道，肯定会安排实习期，不过我相信你没问题的。你最开始并不是个好学生，但通过不懈的努力做到了。能有一位考入名牌大学的前辈来教课，对于私塾的学生们来说也是一种激励。”

“如果真能那样的话我愿意。”

孝一专注的脸上露出了严肃的表情，一边说着请多多关照一边给吾郎鞠了个躬。

“我也没把握一定能帮上您。不过说实话，这样能给家里减轻些负担，妈妈也会很高兴的。再就是为了报恩，我会全力以赴的。”

“报恩？”

“我能有今天，多亏吾郎老师当时推出了分期支付学费的制度。”

“哪有啊，我那就是一时兴起，你真正应该感谢的是拼命赚钱替你交学费的父母。”

吾郎有些不好意思，就此转了个话题。

“你也知道，我们私塾的理念是‘培养学生的自主性’。与近期流行的斯巴达式[①]私塾不同，相比较填鸭式的知识灌输，我们更重视调动孩子们的求知欲。虽然实际操作起来并不像说的这么容易，但是很有意义。私塾老师，本来就是种‘匹配’的工作。”

“匹配？”

“嗯，很快你就会明白了。那今天就先听听课，感受一下每位

---

① 斯巴达式教育，一种源自古希腊斯巴达培训战士所采用的以简朴、刻苦、尚武为特征的严格教育方式。

老师的教学方法吧。”

“好的。”

“你有什么不明白的这会儿抓紧问，等孩子们一来这里瞬间就变成战场了。”

“那我有一个问题。关于中教审（中央教育审议会）上报的基本政策，我想听听吾郎老师的看法。”

吾郎有些意外，真不愧是高才生提出来的问题啊。

“与目前的六·三·三制并行，同时开设四·四·六制的公立学校，您觉得这有可能实现吗？”

说起中教审，吾郎先是愣了一会儿，然后慢悠悠地清了清嗓子，饶有兴致地和孝一讨论起来。

“先不说可不可能，文教领域的议员们肯定已经跃跃欲试了。这个四·四·六制，对于那些主张精英教育的家伙来说可是关键的一搏。”

“可是入学年龄降低两岁的话，四岁的孩子就要上学了。说真的，我简直难以想象。”

“确实，四岁的儿童连小学生专用的双肩包都背不动，估计头一个提出抗议的就是双肩包厂家了。”

实际上，目前对四·四·六制表达强烈不满的是小学校长协会和私立幼儿园团体。不过吾郎还是老样子，就像是说了个只能逗乐自己的笑话，抖动着双肩发出“呵呵呵呵”的怪笑。孝一此时的眼神好像在说，老师真是一点都没变。吾郎也顾不得这些，三十多岁的人了突然捧着肚子笑了好一阵，才又正襟危坐地说：

“就我个人来说，觉得早期教育只有百害而无一利。甚至可以说，小时候就应该尽情地玩，这样才能拥有一个充满活力的大脑。八用，这可不好笑哦。”

“笑的明明是吾郎老师。”

“反正接下来就看文部省的态度了，不过在这个问题上我和千明老师不同，倒是很看好官僚们主张的现行最优原则。”

说曹操曹操到，吾郎刚说出那个名字，伴随着一阵敲门声教室门开了。“吾郎老师。”千明说着探进头来。

“上田老师来电话，说今天晚上的课可能赶不过来了。”

“啊？上田又来不了？”

“说是突然去参加了一个示威活动，会尽快脱身赶过来的。可是怎么办呢，上田老师上次也这么说的，结果被警察给带走了。”

“真愁人啊，不过是反战运动也没辙。想想办法吧。”

“嗯，上田老师今天是第二节和第三节，不过听说第二节胜见老师会替他上。吾郎老师，你第三节没课吧？”

“明白了，上田老师要是赶不过来，我替他上第三节。”

极为默契的对话之后，“吾郎老师！”千明背后又传来另一个声音，阿杉抱着菜菜美走了上来。

“吾郎老师，有你电话。还有千明老师，有位想送孩子进私塾的妈妈来找您了。”

“啊呀，糟糕，会面的时间到了。”

千明拢了拢随意扎起的头发，急急忙忙地下楼去了。

“孝一，实在抱歉啊，特意把你叫来又搞得这么手忙脚乱的。

不过我们这儿什么时候都这样，每天都跟打仗似的。”

和孝一道过歉，吾郎返回教员室，就猜到电话是蕗子打来的。

“喂，喂，是爸爸吗？”

蕗子声音低沉，听第一声吾郎就有种不祥的预感。

“是小蕗？怎么了？”

“妈妈在吗？”

“不在。”

“那就好，是兰的班主任来电话了。”

“啊……”

没等蕗子说完，吾郎就用手捂住了额头，早料到有这一天了。

“要见家长吧？”

“是。”

“知道了，我马上去。”

吾郎什么也没问就应了下来。这事叫人头疼，但他并不吃惊，不过是时间早晚的问题。

“好了，这件事先别和你妈说。”

“嗯，不过爸爸，私塾那边没关系吗？”

“不用担心，我都已经准备好了。离上课还早着呢。”

刚说完吾郎就想起来，第三节的代课内容也需要准备的。不过他把话咽了回去，此刻先去小学要紧。

“总之谢谢你打电话过来，接下来的事就交给我吧。小蕗集中精力准备考试。”

放下电话，吾郎去二楼告诉孝一自己有急事，接着就慌慌张张地跑了出去，连鞋子都顾不上提。错过了午餐的便当，肚子早已空空如也，但他心里却像压了块大石头似的堵得不行。

大约十五年前，高中升学率仅有五成，而如今的昭和四十六年（1971年）已经超过了八成。社会上从未停过对私塾的抨击，再加上孩子数量减少，这些都给私塾业笼上了一层阴霾。而作为所谓的获胜组的一员，事业上风生水起的吾郎背后也有不为人知的苦恼。

年轻时想都没想过的烦恼之源——养育孩子。

和八千代学习塾同年出生的二女儿兰，自从她渐渐学会自我表达那会儿开始，烦恼就接踵而来了。蕗子是不需要人操心的孩子，致使吾郎误以为孩子们生来都是天使，拥有大人所不能及的纯净心灵，完全没把养孩子当回事。而大岛家“台风少女”兰的成长却彻底打碎了他的美梦。

单说聪明这点，兰并不亚于蕗子。而且在临场应变和反应能力上，她甚至比蕗子更优秀。然而两人最根本的区别在于，和总是为周围人着想的姐姐不同，兰的心思全都用在自己身上了，而且还固执到令人发指，认为以自我为中心是天经地义的。

就说去年上幼儿园那会儿和大家一起学跳舞吧，兰小小年纪已经显露出了完美主义的倾向。她在家里反反复复地练习舞蹈动作，直到熟练为止。结果到了幼儿园和大家配合，其他小朋友都不会跳，老师就把动作改简单了一些。可对于兰来说这是不能允许的，她气小朋友们不好好练习只会偷懒，更恨老师们毫无原则的妥协，于是就大发脾气。

"没有耐性。"

"任性。"

"破坏团结。"

"太倔。"

吾郎都记不清被幼儿园老师抱怨过多少次了。

老师为什么专找吾郎诉苦呢，因为千明根本不搭理她们。也不知道为什么，千明很惯着兰，甚至还对二女儿这种不合群的性格颇为中意。明明是兰自己把巧克力面包卷里的夹心吸光了，却嘟着黏糊糊的嘴巴说"压根儿就没放巧克力"，把责任都推给了面包店。看着这样胡搅蛮缠的女儿，吾郎不免为她的前途担忧，而一旁的千明倒是乐在其中。

结果兰越发肆无忌惮起来，一个无法无天的小学一年级学生就这样登场了。

"父母是开私塾的嘛，兰的学习成绩确实不错，这点我也是认可的。可不能因为这个就看不起学校的课程，还表现得很抵触啊！"

放学后空荡荡的教室里，一年级九班的班主任女老师正在冲吾郎发泄怒气。

"实在抱歉！"

"已经不是一次两次了。我开始觉得不过是个六岁的孩子，跟她较真也没必要，就一直忍着。"

这位气得直要掉眼泪的女老师不过三十出头，但从她的表情里已经明显能读出作为一名有经验的教育工作者的自负，以及对私塾的不信任。对于私塾这一教育领域的新生事物怀有敌意的学校教师不在少数。这种人要和千明碰上了，肯定是互不相让。吾郎长叹了一口气，心想幸亏是自己来了。

“可今天我实在是忍无可忍了。就算兰是个孩子，可她的旁若无人已经到了无法原谅的地步。”

“老师，兰她到底干什么了？”

“上语文课的时候，兰和平时一样根本不听课，就在草稿本上乱画，画着画着都画到教科书上去了。我实在看不下去就说她‘怎么能这么不爱惜国家免费提供给你的教材呢？’结果你知道兰和我说什么了吗？”

吾郎紧张得直冒汗，可坐在他旁边板着脸的兰倒是自己答上了。

“没有比免费更贵的东西了。”

吾郎抱着脑袋不敢看女老师的脸。

“兰！说什么呢？”

“是啊，你说这叫什么话啊，是把我们老师当傻子了吗？”

“老师，真是太对不起了。”

面对盛气凌人的女老师，吾郎点头哈腰地忙着赔不是。

“我女儿实在太没礼貌了，可她那么说绝对没有要侮辱老师您的意思，可能是……”

他欲言又止。没有比免费更贵的东西了，兰如此出言不逊，明显是受了千明的影响。

差不多是八年前，国家开始向全国的公立小学免费发放教科书，而家长们拍手叫好的背后，是学校老师被教育委员会夺走了自主选择教材的权利，教育一线的又一项自由受限了。千明时不时就拿出来挖苦一番，兰怎么会想那么多呢？不过是鹦鹉学舌地冒出一句她妈妈的口头禅而已。可吾郎要是在此刻说这些，无异于火上浇油，只能更激怒女老师。

“兰，你怎么能在教科书上乱画呢？还不快向老师道歉，还有你顶撞老师也不对。”

被吾郎这么一说，兰撇了撇嘴，一个劲地抠自己膝盖上结痂的伤疤。看那眼神就知道，她正忙着琢磨最好的脱身之法呢。

不愿意道歉，明明是老师的课太无聊才想要乱画的。但继续固执下去，单靠吾郎就搞不定了，到时候估计千明也要来。和女老师正面冲突必定会影响妈妈的心情，怒火很快会烧到家里，到时候就没安稳日子可过了。兰那点儿小心思，吾郎早就看透了。

“对不起。”

最后兰很轻易地屈服了。只要有必要，利益总比面子重要。这就是大岛家二女儿一贯的行事风格。

“以后我会爱惜国家给的教科书。”

兰心不在焉地保证之后立马就吐了吐舌头，看女儿这副不以为然的样子，吾郎忍不住直叹气。

怒气未平的女老师还在不停地发牢骚，吾郎也只能一个劲地低头道歉。好不容易解放了，从教室里出来的时候，他感觉自己肚子上的脂肪都一下子变少了。

“兰，你刚上小学一年级，我本来不想和你唠叨的，但并不是说小孩子不管干什么都会被原谅。你也该学着怎么与人相处了，最起码不要让对方感到不愉快。就从顾及别人的感受开始吧……”

穿过操场边的小道时，吾郎满面愁容地教育着兰，同时他也感到了深深的无奈。兰把吾郎的话全当耳旁风，她一会儿和围在回旋塔[①]旁边的同学做鬼脸，一会儿又踩地上的蚂蚁玩，可是忙得很呢。这孩子可曾有一次认真听过爸爸的话吗？吾郎虽然能帮私塾的学生提高学习能力，却连一个做人的道理都没办法让自己的孩子听进去。作为一个成年人，是不是太失败了？

“爸爸！”

吾郎正要出校门，一个清风般的少女之音打破了他闷闷不乐的自我反省。

定睛一看，是蕗子站在校门口的柱子旁正朝他挥手呢。

“小蕗。”

一出大门就看到蕗子，这天已经遇到两次相同的状况了。吾郎又以为是时空倒错，但不管怎么看，眼前这个都是如假包换的蕗子本人。

“你怎么在这儿啊？”

“我等半天啦。”

“等谁啊？”

“除了爸爸还有谁啊？”

蕗子笑着说，头上的汗珠在午后的阳光里一闪一闪的。

“我担心你赶不上私塾的课，所以过来看看。万一和老师聊得不顺，时间拖长了，我就带兰回家，爸爸可以直接回私塾。”

---

① 一种游戏用具，柱子顶端垂下数根铁索，玩时手抓铁索绕柱旋转。

吾郎感动于蕗子想得如此周到，可越是这种时候，他心里也越发感到自责。蕗子上的是千叶县数一数二的私立高中，可她要是能把这些用在家人身上的精力分一半给自己，绝对能考上更好的学校。或是总在为私塾学生操心的父母能把那些心思都用在她一个人身上……

“总给你添麻烦，真对不起哦。”

“没有啦！对了，兰的老师说什么了？”

不知道怎么搞得，兰突然大声唱起了《巨人之星》的主题曲，吾郎一边追她一边郁闷地和蕗子说了教科书的事。蕗子听后一脸惊讶地苦笑着说：

“没有比免费更贵的东西了……兰简直就是妈妈的分身。”

“呃，小蕗也这么觉得？”

“嗯，她又没上过国民学校，怎么会变成这样呢？”

“如果你妈妈是军国主义教育生下的孩子，那兰就是孙女吧。”

“遗传吗？真糟糕。不过妈妈好像还挺喜欢兰这个样子的。”

“果然小蕗也有同感。”

“嗯，估计只有兰这样的小孩长大之后才不会辜负妈妈的期望吧。”

“期望？”

吾郎陷入了沉思。忽然间，蕗子“啊”的一声停住了脚步。她瞪大了眼睛，目不转睛地望着碧蓝色天空中的一点。

“月亮。”

“嗯？”

“白天的月亮。”

顺着她的视线，吾郎隐约看到天上映着一个白色的半圆形轮廓。

“爸爸，人类会站在那上面，真是难以置信啊。”

蕗子的杏核眼真是越长越像赖子了，光线太强，她眯起眼睛长舒了一口气。不用问，她说的“人类”就是两年前成功登月的两位美国人。

“其实是不愿意相信。”

“为什么？”

“想要了解未知的事物可能是人的本性吧，但有时候知道了反而会感觉空落落的。要是远在天边的憧憬永远都只是个憧憬，不也挺好吗？”

蕗子仿佛正沉醉于浪漫的畅想，而她身边的吾郎却神游到了别处。

上一次像这样停住脚步，悠悠地仰望月亮是多久以前的事了？

一路走来，拼尽了全力，在私人教育这条没有路的路上不顾一切地往前冲。因为害怕看不到总是快几步走在前面的千明的背影，吾郎从不敢有丝毫的懈怠。差不多三年前，大牌的清新学院最终入驻了八千代台，之后便不得不想尽办法防止生源流失。其实除了清新学院之外，附近大大小小又开了很多家私塾，生源争夺战一年比一年激烈。甚至还有其他行业的人参与进来，他们把私塾看作是纯粹的生意。为了在竞争中立于不败，只能玩命提升教学质量，拉近和学生的关系，还要在家长身上下功夫，真是连喘口气的时间都没有。

也许只是害怕停下来吧。蒙着一层轻雾的蓝天映在吾郎眼睛里，突然间，他感到有那样一道阴影潜入了内心。

每天的生活都像在经历一场风暴，不知不觉中似乎失去了很多东西，就比如仰望月亮的片刻时光。

结婚九年了，课时减少后，千明一直忙于私塾的各种事务，到头来阖家欢乐的时间也没能增加。夫妻关系还算稳定，但两个人之间除了私塾，很少有其他话题，最后一次做爱是哪个晚上已经想不起来了——

“爸爸，姐姐，快点儿！”

前面兰的催促声和身后的汽车喇叭声几乎同时响起，吾郎赶紧把蕗子拽到一边。

一辆白色的马自达Familia[①]从身旁飞驰而过。

“哎呀哎呀，想好好看会儿月亮都不行。这世道真是越来越乱了。”

吾郎边发牢骚边继续往前走，兰这会儿又大声唱起了《排球甜心》的主题曲。要是有菜菜美加入的话，肯定会变成更奇异的二重唱。眼看着三个姐妹一天天长大了，家里有她们在实在不适合伤感。是啊，现在还不是停下脚步的时候，想到这儿，吾郎立刻又给自己打足了气。

“爸爸。”

从后面赶上来的蕗子突然声音变得很低沉。

“其实我，很想和您商量一件事。”

---

① Familia是马自达的一种车型，最早于1963年以5门小型旅行车款式面世。

“商量什么？”

“我今后的去向。早就想和爸爸聊聊了。”

“是吗？已经该考虑这个啦？”

“嗯，我后年就上大学了。”

“是啊，真快啊！”

得知蕗子在积极考虑高中毕业上大学的事，吾郎欣慰地笑了。可那笑容下一秒就变成了不安。

“大学我想考教育系。”

“教育系？”

“我想进学校当老师。”

进学校当老师？在理智还没来得及反应的时候，吾郎已经被打击得神情恍惚，一句话都说不出来了。

他下意识地用手捂住胸口。最亮的启明星。“说是长大之后也要在八千代私塾当老师，成为爸爸最得力的帮手。”自从赖子告诉自己女儿的梦想之后，那个无论何时都照着吾郎内心的星星消失了？

“啊……”

吾郎的眼睛四处徘徊，像是要抓住最后一丝余光。他反复思忖着应该对蕗子说些什么。好歹要装得若无其事吧，他哼着跑调的小曲跟在加快了脚步的蕗子身后。可是每走一步，那揪心的黑暗都会在胸中蔓延得更多一点。

也许，这就是人到中年多少都要背负的孤独感即将出现的预兆吧。

☽

对于吾郎来说，蕗子是他的命运少女。

如果没有蕗子，就不可能和千明相识，也不会结婚成家当上私塾的老师，说不定此刻还在野濑小学做勤杂工呢。或是不幸被千明言中，自己不检点的行为最终败露，已经流落街头了。

蕗子给吾郎的人生带来了难以抵御的波澜。从某种意义上说，她是比千明更特别的存在。如果蕗子继承了八千代学习塾，那这个波澜恰好旋转一周，最终拥有了一个完美的圆环，而吾郎也在心中暗暗期待着这天的到来。可蕗子突然宣布说“要去学校当老师”，瞬间那个环被扯得支离破碎，犹如一场风暴的序幕已经拉开。

是的——走在日光路上神情恍惚的吾郎逐渐恢复了理智，他开始思考一个更现实的问题。对于蕗子的这个决定，有个人会比自己更受打击吧。

“可是，你妈妈她……”

始终对文部省抱有敌意、孤军奋战走到今天的千明，她要是知道了蕗子的决定会怎么样呢？

“我知道，妈妈一定会极力反对的吧。”

没等吾郎说完蕗子就接着说了。

“对她来说，公立学校好比敌营，所以她一定会想尽办法阻止我的。可是正因为有这样一个母亲，我才别无选择。”

这时，一阵哨声传来，盖过了蕗子决绝的声音，原来是径自走在两人前面的兰吹响了卷起的芦苇叶。

“我和兰不一样，从小就和妈妈合不来。妈妈凭着那种近乎扭曲的坚韧意志力，我行我素地走在自己认准的路上，简直太可怕了。尤其是她对学校和文部省歇斯底里的反感……和她在一起感觉自己都快要被洗脑了。我只能告诉自己要冷静，要做自己，尽量不要让自己被妈妈灌输她个人的想法。可就算我拼尽全力想要逃开，她的影子依旧无时无刻不出现在我身旁，再怎么逃都逃不出她的手掌心。”

蕗子紧咬住粉红的嘴唇，目不转睛地望着脚下浅浅的影子。

“不过，我想她总不能追到学校的教室里吧。”

“所以你就想去学校当老师？”

“我很早开始就打算从事和教育相关的工作了，也是因为耳濡目染受到爸妈的影响。不过私塾不行，如果进私塾就无法摆脱妈妈的控制。于是我左思右想，突然有一天想到，不如干脆就进入妈妈没有选择的公立教育领域，那不是一举两得吗？”

“小蕗……”

“我想用自己的眼睛去看看那个被妈妈敌视的世界到底是什么样的，这也算一个原因吧。在和妈妈开始对决前，我想先把这些告诉您。不是要您做我的盟友，只要爸爸能明白我的想法就好。”

这应该是蕗子一个人深思熟虑后的结果吧。想到她做这个决定时内心的挣扎，吾郎就很心疼，更痛恨自己的愚蠢，根本不了解蕗子的想法就一厢情愿地想要她继承私塾。

蕗子从小就冰雪聪明，心地善良的她总是很顾及周围人的感受。也不知道千明对学校教育的批判和对教师的咒骂给她内心带去了多少伤害，到底是怎么样的苦恼才让她走上一条与母亲完全相反的路呢？

“小蕗，谢谢你能和我说这些。”

此刻吾郎能做的只有一件事。极力隐藏内心失去启明星的黯淡，站在女儿身边支持她的决定。

“我们一起花时间去说服你妈妈吧。从第一次蕗子打开勤杂工室房门的那一刻起，我就一直都是你的盟友哦！”

蕗子眼里的紧张消失了，泪水充满了眼眶，吾郎不忍直视。此刻他已经完全从宿醉中清醒过来了，眯着眼想要再看看那轮白昼的月亮。是因为遮住阳光的薄云渐渐远去了吗？那个白色印记比刚才淡了许多。如同幻象。原来，月亮在太阳身边竟显得如此脆弱。

吾郎把兰拜托给蕗子，返回私塾之前他打算顺路去一趟旧书店，“只要五分钟就好”，心中的空虚感实在难以排解。

金轮书房就在从大岛家去八千代学习塾的路上，年过半百的老板同时经营着隔壁的一家文具店，旧书店这边都交给女儿一枝来打理。

“您好。”

“哟，是吾郎先生啊，欢迎光临！”

好不容易打开了发涩的推拉门，刚一进店，一枝就像往常一样笑容可掬地迎了上来。

“今天怎么这个时间来了，少有啊！”

“嗯，为女儿的事去了趟学校。”

“哇，真是个好爸爸啊！”

“哪有，作为一个父亲我今天可是连遭打击。”

“哎呀，还有这事啊。”

可能因为总是身着和服，再加上精致的妆容，一枝虽然比吾郎年长，却光艳照人，丝毫没有年龄感。据说她年轻时还曾入选“花生小姐”，看她白皙如雪、性感妖娆的样子，的确能让人联想到那煮熟的花生仁，真是秀色可餐。

“对了，之前您推荐给我的那本数学辅导书真不错，非常有参考价值。”

吾郎不由得提高了嗓门。

“哎呀，真的吗？那太好了！”

“不愧是远山启老师的大作，巧妙地激发了读者的求知欲，真是让人茅塞顿开。我马上就在课堂上实践了一下，学生们的反响也超出预期。这真要感谢一枝小姐啊！”

“哪里，我就是个外行，根本不懂教育什么的。倒是吾郎先生总是这么勤奋好学，真让我佩服啊！”

“不是的，我只是心里着急，自己没有受过高等教育，再不努力加把劲可不行啊。”

“所以我说您勤奋好学啊。就算是那些学校的老师，我也没见过有一个像吾郎先生买这么多教育方面的书籍。最近连我去旧书市场也总会留心这方面的书，‘这本书对吾郎先生有没有帮助呢？’不由自主地就想到您了。”

一枝的话让吾郎颇为吃惊，紧接着她好像又想起了什么，快步走到收银台边，从堆得很高的一摞书中取下一本。

“吾郎先生，您想不想读一下这本书？”

一枝递过来的书看起来还挺新的，书名叫《教育的本职——把真心献给孩子》，那个作者吾郎之前没听说过。

“苏霍姆林斯基？”

“听说是苏联的教育家。这是刚出版的新书，不知道为什么挺吸引我的，就拿来读了读，果真是本好书呢！”

“哦哦。”

“我很喜欢，也很欣赏这个人的思维方式。”

我很喜欢。这句话又让吾郎心里一惊，他赶紧擦了擦鬓角的汗。

“那我一定要读读。可让您把这么新的书卖给我实在不好意思。”

“不，我不是卖给您，是送给您！我也是因为自己喜欢才买的。”

“那怎么可以，我不能收您这么贵的书啊！”

“是我硬塞给您的，哪还有收钱的道理啊？”

“不行不行，要是不收钱我只能还给您了。”

“送出去的书就不能收回来了！”

“还给您。”

“我不要！”

潮热的旧书店里，尘土味和香水味激战正酣，如此两种气味交织在一起，让吾郎感觉怪怪的。他把书还给一枝，又被一枝推了回来——反复推让了几次，两人的脸颊都有些微微泛红。

吾郎和自己说好的五分钟早就过了。

“明白了！”

两人的动作稍稍变慢，这时一枝赶忙抓住机会结束了这场攻防战。“好吧。”她看起来像是让步了，拿起被推到胸前的书，翻开书皮在扉页上用马克笔写了“大岛吾郎”四个字。

“一枝小姐，您这是干什么？”

“这本书现在是吾郎先生的，不可能再卖给其他人，您只能收下了。”

这样的强势真像某个人。吾郎脑海中浮现出十年前咔嚓咔嚓大嚼点心的那个年轻女人。一枝盯着吾郎的那双眼睛纹丝不乱，绝不亚于当年的千明。刚刚失去启明星的内心忽然又被一团神奇的火点亮了，吾郎吓得往后退了一步。

“不好意思，那恭敬不如从命，我就收下了。告辞。”

他向一枝深深鞠了个躬，抱着书逃也似的跑出了书店。他此刻依旧心绪难平，听说一枝是离婚的，可她为什么要回娘家呢？又为什么对自己这么热情？

想到一枝雪白的肌肤，吾郎再次感觉脸上发烫。为了赶跑肚脐以下不受控制的好色吾郎，他迎着湿热的风拼命向前跑去。

“吾郎，糟了，怎么连我都开始坐立不安了？还是没信心上第四节课啊。”

“吾郎，怎么办啊？有个一直等着入学的孩子妈妈刚才来电话，说要亲自过来谈一下。五点钟就到，可第一节课没有空教室啊。”

在书店耽误的时间太长，吾郎回到私塾时离第一节课开始已经不到四十分钟了，他心里想着要赶紧准备给上田代课的内容，谁知一拉开教员室门，胜见和赖子两个人一起冲他来了。

“行啦，行啦！”吾郎一边和胜见说着，一边快步走到赖子身边，菜菜美就坐在外婆的腿上。

“妈，对不起啊，菜菜美那么沉。”

“没事没事，刚才胜见老师一直让她骑肩膀来着。还是先想想见面怎么办吧。”

“就在这屋吧，您别担心了。”

“可以吗？这可是大家放松的地方。”

“第一节课除了千明老师之外大家都不在，没问题的。倒是我们总给妈妈添麻烦，实在过意不去，今天都接待第三个人了吧。”

赖子与生俱来的亲和力使她极善与人沟通，私塾学生的妈妈们事事处处都依赖于她。可是让年近花甲的岳母如此操劳，吾郎心里又十分不安。再加上刚刚在一枝店里的事，更是让他愧疚不已。

“好啦好啦，不过是耐心地听她们说说孩子的事，大多数妈妈就心满意足啦。能帮上别人的忙比什么都强。倒是吾郎你，是不是有什么事啊？”

“嗯？”

“觉得你和平时不太一样。”

“哪有，就是平时的我啊。”

“是吗？我看吾郎你也心神不宁的嘛，第四节课能搞定吧。”

“您放心。”吾郎一本正经地和开玩笑的赖子鞠了个躬，随后回到了自己的座位上。这时候，坐在右边的孝一又凑了过来。

“吾郎老师，您看看这个。”

“什么？”

“我闲着没事，就出了这个。”

吾郎随手接过一张纸，整篇都是用粗铅笔字写的数字。

“这是初一的数学题。我刚才在想吾郎老师要代课的单元，如果是我的话会出什么题呢，就学着您写了这个。”

哇，吾郎眼睛一亮。

“孝一，就要这样，这就是自主性！太好了，喜欢出题的老师才能和这条路匹配。”

吾郎话音刚落，“什么？”“什么？”两个喜欢出题的人也凑了上来。

“嚯，是孝一的第一份工作吗？正负计算啊！不轻松吧，这可是初一最大的难点，好多学生的数学都卡在这儿了。”

“第一次弄已经相当不错了。只是负数减负数的基础部分应该再新增一些题目，做到位才好。”

“要是这一阶段没弄清负数的概念，到了二、三年级可要遭罪喽。”

“明白了吗，孝一？要让学生们更容易理解负的数值，也就是‘不存在的东西’，先要从减掉‘存在的东西’入手，循序渐进地引导他们。”

一讨论起教学方法这些人就停不下来。那样不妥，这样也不对，争论不休的胜见和阿杉两个人简直把孝一的问题当成了一盘下酒菜，大有来一杯的架势，可马上就该上课了。

“不管怎么说，谢谢你，孝一，这个很有参考价值。”

坐在书桌前的吾郎抓紧做起了代课的准备。

说是要准备，其实对于本来就负责算术、数学和语文的吾郎来说，初一的数学指导是手到擒来的事。主要问题是，面对这些平时没接触过的学生，他们的学习进度和理解程度不好把握。给自己不了解的学生上课就好比是烹调不知道味道的食材。还好，缺乏时间观念的上田在做记录方面还挺勤快的，吾郎通过看他的笔记本，大致了解了每个学生的情况。

离上课还有十分钟，院子里一下子热闹起来，徒步或骑自行车来的小学生们的声音不绝于耳。之前家和教室在一起那会儿，有不少孩子提前三十分钟就过来玩了。搬家之后，因为附近居民提意见，不得不在时间上做出规定。整个社区优哉游哉地守护着孩子们长大的年代已经一去不复返了。

说起来，从前还总和孩子们一起玩投球呢。

吾郎望着窗外被午后阳光渲染的风景，内心充满了无限的留恋。

层层叠叠的屋顶遮住了视线，不知那等待落日的地平线去了何处。附近密布着相似的住宅，根本就别想找到一个能玩投球的空地了。

——不好，没时间了。

顾不上怀旧，吾郎继续看起了上田的笔记本。

无论在哪里，总有一些东西，在不知不觉中就消失了。

可如果停下脚步，又无法继续前行。

说到底，吾郎一天当中最最充实，可以从诸事中解脱出来做自己的时刻，也就只有在课堂上了。随着年龄的增长，肩膀上的担子也越来越重了，而后惊觉能够心无旁骛地去做一件事的时间竟是如此宝贵。

竭尽所能为面前的每个孩子授业解惑——尽管私塾的规模已今非昔比，但吾郎做事的基本态度始终没变。

然而除了基本之外，不得不改变的事情也越来越多了，比如说上课用的卷子。带的学生数量成倍增长，再想根据每个人的进度给所有学生准备手写习题已经不现实了。取而代之的是，配合每个年级的各个单元，吾郎都提前做出难易不同的十几份卷子（在教员室大家都管这叫“吾郎试训练”），再根据每个学生的水平从中选择，也算是退而求其次吧。

班级人数从二十人增加到了二十五人，也是吾郎能够让步的极限了。这样他在给教室最右边的学生辅导时，还能用余光看到左边的孩子在做什么。让学生们知道老师正“盯着自己”，也能时刻保持一定程度的紧张感。

可是今天却是个例外。还没到胜见担心的第四节课，刚第一节课学生们就闹个不停，更别说集中注意力了。

“大家今天怎么回事？”

“不要交头接耳，不要和旁边的同学搭话。”

不管怎么提醒，吵闹声和窃窃私语都停不下来。一个人兴奋起来就会传染给旁边的人，整个教室里弥漫着不安定的气氛。状况一出，想要扭转比登天都难，第二节课同样在慌乱中度过。这让吾郎颇为沮丧，他原本是想让孝一看看平时的课堂情况。

“孝一，实在抱歉啊，偏偏在最糟糕的日子把你给叫来了。”

每节课之间有十五分钟的休息时间。前半段的一、二节下课之后把小学班送走，老师们一般会在教员室里简单吃点儿东西，这天的简餐是蕗子送来的什锦炸豆腐寿司。吾郎一边感叹女儿的厨艺与日俱增，一边等着三、四节给中学班上课，显得有些心事重重。

“对不起了，看来还是另找时间再请你过来比较好。”

“知道了，我下次再来。”

“让你特意跑一趟真是不好意思。”

“没事的。不过，为什么学生今天会这样啊？”

嘴唇上还粘着米饭粒的孝一刚问完，就听见教员室的门“嘎达”一声被打开了，三个初一的男生走了进来。

“老师！”

“我们有事要拜托吾郎老师和热血老师。”

“拜托了！”

“拜托了！”

说着三个人一起低下寸头，老师们全都看傻了。

“今天第四节课让我们看电视吧！”

“拜托了，我们接受了采访，应该会播出的。”

“是啊，有生以来第一次上电视，怎么能错过呢！”

“胡闹！”

毫不留情地拒绝他们请求的就是学生们口中的热血老师胜见。

“你们把这儿当什么地方了？私塾，这是私塾！父母用血汗钱送你们来学习，能让你们在这么重要的课堂上看电视吗？！”

“热血老师，您也太残忍了。我们说不定还能通过这次机会被经纪公司选中成为艺人呢！”

“是啊是啊，搞不好还能和小柳留美子一起演出，甚至结婚也不一定呢！”

“要是行的话，你就去试试啊！”

身材魁梧的胜见说着“回去，回去”把三个人轰到了走廊里。一脸茫然的孝一把头转向了吾郎。

“那个，电视是怎么回事？”

“哎呀，之前电视台来我们私塾采访了，说是要做一个战后教育的特辑。”

“哇，八千代学习塾要上电视啦？”

“是啊，就是今天晚上八点的新闻。“

“八点……啊，第四节课。”

“是啊，正好赶在一起了。”

“教师就是个不幸的职业啊，脸上发怒、心里流泪，其实我也明白那些孩子心里的遗憾。”

胜见一边伸手拿剩下的炸豆腐寿司一边大声说着。

“其实我也挺想看的，不管怎么说，就为了这次拍摄还特意把学生们留下来练习私塾之歌的二声部合唱。大伙儿的歌声就要响遍日本的每一个角落，响遍大街小巷家家户户了。真想听听啊！”

“可不是嘛，不知道会做一个什么样的特辑。还有，关于教育的多样化，我作为曾经的学校教师，也提出了自己的忠告。”

“那么复杂的话题，肯定被剪掉了！”

“你瞎说什么呢！”

“说起来，千明老师也接受采访了吧？”

大家都看着千明，她依旧面不改色，只是打着算盘的手停了下来。

“当然，没理由拒绝的。这不是通过媒体向文部省申诉的最好机会吗？”

“那千明老师，您都说什么了？”

“对主张能力主义的新学习指导要领的三十八条建议。”

“三十八条……”

“那百分之百要被剪掉的。”

千明的脸色变了，像是把算盘珠当成杀父仇人一样用力地拨弄着。阿杉和胜见看到赶紧起身，躲进第三节课的教室了。千明主动承担起琐碎的行政事务，支撑着整个私塾的运作，在这里谁都不能和她对着干。

电视台来拍摄的前一天晚上，吾郎看到千明在熬夜写建议的稿子。他心中暗自祈祷，希望节目里至少能选用三十八条中的一两条。而他自己的采访部分，最好能全都剪掉。他本来想说说每个孩子都拥有与生俱来的潜在能力，但因为当时太紧张，说得太快，自己都不知道说了些什么，最后连记者都忍不住笑场了。他并不怎么执念于今晚的节目也是因为这个。

“哎呀，是吾郎老师。”

“怎么回事？上田老师呢？”

晚上七点，第三节课一开始，吾郎走进了第二教室，学生们立马炸开了锅。

“今天晚上由我来代课。上田老师因为个人原因……不对，因为关乎全人类的问题不能来了。”

“又去反战了？”

“上田老师可真行。”

“再怎么折腾，这世道也变不了吧。”

无勇气、无关心、无责任。这就看出人们常说年轻人的“三无主义”了吧。最近连孩子们看待大人的眼光都变得冷漠了。

“别的不说，第四节课让我们看电视吧。”

“是啊，电视！电视！”

看来要和这些躁动不安的孩子开战了。二十五个人全都在念叨“电视、电视”，吾郎就当没听见一样照样讲他的课，可是根本没人认真听。对于这些每天生活一成不变的孩子来说，上电视可是千载难逢的大事啊。

“我想看八点的新闻。”

“我也想看！”

“不让看我们就罢课！”

“对，罢上第四节课。”

越临近八点声音变得越大，第三节快下课的时候，已经出现了罢课的征兆。

“我们要看！”

“我们要看！”

“我们要看！”

吾郎对这些齐声高喊的学生无计可施，这时他听见隔壁的第一教室传来了类似的喧闹声，胜见那边多半也有一场恶战。这么看来，一楼的第三教室也好不到哪儿去吧。

“和我们担心的一样。吾郎老师，怎么办啊？”

胜见过来找他商量。

“这么下去，第四节课非引发暴动不可。看来只能让他们看电视了。”

“可我们只有教员室那一台电视啊。”

“可不是吗？”

“千明老师还在教员室呢。”

“是啊。”

两人无可奈何地相互对视，学生们的声音却一浪高过一浪。

“让我们看！”

“让我们看！”

“让我们看！”

“你们干什么呢！”

千明跑到楼上的一声大喝，让原本震得楼板直晃的大合唱戛然而止。

鹤鸣一声，百鸟哑音，此刻教这个谚语真是再合适不过了。得意忘形的学生们瞬间把嘴闭上了，在私塾里可不光是老师们害怕一发火就两眼发直的千明。四周一片寂静，时间仿佛定格了，在场的所有人都吓得一动不动。

没想到，接下来千明的一句话又解除了警报：

“别磨蹭了，赶紧到教员室集合，新闻马上开始了！”

欢呼声和拖动椅子的声音顿时响成一片。

“晚上好，这里是八点新闻。”

摆在木架子一角的电视机画面上出现了播音员的身影。就像热锅煮饺子一样的教员室里响起了雷鸣般的掌声，三个班的中学生把这个狭小的空间挤得水泄不通。从储物柜顶上到敞着门的清洁柜，学生们见缝插针地占据了每个角落。吵成这样，附近居民的抱怨可想而知，所以再热也不能开窗户。

“那么，首先看一下今日要闻。”

充斥着闷热和汗臭的房间里传来播音员一条条播报今日新闻的声音，像是故意在折磨这些焦急等待特辑的学生似的；苏联政府首次公开联盟11号的事故原因；执政在野两党围绕参议院议长选举的动向；仁保事件驳回原判后的首次公审。

每播出一条新闻都要引发一小波骚动，“怎么还不到啊……”新闻好不容易结束了，又转入一个名为“消失的农田——房总的未来”的栏目，学生们的忍耐已经到达了极限。

“赶紧播私塾的特辑！”

“快播我们的镜头！”

“快播！”

“快播！”

又是一阵骚动。就在这时，门口传来哐当哐当的响声，一个头上扎着毛巾的巨汉冲进了教员室。

“对不起，我来晚了。”

“啊，上田老师。”

“哦，你们在看电视呢？”

得知特辑还没开始，上田开心地露出了他的大白牙。

“赶上啦！”

“你没赶上上课！”

几乎在胜见怒吼的同时，“嘘——”千明把食指贴在嘴唇上。

不知为何，千明的嘘声战胜了胜见的怒吼。大家把目光转回电视，原来画面上出现了他们期盼已久的“特辑”二字。

“接下来是今天的特辑。”

掌声和欢呼声过后，教员室里突然变得鸦雀无声。特辑在所有人的屏息期盼中开始了，而结果却令他们大失所望。

“特辑《孤立无援的教育妈妈①》。本期我们将目光投向了被称为教育大爆发时代的现代日本的产物——教育妈妈。她们到底是为了什么把自己的孩子逼上应试战争的最前线呢？”

每双眼睛都全神贯注地盯着电视里的特辑画面，可他们的期望落空了。胜见的私塾之歌、阿杉的主张、吾郎的快言快语全都没有

---

① 过去日本存在“教育妈妈”这个说法，指母亲无情地驱使自己的孩子读书，以致孩子的身体和心理发育受到损害，亦对家庭关系造成影响。

播出，当然也包括千明那三十八条。

节目首先以战后日本经济高速发展为背景讲述了应试战争的现实状况，随后聚焦被称为“教育妈妈”的母亲们，揭示她们的内心世界。可大家左等右等就是不见八千代学习塾出现。

“这是什么啊？”

“什么时候才有我们啊？”

就在大家开始怀疑是不是把节目时间搞错了的时候，屏幕上终于出现了他们熟悉的面孔，八千代学习塾的现场采访报道开始了。

“其实，教育妈妈们的内心也是很纠结的。这样真的好吗？填鸭式的应试教育对孩子有帮助吗？她们在日本人从未经历过的高等教育抢椅子游戏中拼尽了全力，而生活在以核心家庭[①]为中心的现代社会中，这些教育妈妈连一个信得过的商量对象都找不到。想依靠学校，可班主任老师最多的要负责一个班四十五名学生，实在是应接不暇。因此，这些孤立无援的教育妈妈为了寻求帮助，便一窝蜂地涌向了现代版的寺子屋[②]。对，那就是私塾。”

这时画面终于切换到了八千代学习塾的全景。

“哇——”

大家眼里充满了期盼，可下一秒出现在屏幕上的却是赖子的脸。

“……啊？”

在八千代学习塾的院子里，抱着菜菜美的赖子正面对麦克风。

① 核心家庭指由父母与未婚子女所组成的家庭。与之相对的主干家庭是指由祖父母或外祖父母，父母及第三代组成的家庭。

② 寺子屋是日本江户时代让平民百姓子弟接受教育的机构，发源于室町时代后期，由寺院开办。

她涂了比平时更浓的口红，淡粉色的双颊显得气色很好。虽然时不时也会瞟一眼镜头，但从她的表情中看不出丝毫的怯场，只有难以言表的喜悦。

“你是说来私塾咨询的妈妈？嗯，有很多。哎呀，没有的事儿。我有什么资格给人家提意见啊？不过是一个倾听者罢了。嗯，我就把自己当成是每个学生的外婆，听妈妈们说说话。现在不和外婆奶奶一起生活的孩子不是特别多吗？双职工家里的小孩就算放学回家也没人陪，这也成了很多人上私塾的原因。对于妈妈们来说，身边有一个可以依靠的长者也未尝不是一件好事。有教育妈妈而没有教育爸爸，单从这点就能看出妈妈们在孤军奋战。男人们都忙着工作、赚钱，根本顾不上家庭。没办法，像我这种老人也只能自不量力地跑出来了……哎呀，教育奶奶？你说话可真有意思！哈哈哈哈！”

赖子爽朗的笑声过后，记者转身面对镜头，“以上是对八千代学习塾的人气咨询顾问赤坂赖子女士的采访。”电视画面再次切回了直播间。

“如此看来，私塾热还从另一面折射出了核心家庭化的社会问题。今天的节目就到这里，欢迎大家收看明天的特辑。”

镜头定格在播音员一个志得意满的笑容上，同时画面正中残忍地打出一个字：

“终”。

“……”

“……”

“……”

“……”

“……”

“哎呀，真是的，我都说了不让他们播的。”赖子边说边扭了下身子，这话多少有点儿心口不一。教员室里一时间冒出无数尊石像，所有人都沉默了，只有赖子一个人的声音空洞地回荡在耳边。

“可恶，耍我们呢？我再也不会相信电视了。”

“媒体就是这样的。只能怪我们自己傻乎乎地被利用了。”

“要不要拿上铁棍杀进电视台啊？”

“上田，你就别唯恐天下不乱了。还不如去喝一杯呢！”

“嗯，今天是要去喝一杯。”

“就是，去喝一杯。”

不知道从什么时候开始，工作结束后和胜见相约去附近的大排档喝酒已经成了吾郎每日的习惯。喝酒是为了把上课时积蓄在身体里的兴奋发泄出去，几杯酒下肚，他俩总会为各种教育问题争论得不亦乐乎。虽然每天和孩子们斗智斗勇已经大伤元气，可只要话匣子一打开就根本停不下来。

“今天晚上不喝一杯怎么回得了家！”有了阿杉和上田的加入，酒局变得更热闹了。

“真是要感谢赖子啊。她是个好人。赖子，哎呀赖子，赖子大人。我们所有老师都被剪掉了，只有她……”

“你们说教育妈妈真像电视里说的越来越多了吗？我怎么感觉

关心教育的家长比例一直都没什么变化呢？”

“有些不过是媒体自导自演的炒作。就说这些新词吧，像‘教育妈妈’这种词，只有流行起来人们才会去用。”

“确实，什么应试战争、应试地狱，媒体才是引发骚动的始作俑者。”

“真正了解战争的人，是不会希望再轻言战争的。”

“对孩子们也不好，他们很容易受到某种心理暗示，听到战争就觉得自己是在打仗，听到地狱就好像自己真的在地狱里了。”

“浑蛋，我本想让全日本都看到孩子们快乐又充满朝气地来私塾上课的样子。”

“好了好了，胜见老师消消气。说到底，还是没把我们私塾当回事啊。”

“不管怎么样，我绝对不会认输的！”

再来一壶！胜见说着，霍地起身将酒壶递给了大排档的老板。

“有一颗坚强的心，不向媒体低头，更不会向文部省和那些恶意诽谤低头。无欲无求，只是偶尔发发火，总能把教学当成一种享受。我就想成为这样的老师。”

“嘿！”

看到举起拳头的胜见，吾郎他们三个人也醉醺醺地站了起来。

“我也要做这样的老师！”

“我也是！”

“反对越南战争！”

几个人说到兴头上，也顾不得天气炎热，勾肩搭背地高唱起了私塾之歌。吾郎突然感觉很神奇，尽管这几个大男人时常活在偏见和歧视里，但只要投入这份工作，每个人都不遗余力地燃烧着自己的热情。如同划着手摇小船去挑战无边大海的每一天，他们将分分秒秒都视如珍宝。“看看看，吾郎又一个人傻笑上了。”不理会同伴的嘲笑，吾郎还是抖动着肩膀一个人呵呵呵地笑个不停。

应该把此时此刻叫作什么呢？吾郎酒醉的大脑还在思考。要用什么词汇来形容这焦灼的每一天呢？

青春——很久以后吾郎又回忆起那段时光，他脑海中只出现了这两个字，可惜它早已不复存在。吾郎也好，其他人也罢，他们胸中那一腔不可言说的热忱，永远地消失了。

第四章
星星陨落的瞬间

“接下来，有请新郎就职的千叶私塾的校长大岛吾郎先生为我们致辞。”

主持人刚说出这个名字，众人聚焦在舞台上的目光全都开始四下打量起来。仿佛感到圆桌各处有狂风袭来，吾郎忍不住用胸袋里的手帕擦了擦鬓角的汗。

“众所周知，大岛先生目前经营的私塾在千叶县内拥有四个校区。此外，近年来他还致力于出版著作和各种演讲活动，我们时常能在电视、杂志上看到大岛先生的身影……”

介绍没完没了，搞得吾郎的手帕都快湿透了。

对于吾郎来说，私塾学生的目光和世人一般的目光乍看相似，却截然不同。孩子们渴求知识的眼睛能让他精神抖擞，相反成年人猎奇的眼光只会让他萎靡不振。终于被叫上台站在麦克风前面，吾郎和在课堂上判若两人，他笨嘴拙舌地把新郎吹捧了一番，就恨不得马上逃离眼前的一切。

当然不可能那么轻松了事，干杯之后就进入了畅谈时间，吾郎也立刻被大家抓住不放。

“大岛老师，我去聆听了您在横滨的演讲，真是太精彩了！没想到私塾里还有您这样的人才。”

“对了对了，您上周那个广播节目真不错。日本教育到底前途会如何？大岛先生，您可一定要想想办法啊！”

“我母亲是您的超级粉丝，您能给我签个名吗？”

不管如何修炼，吾郎在私塾以外听到有人称呼自己“老师”，还是觉得很刺耳。他如坐针毡，仿佛有许多小虫在身上乱爬，想挠也挠不到。吾郎求助般地朝坐在旁边的千明看过去，却被她瞪了一眼，像是在说：“给我好好的！”

“保持微笑，就当回馈粉丝嘛。校长可是千叶私塾的招牌啊！”

被千明在耳边教育了一番，吾郎只得摆出了僵硬的笑容。

一帮人终于走开了，吾郎刚用啤酒润了润嗓子，就听见“哼哼”的鼻息声，声音不是千明那边传来的，原来是胜见从另一个方向走了过来。

“忍半天了吧，当名人也不容易呀！吾郎你可是越来越疏远我了，哎哟哟，真是好失落啊！”

胜见还是那么风趣，说话就喜欢夸张。

“是胜见老师要疏远我了吧。听说JCS终于要进军关西了？”

“哈哈，你消息够灵通的。”

“要去大阪吗？”

“什么呀，只是在做一些初期的准备工作。通过家访和发宣传单来招募学生，再挨家挨户地去拜访周围的邻居，根据反馈效果计算要在当地的宣传活动上挂几盏灯笼。”

胜见一边苦笑着说，一边往吾郎的杯子里倒酒。

“好了，先不说这个。看到你在这么正式的宴席上作为私塾的校长被隆重地介绍给大家，我真是百感交集啊，没想到能走到今天。”

的确，吾郎点了点头。

“以前在婚礼上，我们的职业都被当成禁用词。”

“每次有年轻老师结婚，他的亲人都会哭着央求我们，说什么在私塾工作很不体面，希望能帮着保密。真让人心寒啊！”

“是时代变了吧。”

“哪里，是大岛吾郎个人得到了认可。”

坐在同一张圆桌上的千明一边听他俩聊天一边闷头吃饭。虽说是久别重逢，但从她的眼睛里仍能明显地读出对胜见强烈的排斥。

作为经营合伙人的胜见离开原名八千代后改名为千叶的私塾是在四年前的昭和五十年（1975年）。那一时期“私塾热”达到了顶点，甚至还出现了像“乱塾[①]时代”这样的流行语。尽管学生中呼声强烈，希望他不要辞职，但胜见坚持认为“年过四十的教师是该退役的老兵了”，就这样告别了讲坛。与此同时，他把已经拓展到四

---

① 乱塾一词指私塾鼎盛。1966年私塾开始在日本盛行，经历了1973年的石油危机，父母们越发担忧孩子的未来，私塾也迎来了前所未有的火爆。乱塾一词在1975年首次出现于《每日新闻》的一篇关于子女教育的报道中。

个校区的经营权全部转交给了吾郎，自己去了近年来新兴的连锁私塾“JCS学园”，担任营业负责人。

“吾郎，一所私塾不需要两个校长。千叶私塾是由整个大岛家支撑的，今后也一直这样就好。”

搭档的离去就像失去了身体的一部分，尽管受到了沉重的打击，吾郎却无法责怪胜见，因为他临走前说的那句话确实不假。当年他俩在一栋老房子里起家办学，发展到今天已远远超出了一般私人私塾的规模。随之而来的一山二虎的经营模式也开始暴露出各种问题。两人在教育观念上的分歧和经营理念上的差异将越发难以回避，今后还有可能出现经济方面的纠纷。胜见一定是料想到了这些，才毅然决然地选择在新天地里重新开始。

吾郎尊重他的选择，可千明却愤愤不平，“这种人竟然把自己卖身给竞争对手的大公司！”因为不能容忍胜见的背叛，所以在出资金额的清算上也是分毫不让，僵持了很久。而这股怨气似乎也一直压在千明心中难以退去。

“真的是今非昔比，现在学生们也不一样了，个个都是光明正大地来上私塾。四谷大塚[①]的同行都有点儿得意忘形了！”

至少从表面上看，胜见总是一副若无其事的样子，好像什么都没发生过似的，这也让人松了口气。

“不管怎么说，现在有20%的在校生都选择了私塾。”

“这要放到过去，我俩听了还不口吐白沫？你说真的是私塾的

① 四谷大塚是日本知名的私塾，创立于1954年，主要以小学生为对象，致力于小升初的学习指导。

地位上升了，还是学校的地位下滑了呢？”

胜见略显稀疏的头发用发蜡定了型，领子上打着原来没用过的花哨领带。不管造型怎么变，他直率的说话方式还是一如既往。

“我想学校也有学校的难处啊！现在不单要‘教书’，还被强加了‘育人’的义务。一旦出现了什么问题，就会怪在各种考试和应试教育头上，被媒体当成替罪羊。”

“可不是吗？现在对整个教育体制的批判愈演愈烈，拿学校和私塾比较不过是五十步笑百步罢了，要不吾郎的书怎么会那么畅销呢？”

“啊？”

“我可是拜读了的，《追随苏霍姆林斯基》。说实话，你这本评传对当今这个时代来说真是正中下怀。佩服，佩服啊！”

苏霍姆林斯基，这名字让吾郎一惊，下意识地侧目看了看身旁的千明。她握着勺子正往嘴里送法式浓汤的手突然停住了。

“我对苏霍姆林斯基也只是略知一二，没想竟能得到大众如此的认可，不愧是大岛吾郎啊！”

吾郎突然感觉胃里发紧，随即放下了刀叉。

“胜见老师，你的领带在哪儿买的？”

“就在津田沼百货店，怎么了？”

“没什么，觉得这花纹不错，我也想来一条。”

“啊？你怎么可能用红白波点的领带？”

这时，又有不速之客悄悄靠近了稍显不自在的吾郎身边。

“抱歉。”

吾郎顺着声音回头一看，原来是三个穿着和服忸怩作态的姑娘。

“您是写苏霍姆林斯基的大岛先生吧。”

“听说今天大岛先生也要来，我们都读了您的苏霍姆林斯基那本书。”

“我要是能遇到像苏霍姆林斯基和大岛先生这样的老师该多好啊。请和我握个手吧！”

一番狂轰滥炸搞得吾郎的手帕又被汗水浸湿了。旁边的千明拉开椅子小声说：

“我去一下洗手间。”

随即离开了圆桌，吾郎只得闷闷不乐地看着她离去的背影。

“千明还是老样子，只是显老了。”

胜见的这句话没有恶意，却一针见血。

瓦西里·亚历山德罗维奇·苏霍姆林斯基是出生于乌克兰的教育家，在苏联从事教育工作三十五年，拥有一系列独到的教育理念，并留给世人大量著作。翻译成日语的作品当中，有一本是金轮书房的一枝女士特别推荐给吾郎的，他初次与这本书邂逅是八年前的昭和四十六年（1971年）的夏天，至今难忘。

从读第一本书开始，吾郎就彻底被苏霍姆林斯基征服了。对孩子的宽容和信任，对教学的热情，作为一名教育工作者牢不可破的信念，吾郎从书中看到自己理想中的教育得到了实践。说得夸张一些，他仿佛有生以来初次遇到了人生导师一般，感受到了灵魂深处的震颤。

貌似连一枝都没料到吾郎会如此痴迷，于是又给他找来了著作的英译本。从那之后，吾郎便开始如饥似渴地寻找苏霍姆林斯基的各种著作认真研读。

> “孩子们天生就是求知欲旺盛的探险家，是这世界的发现者。”
>
> “我深信，只有能够激发学生去进行自我教育的教育，才是真正的教育。”
>
> “很多事实证明，宽容引起的道德震动比惩罚更强烈。”
>
> “若你能在学生心中种下不可撼动的良知和做事不屈不挠的精神，那你的学生或许能成为你的战友和朋友，甚至是你的老师。勇敢地前进吧！”

吾郎在苏霍姆林斯基的著作中读到很多令他想要写上黑板的精彩格言，渐渐地，他萌发了要让更多人了解这些的想法。尽管苏霍姆林斯基在教育界无人不知，但普通民众还是知之甚少。也许是因为他精神根基的共产主义思想很难被日本人接受吧。于是，吾郎思考用一种类似在伏特加里兑苏打水的方法，尝试能否在苏霍姆林斯基的教育理念中加入一些亲和力。

“这太有意义了，吾郎先生。您一定要把苏霍姆林斯基的思想传达给那些蜷缩在学历社会的日本人。把您自身的经历与他的生平交织起来，必定会是一部出色的评传。”

一枝的鼓动终于让吾郎下决心动笔了，那大约是在六年前。高中辍学的文学青年吾郎生来就热爱写作，他在担任校长的工作之余抽空写书，断断续续用了三年时间。还好脱稿之后有一枝给他引荐的编辑大力相助，一切进行得相当顺利，书在两年前就正式出版了。

此书的问世恰逢其时，正赶上同年日本政府在中小学范围内第四次修订《学习指导要领》。教育问题引发了社会的关注，调查表明，低龄学生有将近半数都跟不上课堂教学。面对这一现状，二十年来一直用填鸭式教育摧残孩子的文部省也不得不转变方向了。为推进“宽松教育”，他们对外公布要将学习内容减少一成。

积极主张快乐教育的苏霍姆林斯基的评传，幸运地和这个“宽松教育”在同一时期被推向了日本社会。

就这样，吾郎的处女作作为一本教育类书籍创下了前所未有的销售纪录。升学大战、拒绝上学[①]、自杀——这些围绕孩子的触目惊心的新闻已经让日本人感到厌烦了，也许是他们在外国人描绘的田园牧歌式的教育风景中寻求到了安慰吧。

不过，作品意外成为畅销书对于吾郎本人来说就未必是种安慰了。一跃成名让各种采访和讲演的邀请纷至沓来，连续数日紧锣密鼓的行程安排让他的身体叫苦不迭。然而最最失算的还是，这本书的出版竟让吾郎和妻子千明之间的关系出现了裂痕。

被婚礼搞得疲惫不堪的吾郎晚上全然没了食欲。倒也不单单是因为那些吃不惯的西餐还积在胃里没消化，与胜见分手后回家的路

① 拒绝上学在日语中写成“登校拒否”，主要是指日本中小学生因为讨厌学校或对学校产生恐惧而拒绝上学的现象。自开始调查统计以来，呈逐年上升态势。

上，千明始终板着脸一言不发，这让他颇为担心。

说到担心——

晚餐时，没什么胃口的吾郎坐在餐桌旁开始依次打量起同席的四个人。千明、蕗子、菜菜美，还有从两年前开始借宿在家里的上田。只有在私塾放假的周日，家人才能像这样聚在一起，不过今天兰不在家。吾郎不仅注意到了那个空着的座位，还特别留意着坐在他对面的蕗子。

蕗子突然变得不爱说话，大约是从今年初春的樱花季开始的。

二十四岁，正值盛放的美丽花朵突然把香气隐藏了起来。蕗子那总能照亮全家的灿烂笑容不见了，还不止一两次看到她红肿着眼睛。吾郎问她缘由，她也只是强颜欢笑地说“没事”，并不愿意敞开心扉。

到底是什么在困扰着蕗子呢？吾郎百思不得其解。

蕗子如愿当上了学校老师，在习志野市内的一所小学已经工作三年了。前不久还说终于适应了这份工作，她当班主任的三年级二班好像也没有那种问题儿童。有段时间，因为母亲千明反对她进学校，两人针锋相对，火药味十足，激辩持续了数日后转向了冰冷的沉默，如今战后的焦野上就剩下些能飘起黑烟的残渣了。“你是要去给文部省当走狗吗？”“可我觉得应该有办法去保护那些只能接受公共教育的孩子。”面对怒不可遏的母亲，意志顽强、坚持正论的蕗子和支持她的家人终于在这场持久战中取得了胜利，看得出来，如今连固执的千明也终于想开了。

这样说来，蕗子还有什么可烦恼的呢？

难道是——恋爱问题？

当然，她这个年纪的女孩有一两个意中人也不奇怪，倒不如说没有才奇怪呢。尽管这么说服自己，但吾郎心里还是不踏实。

蕗子嫁人，离开大岛家。只是想象一下这是不久后将要面对的日子，吾郎就觉得自己像游荡在没有太阳、没有月亮，也没有星星的宇宙里，胸口塞满了寂寞。

“真——的出来了。小秋的朋友的朋友在公园的饮水处喝水时，忽然有个人在后面‘咚咚’地敲他后背，回头一看是个戴口罩的女人……”

“是感冒了吧。”

“不是啦！那个戴口罩的女人还问他‘我漂亮吗？’”

“戴着口罩怎么知道呀？”

“所以，不是啦！”

最近一段时间，蕗子和千明在餐桌上都很少说话，今天晚上连吾郎都不开口了，就听菜菜美和上田两个人聊得起劲。

“既然被问了，就算是客套话也只能回答漂亮。可那女人听后突然摘下了口罩，张开一直裂到耳朵的大嘴巴问‘这样也漂亮吗？’”

“那个朋友被吃了吗？”

“没有啦，他喊了三遍‘发蜡，发蜡，发蜡’，那女人就吓跑了。”

“那不错，菜菜也试试呗。从明天开始就用发蜡梳个光溜溜的大背头去上学怎么样？”

“讨厌！你们谁来管管上田哥哥啊！”

菜菜美把地板跺得吧嗒吧嗒直响，今年都十岁了还是跟小时候一个样，也多亏了她这份天真无邪，吾郎感觉放松了不少。不知道是因为做三女儿没压力，还是因为从小就不认生，喜欢坐在人家腿上玩，菜菜美长成了一个活泼开朗又爱与人亲近的少女。虽说有时候也觉得这丫头疯疯癫癫的，但和二女儿兰比起来，缺点也变得可爱了。

“我说，兰怎么……”

吾郎本来想问，兰怎么还没回来？结果话没说完就听见客厅的门“哐当”一声开了，兰穿着宽大的运动衫配短裤出现在门口。

“回来了，怎么晚了？”

千明最先和她搭话。

“今天去哪儿了？”

“稻毛的青叶学校。他们把自编教材和对学生的照顾作为宣传点。”

“那么，实际上呢？”

“那个自编教材就是垃圾，老师基本都是勤工俭学的学生。他们还以为留成堆的作业就是对学生最好的照顾呢。而且学校位置也特别糟糕，连个放自行车的地方都没有，和附近居民的纠纷少不了。我敢打包票，两年之内肯定倒闭，绝不是千叶私塾的对手。”

兰一脸得意地做了个胜利的手势，随即转身往自己房间去了。

“我要趁还没忘赶紧记录下来。晚饭过会儿再吃。”

全家人都呆呆地望着她轻快离去的背影，“嗯——”上田双臂交叉代表所有人说了一句：

“真是一场入学体验风暴啊。”

蕗子日渐消瘦，脸色很差，眼里的阴郁也一日重过一日。

吾郎心中的疑惑始终没有解开。他差点儿就去问千明知不知道原因了，但一想到要聊工作以外的事情又让他感觉发怵。而且，蕗子也不可能把自己的烦恼告诉妈妈的，这一向不都是自己的职责吗？吾郎在这点上倒是颇为自信。只是每天被各种事务搞得焦头烂额，他根本没时间，也找不到合适的机会走进蕗子的内心，只能任凭危险的黑暗在餐桌下孕育蔓延。

吾郎确实很忙。从几年前开始他就减少了课时，将主要精力从教学转向了教师培养。书出版之后，连年轻教师的进修这块也越来越多地交给下属去做了。

其实最棘手的还是千明对这本苏霍姆林斯基评传反常的态度。关于吾郎在媒体露面这件事，她说不上支持，但也绝不反对，这等于是在给千叶私塾免费打广告，理由估计也只有这个了。而为人宽厚还有些木讷的吾郎很有观众缘，自从他出名之后，每次来参加私塾说明会的家长都会绕着租赁大楼排上好几圈。

然而社会的关注、私塾的火爆，这些和日常生活的满足感并没有必然联系。就算在演讲中获得再多的掌声，就算来私塾报名的学生资料越堆越高，吾郎都无法体会到那种和孩子们面对面上完课之后畅快淋漓又回味无穷的感觉了。

四十岁了。虽然自己不是胜见，但作为私塾教师，确实已经是老兵了。没有了年轻人取之不尽的体力，也没有了洪亮的嗓音。周围的人都一直委婉地劝他离开讲台专心管理工作，可吾郎到现在都不舍得放手每周两次的授课。

想做的事和该做的事不可兼得。

令人身心疲惫的媒体曝光。

如履薄冰的夫妻关系。

最近不知道在想什么的蕗子，和从来都不知道她在想什么的兰。

人啊，随着年龄增长，要承受的东西也越来越多。年轻时无事一身轻，就算是一动不动，大风卷起海浪也能将自己带入未来的潮流之中。一路上是命运在指引着自己，吾郎真真切切地感受到了这点。

那风是什么时候停的呢？转折点在哪儿？又或许只是自己身上的担子太过沉重了吗——

那年秋天，新吹来一阵风，院子里种的桔梗开满了淡紫色的小花。

只不过这次吾郎逆着风。多年后回首当初，这也许就是将他带入不幸的开端吧。

这天原本应该是个好日子。

“一定记得今天六点半。一定哦！这之前所有人一定要回来！”

菜菜美从早起来就一直在说“一定，一定”，因为晚上要在八千代台的家里给外婆开生日会。

大约两年前，大岛家搬到了津田沼的新居。而赖子因为不想离开熟悉的地方，一个人留在了八千代台的家里。多愁善感的菜菜美到现在还是舍不得和外婆分开。

“没问题吧？兰姐姐今天也一定去哦，别去上那个私塾的体验课啦！”

“我不去。下周就要期中考试了，我想学习，八千代台我也不想去。”

“嘿，又来了，冷血动物。”

“这就是身为私塾家女儿的宿命，决不能把年级第一的位置让出去。”

“哇噻，兰姐姐好帅啊，加油！”

“你自己也是私塾家的女儿。”

考上了东京名牌私立中学的兰和打算上本地中学的菜菜美，虽说是亲姐妹，但完全是两种类型的女生。听着她俩的日常斗嘴，吾郎一边答应六点半回去，一边走出了家门。

或许是因为晚上就可以回到那个令人怀念的老房子了，吾郎心里说不出的开心。把家搬到津田沼是因为考虑交通方便，但对于他来说，倾注了最多情感的还是八千代台那个地方。赖子在花甲之年离开了千叶私塾，吾郎也有好一阵子没见过她了。

对了，岳母可能会知道些蕗子的事儿吧，吾郎心里又多了一份期待。那天早上他和往常一样去千叶私塾的津田沼校区上班。这里是千叶私塾的本部，位于一栋租赁大楼的三层，比其他三个校区的楼层面积都大，还配备了办公室和会议室。

吾郎先在办公室里确认了一天的日程安排，紧接着开始处理桌子上堆积如山的文件，并根据事情的紧迫程度采取必要的措施。一转眼又到了外出时间，他捋了捋头发，飞奔出学校，刚到车站就跳上了一辆上行的快速电车。途中，吾郎在市川下车，去看了一处新校区的备选地，随后又乘上电车赶往位于东池袋的教材发行公司。参加完根据新《学习指导要领》编写的新教材说明会，又在立食店[①]里吃了一份荞麦凉面充饥。之后在神保町的出版社讨论将《追随苏霍姆林斯基》一书做成绘本的计划。接下来，三点去电视台录制了与教育评论家对谈关于“差生真的没有了吗？”话题的节目。等他满头大汗地卸掉脸上的粉底离开电视台的时候，太阳已经快下山了。

通常这个时候，吾郎还要去参加与工作相关的聚会或是聚餐，不过今天是赖子生日，就没再安排别的事情了。

终于松了口气，他忽然想抽支烟。

就十分钟。吾郎走进一间路边的咖啡馆，点燃了他的七星烟。原来为了保护嗓子很少抽烟，如今上讲台的次数少了，烟倒是越抽越多了。

抽一根的话反而感觉更疲乏，只有抽上两根压力才能得到一些释放，让自己打起精神继续开动。

不过，在那之前吾郎留意到店里的一样东西。红色的电话。他下意识地起身朝那抹红色走了过去。

零钱包里总备着十元硬币是他多年养成的习惯。

---

① 立食店是不提供座位的餐饮店，顾客快速用餐。价格一般低于有座位的餐厅。

“你好，这里是富士文库。”

电话拨通后，那边很快传来了一枝的声音。

“喂，喂。”

“啊，是吾郎啊。”

“现在方便吗？没有客人？”

“方便方便，你没听见闲古鸟[①]在叫吗？”

五年前，一枝的父亲去世了，她借机关掉了八千代台的书店，在西船桥一带买了间公寓。现在一个人独居，又在锦系町的旧书店里当上了店长。

“有个好消息，出绘本的事儿总算是有眉目了。”

“啊呀，那真是太好了。”

“现在最大的问题是找画家，有些人完成作品会需要很长时间，所以要尽快锁定目标。你心里有没有理想的人选？”

“哎呀，我又不懂，哪儿敢胡说啊，这个应该去问内行。不过，温暖的画风会比较好吧。”

“啊——嗯，是啊，温暖的画风。”

“就是能将苏霍姆林斯基精神中无形的那部分也准确地表达出来。”

“明白了，我会向编辑转达的。”

正事说完之后，瞬间的沉默又席卷重来。剩下的十元硬币一点点变少，可握着它的手掌却越发沉重了。

---

① 闲古鸟，杜鹃的别称。说闲古鸟鸣叫是一种比喻，指客人少，买卖不景气。

“抱歉啊，总不能去看你。”

“说什么呢，我又不是二十多岁的小姑娘。”

一枝还是那样，一笑置之。

“吾郎老师可是个大忙人，现在哪有这个闲情逸致啊。加油吧！”

“谢谢你，我最近一定抽空过去。”

“好啊，好啊，那我就不抱期望地等着了。先这样吧。”

每次一枝都会主动挂电话，这份体贴也让吾郎安心。可是听不到声音了，他马上又想再投十元硬币进去。如此反复的心理冲突已经有好几年了吧——

起因还是苏霍姆林斯基。说起来有些讽刺，吾郎人生的第一个导师竟然把他引向了妻子之外的女人。

其实并不是一开始就有所图谋。当吾郎意识到一枝是位很有魅力的女性之后，他始终压抑着自己的欲望，只是在写作评传的过程中把她当作合适的商量对象。一枝对苏霍姆林斯基的喜爱不在吾郎之下，尽管她谦虚地说“我会提什么意见啊！”但却总能轻松地解开吾郎心中那些纠缠不清的死结。通过两人对问题点的细致讨论，吾郎的思路清晰了，总有种拨云见日的畅快之感。

每完成一个章节，吾郎都会向一枝征求意见。随着完成的稿子越摞越厚，两人的亲密度也日渐加深。

就在吾郎埋头写作最后的第八章那段时间里，有件事令他最终没有把持住自己。“你混得不错嘛！”一直音信全无的父亲突然与他联系。好像是听别人说儿子开的私塾出名了，就提出要见个面。吾郎去了，其实就是找自己要钱。

战后那个一穷二白的年代，所有人为了活下去都拼了命，这个当父亲的却什么都没为吾郎做过。可如今再想想，父亲在战争中失去了妻子和女儿，为了重新振作起来说不定也曾全力以赴。现在自己已经成家了，见他生活潦倒也不能置之不理。于是，吾郎就按父亲提出的金额把钱给他了。

一个月之后父亲又叫他出来，还是要钱，而且金额还翻倍了。见吾郎面露不悦，父亲竟撇着嘴说：

“你开私塾赚了不少钱吧。不是都说孩子的教育是棵摇钱树吗？”

类似的话，社会上和媒体上都说了不少，最近甚至有些心存嫉妒的同行到处散布谣言，说千叶私塾背地里挣黑钱。吾郎虽不是现在才感觉灰心，但对方毕竟是自己的至亲。

那天，吾郎第一次没打招呼就去了一枝家。见他没带稿子突然闯过来，一枝倒像是早有准备。吾郎把一枝给自己倒的酒全喝了，又借着酒劲向她倾诉了父亲的事情。一枝也第一次哭着说出了自己和前夫离婚的原因——那男人是一个性变态。就在那个凌乱的晚上，吾郎和一枝做爱了。

不是年轻人干柴烈火般的爱情，只是两个三四十岁的成年人。一枝无论从精神上还是经济上都是独立的，他俩始终保持着恰当的距离。吾郎原以为他们的关系不会被任何人察觉，也不会伤害到任何人，直到他发现千明从来也不去碰他写的那本评传《追随苏霍姆林斯基》。

“我回来了。”

不光是因为车停在了租赁大楼的地下室，只要津田沼校区还亮着灯，吾郎下班前都要回一趟办公室。这些日子很少能在家里和千明碰面，听她说“你回来了！”也都是在私塾里。

可是这天，火急火燎冲过来的妻子根本顾不上说那句话。

“老公，船桥分校出事了。”

她平时很少在学校里叫吾郎“老公”，吾郎很快就明白发生了什么。

“有四个老师集体辞职。”

“四个？”

“被清新学院挖走了。”

“清新……”

这就来了？吾郎反而变得平静了。前年，清新学院在距离千叶私塾船桥校区五十米的地方开了分校，作为私塾界的一枝黄花，他们将不择手段的生存本能发挥得淋漓尽致，一直以来用尽各种招数不断地给同行找麻烦。

“终于对咱们下手了？”

“这种事也就他们干得出来。”

在千明身边愤愤不平的是因为紧急情况特意赶过来的上田。

“不惜花重金抢夺教师，给竞争对手制造压力。校长，这就是在向我们宣战，赶紧准备应战吧！只要您一声号令，就算要扛着铁棍杀到清新学院去，我上田也在所不辞。”

如今已经是八千代台校区主管的上田气得捶胸顿足，看到他这个样子，吾郎反倒更冷静了。

“行了，别闹了。现在可没工夫和清新学院闹着玩。”

“校长，这可不是闹着玩啊……”

“上田，你也看过吧，清新学院孤注一掷开发的那本教材，不就是在强调孩子们玩儿的水平吗？”

吾郎知道屋里所有人都关注着自己，因而尽量摆出一副从容的姿态。

“在教材开发上，很多私塾都因为耍小聪明而吃了苦头，清新也不例外，据说他们还因此面临经营危机。过度生长的植物迟早要自食恶果，扰乱别的私塾同样也要耗费财力人力。随他们去吧，估计离自取灭亡也不远了。”

“哦，说得也是。”

“我看还应该感谢清新呢，一下就帮我们清理了四个能随意把学生们抛下不管的老师。”

看上田渐渐平静下来，吾郎又转头对千明说：

“现在关键是补上这四个人的空缺。今晚他们……”

没等他说完千明就开口了：

“你问代课的话，其中一个人本来今天就没有课，所以需要三名代课老师。有两个已经安排了外聘教师。”

“那就剩一个了，什么科目？”

“中学二年级的数学和语文。”

“我去。”

“那拜托了！”

“尽快把学生名册给我……啊！”

那今天晚上怎么办呢？吾郎猛然想起生日宴的事。不等他开口，千明又先说了：

“妈和孩子那边我来解释就行了，不用担心。”

两个人虽算不上心意相通，但还是能明白彼此的心思。吾郎点头说了句“那拜托了”就转身离开办公室。等不及电梯，他一路小跑走下了楼，急匆匆地赶往位于国铁船桥站附近一栋多功能大厦四层的船桥分校。

从很早以前开始，船桥作为一处交通枢纽就相当繁荣。这里人口众多，仅次于千叶市，因此也成了私塾竞争最激烈的地区之一。特别是车站周边的中心区域，这里足有过百家的私塾在争夺生源，而负责这个激战区中船桥校区的主管佐和田研一只有二十六岁，当初举荐他的还是千明。

“校长，对不起。是我太大意了，才弄成这样。”

吾郎到达船桥校区的时候，这个佐和田一副垂头丧气的样子。

“录用他们四个的是我，不是你的责任。”

吾郎先稳住佐和田的情绪，随后便急着准备起了代课的教案。对那些背叛学生的老师的愤怒，就先藏到心底吧。

向佐和田确认讲解单元的时候，一直故作平静的吾郎也慌神了。

“《语言与思考》？”

那眼神就像是发现了课本的缺页，他责问道：

“怎么十月份就开始讲渡边实了？”

“是……”

“这也快得太离谱了。按理说应该讲到三好达治和谷川俊太郎才对。”

这下轮到佐和田慌神了。

“是的，那个，这件事我以为校长是知道的。”

“什么？”

“那个，是千明老师……”

佐和田渐渐微弱的声音让吾郎心里掠过一阵强烈的不安。

晚宴已经落幕。打开门的时候，吾郎感到像是有一股黑暗从外面倾泻进来。起居室那边只听得到电视的声音。

晚上十点，生日宴的时间已经过了。孩子们应该早就唱了生日歌，给赖子送了礼物，吃光了餐桌上的美食，最后又享用了一块蛋糕。他们现在应该正无所事事地看着电视吧。

这是记录了吾郎十五年岁月的八千代台旧居，连柱子上的裂纹都那么令人怀念。他一走进起居室，几张昏昏欲睡的脸一齐看了过来。

“啊，爸比，你可回来了。”

“爸爸，辛苦了。”

菜菜美和蕗子的声音交织在一起，却不见兰的影子。本以为菜菜美窝在那儿快睡着了，没想到她“砰”地从榻榻米上跳起来抱住了吾郎。

“爸比爸比，你饿了吧？我们给你留了蛋糕，正好是六分之一哦！不过，你要是觉得太大就吃十二分之一吧，菜菜美可以帮你吃掉剩下的十二分之一！菜菜美算得没错吧？”

听到宝贝女儿这样无忧无虑地和自己撒娇，吾郎越发为没能守约而感到愧疚了。

“都给你吃。”

他摸了摸菜菜美的头，又向坐在桌边喝着绿茶的赖子低头道歉：

“妈妈，实在对不起，错过了您的生日宴。”

“这是哪儿的话，都过六十岁了还开什么生日宴啊？说起来，船桥校区的事可真够呛。饿了吧，别吃蛋糕了，吃寿司吧。”

赖子说着缓缓起身去了厨房，她还是老样子。可爱的孩子、体贴的岳母。珍惜此时此刻吧，做好大岛家的爸爸，吾郎在心里叮嘱自己。可是——

“关于船桥校区的事，明天一点钟要在津田沼校区召开紧急会议，已经通知了所有的管理人员，拜托你也来参加。”

千明坐在赖子身边一边翻看员工名册一边说，她冰冷的口气让吾郎内心的克制瞬间崩塌了。

“为什么不告诉我？”

尽管说话声并不大，但吾郎感觉自己刚一开口，菜菜美的身体就“嗖”地躲开了。

“什么为什么？要尽早采取措施才行啊！”

“我不是说这个。我听说从今年四月份开始，船桥校区的课程就比正常课程要超前三个月，不是吗？先于学校教给学生，那是升学类私塾的做法吧，不是我们这种补习类私塾的教学方法。”

千明的眼神不仅没有回避，反倒挑衅似的瞪着吾郎。没错，这女人总是这个样子。吾郎曾经在那双眼睛里看到过放肆和逼人的热情，可现在就只剩下中年女人的蛮不讲理了。

“不是你同意的吗？为什么不告诉我？”

“你也知道，船桥是私塾的激战区。周围大部分的私塾都已经改为升学型的授课方式了，比学校的课程超前很多。单靠复习这一条路走到黑是生存不下去的。”

“你就是这么游说佐和田君的？”

“佐和田老师和我的想法一样，希望做成千叶私塾的一个试点，从船桥校区开始尝试对课程进行改革。”

“谁允许你们这么胡来的！”

吾郎还是喊了出来。房间里弥漫着紧张的气氛，蕗子悄悄走过去把电视的声音关掉了。

“千叶私塾不是为应试设立的升学私塾，是要帮助那些单靠学校课堂还不能满足的学生真正提升他们的学习能力。这才是我们该做的不是吗？最开始不是你说的吗？私塾是月亮，照亮那些太阳照不到的孩子。”

将难以抑制的愤怒发泄出来的瞬间，对面那双冰冷的眼睛让吾郎打了个寒战。简直就像一把在暗夜里发光的灰色镰刀。

“什么太阳月亮的，你到底要啰唆到什么时候啊！最开始是我说的？那也有可能吧，但那都是什么时候的事啦？现在私塾的数量已经超过小学了，还分什么太阳月亮的。你在那儿仰望天空说漂亮话的时候，我可是为了如何应对税费和同行的挑战忙得团团转呢！”

时间停住了。不，是属于他俩的时间早就停了吧。看到眉间皱纹里充满愤懑的千明，吾郎把脸转向了一旁，他低垂着双眼，好像整个身体都不听使唤了。

而旧榻榻米上沾染的一点墨迹，刹那间又让他心痛到无法呼吸。

那个披头散发和油印机战斗的新婚妻子，她去哪儿了？“一起开私塾吧！”“再开个校区吧！”总是逼得吾郎喘不上气。那个在酷暑中依然美丽的女人去哪儿了？

“你变了。”

一直哽在喉咙里的这句话，不知不觉从吾郎嘴里说了出来。

“你变得我都不认识了。”

“是时代变了。你不改变的话，只能别人去改变了。适者生存，想在这个乱塾时代活下去，就必须做出相应的妥协和让步……”

“不，改变办学宗旨去做升学私塾不是妥协，是堕落。和那些把教育当成买卖的同行一样低劣。”

“哪有，这不过是适应社会的需求。对现在的孩子们来说，预习比复习更重要，所以升学类私塾才火起来的，只是你不愿意面对现实罢了。”

“是你自己被野心冲昏了头脑好不好！”

风平浪静的屋子被砸得粉碎。两个人都毫不留情地否定着对方，吾郎意识到，他们的夫妻关系已经踏入了无可挽回的深渊。

就在这时，蕗子大喊了一声：

“你们有完没完！“

猛然间不知道是谁的声音，是蕗子的怒吼吗？以前从来没听过。

“爸、妈，你们太过分了。今天可是外婆的生日，菜菜一直都眼巴巴地盼着呢。”

吾郎这才回过神来，他见菜菜美趴在矮桌上小声抽泣着，赖子手里端着快干掉的寿司眼神黯淡。自己到底在干什么？吾郎脸色铁青，而最后向他射出致命一箭的是女儿兰。

“你们这些人吵死啦！”

躲在二楼房间的兰“噔噔噔”地从楼梯上跑了下来，喊声直接传到了起居室。

“在这种地方怎么学习啊？！要是不能以第一的成绩毕业，全都怪你们！闹够了没有？”

紧接着又听到玄关那里传来摔门的声音，好像是她跑出去了。

脾气火暴的兰这么从家里跑出去也不是第一次了，不用管，她很快就会回来的。可是天已经太晚了。

“兰！”

蕗子最先朝大门跑去，恍恍惚惚的吾郎也紧随其后。虽说心里着急，可身体却不听使唤，两条腿都使不上力。他跑出大门，萧瑟的秋风拍打着脸颊，门口那条路上别说兰了，连蕗子的影子都看不到。哪边？吾郎左右张望着，只能凭感觉朝一个方向追了过去，他边跑边纠结，自己到底是在追兰还是在追蕗子呢？为了谁在跑？为了什么在跑？曾经那些拼尽全力奔跑的日子到底算什么？

此刻，暗夜笼罩着一切，那把利刃深深地刺入了他的胸膛。真的有太阳和月亮吗？真的有吗？太阳和月亮——不知从什么时候开始，我们已经站在不同的天空下了。这只能怪自己，妻子勇往直前的背影已经越来越远了，而吾郎却在独自前行的无所适从中有了别的女人。自己一度忽略了家庭，之后又失去了蕗子。

踏在柏油路上的脚步声越发无力了，吾郎感觉呼吸困难，有只老鼠从他蹒跚的脚边跑了过去。这到底是什么地方？不管跑到哪儿，身边都是一排排差不多的房子，根本搞不清自己的位置，就连四周路灯发出的光亮都像符号似的整齐划一。

记得刚搬到这个社区的时候，在没有灯光的夜晚，黑暗支配了一切。因为不知道暗夜中隐藏着什么，恐惧和寂寞总是将吾郎引向家家户户窗前的亮光。如今，这些井然有序的人工灯光要把他带去哪里呢？为什么夜晚变亮后，反而失去了家的方向？

筋疲力尽的吾郎终于停下了脚步，突然，传来一阵不祥的声音。

那是寂静深夜释放出的杀人魔音，越想忽略就越在耳边回荡的不祥呻吟——不会吧。

恐惧从嘴唇蔓延到喉咙，然后直击心脏。但愿是听错了，可逐渐清晰的声音正在一点点逼近，祈祷变得毫无意义。不会吧，不会吧，不会吧……

当确认那是急救车的警笛声后，吾郎不顾一切地朝着声音发出的方向狂奔而去。

☽

一夜老去。夜间急救医院的候诊室里，垂头丧气的吾郎正是对这句话最好的演绎。他脸色铁青、双眼通红、嘴唇完全没有血色。深深陷入长椅的身体就不说什么垂暮老矣了，看似已经在鬼门关外面闯了一遭。

“好了，爸爸，你就别那么伤心了。”

坐在对面椅子上的蕗子刚一开口，兰也在旁边噘着嘴说：

“就是。就跟我死了似的。”

她头上裹着纱布，嘴里发着牢骚，眼睛却一刻都没离开过手里的英语单词手册。刚刚缝了三针，都这时候了还能学得下去？吾郎简直难以理解。当时他朝救护车的警笛声奔过去，就看见了满脸是血的兰，吓得他浑身发抖到现在还魂不附体呢。

“到底怎么回事？兰，是车撞的吗？发生什么了？”

在救护车上得知事情原委后，吾郎心中五味杂陈，一个字也说不出来了。

吾郎在夜空下寻找兰的时候，据说她正坐在路灯下公交车站的长椅上翻看英语单词手册呢。夜里十点半，公交车已经停了，一个女孩子坐在这儿干什么呢？路过的一个主妇觉得不太对劲，就走过去瞧了瞧。“你怎么了？”主妇猛然搭话，把兰吓了一跳，她撒腿就跑，结果被什么东西绊了一下，额头重重地摔在地上。

“实在对不起，都是被我吓的。”

那位主妇觉得自己也有责任，还跟着一起来了医院。可这件事越听越觉得人家一点错都没有，而且她好像还感冒了，戴着口罩咳嗽得很厉害。于是吾郎连声道谢地请她回去了。

后来他和赶到医院的千明、蕗子三个人一起听缝合医生说明了情况。候诊室的一幕是发生在那之后了。

“兰的事不是爸爸的错。”

千明去窗口交费的时候，蕗子安慰起了一言不发的吾郎。

“这事谁也不怪。”

“不，是我的责任。如果没那件事，兰就不会跑出去，也不会受伤，更不可能在脸上留下一辈子都好不了的伤疤……”

吾郎声音沙哑。兰的脸会留下伤疤，一想到这个他都快疯了。

“爸爸，你振作点儿！医生是这么说的，额头上的伤可能会留疤，也可能完全消失。而且伤口只有一两厘米，就算留疤也不明显。”

“可那是女孩子的脸啊。”

“兰自己都不在意呢。”

“等她长大就不一样了。”

“没关系，那个位置用刘海儿或化妆都很容易遮住的。”

“Yes，I will。”兰在一旁附和着，还做了个胜利的手势。可不管说什么，都无法令吾郎释怀。

胆大到让人担心的二女儿，三姐妹中看上去最皮实的兰竟然意外受伤。没想到这孩子在夜路上被人叫一声就慌成这样，看来她内心还是很脆弱的。总之都怪自己，应该再拼命找一下，赶在那个主妇之前发现兰就好了。

吾郎是在生自己的气。为什么要把私塾的事带回家里？夫妻吵架，到头来受伤的总是孩子。可他越是懊悔就越觉得面不改色的妻子叫人摸不透。不管是和医生谈话，还是之后办理各种手续，千明从头到尾都应对自如，看不出她心里有丝毫的慌乱。

“久等了吧，已经请人叫了出租车，我们去门口等吧。”

吾郎他们回到八千代台旧居时已经过了深夜零点。

这真是漫长的一天。菜菜美早就睡着了，向忧心的赖子说完兰的伤情，大家也各自睡下了。虽然已是疲惫不堪，可脑子里停不下来的警笛声和身旁千明熟睡的鼻息声让吾郎怎么也睡不着。

在津田沼的家里，夫妻俩分房睡已经有很长时间了。

第二天，吾郎一睁眼已经是上午十点了。

大概是因为慢性睡眠不足吧，周日他总会不自觉地睡过头。现在可比不上年轻的时候，每周必须睡足一次才行。

话虽这么说，前一天晚上出了那么大的事，竟然还能在岳母家睡懒觉，吾郎被自己吓到了。他赶紧洗漱穿衣服，不好意思地走进起居室。谁知赖子告诉他，千明早就去私塾了。

“她连早饭都没吃就走了，说是要在紧急会议前做好准备。”

对于已经四十过半的妻子的这份工作热情，吾郎每每都佩服得五体投地。同时他也觉得昨晚刚吵过架，现在省去了面对面的尴尬也让人松了口气。

没有千明在的空间里，时间显得有些懒散。一上午，赖子都泡在自家的菜园子里摆弄她喜欢的园艺，除了摘菜，还做出了一条新的田垄。可能是觉得干农活很新鲜，蕗子和菜菜美一直黏在外婆身边不肯离开，结果吾郎就没找到合适的机会向赖子打听蕗子的事，不过他本来也打算至少今天要把兰的事情放在第一位。

关心她的额头会被嫌弃，帮她准备考试也会被嫌弃，不管干什么都会被嫌弃，不过这一天只要时间允许，吾郎都陪在了兰的身边。尽管心里放不下，正午过后，他还是去了千叶私塾的津田沼校区。

“校长早！”

“这事可够棘手的。”

在从国铁津田沼站北出口出来徒步十分钟到达的私塾中，主管们全是一脸严肃的样子。

“一下子挖走咱们四个老师，真是闻所未闻啊。船桥校区到了生死攸关的时刻了。”

“四个人的空缺怎么补？就算招新人，实习期怎么办？”

来参加会议的包括各校区——船桥校区、津田沼校区、八千代台校区和胜田台校区的四位主管，办公室主任宫本，还有千明从一家外企挖来的财务负责人石桥。听大家的口气都相当着急，不过会议开始后，千明的一番话让所有人都轻松了不少。

“关于补充教师的问题已经有着落了，我给几位之前曾经在我们私塾教过课的老师打去电话，其中有三个人都答应只要条件满足就愿意回来。剩下的一个空缺可以暂时先让外聘老师补上，当然也要尽快准备招新人了。”

原来如此，千明早起开始就在忙着这些事。对于她越挫越勇的行动力，吾郎除了佩服还是佩服。

“这么说，警报可以解除了？”

“真不愧是千明啊，反应神速。”

主管们的语气都变了，可千明凝重的表情却没有一点缓和。

“话虽如此，但这次的事情关系到整个千叶私塾的信用。佐和田老师为了稳住学生和家长，已经做了最大限度的努力，现在就拜托大家充分讨论一下如何避免此类事情再次发生。”

这几年，私塾之间拼了命的相互陷害真是越来越过火了。难道也要通过坑害同行来自保吗？为避免再被挖墙脚，需要采取什么样的措施呢？大家你一言我一语地发表着各自的意见。而吾郎对于私塾的生存问题，却从另一个角度感受到了危机。

对于同行的应对措施确实有必要，但是他认为并不应该被放在首位。只要千叶私塾的口碑稳定，报名者源源不断，在这种情况下就算是受到某些外部的打压，整个团队也不会被动摇。更应该担心的是由内部产生的对团队质量的威胁。

吾郎的担忧很快被印证了。就在大家纷纷提出要加强与教师之间的沟通、提高薪酬待遇等对策的时候，胜田台校区的铃木提出一个新的问题。

“那个，我另外有件事想和大家商量。是这样的，我们校区的中学班里有一个拒绝上学的男生。因为这件事，私塾学生的家长们有不少抱怨。”

“抱怨？”

“不去上学的孩子肯定还是因为学习能力不足。如果老师因为他一个人而拖延了整个授课进度怎么办？”

这时，上田一脸疑惑地说：

“本来不就是因为学习能力不足才来上私塾的吗？”

“但是家长们不理解啊。他们觉得好不容易把孩子送到私塾学习，如果被其他孩子拖累，实在划不来，所以都要求退款呢。”

“那就是说，拒绝上学的孩子连私塾也不许上了？只要自己家孩子好就行了？”

上田的话刺中了吾郎的心。只要自己家孩子好就行了——社会上这种倾向不是现在才开始的。当大多数人都被赋予了受教育的权利之后，越来越多的父母开始一味地强调自己孩子的权利。

到底是怎么回事？吾郎的情绪有些低落，而更让他心寒的是，在座的主管竟然没有一个人支持上田的观点。

“可事实就是，班里有这种学生的确影响教学效率。课堂气氛不活跃，其他学生也都板着脸。那些不去学校的孩子确实有他们自身的问题。”

津田沼校区的阿东这一开头不要紧，船桥学区的佐和田也把心里话说了出来。

“不瞒大家说，学校老师还和我抗议呢！说是咱们让那些拒绝上学的孩子在私塾学习，他们就更觉得没必要回学校了。就好像在说是我们助长了那些孩子不去上学似的。我当时听了还挺气愤，可现在想想，也不是完全没有道理啊。”

“怎么能说私塾助长拒绝上学呢，这可直接关系到我们的企业形象啊。”

“你这么一说我倒想起来了，有些大型私塾不是为了提高升学率只招收优等生吗？相比之下，如果我们只是不接收那些拒绝上学的孩子，应该不算什么吧。”

最后连财务主管和办公室主任都开始添油加醋了。没等吾郎开口，上田已经忍不住爆发了。

“喂！我说你什么意思啊？那些孩子不能去学校已经很可怜了，私塾也要弃他们不顾？连最后一小片生存空间都不给他们留吗？那还开私塾干什么？！”

见上田气得两只手一起拍桌子，大家都不吱声了。

虽然同为校区主管，但三十多岁的上田和其他三个二十多岁的主管之间却隔着一道看不见的墙。也许这就是因为参加学生运动而无法进入企业的一代人，和由于石油危机的影响遭遇就业困难的一代人之间的区别吧。

“校长，您怎么看？”

千明在催促吾郎表态。

“对于那些拒绝上学的孩子，校长有什么意见？”

吾郎深吸了一口气，又慢慢吐了出来。像是要隐藏心中的杀气，他故意说得很轻松：

“啊，当然要收。”

四周瞬间投来带刺的目光，但吾郎并不以为意。

“如今是个人都在大谈教育，学历争夺战一打响，没人能幸免。有些孩子跟不上这个节奏，学习吃力也是自然的。帮助那些跌倒的孩子，而不是跑在最前面的孩子，这才是我们该做的吧。”

一阵热烈的掌声响起。可惜那声音里只听出了上田手掌的厚度，不免让人有些心酸。

环顾上田之外其他人失望的表情，吾郎又从另一个侧面重新审视了四名教师同时离开私塾这件事所反映出的问题。作为校长，他第一次从内心深处感受到了巨大的危机。

我们私塾已经开始从内部瓦解了吗——

“你能留一下吗？”

会议刚结束，吾郎就叫住了千明。

正要起身的千明一听这话，脸上便露出了警觉的神情，于是先发制人地说：

“要是说船桥校区的事，不管校长怎么想，学期中途再改回补习私塾的方式也是不可能的了。”

“不，不是这个。当然，这个事必须找机会再谈一次。不过今天要说的是……”

吾郎挠着斑点越长越多的脸颊，嘴里说出了兰的名字。

“是这样的，我突然想起来，咱们私塾毕业的小武现在在大阪一所大学的附属医院工作，就打电话向他咨询了额头伤口的事。他说技术好的外科大夫应该能保证不留疤，还说可以帮我们介绍有名的大夫。你说，要不要带兰去看看？”

吾郎觉得私塾和家庭是两回事，所以说话时口气都很温和。可千明就像是被一个硬壳包裹着，表情依然没有任何变化。

“有这个必要吗？兰根本不在意！”

“可等她再长大点儿就不一定了。”

“就算长大了，她也不会在意的。兰就是那样的孩子。”

“那样的孩子，只是你自己那么认为吧。”

"啊？"

"璐子聪明，兰好强，菜菜美爱与人亲近。虽然都是这么说，可我们从来就没好好管过这几个孩子。"

夫妻俩陷入冰冷的沉默中。本以为会激怒千明，没想到她却露出了一丝不屑的嘲笑。

"你错了，正因为我们放任不管，才有了聪明的璐子，好强的兰和爱与人亲近的菜菜美。现在的孩子越来越懦弱，就是因为父母管得太多了。"

吾郎没想到千明会这么说，一时无言以对。他慢慢低下头望着脚边，仿佛那里就横着一条令人绝望的深谷。

"你要想带兰去看医生，就问她本人吧。她已经十五岁了，可以自己做主。"

看到千明往门口走，吾郎又叫住了她。

"等一下。她才十五岁，你还算是个母亲吗？"

没有回答。看到妻子加快脚步离去的背影，吾郎愤怒地追了出去。

"等一下！"

在走廊里追上千明抓住她手腕的瞬间，吾郎心里一惊，简直瘦到皮包骨头了。千明回过头狠狠地瞪着他，吾郎发现她眼圈是红的，眼里噙满了泪水。

"是母亲，我当然是母亲。你什么都不知道，还以为只有自己在为孩子们考虑。"

"你说什么？"

“你什么都不知道才会摆出这样一副面孔。你知道什么是真正的痛苦吗？就为了个一两厘米的伤口就哇啦哇啦地小题大做。你现在红了，大家都捧着你。可你就没发现吗？你越来越忙，家里人对你也越来越客套了。”

平日里从不感情用事的妻子歇斯底里地大喊着，吾郎越发混乱了。

“出什么事了？”

“……”

“快说啊，到底什么事我不知道？”

千明强忍住抽泣。离这么近看她，吾郎才意识到自己有多粗心。原来这几个月以来，因为苦恼而日渐消瘦的不只是蕗子。

夕阳透过窗户照进起居室，蕗子正在叠洗好的衣服。

她叠的衣服一眼就能认出来，不管哪件都拉得很平，再整整齐齐地叠起来摞好。菜菜美的叠法就马虎多了，而兰又是从来不帮忙家务的。

多年来享受着蕗子贴心的照顾，可是这样仔仔细细地看她叠衣服还是头一次。自己过去都在看些什么？自以为都了解家人些什么？扪心自问的瞬间，吾郎不自觉地叹了口气。

听到动静，蕗子倏地抬起头，她转身望见了柱子前表情痛苦的吾郎。

“爸爸？”

敏感的蕗子一眼就看出了父亲的异样。

"您怎么了？"

"小蕗。我……我对你来说，是那么靠不住的父亲吗？"

"嗯？"

"外婆出了那么大的事，你担心得食不下咽，都没和我提过半个字。我这个当父亲的，真有那么差劲吗？"

吾郎的声音是颤抖的，肩膀也在打哆嗦。他把头顶在柱子上，不想让女儿看到自己在流泪。千明口中那个残酷的事实，他到现在都无法完全相信。

赖子内脏里长了恶性肿瘤，下个月就要做手术了。从她本人那里得知这件事之后，千明和蕗子并没有告诉其他家人，而是作为两个人的秘密一直藏在心里。

"小蕗，是你说的吧，要瞒着我。"

"爸爸，您听我说，不是您想的那样。"

"在外婆那么艰难的时候，我却只顾着工作，简直就是忘恩负义，连生日宴都没参加……"

"这不能怪您。拜托听我说两句，爸爸！"

见吾郎快要崩溃的样子，蕗子赶忙放下膝盖上叠好的衣服跑了过去，将手搭在他背后。

"真的不是因为您靠不住。爸爸本来心就重，只是不想再给您增加负担了。就是这么想的。"

"负担？"

"爸爸现在也很不容易。做着自己并不适应的工作，不管是电视、广播还是演讲，都不是自己喜欢的，但您还是努力坚持着对吧？您一定是想把苏霍姆林斯基的思想传播出去，帮助更多的人。”

“小蕗……”

“我希望您能加油。虽然有些勉为其难，但我不想看到爸爸认输。因为您的书也帮助了我。”

虽然没有血缘关系，但女儿手掌的热度已慢慢沁入了吾郎的心里。

也许是察觉到他们夫妻间微妙的气氛，大岛家形成了一种默契，谁也不去谈那本评传。从蕗子口中听到苏霍姆林斯基这个名字也是第一次。

“我之前真的很后悔做了老师，虽然从没在家里提过。总觉得现在的孩子变得不太对劲，和我们小时候完全不同。他们动不动就使用暴力，还会欺负比自己弱的小孩。其实也不是什么大不了的事，就是对人特别冷漠。不知道这些孩子脑子里想的是什么，批评得太狠又怕他们自杀，我成天都提心吊胆地和他们相处，估计和我有同样烦恼的老师一定不少。”

不知道是太阳落山了，还是被云层遮住了，延伸在榻榻米上的茜红色日影不知不觉中消失了。吾郎将身体从柱子上移开，回头看着蕗子。这个从来不把工作带回家的女儿，第一次作为一名教师出现在他眼前。

“就在那段时间里，是爸爸写的评传救了我。真的！书里有很多大学课程学不到的东西，特别是《表面上的漠不关心》那个章节，讲述了孩子的内心世界，深深地打动了我。啊，原来是这么回事，我感觉自己的视野一下子被打开了。我也想成为苏霍姆林斯基那样的老师，于是就尝试着用心去接近孩子们，果真看到了他们一点点在改变，渐渐向我敞开了心扉，彼此间的距离拉近了。我感觉自己终于有勇气站在教师之路的起跑线上了。”

苏霍姆林斯基重燃了蕗子的信心，她希望吾郎能将这一理念传播下去，帮助更多和自己一样苦恼的教师。也希望他能全身心投入工作，不要因为外婆的事情承受过多的心理压力。

面对蕗子由衷的告白，吾郎一时语塞。

这位给予自己深刻影响的教育家的理论同样打动了女儿，自己的书帮助了蕗子，吾郎感觉一切付出都是值得的。同时，他也对写作时一直支持着自己的一枝产生了某种歉疚之感。

动荡、摇摆、举棋不定——就在几小时前，吾郎才刚刚下决心要和千明分开。连母亲生病都不能一起承担的丈夫还有什么存在的价值呢？不管是为了夫妻俩自己还是为了孩子们，都不应该再继续这种关系了。然而此刻，这个决心又开始动摇了。

难道要撇下与千明脾气不和的蕗子自己离开家吗？还是在岳母患重病期间？兰和菜菜美怎么办？如果自己说要带走三个女儿，千明会怎么样？夫妻俩分开后千叶私塾又该怎么办？

越想越让人头疼，而疼痛让吾郎变得冷静。

“小蕗，谢谢你。那本书能对你有帮助，让我再开心不过了。不过，今后不管你遇到什么不开心的事，都一定要告诉我，外婆的事也不要再瞒着我了。你挚爱的外婆，也是我挚爱的母亲。就像你……”

就像你是我挚爱的女儿。

话刚要出口，就听到“啪嗒啪嗒”一阵响亮的脚步声，四周的阴郁被驱散了。

是在二楼玩的菜菜美和她的朋友从楼梯上跑了下来。

“哇——是大岛吾郎！”

“大岛吾郎真的在吗？”

“是真人啊，太棒了！请和我握个手吧。”

“请给我签个名吧。”

“听说您也喜欢一个人傻笑，请笑一个吧。”

“停！我爸比可没有三头六臂。你们过来排好队，一个一个来。”

吾郎被这群吵闹的孩子吓了一跳，瞬间将自己切换至“大岛吾郎”模式。是校长，是父亲，是丈夫，是一个男人，他思忖着自己错综复杂的人生角色。

令吾郎不可思议的是，就在他和千明的分手越来越成为现实问题时，一直以来他并不在意的所谓血缘，却不可回避地搅扰着他的思绪。

不管是不是亲生的，蕗子都是自己的女儿，和兰，还有菜菜美一样。吾郎一直都是这么想的。血缘有什么了不起呢！就算兰的饮食偏好和自己惊人地相似，就算菜菜美最近也开始莫名其妙地一个人傻笑，在某些奇奇怪怪的地方所显露出来的所谓遗传因子也未必能代表父母和孩子之间惺惺相惜吧。自己和父亲的关系已经证明了血缘这东西根本靠不住。可是忽然间，这些吾郎始终坚持的主张里出现了一些像气泡一样的空隙。

就算和妻子分开，孩子还是孩子，亲子间的纽带是无法剪断的。对于兰和菜菜美，吾郎可以毫不犹豫地说出这些话。可是蕗子呢？分开生活之后，蕗子还愿意做自己的女儿吗？还会一直把自己当作父亲去挂念吗？

吾郎了解的蕗子应该不会马上改变态度吧。可随着时间的流逝，两个人难免渐行渐远，这样下去，一旦关系疏远了，和亲生孩子之间很容易弥合的那段距离，对于自己和蕗子来说可能就永远无法弥合了——

吾郎越想越觉得未来变得黯淡无光。

自己究竟为什么如此在意蕗子呢？也许，正是源于一个继父心中潜藏的恐惧和不安。

吾郎反复纠结在这个没有答案的自问当中，而对于越发叛逆的兰，反倒多了几分从容。正因为是亲生孩子，才会如此放任和疏忽吧。

虽说如此，但叫她去看医生却坚决不答应的那份固执，还是让人大伤脑筋。

“兰，拜托你就去看一下专科医生吧。”

“我才不去，多麻烦。这点儿伤，无所谓的，您就别啰唆了。”

“你自己不在意，要是今后你喜欢的男人他在意怎么办？”

“那种男人我才不稀罕呢，直接淘汰！”

总感觉兰把握人生的精准度就像一个职业拳手，在这点上真是越来越像她母亲了。那眉目，那语调，还有一旦决定就不会放弃的刚烈性格。

这让吾郎隐约感到一些不安，只是没想到最能理解他想法的竟然是岳母赖子。

自从知道赖子生病后，吾郎减少了晚间的工作安排，每周都有一天下班顺路回八千代台的旧居看看。从津田沼校区开车十分钟左右的路程也不算辛苦，相比回家面对沉默的妻子，来这里倒是轻松多了。

“吾郎啊，不用总来看我了。你那么忙，要是真累垮了可怎么办啊！”

自我感觉症状并不明显的赖子还在为吾郎操心。不过随着手术日期越来越近，她言语中也开始流露出些许的伤感。

“说实话，我到现在还觉得像是在做一个奇怪的梦。我常去的那家医院的院长也是和我一起摆弄园艺的同伴。那天去取定期体检的结果，就觉得他样子怪怪的。我当时嘴上说让他不要撒谎，必须对我说实情，其实心里还是半开玩笑的。可没想到会是这样，这种事，真的落在了自己头上。”

就在要入院做手术的前一晚，赖子和吾郎说出了自己的担忧。

“妈妈，您要说什么？”

“我自己的人生已经没有什么遗憾喽。特别是中年之后，托你们的福过得很充实。看着一开始只有吾郎和千明两个人支撑的私塾不断壮大，我的人生也跟着圆满了。只是一想到这几个外孙女……”

“外孙女？”

“蕗子是不用担心的。那孩子很宽容，一定会幸福的。菜菜美也没问题，说她豁达也好迟钝也罢，反正那孩子从不对人评头论足。只是兰……”

“没想到您也……”

“那孩子喜欢对人评头论足，又不够宽容。不知道能不能幸福啊。”

对人评头论足，不宽容，果真是一针见血。吾郎压低了声音说：

“妈妈，您觉得作为父亲，我应该怎么做呢？”

“不管面对什么样的孩子，父母要做的只有一件事——用自己的人生告诉他们，人要活得有价值。”

赖子说完就露出了笑容，尽管老了、生病了，但她始终都那么优雅。

“吾郎，这么多年你已经做得很好了。不管是为了私塾，还是为了家庭。也是时候该考虑一下属于你自己的人生了吧。过上自己真正想要的生活，让孩子们看到你活得精彩，就是对他们最大的帮助了。”

赖子望着女婿，那双平静如水的眼睛仿佛能看透他的心思。吾郎明明已经心跳加速，却故意装出一副不解其意的样子。

“等妈妈病好了，咱们全家一起去谷津游乐园吧。不，温泉应该更好。听说伊香保那边有不错的温泉旅馆呢，我去查一查。”

吾郎尽力表现得很随意，“我再去给您倒杯茶吧。”就在起身的瞬间，他不顾赖子的劝告，在心里做了一个决定。

假使赖子手术成功了，他就和一枝分手。虽然和千明修复关系并不容易，但为了家人他也要比过去更努力。假使赖子的身体真的撑不下去了，他还是要和一枝分手，为守护伤心的家人拼尽全力。

吾郎心意已决，不管怎样，这就是他该走的路。

赖子的手术十分钟就结束了，因为发现有转移，医生已经无能为力了。

好比熟透的柿子离开枝头归于泥土，后来的经过显得有些平淡。赖子能感觉到症状后，病魔迅速侵蚀了她的全身，凶险到没人能够阻挡。住院期间所有的治疗措施都只是为了减少她的疼痛感。之后还是按照她本人的意愿，在八千代台的家里走完了人生最后的日子。

享年六十四岁。昭和五十五年（1980年），初夏。

不幸中的万幸是，赖子临终前，所有的家人都守护在她身边。终于从和病魔的恶斗中解脱出来，她脸上露出了安详的神情。“真是位美丽的施主啊。”寺院住持这话刚一出口，吾郎就拼命用拳头擦拭着两眼喷薄而出的泪水。尽情流泪是只属于女人的权利。

吾郎拼尽全力想要撑起这个家，他觉得此刻正是考验自己作为一家之主的关键时刻。向来性格坚强的千明和兰还好说，最让人担心的是蕗子和菜菜美。菜菜美是赖子一手带大的，要她如何面对外婆的离世呢？还是根本无法面对，乃至情绪失控？她时而泪流不止，时而怒火中烧，就像变了个人似的。守灵夜里，她看到兰在香火袅袅的灵前看参考书，竟然愤怒地将供果扔了过去。

而蕗子在外婆居家养病期间始终悉心照料，葬礼一结束她就累倒了，憔悴得让人看了心疼。以往就算感冒发烧都要戴着两层口罩去上班的她也向学校请了三天假。

毫无疑问，赖子的去世对大岛家来说是一个巨大的考验。吾郎关注着女儿们日常的一举一动。因为菜菜美说想养宠物，他特意从朋友家里要来了一只小奶猫。如同那天他对自己发誓时所说，要全力以赴地守护家人。

一枝那边早就断了。就在吾郎告诉她赖子生病的时候，一枝会意地主动提出了分手。“我们以后都不要再联系了。”这份从容倒让吾郎变得有些六神无主。

说没有一点留恋是假话。那些失去的人填满了吾郎的内心，而他空虚的灵魂依旧无处安放。

——是时候该考虑一下属于你自己的人生了吧。

赖子留下的这句话时常在他耳边响起，但吾郎却假装听不见。

“校长，我有事想要和您商量。”

千明正式找吾郎谈话是在赖子七七过后的第二天傍晚。

正在津田沼校区的办公室里翻看夏季讲习汇报的吾郎被千明叫去了会议室，刚一推开门，他就诧异地感到屋里弥漫着一股火药味。

不知道为什么，财务主管石桥也坐在会议桌靠里面的位子上。三十五岁的石桥长了一张娃娃脸，可大家都爱管他叫“铁男”，此刻他面前摆着成堆的文件。吾郎刚要在他旁边落座，就看见千明把会议室的门锁上了。

到底要谈什么？这两个人都怪怪的，吾郎和他们相对而坐。千明刚说出谈话目的时，他一时间都没反应过来是什么意思。

“我们计划在津田沼建一座自己的大楼。”

千明语气生硬地向吾郎通报，并将一份文件推到他面前。

那是一张土地登记簿的副本。

“地已经有了。刚把办公室迁到津田沼校区那会儿，有同行建议我买下土地，同时还可以减免税费，于是我和石桥商议后就着手推进了。今天再看看津田沼一带的发展，真感觉那时候买地是个正确的选择。”

千明显得颇为得意，而吾郎此时除了不知所措，没有任何感觉。

“可是，这件事……我一无所知。”

“校长不是一直都说，如何应对税费交给我全权处理吗？”

的确，自从私塾成立以来，吾郎一向对经营不闻不问，钱的事全都交给千明了。但这样就可以一声不吭地买下巨额土地，过后连个招呼都不打吗?

吓到失语的吾郎已经没力气发怒了。原来就是为了这个……最近千明几乎天天加班，深夜回家已经成了一种常态。赖子去世后，吾郎总是尽可能地多陪在家人身边，而妻子千明却越来越少待在家里了。吾郎猜想她可能是在用拼命工作来填补失去母亲的孤独感，也可能是不想和他这个老公一起待在家里。不管出于什么原因，他已经无所谓了，可万万没想到是因为这个——

“你就那么想要自己的大楼吗？”

吾郎有气无力地小声嘟囔着，那疲惫的声音连自己听起来都觉得像个老人。

“是有必要。今后没有自己的大楼就不可能加入大私塾的行列。本来现在这个地方也不理想，租金高，离车站又远。这次咱们计划建设大楼的地方，距离国铁车站的南出入口步行只要四分钟。那种地段一百五十坪[1]的土地，放在现在是绝对不可能弄到手的。”

“一百五十坪……”

“建一座四五层的教学楼足够了不是吗？教室的数量增加之后，我们就可以开设针对小升初考试的课程了。”

“小升初考试？你还在提这个。”

“是的，我会一直说下去，直到让你理解为止。”

为什么这人就是不明白呢？吾郎对面的两个人相互对视了一下，眼睛里带着同样的疲倦与焦躁。

“校长，请您面对现实吧。不管是津田沼还是船桥，虽然地处千叶，但早已不属于千叶了。住在这里的那些野心勃勃的父母早就看不上县内的公立中学了，东京都那些知名的私立学校才是他们的目标。尤其是那些团块世代[2]，特别关注教育。很明显，这些人急于将自己快到入学年龄的孩子送入名校。如此说来，私塾界的同行间必将掀起一场争夺小团块的混战。可最终能存活下来的不会是补习私塾，而是擅长教授小升初应试技巧的升学类私塾。”

之前将船桥校区作为试点也是出于这个目的，千明慷慨陈词。

“结果校长您也看到了。根据问卷调查，有八成以上的家长和孩子都对升学私塾路线的课程表示满意。校长对此作何感想？”

“我应该考虑的是那两成不满意的理由。本来只有一年也是看

① 坪是日本传统计量单位。1坪约合3.3平方米。

② 团块世代专指日本在1947年到1949年之间出生的一代人，是日本二战后出现的第一次婴儿潮人口。

不出授课结果的。”

“我们的职责就是要在一年内出结果。每年的评价和考试合格率都对报名人数有着决定性的影响。所以说一年定胜负，想要持续立于不败之地，有时候必须下决心赌上一把。”

千明像是在显示自己的手腕，她的结论不容置疑。

“建成自己的大楼不正是将千叶私塾改为升学类私塾的绝佳机会吗？目前除了上田老师之外，其他的校区主管都对此表示赞同。年轻员工们也都跃跃欲试，还希望能乘胜追击打入东京市场呢。你还不明白吗？现在无论是父母、孩子还是我们自己的老师，所有人都盼着向升学类私塾转型呢！”

不给吾郎以喘息的机会，千明紧接着用逼迫的口吻说：

“校长，请您批准大楼建设和教学路线转型。”

“一旦决定要做什么事情，你总是全力挥舞着大旗。然而旗子越大越容易产生死角。请给我时间好好考虑一下。”

吾郎的表情刚恢复平静，在下一个瞬间又再次崩塌了。

“不，我们已经等得太久了，如果今天得不到您的同意，那非常遗憾，只能请您让出校长的位置了。”

请您让位。这句话竟然如此轻易地被说了出来。就在它到达大脑的瞬间，吾郎眼前出现的既不是一片空白，也不是一片漆黑，而是血淋淋的鲜红色。意识逐渐消失，他正在一点点失去自我。就这样被一把发光的利刃刺中了，可为什么自己一点都不惊讶呢？也没有感觉疼痛，这个瞬间好像早在预料之中了。

“让我来解释一下吧。”

接着千明的话，石桥开始阐述解除校长职务的法律依据，吾郎只觉得那声音听起来很遥远。六年前，千叶私塾推行法人化时，对股份进行了分配。胜见辞职之后，他的股份交到了谁的手里，私塾成立时的资金提供者赖子死后，她所持有的股份又是怎么处理的，按照如今的股份持有比例，如此经过一系列程序正当地解除吾郎的董事长职务……

石桥滔滔不绝地做出各种解释，然而吾郎并没有在听。他呆呆地望着窗外，只是不想去看石桥身边安如磐石的妻子。千明此刻是什么表情？不用看也能猜到。那纹丝不乱的眼神，那牢不可破的信念，她所追求的东西都要得到，如今仍在不懈地追求。

八月的天空被染成了夕阳的色彩，一股娇艳欲滴的红色从头顶飘洒下来，门前的路上，人来人往川流不息。有个挎着书包的男生从车站那边走过来，是我们私塾的学生吧，就快要到中学班上课的时间了。拐角又走来一个人，那边也是。吾郎的眼睛执着地追逐着那些像是私塾学生的孩子。会有人把头抬起来吗？就算只有一个也好啊。空虚的内心默默期盼着。他想看看孩子们的表情。私塾如今已不再是什么特殊的地方了，没有孩子会弓着背怕被人发现自己上私塾，也没有坏小子会把菜菜美叫成“塾美”了。尽管批评的声音从未停止过，但私塾已经作为一种教育机构获得了社会的承认。只是这样真的好吗？私塾变大了，自己就真的能帮到更多的孩子吗？挥动的旗子越大——刚刚用来告诫千明的话又回到了自己身上。向更多孩子挥洒月光的同时，不会在那些因为某些原因而无法上私塾的孩子们身上投下更重的阴影吗——

这不是此刻才出现的疑问，只是过去从来没有如此正视过这个问题，也可能是无法正视。巨大的矛盾。深不可测的黑暗。桌上吾郎十指交叉的双手显得有些苍白，指关节发出了咔咔的声响。

就在这时，终于有个私塾学生把头抬了起来。

吾郎以为他看到自己了，但那只不过是错觉。他什么都没看，表情空洞，就像是随着拥挤的电车来回摇摆的上班族，无精打采地抬头望了一眼待会儿要连着上两堂课的大楼。

不知不觉中，吾郎的指尖都掐进肉里去了，他松开手说了一句：

“明白了。”

不是对千明也不是对石桥，而是对着空中喃喃自语。

“我辞去校长的职务。”

阴霾的天空中，看不到月亮的影子。

第五章
津田沼之战

究竟是从什么时候开始，日本人也穿上红袍，戴上白胡须扮成了一副和蔼可亲的模样？就是那个驾着驯鹿雪橇在十二月的天空中飞来飞去、喜欢送礼物的外国人。人们压根儿没搞清楚这位老人的来历，连圣诞夜的意义都是一知半解，就照猫画虎地欢庆着人家西方的节日。十二月，街头点缀的霓虹灯也是一年比一年夸张了。

“到头来还是画饼充饥、纸上谈兵啊。都是瞎折腾，没一点儿实际的。”

半田的声音在餐桌的烛火间游走，正在俯看窗外银座马罗尼埃大街的千明立刻把目光转了回来。

“瞎折腾？”

“不就是第三次教育改革吗？”

“啊——”

千明唇边露出一丝苦笑。

“刚一听我还以为你说圣诞节呢。”

“圣诞节？可不是吗？”

切开的牛排还在滴血，半田放下手中的餐刀环顾四周。巨型圣诞树上装饰的彩灯闪闪发光，身着盛装的人们正在享用圣诞夜的大餐。这家因牛排而闻名的老牌高级餐厅还是半田选的。

“确实，看这瞎折腾的劲头，圣诞节和教育改革还真是旗鼓相当啊。”

“哎呀，都是些什么啊？”

坐在半田身旁的松村美代子发出娇滴滴的声音。

“你不说明白些，我都听不懂呢！”

“嗨，总之这个国家就是毫无计划性。之前也有不少同行试图改革教育，但多数只能维持低空飞行，最后再来个紧急迫降了事。”

“嗯——那要怎么做才能真正飞起来呢？”

红色的针织连衣裙凸显出美代子的胸部线条，她边说边把那个丰满的部位朝半田身上凑了凑。就像是激发了某种化学反应，中年男人立刻露出色眯眯的眼神。

“这个呀，关键是文部省前怕狼后怕虎地无所作为。”

“文部省？”

“不过话说回来，如今文部省那帮官僚完全受制于文教领域的议员，就算想发动引擎也没那个能力了。不仅中曾根①设立的临时教育审议会让他们颜面扫地，而且……”

① 中曾根康弘（1918—）：第71—73任日本内阁总理大臣。

“而且什么？”

“本来就偏离了航线的飞机又遭到来自四面八方的狂风。”

风。不用问，千明也能联想到最近围绕教育问题刮起的几股强风。

喊了三十年要培养精英的经济界；反对一切教育政策的日教组；把任何教育问题都当成选举筹码的政治家。如今这些“外部势力”把日本教育搞得乌烟瘴气，让人不禁怀念起了那个单纯抨击文部省的时代。

“不过，半田老师，就算教育改革不成功，对你也不是什么坏事嘛。”

半田吃光了盘子里的食物，正拿牙签剔着后槽牙。美代子边说边朝他抛了个媚眼。

“这样下去，公立学校一蹶不振，圣星学院必定人气大涨，报名人数也会随着公立学校的衰落不断增加。私立学校的老师们这回可是要欢呼雀跃啦。”

“哈哈哈，小美代，这种话还是不要说得这么直白为好。”

“现在想进圣星学院不是越来越难了吗？评分老师也不好做吧？”

“哎呀，这话也就咱们自己人说说，我们学校可不光看笔试成绩。这不，几年前还在为经营状况不佳长吁短叹呢，可后来报名的人一多，校长也突然牛起来了。说什么要重视面试，还说父母不入他的眼孩子就别想进来，简直嚣张得一塌糊涂。”

“哎哟，这话怎么说的？”

美代子忽闪着她的大眼睛，睫毛又卷又长。

“要什么样的父母才能入校长先生的法眼啊？”

“这个呀，说是要用我们学校的教育理念来衡量。”

“说具体点儿呢？”

“这个……”

半田欲言又止。

在高级餐厅吃光了一块二百五十克的牛肉，竟然还在那儿装腔作势。千明心里不爽，但还是招手叫来了服务员。

“麻烦你给这位男士加一杯红酒，然后再来份甜点吧。”

酒足饭饱之后，半田说话也不那么谨慎了，还是从他嘴里打探出了不少消息。三个人离开餐厅是晚上九点多。等把吵着要约美代子再去一家店的半田塞进出租车，再返回津田沼车站已经是十点二十了。这时美代子说还要再去应酬一位，把千明吓了一跳。

“人家说了，圣诞夜无论如何想见一面。这个老师给我透露过不少消息，不去喝一杯也不合适。”

这女人刚刚还在和半田撒娇呢，这会儿听声音完全变成了另一个人，真不愧是营业部的王牌公关。千明虽然佩服，但也没忘了叮嘱她几句。

“有一点你应该清楚，绝对不能越界。用错了女人的武器等于作茧自缚。”

“我懂。”

“他不会开了房间吧？”

“怎么会？就是去附近的咖啡馆坐坐。”

那样的话，千明故意压低了声音：

“可要留心周围的耳目啊。”

留心周围的耳目。这可不单单是要她注意谈话内容，还包括不要让周围人察觉到她是和私塾有关系的人。

大约一年前，有间私塾的员工在津田沼一家居酒屋聚会时，遭遇了黑社会的袭击。委托人竟然是同区域内一家对手私塾的高管。这起耸人听闻的事件在业内引发了巨大的震动。从那之后，在附近喝杯酒都不敢掉以轻心了。

“是，校长！我明白了！”

美代子调皮地敬了个礼，穿着迷你裙的双腿在寒风中瑟瑟发抖。

“本地正处于战时状态。”

虽说这台词和她头上的大红色贝雷帽有些不太相称，但也并非一句玩笑话。

昭和五十九年（1984年），团块子女小升初应试大战刚打响不久。在交通便利的津田沼地区，私塾如雨后春笋般涌现出来，生存竞争的惨烈程度不言而喻，业内通常称之为“津田沼之战”。

夜幕下的津田沼车站南出入口格外寂静。

和人头攒动，聚集着PARCO百货、丸井百货、伊藤洋华堂等商业设施的北出入口相比，这边的大楼和霓虹灯本来就少，附近唯一的大型商业设施SANPEDEKKU歇业之后，更是少有人从这里经过了。换言之，这样安静的环境也是最适合做教学场所的。

千叶私塾的大楼距离南出入口步行只要四分钟。每次仰望这栋混凝土结构的五层建筑，千明总会暗自庆幸，津田沼之战开始前在这里买地建楼无疑是个正确的选择。

晚上十点半，周围的私塾已相继沉入夜色之中，只有千叶私塾依旧灯火通明，这也让千明颇为自豪。“本私塾承诺对学生负责到底！”“绝不让学生带着问题回家！”再炫酷的广告词也没有这明亮的窗户更能吸引路人的眼球。在目前这种良莠不齐、竞争激烈的形势之下，如何与其他私塾拉开差距也成了一大关键课题。

根据水平分班；按能力支付教师工资；周日大考；包下十辆公交车组织集训。四年前千明接任校长，从补习私塾转型为升学私塾以来，千叶私塾始终保持进攻姿态，运用各种方式吸引学生，并且收效显著。再加上有中学生入塾率逼近50%的时代大潮助力，很快就发展成了一家在首都圈[①]拥有二十二个校区的中等规模私塾。学生总数约四千人，员工人数也超过了三百人。

在可以称之为大本营的津田沼本部，年末也好圣诞夜也罢，好像都与这里无关。今夜，母亲们依旧肩并肩地坐在一层大厅里守候着她们的孩子。

这里是学生家长专用的等候区。当初设立本部时，也是千明提出一定要在楼内留出这个其他私塾没有的区域。这样的安排在冬季显得格外贴心，获得了家长们的一致好评，而她真正的目的其实是防止女人们聚在一起聊天引发和周边住户的矛盾。

“辛苦了！”

---

① 日本的首都圈指的是以首都东京为中心的城市群，也称东京圈或东京都市圈。

从正门进来的千明路过等候区，向坐在沙发上的母亲们打招呼。

以往这种时候，母亲们都会一同客气地点头回礼。可这天却不大一样，有好几个人都无动于衷地坐在那儿，用古怪的目光望着千明。

她往前走了几步又忍不住回头，发现那目光依然穷追不舍。

肯定出什么事了。乘电梯来到五层，千明越发感觉到不对劲。有别于繁忙时深夜都有人进出的教员室，办公室这边晚上通常是没人的。可这天走在楼道里就听见有好几个人的说话声和脚步声。

刚一进屋，千明就明白了其中的原因。

“校长，不好了！”

一直在等着她回来的办公室主任宫本冲了上来。

“有人发恶意传单。”

坏预感应验了。

今天晚上七点不到——就在千明面对巨型牛排忧心自己肠胃的时候，有人在津田沼本部门前的路上散布诽谤千叶私塾的传单。他们故意选在小学班和中学班交替的这个时间段，等私塾职员发现时已经晚了。小学生们毫无防备地收下传单带回家，像平时展示课堂习题似的交到妈妈手上。结果谣言瞬间传开，就连其他校区的学生家长都听说了。办公室的电话整晚都没停过，差点儿被打爆了。

“九点前后稍微安静了一会儿。可到了父亲们回家的时间，就又……”

话还没说完，办公桌的各个角落就响起了电话铃声。

“你好，这里是千叶私塾。啊，没有的事，那完全是捏造的。”

“那是恶意捣乱，是的，完全没有事实依据。”

看着员工们忙于各种善后工作，千明用力咬着嘴唇心想，还是轮到我们了吗？诽谤传单、匿名信、编造谣言。在津田沼一带，同行之间相互使绊，最近已经到了无所不用其极的地步。

“那，传单在什么地方？”

宫本被千明问得有些不知所措。

“嗯，那个……”

“给我看看。”

“那个，那……”

“拿给我看一下！”

宫本急得直往后退。

“请看吧！”就在这时有只瘦骨嶙峋的手从他身后递过来一张纸。一只戒指都没戴过的中性感觉的手指，不看脸也知道，这人就是三年前开始在办公室打零工的兰。

“这就是有问题的传单。”

“可是兰，这怎么能给校长看呢……”

“有什么不行的？反正早晚都要知道。”

这是一张B5尺寸的油印传单，千明大概看了一遍，上面的字体歪歪扭扭写得很潦草，内容更是幼稚可笑。

致所有将孩子送进千叶私塾的父母！

请仔细阅读。

管理诸位子女的女校长根本不配为人，她根本就是一只雌螳螂[1]，万万不可麻痹大意。此人极为狡诈，用穷凶极恶的手段逼迫丈夫辞职，自己坐上了校长之位。众所周知，她总爱吹嘘自己的学历，贬低男性，是个傲慢无比的女人。对于那种为了提高学生成绩不惜实施体罚的暴君本性大家也不必感到惊讶，她本来就是个产下私生子修炼成精的淫乱女。但愿诸位的子女不要被这样的毒妇带坏了。

看完传单，千明冷漠的表情没有丝毫变化。这种愚蠢的诽谤也不是现在才开始的，为这点儿伎俩就大伤元气怎么可能决战津田沼呢？作为私塾界独树一帜的女性经营者，那些心怀恶意的男人从来就不会放过任何一个构陷她的机会。

“家长们来电话到底都说什么了？”

宫本逃也似的躲了起来，没办法，千明只好去问兰。两人平时在工作场合很少交流。

“主要都是问传单上写的是不是事实。体罚问题是他们最关心的。还有一些家长非常愤怒，说不会把自己的孩子送到实施体罚的私塾。已经和他们解释了这都是无中生有、扰乱我们经营的，但家长们还是不太相信。”

“这文章一看就知道是原先搞政治运动那帮人的风格，我在国民学校经历过教师的暴力，怎么可能体罚孩子呢？”

“可家长们又不了解过去的事……再说了，有些人可能连国民

---

① 这里是一个暗喻。雌性螳螂会在交尾后吞食雄性螳螂。

学校是什么都不知道吧。”

这种不无挖苦的论调让千明皱了皱眉，兰却满不在乎地接着说：

“关键是办公室主任担心，之前的谣言还没彻底平息，再加上这次的事，家长们很可能疑心生暗鬼。”

“之前？”

“四年前不是也有过一次吗？”

千明眼里蒙上了一层阴云。她想起四年前关于更换校长的内幕也是有的没的流言满天飞。之后还有不少追随吾郎的母亲接连提交了退塾申请。

谣言在生长，在看不到的地方肆意壮大，结出恶果。看来谣言并非止于七十五天[①]，放任七十五天却可以生出一片新的森林。

“必须赶快……”

“已经采取措施了。”

“嗯？”

“目前已经联系了习志野私塾会的富永会长。”

兰不紧不慢地汇报着。

“富永会长经营的富永私塾今年也遭遇了同样的陷害，他为此极为恼火，前几天的聚会上还一直在抱怨这个事。当时我也看了他那份传单，如果没记错的话，文体和笔迹都和我们这份传单很相似。如果能证明这一点的话，应该就可以让家长们相信这是谣言了。”

---

① 谣言止于七十五天：日本的一句谚语，意思说谣言只能传一时。此处的七十五天是个虚数。

兰滔滔不绝，声音里听不出半点急躁。就算母亲被人家说成是雌螳螂也能安之若素，这份气度确实令人佩服。而千明也实在搞不懂这个不为任何事所动的二女儿心里到底在想些什么。

从小就争强好胜的兰如今已经二十岁，性格不仅没变得温和，反而越发犀利了。最近剪的波波短发再配上一身黑色穿着，那副强悍的样子实在不像一个妙龄少女。

“在电话里说明了情况，富永会长很爽快地答应帮助咱们。所以黑木部长现在已经赶过去拿富永私塾那份诽谤传单了。”

“黑木去了富永先生家？这么晚？”

“如果今天晚上拿到手的话，明天就能给家长们看了。办公室主任也同意了。”

“话是这么说……”

千明不记得自己说过兰可以在校长不在时代行其事。不谨慎的决定很可能招致更多的麻烦。她刚要开口提醒兰的时候，“兰！”旁边桌有个正在接电话的职员叫着兰的名字。

“是黑木部长。他说富永私塾那张传单的笔迹百分之百和我们的是同一个，连富永会长都说不会看错。”

旁边竖着耳朵听的其他职员全都长舒了一口气。

“马上整理出一份打电话过来询问的家长名单，准备明天出动营业部全体人员去家访。”

迅速做出指示的不是别人，正是兰。

“这两天就会召开说明会，请富永会长来讲几句吧。当然还要去报案，总不能被欺负了还不吱声吧。找到那个主犯，就要将他绳之以法！”

“说得对。”

“说干就干吧！”

多云转晴，房间里的气氛一下子变了。在某些方面很享受这场津田沼之战的兰，和那些与她意气相投的年轻员工都兴奋地喊了起来。

千明心里有一股说不出的别扭，随即走出了房间。并没有一个人追上来。

疲惫正在一点点向她袭来。千明回想起两年前，因为兰主动要求，就安排她在办公室实习。开始有不少员工因为她是校长的女儿而故意疏远她，也有人公然挖苦讽刺来表达不满。虽说现在还有这样的人，但已经有不少同事开始支持兰了。

“哎呀，你们家小兰我可真是服了。和我说只要今天晚上能把传单给她，开年会的时候就带着年轻漂亮的姑娘们来帮我公关。一下就说到我心坎里去了。一个女孩子能考上一桥[①]，没想到还这么懂得人情世故。真不愧是最强继承人啊！”

千明回到隔壁的校长办公室打电话去致谢，富永会长说这话的口气也不知道是挖苦还是认真的。

“我说夫人，你可不要掉以轻心啊！”

“嗯？”

“您没听过吗？始于偷情的关系必将毁于偷情。从自家人那里

① 一桥大学，坐落于东京都，是一所享誉世界的顶尖研究型国立大学，被誉为“亚洲的哈佛”。

抢来的校长之位说不定也会被自家人抢走，多加小心吧。”

就算身披铠甲，一不留神还是会遭遇突然袭击。战争的可怕之处还在于，想要区分敌人和战友，用一般的方法是行不通的。

——我回来了，今天发生了好多事啊。

千明让一个人住在西船桥的兰先乘末班车回去后，她从私塾步行十分钟左右回到家时已经是第二天凌晨了。不管有多累，躺下之前都要在佛龛前合掌祷告，向母亲赖子汇报这一天发生的事。不知道从什么时候开始，这已经成了千明每天必做的功课。

母亲在世的时候都没怎么好好聊过天，为什么到现在才想到向那个世界的亲人倾诉呢？千明在悄无声息的房间里自问。就因为一家人都在的时候总是安静得让人难以开口吧，她这样对自己解释。

——最近，我终于明白妈妈为什么一直担心兰了。也不知道让她进千叶私塾到底对不对，这孩子真的想继承私塾吗？

平日里压抑在内心的不安，只有在去世的人面前才能无所顾忌地说出来。

遗像中的赖子看上去那么快乐，像是就要“呵呵呵”地笑起来似的。身上穿着花哨的夏威夷衬衫，脖子上还挂着花环。离开私塾后，她晚年在本地的园艺同好会中将自己的社交能力发挥得淋漓尽致，又是去夏威夷又是去澳大利亚的，到处都玩遍了。这张遗照应该就是那时候拍的吧。母亲一直拒绝变老的那份心境在照片中显露无遗。

赖子直到去世前都保持着一颗年轻的心。她喜欢去人多的地方，主动和别人交流。她对人充满爱心却从不计较回报，所以大家都尊敬她。三个外孙女当中，和赖子五官最像的蕗子也在很大程度上遗传了外婆的品性，可是在兰的身上却丝毫感觉不出这份血缘。

——说实话，妈你是不是也这么觉得？兰虽然具备做经营者的资质，但作为一名教育者，她还不够格。

问题就出在这儿，千明正在心里念叨着，突然间四周的寂静被打破了。大门口传来了开门的声音，紧接着又“哐当”一声关上了。

这么晚了，会是谁呢？

千明警惕地往大门口跑去，刚刚不知道藏在哪儿的白猫四郎也猛地蹿了出来。

是菜菜美，带着屋外刺骨的寒气走进来一把抱起了四郎。

“菜菜美，你出去了？”

千明很是意外。

“我以为你早就睡着了呢，这都几点了？你这么晚跑哪儿去了？”

面对母亲的严厉责问，红发马尾上扎着波点丝带的菜菜美倒是一副若无其事的样子。

“你问我去哪儿了？妈，怎么能问我这么土的问题呢！今天可是十二月二十四日，我肯定是去参加圣诞派对了呀。”

“派对开到这会儿？已经一点了！中学生应该这个时间回家吗？”

“哎哟，你们千叶私塾不是也经常给中学生补习到十一点吗？”

“学习到十一点和东游西逛到凌晨一点是一回事吗？”

“妈，参加派对那也是一种社会实践，能学到很多人际交往的技巧，这些在私塾里可不讲。”

你说什么她都有理。多半是因为菜菜美考进了校园暴力猖獗的本地公立中学，搞得她最近的行为举止越发不像样子，还结交上了一些狐朋狗友。每每看到她越来越短的校服半裙和越染越怪的棕红色头发，千明总是一筹莫展，忍不住想起了最近那个叫“积木崩塌[①]”的流行语。

“兰可说过的啊，聪明的孩子不良少年就做到初二，上了初三还和朋友瞎混的就是脑子不够用了。”

“脑子不够用也无所谓，总比兰姐姐那种一个朋友也没有的强吧。再说了，我也不是什么不良，只是做自己想做的事而已。”

“这种话留着你把该做的事情做好了再说吧。别忘了你正在备考呢！”

“我可能不参加考试了。”

“什么意思？”

“还是不上高中了吧。”

菜菜美边说边脱下脚上那双鞋带一直系到脚踝的高帮篮球鞋，把猫咪捂在胸口就往二楼去了。千明在她身后焦急地喊了一句：

“等一下！菜菜美，你又在说什么呢！”

“觉得太浪费时间了。反正我也不喜欢学习，就算不费劲地上

---

① 《积木崩塌》是1982年在日本出版的畅销书，由演员穗积隆信根据自己的亲身经历撰写。1983年改编成电视剧并创下收视纪录。讲述了一对夫妇与变成不良少女的女儿进行200天战争的故事。剧中将家庭比作了积木，一旦最基本的“那个部分”被抽离了，所有的爱、信任、关注也就会随之坍塌。

高中，我也一样有办法过得很快活啊。”

“这是什么话！肯定又是真纪和英美教唆你不要考高中的吧。我和你说多少次了，要和那种孩子保持距离。”

千明一直追到楼上，菜菜美倒显得很平静：

“真纪和英美都是好孩子。虽然学习不行，但她们是班里待人最好的。不上高中是我自己考虑决定的，有什么不好吗？”

“这不是好与不好的问题。”

“不是妈妈说的吗？”

“我？”

“妈妈之前不是总说吗，不要被别人的话影响，要用自己的头脑思考，所以我就思考了，而且越想越觉得上高中没有意义。”

四郎乖乖地依偎在她怀里，菜菜美把脸凑过去蹭了蹭，放低了语调。

“拼命学习，考上一所好大学，再找个好工作，就是为了挣很多钱？就为了比其他人过得幸福？可我觉得在那样患得患失的竞争里消磨人生，所有人就已经输了，不是吗？”

“……”

“看，你也无话可说了吧。妈妈既然主张放任主义，就应该将放任主义进行到底啊。关键时刻掉链子，这可不是您的风格啊，也太逊了吧。”

千明面前的房门砰的一声关上了，菜菜美钻进了自己房间。

“话还没说完呢！”

被一个人晾在走廊里的千明只能用声音追着菜菜美。为什么自己不强行推开门，使出浑身解数抓住女儿呢？她对自己很失望。是太累了吗？是因为已经过了知天命的年纪？还是不够自信了？

妈妈就爱惯着菜菜美，耳边掠过兰的这句口头禅。的确，千明无法否认。很多很多年前，只要家里发生争吵，菜菜美就会伤心掉泪，幼小的心灵备受煎熬，因此对这个小女儿，千明总是怀着某种歉疚。如果是蕗子或兰，就算是揍一顿也要逼着她们和那些品行不端的朋友绝交，可放到菜菜美身上她就手软了。

但不管怎么说，升学考试的事不能放任自流。怎么办好呢？自己能做些什么？被菜菜美的话戳中了痛点的千明感觉到从未有过的心乱如麻。

不愿意去想，但这种时候又不得不想。

如果他在，又会怎么做呢？

舞台如同没有一丝波澜的平静湖面，霎时间有声音从两侧闯入。像风声，像树叶声，又像鸟鸣般的笛声，紧接着又有鼓声从天而降。声音从四面八方传来，相互碰撞，相互缠绕，搅动着周遭的空气。

从后座传来的旋律宣告着幽玄[①]世界的大幕即将拉开，千明很享受这个惬意的时刻。日常围绕在身边的琐事不见了，这里已经不是这里，整个人被带到了不知道哪里的哪里，慢慢地从自我中解脱出来获得释放。

---

① 幽玄是日本古典文学及艺术的美的理念之一，基本含义指缥缈的、难以捕捉的优雅之美。

出演配角的能剧艺人悄无声息地步入舞台。千明看他们都是一副旅人打扮，才想起今天出演的剧目是《松风》。《松风》是一首名曲，但这无关紧要。千明并不是一个紧追剧情的热情观众，更没想过去弄懂演员们每一句台词这种荒唐的事。她只是静静地去看眼睛里看到的，去听耳朵里听到的，让整个身体沉浸在另一个世界当中。

能乐堂对于千明来说是唯一可以让她放下一切的地方。除了私塾之外无处可去的她，快四十岁那会儿为自己找到了这个避难所。只是为了能放空自我，所以从来也不在意上演的是什么剧目。不过她也有自己偏爱的题材，经常会看的是世阿弥创作的“梦幻能”系列作品。

生者和逝者在舞台上相遇，讲述他们灵魂交流的梦幻故事。将身体沉浸于生与死、现在与过去的纵横交错之间，会感觉这个世界和那个世界并没有想象中那么遥远。千明发现死去的父亲正模模糊糊地出现在自己脑海里。也是在开始定期观看能剧之后，她渐渐怀念起那些平日里无暇回望的过去。

海女在哀伤中翩翩起舞，思念故去的男友。那天，千明比平时更深地陷入了对父亲的回忆当中，也许是因为她和菜菜美之间的心结还没打开吧。

特别是那句话，一直压在她的心里。

“妈妈之前不是总说吗，不要被别人的话影响，要用自己的头脑思考。”

是啊，千明确实经常这么说。用自己的头脑思考！无论是对私塾学生还是对女儿们，她一直是这样要求的。追其根源，其实是千明自己小的时候父亲曾经这么教导过她。

直到现在她都无法忘记。那是上国民学校的第五年，因为实在无法忍受极其荒谬的学校教育，几乎快要绝望的千明有一天问父亲：

“爸爸，日本真的是一个神之国吗？就只有日本吗？紧要关头就会刮起神风？美国人是魔鬼？老师们不是在开玩笑吧？”

如果直接去问老师肯定要挨拳头，千明不由自主地咬紧起牙关。没想到父亲却回答得很轻松，让她不免有些失望。

“神风吗？会不会吹呢？嗯——应该不会吹吧。”

“不会吹吗？”

“是啊，因为风就是风嘛，就是一种单纯的自然现象。不会只在某个特定的国家想让它怎么吹就怎么吹。”

“那就是老师在说谎对吧？”

“那也不一定，可能老师们真的深信不疑呢？”

父亲一边摸着千明的娃娃头，一边告诫她不可以憎恨老师。尽管他在外人面前始终保持着军人的威严，但在家里却是个无比慈爱的父亲。他为人踏实，心地善良，见到饿肚子的狗都不忍心丢下不管，经常领回家来。母亲抗议说：“这世道人都养不活呢！”他却只是笑着挠挠头。

“千明，战争是一种群体的疯狂。生活在这个疯狂的年代，唯一靠得住的是我们理性的判断力，可现在的教育就是想要从孩子们身上把这些夺走，让他们失去思考的能力，批量产出国家可以任意摆布的士兵机器人。千万不要眼睁睁地把自己交出去，千明，一定要思考！”

要思考！父亲说这话时眼里闪着从未有过的冷峻目光。

“不要被别人说的话影响，始终都要用自己的头脑去思考。思考，思考，再思考，别轻信别人口中虚伪的正义，走你自己真实的路。”

两个月之后，父亲战死在菲律宾，这句话也成了他最后的遗言。千明把它一字不落地刻在脑子里，从来都不曾忘记。

千明真的思考了。日本战败的时候，她思考过为什么会出现这种结果，思考过为什么大人们成天吵着要反省，却从来不说“战败”只说“停战”。在GHQ管理下建立新体制中学时，如同解毒药一般的民主主义教育实践令人振奋，但她仍在思考为什么前不久还在高唱大日本帝国万岁的老师们能如此若无其事地轻松转身。想来想去她最后得出的结论是，因为那些人从小时候就没接受过正规良好的教育。

教育是多么重要的东西，又是多么危险的东西。关于这两方面如果没有深入持续地思考过，在日本脱离美国支配再次出现中央集权倾向之后，千明也许还会选择成为学校教师。

而深思熟虑之后，她最终走上的是私塾这条荆棘密布的路。那时候她首先就提出了“培养独立思考能力”的教育。一旦疯狂的时代再次到来，只要拥有知识的力量，孩子们就可以保护自己，坚持走一条真实的路。可是——

什么时候，在什么地方，什么东西被打乱了？

狂乱念白的旋律不断碾压着时空，还来不及反应又将千明的思绪带回到现实里。舞台上的故事已经接近尾声。海女穿着她思慕男子的衣装，在台上悠然起舞。那是这世间罕见的女人的情感之舞。她深信不疑，暗夜里那棵朦胧的松树就是自己逝去的爱人，那固执的样子映射出人类可悲的盲目。

什么时候开始，被蒙住了双眼——

就如同这个将梦幻与现实合二为一的舞台，过去和现在也在千明心中纠缠不清。台上演奏的神秘旋律让那条分界线变得更加模糊了。是太忙了？是太拼了？还是面对社会上对私塾的种种抨击太激进了？文部省、媒体、学校教师、同行，敌人来自四面八方，还有一群名叫家长的刺客被忽视了。千明摸索着如何能将思考的能力和知识的种子植入孩子们的大脑，而母亲们只想要眼睛能看见的效果。

“如果不能马上提升成绩，我就考虑换一家私塾了。”

“最起码要让偏差值[①]能配上这份学费吧。”

“思考的能力？这东西什么时候会出现在试卷里？”

千明最初也试图做出反驳，她慷慨陈词以为可以让母亲们理解，可那些人不仅毫无兴趣，甚至还有些恼火，她们逐渐疏远千明，更多依赖于主管日常事务的赖子。没过多久，理想就这样被不断的挫败感轻易吞噬了。

从什么时候开始的呢？被家长们嫌弃，不像吾郎那样受学生们欢迎，放弃再做老师的时候？开始害怕关于私塾的负面评论影响到

① 偏差值指相对平均值的偏差数值，是日本人对于学生智能、学力的一项计算公式值。偏差值反映的是每个人在所有考生中的水准顺位。在日本，偏差值被视为学习水平的反映，也就成为了评价学习能力的标准。

女儿们人生的时候？代替毫无金钱意识的吾郎开始管账，比起学生们的成绩更忧心决算数字的时候？不知不觉中初心变成了野心，扩大私塾使之成为一家被认可的权威机构成了千明心中最大的目标。如果这就叫堕落的话，也许在很早以前，自己就已经坠入了无底深渊。

是啊，哪还有什么资格说兰呢？自己作为一名教育者也早就死掉了。

面对舞台上亡灵们痛彻心扉的哀伤，千明猛然回首自己的人生，不由发出一阵冷笑。

走出能乐堂的时候，天已经完全黑了。十二月的冷风打在身上，让千明又回到现实当中。告别了那些在梦境与现实间徘徊的人，她独自走在路上。该回家了，虽然那里并没有人在等着自己。

穿过紧邻涩谷站的高档住宅区时，雪花从昏暗的天空中纷纷扬扬地飘落下来。像是在确认自己还留有一些小幸运，千明撑开了时常备在包里的折叠伞。

越往站前大街走，路上的行人也渐渐多了起来。他们大多数都没有打伞，头上和肩上落着一层白色的积雪。因为担心滑倒，千明的眼睛始终是往下看的。走着走着，街道两旁开始零零星星有了些店铺，她突然驻足在一家旧书店门前，有样东西吸引了她的注意。

雪花渐渐覆盖了书店门前的打折区，一个标着“全部十元”的纸箱里，许多发黄的旧书凄凉地依偎在一起。千明目不转睛地盯着其中的一本：

《追随苏霍姆林斯基》。

苏霍姆林斯基——不会看错，就是那本书。

这本评传让吾郎这个默默无闻的私塾校长一跃成名，也让更多人认识了千叶私塾，到最后却演变成导致夫妻俩分开的一条导火索。千明整个人像被冻住了似的，一动不动地凝视着那早已褪色的封皮。

也不知道过了多久。不，如果只看时间的话，也就是几十秒的光景吧。

内心一阵激烈冲突过后，千明缓缓摘下黑色皮手套，把手伸进箱子里。都是因为下雪吧，不然天气好的话一下子就走过去了。千明一边给自己找理由一边掸了掸书上的雪。

“您好！这雪……都把书给淋湿了。”

她推开书店的玻璃门冲里面喊了一句。“啊呀，这可不行。”店主急忙拿起一块防水塑料布跑了出去，回来时注意到千明手里的那本书，便笑着说：

“哟，这苏霍姆林斯基可有年头了。有阵子卖得不错，不过现在可都是斯坦纳[①]的天下了。说到底，比起温柔的母性，日本人还是更崇尚严厉的父性。”

千明可没心思听这人絮叨，她一声不吭地递过去十日元，又迅速把书藏进了包里，转身想要赶紧离开。

就在这时，被雪蒙住的玻璃门咔嗒一声打开了。

---

① 鲁道夫·斯坦纳（Rudolf Steiner，1861—1925）：奥地利的哲学家、改革家、建筑师和教育家，也是华德福教育的创始人。

“您好啊！今天可真冷。大叔，我之前打电话拜托您找的那本书……”

伴着爽朗的话音，一个身着和服的女人走了进来，她与千明四目相对。

刹那间，两人都屏住了呼吸。隔着几步的距离，她们呆呆地望着对方，就像是遇到了不存在于这世上的幽灵。

天啊，怎么可能，在这个地方——

千明的眼皮微微颤抖，她认定这不是做梦就是幻觉。

难以置信的邂逅。但它并不是错觉。

站在眼前的就是那个一枝。

☽

心绪混乱，呼吸困难，指尖像是血流不畅似的变得有些僵硬。

千明面对着起居室餐柜上那部黑色的电话机，迟迟不敢转动拨号盘，她焦躁地看了看墙上的挂钟。

下午三点。再不快点的话，在除夕街头闲逛的菜菜美说不好什么时候就回来了。实在不想就这么郁闷地迎接新年，那就快点儿吧，还磨蹭什么呢！

千明把自己一通数落，好不容易才伸出手。她一边看写着号码的纸条一边用指尖挂住拨号盘上的孔洞，转动了第一个号码，直到转不动了才把手指抽出来慢慢回到开始的位置，就这么片刻的工夫，又是一番心理斗争，之后才拨动了第二个号码。手指转动的时候无所适从，手指离开的时候又充满期待。

拨完最后一个号码时已经感觉筋疲力尽了。是不是该换个日子呢？千明刚要把话筒放回去，对方就接起了电话，她猛地一激灵。

“喂喂，我是上田。”

话筒那边传来的并不是期待的声音，而是一个粗重的男声，以前也经常听到。此刻等量的失望与安心在千明胸中激荡。

“好久不见，上田老师，你好吗？”

“嗯？”

“是我。”

“哪位？”

“大岛千明。”

听对方有些不知所措，千明低声报上了姓名。

随后，连接两人的电话线如同死掉一般陷入了沉默。

“啊……啊……”

上田费了半天劲也没挤出半个字来，只喘了两口粗气。听他惊慌失措的反应，有一点千明已经可以确定了，果然一枝所言不虚。

开始她无论如何也没办法相信。不，就连和一枝在涩谷旧书店不期而遇这件事本身，都让千明感觉是存在于这个世界之外的一段虚幻经历。

曾经在八千代台经营旧书店的一枝，因为极善待客而深受私塾老师们的倾慕，一间小小的店铺成了大伙儿钟爱的休闲天地。千明也有几次顺路去那里找书，但说不出是为什么，这个颇有男人缘的女店主让她有些发怵。记得自己每次都不等对方上前搭话，就先慌慌张张地离开了。或许，这也代表了某种预感？

千明察觉到心里藏不住事的吾郎和一枝的关系大概就是在那本评传刚完成不久。之后又有个私塾的学生跑来告诉她，在街上看见吾郎老师和书店阿姨在一起。一个无心的告密坐实了千明心中的猜疑。

那段不堪回首的时光已经过去七八年了，可一枝的皮肤依旧光润紧致，看不出任何岁月的痕迹。就连那雪白的后脖颈所散发出的迷人气息，也和她当年在店门前展露甜美笑容时一模一样。

“真是好久不见了！”

是千明先开口打破了这熬人的沉默。其实不过是自尊心在作祟，她实在后悔自己没抽空去染染这一头白发，却还是故作平静地说：

“你还是老样子啊，看起来不错。”

一枝没答话。也可能是想说什么没说出来？看到她喉咙周围隐约在颤抖，千明就什么都明白了。看来这女人已经知道自己发现了她和吾郎的关系。

悲哀与自嘲交织在一起。尽管如此，当丈夫的情人就站在面前，千明心中却并未产生那种直白的恨，这也让她颇感困惑。她曾在心里设想过无数次这一时刻的来临，可现实却比想象平淡太多了。是因为和丈夫分开已经四年了吗，还是已经冰封的内心至今尚未解冻？就在她努力寻找答案的时候，一枝终于开口了。

“那时候……”

一枝深深地低着头，用沙哑的声音喃喃自语。

那时候。一个词里包含了太复杂的情感，一枝没有再往下说。

千明越发糊涂了。那时候，并不指“现在”，而是某个特定的时间。是她经历的“从前”和“过去”。一枝面对过往低下了头，带着深深的忏悔，但眼神是清澈的。

这么说——吾郎和这个人已经了断了?

千明一直以为音信全无的丈夫是去了一枝那里，而一枝接下来的话让她愈加混乱了。

“那个，蕗子的事可要恭喜你了。”

可能是想换个轻松点的话题吧，一枝努力在苍白的脸上堆满笑容。

“蕗子？”

“一定是个可爱的宝宝吧。上田老师到现在还每年不落地给我寄贺年卡，不过今年感觉他格外开心呢！”

“宝宝……”

“我觉得上田老师一定能做个好爸爸。”

蕗子，宝宝，上田，爸爸，这些本来毫不相干的词汇在千明脑子里形成了一幅画面，她瞪着眼睛一句话也说不出来。

差不多四年前，夫妻俩约好在小女儿菜菜美出嫁前暂时不办理离婚手续，吾郎随即从家里搬了出去。没过多久大女儿蕗子也离开了家，之后便音信全无。难道她和上田……

这真有些难以置信。不过有件事倒是没错的，吾郎辞去校长职务后，几乎同时上田也离开了千叶私塾。

“蕗子和上田老师在一起了？”

千明干脆主动出击，想从一枝那里问到一些消息。

“她现在在哪儿？”

“嗯……”

“告诉我吧，蕗子她现在在哪儿？”

为什么身为母亲你连这个都不知道？一枝大吃一惊，好像是窥探到大岛家极为扭曲的阴暗处。她想用两只手捂住嘴，但为时已晚。

覆水难收啊，更何况对方是自己旧情人的妻子。千明执着地打听蕗子的住处，而一枝心里也多少对往事怀有愧疚，所以没办法装作什么都不知道。

“我听一枝说的，你和蕗子在一起了，真没想到啊！”

千明一边竖起耳朵捕捉着话筒那边的动静，一边故意装出轻松的口吻。

“蕗子从小就是个懂事的孩子，不过在关键时刻让我大跌眼镜的也总是她。那年冷不防地突然说要去学校当老师就是……说起来，我记得当时你也是支持她的对吧？”

上田的反应有些迟钝，大概是还没完全平静下来吧。

“现在，听说在你老家生活呢？”

“嗯，嗯，在秋田。”

“在那边的私塾？”

“没有，我在农协给我老爸帮忙。”

“那，不上讲台……”

“彻底不干了。”

“是吗，那蕗子还在当老师吗？”

“没有，现在，那个……”

啊，千明装出一副刚刚想起来的样子。

“对了，听说你们有孩子了，恭喜啊！”

一心要隐藏蔓延在心中的情感，却不想这话又说得太冷漠了些。

“真对不起啊，本来应该正式去问候您的。”

“没事，是那孩子……蕗子说不许你联系的吧？”

“不是，那个……”

上田还是那么耿直，所有的情绪都暴露在声音里。尴尬的沉默中，千明回想起蕗子离开家时留下的那句话。“妈妈对爸爸做的事，我绝对不会原谅。”那时，她的眼神中充满了厌恶。

而此刻的千明好像早已把那些放下了，她继续对着话筒问：

“蕗子，她在吗？想和她说两句。”

沉默持续了许久。可能实在找不到合适的借口，上田说了句“请稍等一下”就没动静了，是去向蕗子请示了吗？

千明静静地等着。她屏住呼吸，想象着已为人母的女儿的声音。

可是，漫长的几分钟后，再次听到的还是上田的声音。

“对不起，那个……现在，蕗子她，有点儿那个，不在家……”

这男人简直诚实得有些冒傻气了，蕗子肯定会很幸福吧。千明看到了一些希望，便这样安慰着自己。

“明白了，那下次吧。这么忙的日子给你们打电话，抱歉了。”

“哪有，该说抱歉的是我。”

“保重身体，祝你们新年快乐。”

刚要放下话筒的手突然停住了。一瞬间，好像隐约听到了婴儿的哭声。

“稍等，还有件事想问问。”

“嗯？”

“孩子叫什么名字？”

“叫一郎。”

通话结束了，可千明还是手握话筒呆呆地站着不动。直到手指有些发麻，她才感觉背后有双眼睛在盯着自己。扭头一看，原来是端端正正趴在飘窗上的白猫四郎。

一郎，四郎，啊啊！千明在心里大喊着。究竟要到什么时候我才能逃出大岛吾郎的影子啊——

不经意间，耳朵深处就会响起婴儿的啼哭声。

即将步入而立之年的蕗子给这个世界送来一个新生命，一郎。

这世上有了一个继承自己血统的外孙。简直太不可思议了，这个事实给千明带来了前所未有的喜悦与兴奋。同时，沉溺在难以抑制的情感波动之中，困惑与混乱也让她感到异常疲惫。

婴儿的哭声始终挥之不去，可一郎并不在这里，更无法看到和摸到他幼嫩的小脸。

欢喜与绝望像钟摆一样在两极间不停摇摆。想要尽快终止这种无用功，唯一的办法就是埋头工作。

从新年昭和六十年（1985年）1月1日开始的正月特训，应该算是让千明远离杂念的绝好机会了。

冬季讲习是检验升学类私塾实力的关键时刻。那些决定利用正月假期放手一搏的家长，唯恐自己的孩子坠入万劫不复的深渊，自然就把私塾当成是最后的救命稻草。特别是千叶县公立学校内申点[①]所占的比重比其他各县都要低，能否被录取，考试成绩就显得格外重要了。大家都铆足了劲在考试当天决一胜负。要想在考试中多答对一道题，就要在考前多练习一道题。

不仅备考生没有正月假期，私塾老师们也不能有。总是这么激励员工的千明这些年都没过过一个像样的新年，就算元旦当天也照样要清早上班，为各种杂事一直忙到半夜。

工作是永远都干不完的。学生人数随着校区数量不断增加，学生增加了，员工数量也必然增加。在迅速扩张导致的负荷增长中，作为校长必须时刻照顾到各方面的工作。压力已经很大了，为什么吾郎做校长时还坚持要代课呢？千明当时并不理解，等她自己坐上这个位置才终于明白，对于吾郎来说，课堂也许就是他最好的避风港吧。

而对于千明来说，打扫卫生成了她最好的解压方式。没时间去能乐剧场可内心又极度焦灼的时候，她就会拼命地做扫除。这个习惯是从津田沼本部大楼建好那会儿养成的，有点像是不断升级的“职场内逃避”。大脑越是过度疲劳，越想把力气发泄在拿着扫帚

① 内申点是日本初中升入高中时，由初中提供的调查报告上的评分。这个评分综合了学生在学校的整体情况，包括九个科目的成绩和日常表现。根据地区不同，在高中录取时占一定的评分比例。

和拖把的手上，看到教室被打扫得一尘不染，心里也会感觉轻松了一些。

不过最麻烦的还是每次被员工们撞见自己这副投入的模样，他们总会大惊小怪地说什么“校长您可别干了，这种事有专门的人去做”。

“校长！”

唉，又被发现了——

一月七日，正月特训结束，作息时间又恢复到常态。那天中午刚过，千明拿着拖把正在打扫楼梯平台，身后的喊声让她无奈地叹了口气。

连扫除这种事都不能随我的意吗？她本来已经摆好了反击的架势，结果回头一看，办公室主任宫本神色慌张地站在面前。

“校长，糟了！”

自从津田沼之战爆发以来就没缺过糟心事，每天都要上演一集糟心连续剧。不过，宫本说的又是一个新情况。

“稻毛校区的老师罢课了。”

大约一小时后，千叶私塾稻毛校区第一教室里，千明站在十一名教师面前，空气中火药味十足。

“所以，我们的要求就是涨工资和改善劳动条件。如果能同意这两点的话，马上就可以去准备今天的课。”

“为了达到目的就以拒绝上课相威胁，你们还算是老师吗？这么做只能牺牲孩子们的利益。对于备考生来说，现在是多么关键的阶段，你们应该很清楚吧。”

“如果不挑这个时间，谁会在意我们说什么？关于提高基本工资，之前已经申请过好多次了，可全都被当作耳旁风。这样下去，难道要我们一辈子拿着这么低的工资，拼死拼活连个正月假期都休不上吗？”

“正月特训是有特殊补助的。而且你们应该很清楚，这里的基本工资和其他私塾相比，绝对不算低的了。”

“但是我们比其他私塾老师的工作时间都要长。现在说的是付出和收入不成正比。”

教师们围坐成一个U字形，坐在千明对面向她发起正面挑战的就是稻毛校区的主管小笠原。

拿学生当人质要求加薪，对于他们这种愧为人师的行为，千明已经愤怒到无语了。大约三年前，由于人才青黄不接，才选了已过盛年的三十五岁私塾教师小笠原做稻毛校区的主管，现在后悔也已经晚了。

和上田同期，小笠原他们这一代私塾教师不少人都参加过学生运动。当年那些为了理想而耽误了就业的大学生，有些人为了不浪费自己的高学历，也为了培养出能担得起日本未来的后辈，就走上了私塾这条教育的小路。强大的信念，出众的口才，卓越的领导力，他们大多数都很优秀，而与他们为敌也是件相当棘手的事情。

“你所说的改善劳动条件，具体指什么？”

说这话的是坐在千明旁边的办公室主任宫本，专门负责解决各种纠纷。他旁边坐着兰，千明叫她别来，结果她还是硬跟来了。

“我们的要求大致分为三点：第一是提高加班费的上限，第二是允许将带薪假期延至下一年，还有最重要的一点就是重新评估教师五十岁退休制。”

千明听后即刻做出了反驳：

“虽然叫退休制，但并不是到五十岁就解雇。考虑到教师的工作强度大，对体力要求比较高，所以过了五十岁就会转到其他的岗位上去。”

“我们是为了做老师才进私塾的，一过五十岁就被调到营业部去做家访，那积累这么多教学经验有什么用？夫人，你难道不知道吗？那个岗位被大家叫成弃老所。”

小笠原滔滔不绝，言语中带着强烈的攻击性。

“本来我们私塾就是过分重用年轻人，晋升标准含糊不清，这点我之前就提出过质疑。夫人，自从你掌权以来，像我这种年长一辈的教师可是被害惨了。你只重用可以随意摆布的年轻人，把他们安排在关键的位置上，那些多年来为私塾做出贡献的老教师却根本得不到应有的尊重。”

“怎么会……”

这些话让千明感到很意外，她怒视着对方：

“不知道从什么时候开始，社会上习惯把私塾教师称为辅导员，但我还是一直以教师称呼，这里面就包含着我的尊重。”

“我是在说你轻视资历。”

“私塾教师不是公务员，相比年龄更重视个人能力也是理所当然的吧。年轻老师的体力和创造力都更强，也能更迅速地适应时代的变化。”

“但他们缺乏人生阅历和包容心。你这种不顾人品的人事任用已经降低了千叶私塾的品质，这是不争的事实。夫人，你打算如何承担这个责任？”

“夫人下台！”

两人怒视着对方，眼神碰撞之时火星四溅。

这时候，宫本一脸无奈地从中解围。

“是这样的，涨工资也好改善劳动条件也好，现在都没办法立刻给出答复。因为这些问题牵涉到三百名员工的利益，必须先召开董事会。”

“开董事会肯定会被驳回，所以才会使用这种非常手段。我们已经想好了，如果你们现在给不出答复，在座的十一个人今天是不会去上课的。接下来如果诉求还是得不到满足，我们计划集体辞职，自立门户开一家新的私塾。”

自立门户。千明紧锁眉头，与宫本对视了一下。因为不满劳动条件，教师集体辞职开办新的私塾，这在业内也是常有的决裂戏码，但她万万没想到这种事竟会落到自己头上。

该怎么办呢？千明大脑中轮番上演着各种最糟糕的状况。稻毛校区位于距离车站稍远的一栋混租大楼的二层，目前有十五名教师，如果他们十一个人都撂挑子了，今天的课肯定是上不成的。况且临近考试的备考生本来就不愿意换老师。很可能他们当中有一些人，不，弄不好是一大半会跟着小笠原去他新开的私塾。不管怎么说，这都会让千叶私塾失信于学生和家长，伤害企业口碑。和难以挽回的信誉相比，他们的要求是高还是低呢？

“让他们走！”

千明迟迟给不出答复，此时兰却果断地放出话来。

“只要有一次屈服于这种威胁，那所有的校区都会如法炮制。一旦发展成大规模的劳动纠纷，后果不堪设想。所以不如今天在这儿裁掉这十一个人以绝后患。”

兰的语气相当凶悍，完全不像一个女大学生。前刘海儿盖住了她宽大的额头，一双细长上挑的眼睛炯炯有神。跟着小笠原的那帮老师像是被她的目光击中了，神色显得有些慌张。

“不过，你们可别忘了，千叶私塾的工作守则中规定，离职三年内的员工有竞业避让[①]的义务。从今天开始三年内，如果你们开新私塾带走了我们的学生，我会立刻提出诉讼。打算向我们宣战的话，就请准备好付出相应的代价。”

面对已经六神无主的老师们，兰依然步步紧逼。看到她略带笑意的侧脸，千明忍不住把头转向了一边。

冷静地想一下，兰说得也许是对的。昭和四十年代，围绕加薪的劳动纠纷层出不穷。不知道有多少私塾在这场无谓的战争中消耗着体力，最后经营者和员工两败俱伤、懊悔不已。稻毛校区的问题如果不在这里彻底解决，必定给日后埋下一个地雷。可是——

“请再……”

重新考虑一下怎么样？千明话还未出口，小笠原就把椅子踢到

---

① 竞业避让指企业职工在本单位任职期间和离职后一段时间内不得在与原有单位有竞争关系的其他单位内任职。

一边站了起来。

“妖女的女儿还是妖女！”

他刻薄地发泄着胸中的不满，回头对同伴们说：

“走吧，不过是一对肤浅的母女，不要被她们唬住了。只要我们团结起来，肯定还能再创出一片新天地。”

房间里变得鸦雀无声，时间仿佛静止了。原本已经结成同盟的老师们——尤其是年轻一辈，个个眼神空洞，像是忘了“团结”的意思，只是一声不吭地盯着地板。

“这是怎么了？不是你们自己说的吗？至少过年想回趟老家，吃妈妈做的新年杂煮。”

“各位如果今天能照常上课，我们就当这件事从来没发生过。总之都是被主管挑唆的，你们也不好违抗，对吧？”

小笠原和兰两个人的声音重叠在一起，胜利的是兰。僵持了数十秒后，跟着小笠原一起离开的只有两个人。

被出卖了，小笠原满脸愁容地站着一动不动，突然间他又苦笑着快步向门口走去。兰对此不屑一顾，而千明却无法将目光从那个背影上移开，她看到了那个消瘦的肩膀上背负的妻子和孩子的影子。

“请等一下！”

听到千明的招呼，小笠原只在屋门口回了一下头。

“夫人，我是因为崇拜大岛吾郎这个男人才成为私塾老师的，早知道有今天，当初就应该跟着他一起离开，我心里只有这点儿遗憾。”

说完便毫不犹豫地走了。

他在起义中失败了，但从背影却看不出半点失意，千明忧心忡忡地目送着这个男人离去。

大约两个小时过后，结束了在津田沼本部召开的紧急会议，千明返回办公室时，听到兰在和人打电话。

“是的，所以我们可说好了。那个叫小笠原的男人最近可能会在稻毛附近开私塾，到时候他应该会想要使用在我们这里用过的教材。无论如何都不要卖给他，你可要记住，如果卖给他的话，我们之间的合作就到此结束了。”

电话那头估计是教材店的人，在背后使用手段干扰对方的经营，搞垮未来的商业竞争对手。这孩子已经想到那一步了。

千明窝在椅子里叹了口气，又揉了揉隐隐作痛的太阳穴。她感觉浑身无力，纷繁的工作直接引发了身体的不适，难道是已经年过五十的缘故吗？不久前她充沛的精力还足以排解每日的疲劳，可最近却有些难以对抗肉体的极限了。

可是没人了解千明的感受，办公桌上是堆积如山的文件，急着等她回来的员工们又走马灯似的送进来一堆新案子。

“校长，预定四月开业的柏市校区，本来都要签租约了，那个大厦的房东突然又吵着要把租金涨到原来的1.5倍……”

“校长，关于社会上质疑我们私塾的名校合格率一事，周刊杂志的记者想来做个采访……”

“校长，习志野私塾会的富永会长来电话，问年会的事……”

“校长，两国校区隔壁火锅店的老板最后还是说要起诉，看来学生停自行车的事要想想办法了……”

“校长，本部三层女洗手间的马桶昨天就堵了，您看……”

“校长，周末和客户的高尔夫赛上，咱们营业部的员工打出了一杆进洞，贺礼也从经费里走吗……”

这些人每叫一声校长，千明的头疼就随之加剧。成天都要面对无数的问题，被迫做出各种决断。尽管她很清楚这就是自己的工作，但偶尔还是有种要捂起耳朵大喊的冲动。用自己的脑袋想想！

特别是今天，员工们怎么看都是一副唯唯诺诺的样子。也许是因为小笠原指责千明有意启用好控制的年轻人戳中了她的痛点吧。她想告诉自己没这回事，但真的能那么肯定吗？越是在潜意识里不断自问，越像是陷入泥沼般难以自拔，头疼也越发厉害了。

强忍着过了几个小时，到晚上，千明终于做了一件完全不是她风格的事：提前下班。多少年都不曾有过了。

“实在抱歉，今天我要早点走。”

晚上七点不到，放在一般公司这个时间肯定不算是早退了。可是在学生下课之前离开私塾，千明还是难以抑制心中的愧疚。

正好赶上小学班和中学班交替的人流高峰，千明特意避开电梯选择走楼梯。四层、三层，越往下走孩子们的吵闹声越大。在楼梯上和生龙活虎的学生们擦肩而过，千明主动和他们打招呼。

“啊，你好。”

“你好。”

大多数学生都会礼貌地回应，但他们并不十分清楚千明是什么人。

"啊，那是清洁工大婶。"

一个女生走过时指着千明说。

"不是！"她朋友反驳道，"她不是清洁工大婶，是私塾的领导！"

"不可能！我之前明明看到她在扫地！"

"可她真的是领导。"

"领导为什么要扫地啊？"

"那我就不知道了。"

千明听得哭笑不得。学生们不断从她身边挤过去，你推我搡地往楼上跑。

"嘿，嘿，你知道吗？咱们私塾有七件怪事。"

"什么啊？什么啊？"

"没有勤杂工却有一间勤杂工室。"

"真的吗？那其他六件呢？"

"不知道。"

千明走出了学校，她感觉才一天的工夫自己就老了许多。

寒风凛冽的深蓝色天空中，一轮欲满还缺的半月照射出非明非暗的光芒。

现在，菜菜美是唯一留在大岛家的女儿了。千明上班前给她做好了一些简单的晚餐放进冰箱，米饭她自己做。这个时间应该刚吃完饭吧，千明边想边打开大门，她看到门口摆着两双没见过的篮球鞋。

一双是红色的，一双是紫色的，都不是菜菜美的鞋。千明的第一反应是真纪和英美。不会是趁老妈不在把朋友带回家还开上派对了吧？听到一层的日式房间有动静，她皱着眉头三步并作两步地走了过去。

“菜菜美，有客人吗？”

千明猛地推开拉门，用力的那只手悬在半空中。

她看到屋里电视没开，三个人围坐在被炉旁，矮桌上有英语书、笔记本还有一些文具什么的，乱七八糟堆了不少。

“啊，妈妈，怎么回事？”菜菜美急得直喊，“你怎么这个时间回来啦？”

边说还边用手臂盖住了桌上的本子，慌里慌张的像是干了什么坏事似的。

“什么怎么回事，倒是你怎么突然做起……作业？”

好多年没见过菜菜美学习的样子了，连千明都显得有些无所适从。

“不是，不是作业，就是……”

“什么呀？”

“就是那个。”

看母女俩僵在那儿说不下去，一旁也留着红头发的真纪和英美实在忍不住了。

“你好！”

“打扰了！”

先是猛地抬起头打了声招呼，然后两个人就开始替菜菜美发言了。

“阿姨，我们是备考生啊！”

“是啊是啊，备考生学习，肯定是准备考试。”

“可菜菜美不是……”

“我还是决定参加考试。”

菜菜美这才把话说明白。

“我又想了一下。可能已经太晚了，不过从现在开始能弄到什么程度就尽力吧。”

可能是有些难为情吧，她一直都不抬头看妈妈的脸，手里还嘎达嘎达不停地按着带小猫图案的自动铅笔。

“所以真纪和英美就说要陪着我一起学习。”

“因为，我们要是跑去玩的话，菜菜肯定也想跟着玩。我们这个年纪都禁不住诱惑嘛。”

“既然菜菜决定要上高中，我们也支持她。说不定还能跟她一起考上呢，那不就是一石二鸟吗？也算赚了。”

虽说有些用词不当，但这些话听起来还是让人感到一股友情的暖流。“真纪和英美都是好孩子。”千明想起菜菜美说的话。本来还想教育她们不注意说话方式会吃大亏，但还是忍住没说。她把外套脱下来挂进壁橱里，然后卷起毛衣袖子坐进了被炉空着的一角。

“都有哪里不明白？说给我听听。”

看她们三个打开的是英语书，这位曾经的英语教师又有点热血沸腾了。

“啊？什么，全部？”

“是啊，从头到尾。”

“Everything！”

其实不用主动汇报，看一眼本子上大片的空白就知道她们的学习状况堪忧了。笔迹很轻的圆体字[①]，放不了几支笔的铁皮笔盒，带有巧克力、咖啡之类香味的橡皮，缺乏上进心的学生特征触目皆是。

千明已经意识到问题有多棘手了，她先给三个人出了几道语法要点的基础题，结果和预想的一样，她们连初一水平的基础知识都没有掌握。

“把书收起来吧，我来出题。”

这天晚上，千明给她们三个详细透彻地讲解了如何根据一般动词和be动词的区别将单词排序。归根到底，理解英语的关键在于组织文章的能力，也就是写作能力。主语、动词、宾语、补语，之后是场所、时间等附带条件。将这个顺序准确地印在脑子里之后，原本像天书一样的英语也可以当成人类语言来对待了。相反，如果这些都没记清楚的话，就算教给她们复杂的现在完成时、使役动词，到头来还是不会用。好比是给没有发动机的车子加油，车子开不起来，有再多的力气最多也只能用在爆胎上了。

在私塾教课那会儿，千明每次上课前都会做一个英语作文的小测试，为的就是给学生们构建一部永不停歇的终生发动机。但这并不是根据教科书单元设置的学习内容，因此不能马上看到效果，也就很难让家长们满意。连学生们自己也在追求看得见的结果。学习

① 圆体字，也叫漫画字。带有独特圆形的笔记用字体，多见于日本女中学生和高中生。

到底是什么？辅导是什么？私塾的作用又是什么？日子越久越看不明白了。当年在私塾这片未知的土地上打拼，遭受舆论抨击还在拼命挣扎的那段日子，什么是对的什么是错的？感觉能说清楚的事情一件都没有。

“想要正确地说出一个句子，首先要搞清楚每个单词的词性。这句话当中哪个是主语？”

“啊，这个简单，是I。”

“那接下来这个是一般动词还是be动词？”

“嗯……不行了，脑子里一团糨糊。”

“没有am，is和are，那不就是一般动词吗？”

“有了，有了，是give！”

“对了，再看看哪个是宾语？”

“……hand？”

“是的，不过在hand之前必须有什么呢？”

“嗯？hand的前面？什么啊？”

“不是冠词吗？”

“冠词是什么？”

“就是a或者the。”

“那就是a，a hand。”

“a hand！”

“嗯，嘿嘿嘿嘿嘿……”

“又来了，菜菜又开始一个人傻笑了。”

“哪有，明明是你们俩发音怪怪的。”

虽然总在跑题，但三个人做练习题都特别用心，大大超出了千明的期待。掌握了单词排序的技巧，接下来就要让她们自己试着用最简单的英语写句子了，同时还要提高常用词的单词量。虽说她们三个悟性都不差，但想要做到拼写正确、用词正确、语序正确，估计还需要一段时间。

“我周日在家，你们到时候再来吧。还有，从今天开始每天背二十个单词。如果一天能记住二十个的话，一周就是一百四十个，一个月之后词汇量就突飞猛进了。”

“哇，说起来真的不难啊。”

“不愧是私塾的老大，和一般的大婶就是不一样。”

真纪和英美说着就开开心心地回去了。好久没上课了，千明目送她们离去，也感觉很开心。

疲劳感是有的。给这个年纪的孩子上课算是体力活。不过，这种疲劳不仅不会让人心寒，还能带来丝丝暖意呢。不知不觉中，头疼也好了。

“我不愿意把话憋在心里，就告诉你吧。”

那天深夜，错过了晚餐的千明正在吃方便面，菜菜美向她坦白了自己突然改变心意的原因。

“肚子好饿。”菜菜美也坐在千明对面哧溜哧溜地吃起了面条，突然又一副若无其事的样子把什么都说了。

“我最近去见了爸爸。”

“爸爸？”

“新年，他正好回日本。”

回日本？他一直在哪儿？国外吗？看来和孩子们是有联系的啊。

千明脑子里塞了一堆问题，可菜菜美并没有更多地透露吾郎的情况，好像那并不是重点。

“因为爸爸跟我说了些话，我就决定上高中了。”

“跟你说……什么了？”

“他说高中毕业之后，会让我看到一个广阔的世界。”

广阔的世界。说这话时菜菜美眼睛里闪出一道从未有过的绚丽彩虹。

“他说现在的我还不够格。我一直觉得学校无聊又憋屈，所以就说不想上高中了。可爸爸说，一个人如果不能发现自己身边的快乐，那去哪儿都没用。他说我太不成熟了，还答应只要我能克服困难考上高中，愉快地享受每一天，他就带我去大海的那边，看没看过的风景，见没见过的人。”

毫不夸张地说，三女儿说话时眼睛里简直闪烁着梦想。没想到这孩子还有这一面，心里想的是这些。听菜菜美越说越起劲，千明才发现自己其实什么都不知道。

赖子去世，吾郎和蕗子出走，兰搬出去独居。家人相继离开，千明本以为最小的孩子菜菜美会比别人更容易伤心寂寞，行为举止变坏也是因为这些产生的逆反心理，她还曾为此感到内疚。

可是她想错了。菜菜美并没有守着那些失去的东西不放，她关注的不是过去，甚至比蕗子、比兰更想要远走高飞。

女儿们在各自不同的时机，以各自不同的方式展翅。内心汹涌的波涛渐渐退去，只给千明留下了深切的感慨。说不失落是假的，一直让自己束手无策的女儿，被吾郎和风细雨的几句话就搞定了，挫败感不言而喻。想到自己为正月特训忙得不可开交的时候，菜菜美神不知鬼不觉地去见了她爸爸，千明感觉自己遭到了背叛。不过这就是家人吧，偶尔有些小小的背叛却仍能在一起生活。

“凭你的英语能力还要去看世界，口气不小啊！”

看菜菜美不一会儿的工夫就把面都吃完了，连汤都喝得一滴不剩，千明又来了精神要和她过两招。

“让我对你刮目相看一下呗。要是真有那样的抱负，不光是准备考试，上高中之后也要在英语上多下功夫。你要不要来私塾学习？”

菜菜美不好意思地捂住额头，接着她又兴致勃勃地说起另一件事来。

“对了对了，我突然想起来了，爸爸说国外没有私塾。”

“是吗？”

“嗯，不过倒是有很多在尝试独特教育方式的私立学校。听他这么说，我就在想啊，为什么妈妈要办私塾呢？”

“什么为什么？”

“你不是憎恶文部省吗？反正就是对公立学校深恶痛绝对吧？这些我都知道，可就算是那样，也不一定非开私塾吧。”

菜菜美紧接着又冒出一句话，差点没让千明把嘴里的汤喷出来。

“还不如干脆开一所私立学校，不是更好吗？”

“开私立学校……”

哪儿有钱啊？当时和吾郎两个人能在自家二楼授课已经不容易

了，哪有那个能力啊？

她想反问菜菜美，可欲言又止。女儿说出了她之前从未想过的“第三条路”，千明有些心潮澎湃。就像是刚刚才知道，天空中不只有太阳和月亮，还有无数闪烁的星星。

第六章
最后的梦想

Hello！妈妈，你好吗？

前两天收到你寄来的大米和碗面啦，谢谢哦！我高兴得都哭了呢。我记得咱们大岛家不是有个家规吗，袋装方便面OK，碗面NO。妈妈现在也学会变通啦（哈哈哈）。

我现在过得很好。第二年开始，在餐厅打工也得心应手多了，不用再反复问客人要点的东西。和民宿家的Cindy也越来越亲近，经常相约去看电影、参加派对，还出去旅行，成天黏在一起，别人看了都以为我们是姐妹呢（不像我和兰姐姐，从小就被大家怀疑是不是亲姐妹）。

对了对了，上个月开始我和同校的阿明开始一起做志愿者了。其实就是教生活在这里的日本人家庭的小孩说日语。这样正经八百地教起来我才发现，原来日语好难啊（虽然英语也很难），每次都让我大伤脑筋。不过也有不少新的发现，挺有意思的，所以我打算继续下去。

每天要做的事&想做的事都有一大堆，时间过得好快啊。日本泡沫经济破裂，洛杉矶发生暴动，里约热内卢每天都有无家可归的孩子被杀。我有时也很迷茫，这样一个多事之秋，只有自己一个人在享受青春真的好吗？不过我还是想努力趁现在年轻多积累些经验。

妈妈你过得好不好？最近膝盖怎么样？你都快六十岁了，做什么事都别逞强，要多多休息（是不是我说了也白说啊）！

你和兰姐姐相处得好吗？她搬回家住我心里踏实多了，可还是不放心。你们俩不会每天都板着脸不说话吧，要时刻保持幽默哦！

蕗姐姐有时也给我写信。她如愿有了老二，正在休产假，现在就一门心思照顾这个孩子了。但愿我也能遇上一个像上田哥哥那样疼爱孩子的达令。

那我先写到这儿了，母亲大人，下次继续。祈祷这里超级好吃的烤薄饼（涂上好多枫糖浆）不要让我吃成一个小胖妞吧。

With best wishes, Nana

疾驰在晨雾中的新干线车厢内，千明把偷偷塞进包里的信又拿出来读了一遍。也不知已经是第几遍了，每每读到在异国街头释放着快乐天性的三女儿那充满活力的文字，千明感觉自己的心情也跟着灿烂了，平日里的烦恼一扫而空。

当然，这只是暂时的平静。刚把信封放回包里，郁闷就如同夏日的热浪又呼啦啦地蒸腾起来。

原因就是兰，菜菜美猜得一点也不差。自从兰搬回家住之后，母女俩因为各种问题冲突不断，整日里谁看谁都没个好脸色，昨天晚上更是吵得不可开交。

“妈，您没糊涂吧，说这些是当真的？”

千明把几年来一直藏在心中的计划和盘托出，没想到兰却摆出一副不屑一顾的样子大声吵嚷起来。

“啊，吓死我了，差点儿没晕过去。不知道您哪儿来的这么离谱的想法，反正绝对是不可能的！”

“哎呀，为什么呢？你凭什么那么肯定？”

“日本的现状啊，优哉游哉的昭和年代已经过去了。早就没有挂个招牌学生们就会蜂拥而至的市场了。往后学生数量会不断下降，生意也会越来越难做。如今哪家私塾不是如履薄冰？这时候还冒着风险去开拓什么新事业，除非是疯了。”

兰一直都是个胆大心细的孩子，从另一个角度说她，也非常谨慎，而且随着年龄增长，这点表现得越发明显。如今已经过了二十五岁的兰，有时甚至让人感觉这孩子除了自己谁都不相信。

千明早就猜到她不会那么痛快地接受自己的计划，可万万没想到会招来如此激烈的反对。

“我怎么会不知道现在形势严峻呢？正因为前途未卜，我才觉得与其在私塾这一棵树上吊死，不如尝试着扩大经营范围。”

“可是扩大的方向不对啊。说到底，妈您就是个重度寺子屋综合征患者。”

“寺子屋综合征？”

“你们那代从事和私塾相关工作的很多都是这样。最不能接受被社会上称为怪胎的那段往事，对学校教育更是牢骚满腹。就像是要给自己找个精神寄托，总喜欢强调寺子屋是私塾前身的这段渊源。如果有人敢反驳说寺子屋是学校的前身，必定会暴跳如雷，闹得一发不可收拾。”

“我从来就没把寺子屋当成过精神寄托！”

千明暴跳如雷到一发而不可收拾，兰也不肯认输，全力应战，吓得家里的老猫都躲了起来。最后吵到两个人都心力交瘁，各自带着怒火回屋了。

“我本来也没想找你商量，也不需要你的理解，只不过就是告诉你一声罢了。充其量就是个干了六年的员工，有什么资格在这里口出狂言！”

本来打算告诉女儿自己出远门的原因，可最后扔下这句话就不欢而散了。兰这会儿也该醒了吧，肯定正在纳闷妈妈为什么今天这么早就去上班了。

优哉游哉的昭和年代已经过去了。千明一边吃着列车上卖的三明治一边回想着兰的话。这我当然知道。她心里不爽，任凭干巴巴的面包在口腔中慢慢湿润。平成四年（1992年），阴云密布的日本未来，“伊弉诺景气[①]”和“泡沫景气[②]”时期势如破竹的高速发展一去不复返。没有的东西再怎么强求也是徒劳，所以自己并没有执着于过去，一心只想往前走不是吗？

心里绷着股劲的千明坐在新干线上一路往北。越走太阳升得越高，掠过车窗的灰色大楼渐渐变成了大片的绿色原野。虽说已入九月，从窗帘缝隙倾泻进来的阳光依然如夏日般灼热耀眼。

在盛冈站下车换乘的时候，盒子里还有四小块三明治一动没动。看到平时最喜欢的鸡蛋口味都被剩下了，千明也不得不承认自己实在是太紧张了。

“出检票口右转，走着过去的话差不多二十分钟，要是弄不清楚，路上再问问其他人就行了。”

在盛冈站乘坐在来线[③]大约一个小时，千明来到了秋田县境内的一个小站。此时太阳已经爬上了头顶，凉风拂过她干燥的肌肤，不过几个小时的旅程就让人感觉跨入了另一个季节。千明按照站务员的指引慢悠悠地走在站前平缓的路上。两旁是一座座发黄的木结构房屋，远远地还能望见一条山脊线。虽然是初次到访的乡村，可眼前略带琥珀色的光景却让人感觉格外亲切。也许是因为周围的一切和那个松林里飞着白鹭的八千代台有着某种相似之处吧。

① 伊弉诺景气指的是日本经济史上自1965年到1970年期间连续五年的经济增长时期，被认为是二战之后日本时间最长的经济扩张周期之一。

② 泡沫景气一般是指20世纪80年代后期到20世纪90年代初期出现的一种经济现象。是日本战后仅次于60年代后期的经济高速发展之后的第二次大发展时期。

③ 在来线是日本铁路用语，指新干线以外的所有铁道路线。

千明要去的那家就在一个农田开阔又十分宁静的小村子里。路上少有行人往来，碰上个人就要问一下路。好不容易走到了大门口，她停下来调整呼吸。

在众多的老房子当中，这户明显是新建的。她看到外墙边靠着一辆小孩子骑的自行车，抬头又望见二楼阳台上随风起舞的婴儿尿布，到处都洋溢着浓浓的生活气息。最后，千明的目光停在了那块写有“上田”的门牌上。

她今天来，蕗子并不知道，担心事先通知了会故意躲着不见她。特意选了一个上田不在家的工作日白天也是为了确保能见到蕗子本人。

紧张还在持续，甚至可以说到达了顶点。为了抑制过快的心跳，千明按下了对讲器。来都来了，还犹豫什么呢？

她压根儿就没期待过什么含泪的重逢。面对突然到访的母亲，恐怕蕗子会显得望而却步，呆呆地半天说不出来话来，还会露出警惕的眼神吧。

实际情况和千明预想的八九不离十，只是顺序有些颠倒。

“来啦！”

蕗子打开大门看到母亲站在面前，她先是下意识地露出警惕的表情，接着又往后退了一步，然后就呆立着不动了。

千明想起来，这孩子从小就这样，每次单独和自己相处都是这个眼神。她一边回忆着大岛家那些热热闹闹的时光，一边静静地望着大女儿的脸。

十二年了，那些不曾相见的岁月在她们之间筑起了一道鸿沟。

那孩子变成什么样了？千明曾在脑海中描绘过无数次。三十七岁应该非常成熟稳重才对吧，可当蕗子活生生地出现在眼前她才发现，不管女儿长多大，永远都是自己的孩子。

皮肤已经没有二十来岁时的质感了，身材略微发胖，普通的短发和皱巴巴的衬衫显得很家常。但她身上那股特有的敏锐依然还在，就像是那些为了防备外界伤害而变得嗅觉灵敏的小动物。要说质的变化只有一个，就是睡在她臂弯里的那个小婴儿吧。

杏，第二个继承了自己血脉的孙辈。千明好想伸手摸摸那胖乎乎的小脸啊，她拼命压抑着内心的冲动对蕗子说：

“不好意思，突然跑过来。有件事无论如何想找你谈谈。”

好久不见，你还好吗？这种普通母女间的寒暄并不适合她们之间的关系。不如就直奔主题。面对直接说明来意的千明，蕗子虽然有些诧异，但并没有将她拒之门外。

“先请进来再说吧。”

千明总算是松了口气。原本都做好了一上来就被拒绝的最坏打算，好在现在已经突破了第一道门关。

四口之家的房间装饰得很简朴，但非常干净。桌布和纸巾盒像是手工制作的，多半是出自蕗子的巧手。与此同时，房子里还充满了大岛家不曾有过的小男孩的气息。

大门口脏兮兮的帆布鞋丢得乱七八糟，千明一进来，最先迎接她的是墙上那张从报纸上剪下来的松井秀喜[①]的照片。经过走廊时

① 松井秀喜（1974—）：前职业棒球选手，守备位置为外野手，以擅长本垒打而闻名，是2009年世界大赛最有价值球员得主。2012年12月28日宣布退役。

又看到这位甲子园的小英雄在墙上绽放着笑容，客厅里也有，目之所及到处都是松井、松井、松井。想到那个已经上小学却还未曾谋面的外孙，千明既兴奋又难过，她的内心被两种相反的情感撕扯着。

“对不起，这么长时间都没问候您。”

蕗子把杏放回婴儿床，又给坐在餐桌对面的千明沏了杯浓浓的绿茶，此时她的心情也平复了许多。

“结婚、生孩子这些事，每次都想着应该和您联系，可是最后还是不了了之了。”

警惕的神情又加重了，看上去，蕗子正在谨慎地考量着两人之间所必需的疏离感。

千明只是迎合着她说了句：

“你的事，我有时候听菜菜美说起过。”

“我也时常听菜菜美提起妈妈。”

“到现在那孩子遇到什么事儿还是喜欢找你。打工度假制度[①]也是你告诉她的吧？”

“是阿纯帮她查的。和爸爸遍访亚洲各地之后，菜菜好像对海外生活产生了浓厚的兴趣。”

爸爸，这个词刚说出口蕗子自己就一激灵，想着赶紧应付过去，唇边不由得露出一抹稍显僵硬的微笑。

“阿纯很欣赏菜菜，说她是个只要认准目标就会不懈努力的孩子，窝在日本这么个小地方太可惜了。”

---

① 打工度假制度是允许青少年海外旅行时在访问国工作的制度。1980年首次在日本和澳大利亚两国被采用，之后又逐渐被引进加拿大等其他国家。

“说起来，菜菜美小时候上田老师就总陪着她玩。”

“是啊，不过他现在不是老师了。”

“是吗？”

“阿纯现在在农协给他父亲帮忙。”

“哦，是这样啊。”

彻底不干私塾了。记得上次在电话里他本人是这么说的，当时千明还自己在心里嘀咕了一句，连上田也不干了……

不光是千叶私塾，在以离职率高而著称的私塾业界，能正经八百干到退休的员工真的不多。工作繁重加上薪水不高，让他们对未来感到很悲观，多数人都趁着年轻能干转行了。也不知道那个曾经在稻毛校区带领大家抗议的小笠原现在怎么样了？千明突然想到这个人，她边喝了口热茶边把目光转回到坐在对面的蕗子身上。

“那你怎么打算的？”

“嗯？”

“产假结束后还回学校吗？”

突然被问到自己的事，蕗子不知道千明有何深意，她停顿了片刻说：

“嗯，可能的话。”

“可能吗？”

“嗯，生老大那会儿就是阿纯和婆婆帮着我一起带的。”

“那就是今后还打算一直当老师了对吧？”

“我打算干这行的时候就没想过要半途而废，这一点妈妈应该是知道的。”

蕗子宣布自己要做学校老师之后引发的家庭纠纷——回想起那段飓风席卷全家的日子，千明微微点头。虽说蕗子有家人支持，但几乎天天都舌战到深夜的日子持续了半年，一般人根本撑不住。看起来女儿的这份信念至今仍没有丝毫动摇。

"我也是想到了你的这份决心，所以才要和你商量一件事。"

"嗯？"

"希望你能帮我实现计划。"

"什么计划？"

"我打算开一间私立学校。"

"妈妈，你这是……"

"在私立学校里教孩子们读书，我是认真的。虽然兰极力反对，但我一定要做成了给她看看。"

千明一下子像变了个人似的，眼睛里含着某种奇异的光。过去全家人一起生活那会儿，她要是突然有了什么奇思妙想，在大家面前炫耀时就是这个样子。

"说真的，这是最后的机会了。让孩子们在课堂上真正获得知识的力量——教育不应该只为了考试和升学。不管怎么样我都不会放弃，这是我最后的梦想。一旦这个梦想达成了，蕗子，我希望你……"

此时，蕗子的表情已经超越警惕变成了畏惧，而千明依旧热切地望着她。

"希望你能来做老师。"

——干脆开一所私立学校不是更好吗？

起因是八年前菜菜美的一句无心之言。

当时千明觉得自己根本做不到，所以并没放在心上。可不知道为什么，那个声音一直留在耳朵里，而且还随着岁月的流逝慢慢渗入了脑海深处。

经营私立学校。如果真能实现的话，那些在私塾无法推行的教育理念就有了用武之地。可以换个角度去面对孩子们，不用把精力都消磨在和其他私塾的争斗中，不用再看家长的脸色行事，也不用因为重点学校的考取人数而变得喜怒无常。

也许这一想法的与日俱增，多少也和在津田沼之战中遭受打击的后遗症有些关系吧。

私塾间以血洗血的对抗没有持续太久。回过头去想想，那可能就是在道德标准还未确立前就实现了快速成长的新产业所必须经历的一场洗礼。该淘汰的就会在这个过程中被淘汰，那些拥有足够体力或实力的幸存者则在这场没有荣誉的战争中坚持到了最后。而千叶私塾幸运地成为了获胜组的领头羊。

然而在过度的竞争中，谁也无法做到独善其身，胜利者和失败者同样会元气大伤。相互间露骨的诽谤中伤，互挖墙脚，自己人反水。当那段跌宕起伏的日子终于退去，千明发现是自己心中燃烧的某种东西掩盖了那场战争的余威。就像……就像当年雄心勃勃想要扩大私塾时的那股热情。

不久后，泡沫时代来临。千明冷眼旁观其他私塾争先恐后地扩张校舍（特别是那些其他行业的参与者），坚持维持现状。这全都是因为津田沼之战的旧伤未愈。她没有效仿其他人，大肆向银行贷款建楼，利用投资聚集更多的财富，而是倾注了所有精力将之前构建好的基础不断夯实。想想那些在泡沫上载歌载舞的同行接二连三遭到惨痛打击，最后还是这一决策挽救了千叶私塾。

“一味防守不像是千叶私塾的作风啊！”

“铁娘子也老了吗？”

千明并不把这些来自私塾内外的嘲讽放在心上，始终坚持回避风险。其实在她内心不为人知的地方，正悄悄孕育着向全新冒险发起挑战的野心。

进军私立学校。最初飘在云上的一个梦，渐渐变得没有那么遥不可及了。五年前，昭和六十二年（1987年）高知县知名的土佐私塾开设了土佐私立初中和高中。

一个私塾校长也开起了学校。这真的可能吗？千明心潮澎湃，全身的血液都沸腾了。这件事对她的震撼远远超过了两年前国立学院私塾率先在股票交易所上市的消息。

“主要还是资金问题。”

千明越说越激动，她的声音在不断加温，仿佛喘息间就能燃起一团火焰。

“遗憾的是，在财力方面千叶私塾远不及土佐私塾。”

据说开一所私立学校起码需要三十亿日元。到哪儿去找这么多钱呢？就算是向银行贷款、拉赞助也填不满这个天文数字啊。泡沫破裂之后，千叶私塾的年营业额增长停滞，资金周转面临困难，因此不得不将这个想法暂时搁置了。

没想到今年突然天赐良机，说到这儿千明有意加重了语气。

“我听说埼玉县的荣明学园正在寻找新东家，他们看中了千叶私塾的业绩和信誉，提出非常希望我来接手。不用费力，已经有了现成的教学楼，而且和新建学校不同，只做变更登记的话两三亿日元就能搞定了。我这么说你明白了吧，这可是千载难逢的机会啊。也是我实现梦想最后的机会了。虽然兰坚决反对，但是我没理由放弃！蕗子你也是这么想的吧。”

千明说话时的眼神就像着了魔似的。看那深陷的鱼尾纹和法令纹，还有花白的头发，明明已经步入晚年却仍不肯服老。蕗子被她的气势吓到了，就像看到了某种不属于这个世界的特异生命体。

“可是，为什么？”

蕗子勉强发出的微弱声音中仍然带着一丝恐惧。

“为什么要我去当老师？”

“什么为什么？”

对于蕗子表达出的疑惑，千明同样用疑惑的声音反问她为什么会提出这种问题。一旦热衷于某件事，有些东西她就看不到了。千明的这个老毛病也是一点没改。

“妈，你忘了吗？自己都对爸爸做了些什么？”

“你爸？”

“我忘不了。妈妈用那么残忍的方式把爸爸赶出私塾。你背叛了为你付出全部的人，抢走了校长的位置。爸爸呢？他一句指责的话都没说过。我当时就想，绝对不会原谅妈妈。这辈子都不会原谅。”

现在也不会原谅。然而蕗子眼中深深的埋怨并没有让千明产生丝毫的动摇。

“不原谅我也没关系。”

“啊？”

“我说不原谅也无所谓。不过就事论事，希望你能抛开个人感情，在开设私立学校的实践中帮我一把。拜托了！”

“什么？我不明白你的意思。”

“确实，我也许是对你爸做了很过分的事，我也不想辩解了。但是这里面不存在一点私心——除了让千叶私塾得到更大的发展，其他的我都没想过。这一点你能否认吗？”

“这……”

“你恨我，我也没办法。抛开这些，你客观地说，我要在新天地里发起的挑战是完全没有意义的吗？一个年近六十的女人想要拼上她的余生追求教育的理想，在你看来就那么愚蠢，连帮我一把的价值都没有吗？”

没有辩解，也没有否认自己过去的行为，面对母亲突如其来的强劲气势，蕗子终于败下阵来。她愣在那儿一动不动，仿佛能听到自己内心有什么东西在崩塌。再加把劲，千明在喉咙里积蓄着力量。只要能从她想不到的角度发起攻势，再戳中一两个弱点，说不定这孩子就——

就在这时，崩塌停住了。从刚才开始，蕗子隔几分钟就要看一眼婴儿床，那双眼睛好像是自带计时器。当她再次把目光从千明移向杏，一瞬间脸上又恢复了表情。

“妈，能问您个问题吗？我从很早以前开始就一直想不明白。”

“什么问题？”

“理想的教育是什么？”

“啊？”

“妈你一直在强调‘理想理想’，可真的有那种东西吗？就算有，在哪儿呢？我不知道。是为了逃避对现实的不满虚构出来的吧，我看那就是您的幻想。”

这次是千明愣住了，她张开嘴唇像是要说些什么，可是没说出来。

餐桌上的花瓶里插着一支大波斯菊，凝滞在两人之间的沉默四处游移，眼看就要充满整个房间了。或许是感受到了空气中的异样，婴儿床上的杏突然哇哇大哭起来。

霎时间，蕗子像是把一切都忘了，她抬头看了看表。

“啊，到喂奶的时间了。”

已经是两个孩子的妈了，蕗子喂奶的动作显得相当熟练。就快三个月的杏食欲特别旺盛，她紧紧含住妈妈的乳头，一边吮吸一边快速下咽。那专心致志的样子，就好像从妈妈那里获得的生命源泉就是这世界的全部。

面对这样的情景，无论是谁都很难吝惜自己的笑容。

杏喝完奶顺利地打出一个嗝儿，又被放回到婴儿床上。此时不光是千明，蕗子的声音和表情也变得柔和了许多。

“妈，午饭吃点儿什么？家里还有昨晚剩的咖喱。”

竟然还问出了这么体贴的问题。

千明从早上到现在就只吃了两小块三明治，自然没理由拒绝。几分钟之后，两人捧着咖喱饭面对面坐了下来。

前一天做好的咖喱放到这会儿刚好充分入味。乍看以为就是最传统的做法，没想到入口后各种蔬菜相继融化，味道浓郁又富有层次感，还有猪五花制成的油像一层甜甜的薄膜包裹着咖喱。这味道还是赖子生前传给蕗子的。

蕗子大气都不敢出，小心观察着母亲的反应。没有想到四目交会时，千明却像老师一样讲了起来。

“就拿蔬菜涨价这件事为例吧，很早以前还被当成过课堂教学的素材。”

“蔬菜？”

“广播里不是报道过吗？因为夏季气温偏低引发蔬菜价格暴涨。战败之后我正在读中学，像这样的报道就会被拿到学校的课堂上让学生们尽情讨论。应该如何理解报道的内容，或是如何提出质疑？当时实行的就是这种教育方式。”

突然又提起这些是什么意思？千明不顾一脸疑惑的蕗子，把咖喱推到一边专心阐述自己的想法。

“这个报道的信息源是哪里？蔬菜价格暴涨是因为夏季气温偏低是谁做出的判断？又是谁要求播音员去阅读这份新闻稿件的？大家要从各个角度对报道的真伪进行彻底的验证。对什么事情都不可囫囵吞枣，要通过自己的思考不断追问。这就是战败后我们在学校里接受的教育。”

“是美国政府要求的吗？”

“制定方针的是GHQ，不过将全新的教育方式带到课堂并不断摸索尝试的践行者是日本人自己。为了让民主主义教育真的能开花结果，那个时代的教育者们都在刻苦钻研。比如说，其中比较知名的有‘川口计划’。”

所谓川口计划，就是埼玉县川口市的教育工作者们为了实践民主主义教育而创立的一个地区教育计划。其构想就是从孩子们身边的问题中寻找课题，鼓励他们去深入思考和相互讨论。千明认为这是一个非常优秀的教育计划。说到激动处，她手里的勺子已经彻底停住了。

“不光是川口市，当时所有人都想尽办法要将日本人并不熟悉的民主主义思想传递给孩子们。”

不知道什么时候，蕗子的勺子也不动了。总把对军国主义的怨恨当成摇篮曲天天挂在嘴边的千明，几乎没和女儿提起过关于战后民主主义教育的事。

“不过遗憾的是，川口计划没能在实践中发挥作用。没办法，日本真正推行民主主义教育只有在美国控制下的那六七年时间而已。”

“哦，战后的回归……”

“没错，昭和二十七年（1952年）日本恢复独立，风向也随即发生了改变。先前被开除公职[①]的那帮官僚一回到文部省，立刻开

① 开除公职指日本在二战后，驻日盟军总司令部（GHQ）发布的政策，开除战犯及军国主义倾向者的公职。

始重新评估战后教育。原本不应该受国家干涉的教育，迅速回到了官僚们的管控之下。尤其是想要培养孩子们思考能力的川口计划之流，估计也被当成了只能催生刁民的祸害吧。”

对文部省的千仇万恨就是摇篮曲的第二章，千明要是当真说起来，一个小时都说不完。这天是个例外，她没有继续下去，而是转向了一个过去从未触及的方向。

“不过我想，川口计划没能成功奏效还有其他的原因。太超前了，那种教育计划要求过高，在实际操作中教师们难以胜任。”

“要求过高？”

“每个时代都有它的局限性对吧。在战后一贫如洗的状况下，光是解决校舍和经费不足的问题就已经让人吃不消了。那时候的日本还不存在让高品质教育生根的土壤，也可以说是川口计划出现的时机不对。其实……”

千明停顿了片刻，眼睛闪出不一样的光彩。

“其实，我觉得像川口计划这样能锻炼孩子们思考能力的教育方式，不正是现在这个时代所需要的吗？”

“现在？”

“如今的孩子被分数主义束缚了手脚，思考能力正在下降。面对现状，难道我们不应该回归到川口计划的理念之上吗？”

“妈？”

“我认为只要去做就能实现。时代不同了，特别是在不受文部省制约的私立学校里，不会办不到的。是的，能行，一定行！只要下定决心，无论如何都要将实践进行下去，绝不回头。慢慢地，学生们就会跟上这个节奏。真正的民主主义教育，重燃培养思考能力的教育计划，这才是……”

“妈！”

见母亲情绪激动，声音也越来越大，蕗子担心吵醒婴儿床上的杏。“嘘——”她把食指贴在嘴唇上，可千明的舌头还是停不下来。

“这才是我为之奋斗的教育，不是什么幻想哦！”

此时，那个未完成的梦想填满了她的双眼，已经看不到外孙女和女儿的影子了。

“说真的，我正在制定具体的实施步骤。曾经参与过开发川口计划的一位老师答应，可以在我接手荣明学园之后过来做特别顾问。这绝对不是幻想吧，我是认真的。最后的梦想，是的，这次一定要让孩子们接受到真正的教育。所以……”

千明将思绪从远方拉了回来，再次将目标锁定在蕗子身上。

“所以蕗子，你一定要帮我。”

语气中既没有哀求也没有威胁。当余音渐渐消失，整个房间被真空般的寂静包围了。远处不知道从哪儿传来了收旧报纸的吆喝声，一阵微风从窗户吹进来，墙上的剪报微微颤动着。

蕗子的睫毛也和着那个节奏抖动起来。

“那，为什么选我？”

“我想让值得信赖的女儿做我的左膀右臂，这理由足够了吧。”

“不是有兰吗？”

“兰并不适合做一个教育者。”

“那，菜菜美……”

“那孩子喜欢自由自在地活着吧。”

“所以……”

“而你……”

两个人的声音重叠在一起，和过去一样，谦让的总是蕗子。

“而你，既然要做老师，一定希望在完备的环境中授课吧。管理死板的公立学校里没有真正的教育。来我这里，你可以尽情地花时间去追求理想教育。对于一个教育者来说，这难道不是最大的愿望吗？”

面对千明打出的王牌，蕗子的气息变得有些短促。母亲闪着锐利的目光，随时准备向瞄准的猎物射击。可就在这最后的关键时刻，千明再次意识到，女儿已经不再是原来那个女儿了。

“的确，现在的公立学校也许没有真正的教育。”

怯懦的眼睛里转瞬间爆发出意志的力量。蕗子看看熟睡的杏，又看看墙上充满斗志的松井，然后回过头来对千明说：

“会议、出差、培训、报告，与教学无关的事情太多了。现在别说备课了，就连坐下来和孩子们好好交流的时间都没有。有人说现在的孩子变乖了，还有人说他们太任性根本管不了。其实根本不能这么笼统地去说，每个个体不能代表所有人。真想去了解他们，就要和每个人深入接触，可现在想做到这点也是越来越难了。”

蕗子突然变得滔滔不绝，完全打乱了千明的节奏，但千明还是点了点头。

“你说的也有道理，可是让一个老师同时负责四十个学生，这本来就是强人所难。”

"而且，每次有人在永田町[1]趾高气扬地点燃教育改革的狼烟，公立学校就会沦为重灾区。政策瞬息万变，积累再多的技巧攻略最后还是要回到原点。"

"那可不是，大火的浓烟都飘到私塾了。"

"最可悲的是，他们不停地鼓吹改革、改革，到头来却一点成果都没见到。照样有很多孩子学习跟不上，拒绝上学的孩子数量也没减少。有人说校园暴力有所缓和，而我看到的却是更阴损的欺凌。到头来，所有的责任都推到了学校和他们口中无能的教师身上，现在有不少老师都出现了精神问题。"

"总之就是没有一个良好的授课环境。"

"是啊，不过妈，正因为这样……"

蕗子慢慢坐正，望着千明的眼睛。

"正因为这样，我今后会一直做公立学校的老师。虽然没有真正的教育，但公立学校里有很多孩子。不是所有人都上得起私立学校。"

决绝的声音里透着一抹清冽。突然间，千明眼里露出动摇的神色，这是过去从未有过的。

"走近那些无法选择学习场所的孩子，同他们一起学习。在有限的条件下，竭尽全力做自己能做的事，这才是我的初衷。"

面对眼前美味的咖喱，母女俩再次陷入沉默。女儿不再说什

---

① 永田町是日本东京都千代田区南端的地名，明治时代在此设立陆军省。当时的永田町一般可以指陆军参谋本部。1936年后许多政治机构集中于此，永田町从此成为政界的代名词。

么，母亲也不再问什么。即便不说，蕗子依旧在用全身心表达着她坚定的决心；即便不问，千明也明白此刻任何劝服都没有意义了。

“明白了。”

千明长出了一口气。

“明白了。我放弃。”

“妈……”

千明头顶像蒸汽般升腾起来的气势渐渐退去，蕗子也好像泄了气似的垂下肩膀。只用一个“气”字难以说清楚的某种东西从蕗子心中消失了。从来没见过这孩子如此放松的表情。千明目不转睛地看着蕗子的脸，蕗子也凝视着她，像是发现了一个不一样的母亲。

要不是大门口传来有客到访的门铃声，她俩可能会这么一动不动地一直对视下去。

“啊，来啦！”

蕗子朝门口跑去，千明又长舒了口气，脖子往下渐渐松弛下来。原本想着就算只有百分之一的可能也要赌上一把，所以来了，可蕗子最终还是没有屈服。这孩子在她自己选择的道路上不知不觉已经成为一名真正的“老师”了——

千明突然感觉心里空落落的，她蹒跚地朝窗边的婴儿床走去。

杏在奶油色的包被里沉沉地睡着。光滑如绸缎的肌肤，水嘟嘟的嘴唇，淡淡的奶香。千明感受到难以抵御的诱惑，她用双手轻柔地抱起这个小小的身躯。就一小会儿，就一下。可是那温热的触感让她无法撒手，又忍不住把脸颊也凑了过去。

杏，我的外孙女。啊，好柔软。多么可爱的宝贝啊。

“不哭哦，一定要健健康康地长大。做个好孩子，坚强的孩子。”

这样娇柔的声音让千明不敢相信是自己发出来的。忽然她感觉有人在看着自己，回头原来是蕗子站在门口。

“啊。”

千明低下头，她感觉耳朵都在发烫。蕗子见了也莫名地红着脸说：

“大儿子……一郎再有两个小时也该放学回来了。”

千明没抬脸，只看到她暴着青筋的脖子摇了摇。

“是吗？不过，我该告辞了。”

就像不舍得放下杏一样，千明知道自己要是再见了一郎可能就回不去了。

千明不让蕗子送，就和她在家门口道别。

“那就代我向上田老师问好吧。”

下次见面会是杏几岁的时候呢？真的还有下次吗？老年人的情感真是麻烦啊，千明一边自嘲一边转过身。尽管此刻她脑子里已经被外孙女占去了大半，可不知道为什么，嘴里突然冒出一句本不该说的话。

“你能和上田过得这么幸福，我也感觉松了口气。”

“啊？”

“真的很好，这就很好了。我也总是这么想，但直到现在还时不时会冒出个念头。如果我当时没写那封信的话，你现在……”

“妈，别说了。”

蕗子打断了她的话。

“你这么说太不尊重阿纯了。我是因为想和他在一起才结婚的。遵从自己的想法和外婆的遗言，一点儿都不后悔。”

“外婆的遗言？”

“‘蕗子你心太重了，还要和性格差不多的人一起生活，就会过得很累。所以结婚的话，就要选一个有些木讷又待人豁达的男人。’外婆去世前不久就是这么对我说的。”

“有些木讷又待人豁达……”

千明原本有些紧绷的表情松弛了下来。

“是啊，上田老师应该就是这样的人吧。”

“爸爸也是。”

“啊？”

“爸爸也是这个类型的。外婆是不是也对妈妈说过同样的话？”

“那倒没有，不过你这么一说……”

千明忍不住笑了出来，蕗子也跟着笑了。女儿久违的笑容印在了千明心里，她小声嘟囔了一句：

“你外婆也给我留了不少遗言呢。”

她没再继续说什么，就这样离开了上田家。

回去的路上，千明每走几步就抬头仰望天空。她对自己说，尽管目的没有达成，但是能和蕗子聊聊天，又抱了抱外孙女，也算没白来。其他的就不再奢望了。

不管好坏，自己走自己的路，女儿走女儿的路。就算这两条路永远没有交集，也只是命运的安排。

太阳还高高地挂在天上。感受着明媚的阳光，看着关东地区没有的鸟儿在蓝天上翱翔。忽见一只落单的鸟在空中振翅。妈！千明在心中呼喊着。守着你的遗言，我也没后悔过。不管当初怎么选，这个家最终还是会变成现在的样子。你一定比所有人都先察觉到了，所以才会为我引路的吧。

——我说，千明，你别嫌我啰唆。其实我真的挺快乐的，这辈子过得很精彩，等我到了天堂也能向你父亲炫耀一番了。特别是你和吾郎开了私塾之后，八千代台时代真是无与伦比啊，没想到我也能上电视。

之前不好和你明说。我对吾郎唯一担心的就是他和女人的关系。因为我做过女招待，所以一看就知道，他那种类型的男人根本禁不住女人的诱惑。而且因为他自幼没了母亲，多少还有一些恋母情结吧。像私塾这样总有一大堆年轻妈妈聚在一起的地方，他能做到不出轨吗？我最担心的就是这个，所以为了防止吾郎和妈妈们接近就毛遂自荐负责接待家长，做了这个咨询顾问。本来就是多管闲事，没想到干着干着就变成了家长们的解忧聊天室，而且还让我上了电视。

不过最后也没防住吾郎出轨啊。我说句不好听的，千明你要是多用点心思，也许不至于变成这样。可是和吾郎相比，你总是更关注私塾。比起作为老公的他，你更看重作为教师的他。我不是说你自作自受，只是你也多少该体谅一些吾郎的寂寞啊。

吾郎为我们做了很多，私塾能有现在这么大的规模也是因为他的努力和人品。他这个人啊，不管什么时候都要牺牲自己。现在也是，总把家人的事放在第一位。

可是我最近一直都在想，对于吾郎来说，这样的生活真的幸福吗？我们这个家把他拉进来，就好像是霸占了他的人生。虽然一路走到了现在，但这条路真的适合他吗？应该还有其他的路更能发挥他豁达纯良的天性吧。就算从现在开始也行，让他不要再受到我们的牵绊，自由自在地生活，说不定能有更大发展，成为更厉害的人物呢！

千明，我就最后再多这一次嘴，怎么决定还要看你自己。我只是觉得这个女婿一直都那么贴心，不为他说两句话就没法去见你父亲。

差不多了……

让吾郎过上属于他自己的人生，你也差不多该放手了吧。

☽

冷风拂过肌肤，小山村的秋意让人有些措手不及。走在铺了旅店毛巾的鹅卵石路面上，沐浴着栅栏里露天浴场浓浓的水蒸气，没有见到其他客人。缓缓步入温泉，一股直穿肌底的热度让累积在身体各处的疲劳渐渐消散。

这是精疲力竭的一天。一路的紧张，与蕗子的重逢，与杏的亲密接触，一幕幕在眼前重现，内心百感交集。千明还不想带着这份不舍那么快回到千叶的喧嚣中去，于是便接受出租车司机的建议，直接入住了远离村子的一家温泉旅店。

像这样放下工作、一个人静静地泡在温泉里仰望天空多少年都不曾有过了。不知道兰有没有在担心连传呼机都没带就不知所终的母亲呢？还是已经气得火冒三丈了？蕗子这会儿正在准备晚餐吧，那孩子的手艺继承了家里的味道。

千明边神游边眺望着远处的风景，此时被渐渐隐退的夕阳染红的山脊后面升起一轮圆润的明月，看样子就快月圆了。

望着月亮，吾郎的身影忽然不知所以地出现她在脑海中，挥之不去。

从自己生活中消失已久的丈夫，如今他在什么地方做着什么呢？菜菜美去加拿大前他们似乎时常会见面，只是千明总故意装出一副漠不关心的样子，她也就不在母亲面前提及了。至于兰，看起来好像真的不在意这个父亲。

蕗子虽然没提，但她和吾郎肯定保持着联系，一郎和杏出生的消息她怎么可能不告诉父亲呢！

蕗子和吾郎。他们之间一直有种让千明摸不透的血缘之外的默契。刚结婚那会儿，她甚至有种被晾在一边的感觉。如果说蕗子有什么瞒着吾郎的话，恐怕就只有关于那个年轻人的事了吧。

遥远的记忆刺痛着心脏。

千明不敢再直视月亮，害怕遭遇伤感的袭击。趁还没头昏，她起身离开了浴场。

那天晚上，她享用了一顿用当地河鱼和山野菜制作的丰盛晚餐，还喝了不少平时不沾的清酒，然后就早早睡下了。今天什么也不再想了，不管是私塾的事、今后的事，还是过往的种种……

这个大山里的寂静夜晚，千明在孤独这个老友的陪伴下沉入了梦乡。

难得的休息时光稍纵即逝，第二天一早，她就收到了生活又将波澜再起的预告。

在虫鸣声中苏醒的清晨，千明又去泡了个澡，回房间时顺便到大堂要了份报纸。这月就要开始实施学校每月一次的双休制[①]了，她想看看今天又有人会对此发表些什么意见。可没想到刚拿过报纸，头版上的大标题就把她吓了一跳。

《私塾的现状展开全面调查》

《文部省将“不能忽视的现状”纳入教育行政范畴》

刚出浴的温热身体迅速冷却。

这是一篇关于文部省改变方针的报道，内容有些出人意料：

对于之前一直被定义为“与学校教育无关”的学习类私塾，文部省7日之前已经明确将其归入教育行政的对象，并开始进一步探讨行政干预的方式……12日即将开始试行

---

① 从1992年9月12日开始，将绝大多数的日本公立学校开始推行每月的第二个星期双休制度。

的学校五日制引发社会各界担忧，如果以“宽松教育”为初衷的政策反而把孩子们大批推入私塾该怎么办？在白热化的应试战争中，学习类私塾的存在已经不容忽视，文部省方面也出现了实质性的方针转变。

千明盯着这条报道一动不动，忽然感觉后槽牙不太舒服。好像有什么东西在舌头上滚，用手指一摸才发现是镶的金牙。

估计往后有段时间都没空去看牙医了吧，想到回东京后焦头烂额的日子，千明越发觉得这报纸上写的东西真是可恶至极。

“对不起，我不吃早餐了。”

千明杀气腾腾地跑到前台。

“马上退房，请帮我叫一部出租车。”

十分钟之后，温泉酒店的悠然自若已经变得遥不可及了。

“妈，都这时候了，你跑哪儿去了？什么出差，你瞎编的吧，秋田那边哪有业务啊？难道是姐姐？你不会是去姐姐家了吧？”

连回程的新干线都感觉比去的时候慢了，一路心急火燎回到津田沼本部的时候正午刚过。兰冲过来质问，连工作场合该用的敬语都忘了。“这些一会儿再说。”千明不正面回答，径直往办公室主任国分寺那里去了。

“今天早上的报纸看过了吧？”

“我已经收集了所有报纸，就等校长您回来了。”

“马上召集所有能来的管理人员，召开紧急会议！”

大家在这场午后匆忙召开的会议上争执不休。对于这些身处私塾业界的人来说，文部省的方针转换就是不折不扣的晴天霹雳。

这些年，围绕日本教育的变化多到让人眼花缭乱。第三次教育改革催生了临时教育审议会，由于成员间围绕教育自由化问题产生的对立意见让议程受阻，最后没有达到预期效果就解散了。但审议会报告中提出的某些政策已经开始在实践中发挥作用，比如学校五日制就是其中之一。只要文部省打定主意开始行动，不管愿不愿意，教育一线只能执行。但那应该仅限于公立教育的范畴，私塾属于不在其掌控下的民间企业才对。

“文部省有这个权限吗？本来私塾也不归文部省管辖，应该是通产省[①]才对吧。一个连监督权都没有的机构凭什么对我们说三道四啊！”

“分数主义蔓延的罪魁祸首不就是当年文部省强制推行的那个学力测试吗！业者测试[②]也不过是一种延续，他们有什么资格指责啊？”

“不过话说回来，一直以来都被他们不屑一顾的私塾现在也不能无视了，从某种意义上说，不是文部省在宣告失败吗？”

“愚蠢！那是在向我们宣战！让一个从骨子里反感私塾和业者测试的狗奴才当了文部大臣，我一开始就觉得这事不妙。既然对方要打，我们不应该全力应战吗？”

---

① 通产省是通商产业省的简称，日本旧中央政府机构之一，主管工商、贸易管理外汇汇兑和负责度量衡管理事务。2001年，通商产业省改组为经济产业省。

② 业者测试指民间业者进行的为高中入学考试准备的学力测试、模拟考试等。

“我同意！难道要屈服于这种三流政府机构的压力不成？私塾原本是见不得光的，可文部省现在却花了比用在学校身上还大的力气来对付我们，只能证明他们已经相当愤怒了。先把你们自己那些怎么折腾都没法让差生消失的无能放放吧！”

兰也见缝插针地混进了管理层会议。她这一声吼不要紧，会议室里所有人都开始骂骂咧咧地发泄起了自己的不满。一场紧急会议变成了对文部省官僚、政治家和闭门造车的学者们的批判大会。

他们当中只有一个人始终保持冷静，就是两年前宫本辞职后，三十六岁就被提拔上来做办公室主任的国分寺努。

“大家少安勿躁！文部省现在只是说要从私塾入学现状调查开始入手。政府机关的办事效率你们也是知道，什么事都会拖上很长时间。所以就算会对我们造成压力，也不急在这一两天。目前这种情况，我们在这儿大发牢骚顶个屁用，还是想点儿可行的办法吧！”

千明很欣赏国分寺这种对谁都能直言不讳的胆识，而他最大的问题也是说话太刻薄。

“什么叫顶个屁用？你这么说也太过分了！国分寺。”

“真是太抱歉了，兰。那我就改说成屁用不顶吧。”

“你……”

“国分寺，我想问你个问题。”

千明拦下了气得鼻孔冒烟的兰。

“你刚刚所说的可行的办法就是保持沉默，等待对方出招吗？”

“当然不是！”国分寺马上答道。

“等待的过程中，请校长务必在习志野私塾协会上发起倡议。”

“私塾协会？”

“今后不管文部省出什么招，比起孤军奋战，和其他私塾联合会更有利。所以事先就要在习志野私塾协会内部制定好一条合作路线。那些在学生时代挥着铁棍参加过政治运动的校长，当中有几个老爷子在政界也能说得上话。那帮老东西成天就会边喝酒边大骂没入会的大牌私塾，这回可有机会让他们发挥一下作用了。”

虽然嘴损，但是提议本身一针见血，也找不出有力的反驳意见。除此之外就再没人提出什么像样的对策了，紧急会议开得虎头蛇尾，就那么散了。

首先要把加盟习志野私塾协会的二十七家私塾团结起来，千明对此也没有异议。但话虽如此，那些把互通派别当成寒暄的老一辈，还有把私塾只当成买卖的生意人都混在协会里，想让所有人步调一致、共同进退估计也没那么容易吧，千明不免有些担忧。

早上还在露天浴场仰望破晓时朦胧的山影，此刻那仿佛已成为很久以前的风景了。

今天不是昨天的继续。变化要来的时候，总是所有东西一起且快速地发生变化，这是所有创业者都要经历的。可如今千明全力阻挡的，却是一股单凭自己意志和能力根本无计可施的巨大洪流。

“校长，能占用您一点儿时间吗？想在接待室给您看样东西。”

会议结束后，她被兰大声叫住，难道这又是一股余波？

“你有什么事，过后再说不行吗？”

听起来千明完全没心思应付她。

“我外出期间攒下一堆文件要处理呢。”

“拜托您了，就一个小时。不，三十分钟也行。”

“现在是工作时间。”

“当然，我要说的就是工作的事。而且，国分寺也说想和校长好好聊一下呢。”

回头一看，果然瘦高个的国分寺就站在兰身边。

“您正忙的时候打扰实在抱歉，不过我确实也……”

千明看看抿着嘴的兰，又看看眼镜后面低垂着双眼的国分寺。平时总爱较劲的两个人少有地站在了一起，她也只好妥协了。兰倒无所谓，只是国分寺这个人如果没有特别重要的事，都会自己看情况处理，不会给上司添麻烦的。

“明白了。”

千明只好答应，忽然感觉在温泉得到缓解的关节痛又不请自来了。

“先看一下这个吧。”

兰说想在接待室给千明看的是一卷录影带。

她先让千明坐在客用沙发上，然后朝墙上挂的电视走去，把录影带放进了最新式的录像机里。

到底是什么？此时，一段新闻节目的录像出现在诧异的千明眼前：

《特辑教育将如何进化？》

一位女播音员坐在以大标题为背景的演播室里："本周，让我们来感受一下利用卫星技术实现的最先进的教学方式。"此时镜头从播音员甜美的微笑切换到了一间教室。

教室前面摆放的显示器中，一位虚拟教师正在授课。

座位上是正在聚精会神听讲的预科学生。

这是东进预科[①]，千明一眼就认出来了。这所热门的预科学校从去年开始启动远程教学"卫星直播"。兰为什么要给自己看这个？

远程教学最大的卖点在于不管身处日本什么地方，只要加入它都有机会获得名师指导。然而千明对此却不大认同。教师在电视画面里授课，对学生能有多大帮助？课堂教学最关键的不是学生眼里有老师，而是老师把每位学生都映在自己眼睛里。不确认学生的反应，如何开展课堂教学？这个最朴素也是最根本的问题是无法回避的。她也毫不避讳地公开表示过，这种偏门最多是刚开始大家觉得新鲜，很快就会无人问津了。

也因为如此，播音员口中所说的好评多少让千明有些始料未及。

"这种新时代的授课方式虽然初期遭到一些质疑，但来自学生方面的评价却非常不错。接下来将会有更多的预科希望签署经营权合约，预计年内加盟校将超过300所。照这个势头发展下去，在富士山顶上课应该也是指日可待了吧。"

一段缺乏专业性的评论过后，兰关掉了录像。她转身用挑衅的

---

① 东进预科是1971年成立的日本老牌补习学校。20世纪90年代启动东进卫星预科学校，并向全国范围的私塾发起加盟邀请。

目光看着千明。

“怎么样？校长您不觉得，这个世界的发展已经超越了您的想象吗？既然远程教学在预科学校获得如此成功，那接下来在私塾被追捧也只是时间问题了。”

“你给我看录像就为了说这些？”

“不光是远程教学，还有前几年兴起的个别辅导私塾。当时校长也说那东西太惯着孩子，容易让他们变得懦弱，所以不让办。可近来他们的业绩明显增长很快，还有人提出个别辅导会成为未来私塾的主流。”

“那又怎么样？”

千明提高了声调，兰也不甘示弱。

“现在所有私塾都拼命想活下去。少子化日益严重必然导致行业财富不断缩水，大家千方百计就为找到一条出路。我们千叶私塾也不可能一直活在老牌名校的光环之下。Time for change（是时候需要改变了）！[①]我不是克林顿，但我们真的不能再一味保守下去。21世纪需要变革，更何况我觉得现在这种时期转向其他领域，实在太不明智了。”

闹了半天还是要说这个？兰抵着沙发把身子探过来。还是那个“台风少女”，一旦说出口就绝不让步的固执和过去一样。千明想起自己还曾相当中意女儿的个性，她又把目光转向了国分寺。

“听说了私立学校的事是吧？今天你也在这儿，意思是同意她

---

① “Time for change”出现在克林顿1992年当选总统后的发言中。他当时大举“变革”大旗，得到了民众狂热的支持。这句话还获得了1992年的日本流行语大奖。

的看法了？”

国分寺一副欲言又止的样子，他平时很少这样。

“恕我冒昧，那就直说了……”

“嗯，直说无妨。这不正是你的优点吗？”

“我也不赞成经营私立学校。第一，正如兰所说，目前的状况并不适合投入大量资金和人力到其他领域。而且我还在考虑，为了应对少子化危机，是否应该适时地缩小千叶私塾的规模。”

好不容易才发展到现在的规模，难道说要减少教室数量？之前可是想都没想过。国分寺看着千明目瞪口呆的样子，继续阐述他的第二个反对理由。

“还有就是，校长提的这个转让的事本身，我觉得并不可靠。”

“为什么这么说？”

“首先这个中间人就值得怀疑。我没经过您的允许擅自调查了一下，这个人私下已经和多家私塾的老板都提了此事，他的目标都是一些看起来资金雄厚的私塾。”

千明瞬间脸色大变，紧接着国分寺又说出了一个更残酷的事实。

“而且您说的这个私立学校，也就是埼玉县的荣明学园，问题也不少。最近几年他们的董事会名单变更频繁，学校设施老化严重，需要花费上亿元的改造工程迫在眉睫。如果我们接手的话，肯定不是花两三个亿注册费那么简单。”

令人担忧的信息远不止这些。学生数量减少、经营困难、教师口碑差，国分寺将自己用一天时间搜集来的资料逐一展示在千明面前。

“最可怕的是那个黑箱传言。”

“什么传言？”

“据说现任的学园长正在到处贿赂私塾校长，款待私塾的工作人员，图谋通过潜规则争取生源。我也不确定真假，但是听说只要是给荣明学园送学生的私塾，都能从入学金里拿到回扣。”

“怎么会……”

千明已经说不出话了。

私塾和学校勾搭，这本身不是什么新鲜事。为了搞到一些对应考有利的信息，私塾会去拉拢学校的人，想尽办法热情招待。一直以来都是这种模式，但最近相反的情况也在增加，有些招生困难的私立学校主动巴结起了私塾。可再怎么说，从入学金里抽成这种事也太离谱了。

“虽然我们千叶私塾也用过一些手段，尤其是津田沼之战那会儿不可能独善其身。但现在作为老资历的行业领头羊还算是行事磊落，也赢得了社会大众的信任。事关名誉，绝对不能和这种流言缠身的私立学校扯上关系啊！校长，请您理解。”

什么都不用再说了，答案不言而喻。自己苦苦守护了这么多年的千叶私塾今后还要继续守护下去，正如国分寺所说，无论如何都不能和荣明学园扯上关系。意识到这点的瞬间，千明最后的梦想破灭了。

理想的教育，复兴川口计划，前一天还在和蕗子高谈阔论的梦想，转瞬间已经失去了色彩。

“您到底想明白了没有？再怎么说校长也只是私塾的人。虽说您在业内算是个有头有脸的人物，但只要跨出去一步，可能就没人知道您是谁了……”

“兰！要这么说的话，你也就是个井里的青蛙头子。”

国分寺制止了兰的穷追不舍，又转过头对神情恍惚的千明说：

“校长，我理解您的心情。不能和您一起追求理想，实在抱歉。可现在就是这么一个时代。今后必定要和少子化还有文部省的压力打一场持久战，希望校长能把所有精力都放在私塾的运营上，拜托了！”

说着国分寺站起来，恭恭敬敬地鞠了一个躬。千明有气无力地答道：

“嗯，是啊，你说得对。”

斩断个人感情，选择维护千叶私塾的利益。自私塾开业以来，三十年一直都是如此，这次也不过是重复而已。斩断总会伴随着疼痛，每次也都如此。这些话在千明空荡荡的心里盘旋着。

“就当是让我做了场美梦吧。”

她嘶哑着声音小声说。茫然无措的眼神逃向了窗外，天空被厚厚的云层遮住，连太阳都不知道去哪儿了。

今天不是昨天的继续。昨天之前自己心心念念的梦想，今天已经化为泡影。像自己这样的人想经营私立学校，终归只是痴心妄想吧。

寺子屋综合征，也许真的不幸被兰言中了，事到如今千明又想起这些。有朝一日也想走在教育界的正途大道上。能彻底否认自己内心曾有过这种想法吗？专骗孩子的钱，缺德的买卖，只开花不结果的谎花……难道自己不是想通过经营私立学校，来淡化曾经遭人背后指责谩骂留下的心理创伤吗?

千明为自己不切实际的野心感到羞愧，同时她也瞧不起自己，事已至此却还抱着那个已经破灭的梦想不愿撒手。

就像扛着一个已经倒空的油桶，虚无感压得人喘不上气来。看在眼里的东西都失去了光彩，吃在口中的食物都失去了风味。时间从身边流过，就像在机械地临摹着一幅日常图景。连能剧舞台都无法在她内心掀起一丝波澜，无可救药的空虚让千明自己也感到有些不知所措。再看看镜子里的自己，不过是个一筹莫展、长了皱纹的老女人。

当然，作为校长千明依旧尽职尽责，也就剩下这份矜持在支撑着她了。然而，工作间隙她总会独自发呆凝视虚空，要不就是比过去更频繁地拿起拖把打扫教室。所有人都看得出来，她的状态不对。

兰建议千明在考试季正式开始之前去休息几天。

“您偶尔也该放下工作换换心情，要不去看看菜菜美吧。您原来还是英语老师呢，都没出国旅行过吧。”

连兰都担心得说出了这些，看来自己真是太不正常了。这样下去，也会让员工们感到不安的。休长假这种事，过去千明从来都没想过，这次倒真被说动了。想要换换脑子，重新找回心中的锐气，出国旅行也许是个不错的选择。

既然决定要去就不拖泥带水，计划很快出炉，加拿大七日游就定在了那年的十一月。

不巧正赶上雨季，这倒也让温哥华的街道变得更加清新迷人了。和日本相比，这里的每栋建筑、每棵绿树都显得更有活力。虽说少了一分精致细腻，却也多了一分自由奔放。

最棒的还是加拿大没有私塾。“啊，那儿又开了一间新的教室。”“这种地段肯定能吸引不少孩子吧。”不用像做头颈运动似的到处瞎踅摸，就这样轻松地在街上走走，千明已经感觉特别舒心了。

“突然听说您要来，我吓了一大跳呢。妈妈竟然一周都不去私塾？我感觉就跟要从尼亚加拉大瀑布上跳下去似的。难得这次想开了，一定要好好玩哦！”

菜菜美梳着长长的卷发，浑身上下都散发着年轻女孩的青春妩媚。她盛情迎接着远道而来的母亲，带千明去了自己喜欢的公园、市场、邻近城市的博物馆，又向自己借宿的一家人和男朋友米歇尔打听，带母亲去吃了当地的特色菜肴。异国旅行的时光转瞬即逝。

几天里，菜菜美一直没问起母亲休假的原因，千明也有意不像自己平时那样使劲打听菜菜美的情况。

“妈，这次您是不是憋坏了？”

最后一个晚上，在千明入住酒店的酒吧里，菜菜美一边品着冰葡萄酒一边主动打探起来。

“平时您打个电话都要啰唆半天：什么时候回日本啊？将来怎么打算的呀？你的同龄人可都有当妈的了。”

“啊，是啊。至少看你学习英语还是挺努力的。”

不唠叨主要还是因为自己现在没精力跑到国外来教育女儿。不过千明没想到菜菜美的英语会话提高得这么快，而且还大胆地交了个加拿大的男朋友，真的挺佩服她的，有些方面的确让人刮目相看。

“现在每天都过得很充实吧。”

“的确，最近我又找到一个给日本人做导游的活儿，挣得还不少呢。”

“那就好。要是过得没意思了随时可以回日本。”

“嗯，每天都在想护照放哪儿了，总担心护照弄丢也是够累的。不过现阶段我还想留在这儿拼一拼。虽然还没看清楚未来的样子，不过我想多找机会磨炼自己，成为一个坚强的女人。”

即便对未来没有明确的规划，也可以坚强地活着。这话不像是一个二十三岁女生能说出来的。千明感到很惊讶，同时她也在女儿身上看到了一种自己所没有的倔强。

不管是蕗子、兰还是菜菜美，都拥有属于她们自己的强大内心。

“我说妈妈，您听说蕗子姐姐和上田哥哥结婚的时候，是不是很吃惊？”

菜菜美喜欢喝酒，酒量却不怎么样。刚喝了两杯冰酒就有点儿要醉了，撒娇似的倚在千明身上。

“是有点，我没想到蕗子会选那种类型的男人。”

“我可是感觉很受伤呢！”

“受伤？”

“自己的初恋，就这样变成了自家的姐夫。”

菜菜美说得如此直白，接着又冲目瞪口呆的千明咧嘴一笑，露出雪白的牙齿。

“他不是在咱们家借宿过一段时间吗？那会儿家里的空气总是

紧张兮兮的。有哥哥在的话，我心里就感觉踏实一些。他看起来放荡不羁的样子，其实待人很细心。我心情不好的时候都会主动和我聊天，逗我开心。真的很好。”

“是吗？原来他不只会举着铁棍子行侠仗义啊。”

“蕗子姐姐说过，哥哥是经历过挫折的人。在那个最激情澎湃的青春时代，他赌上了自己最重要的东西去战斗，结果输得一败涂地。所以他很坚强，也很温柔。”

菜菜美睡眼蒙眬地用手拨弄着杯垫上的酒渍。

“有一天我也想变成哥哥那样，为了某样重要的东西义无反顾地全身心投入。我也要做个有气度的人。”

虽然听起来还有些抽象，但菜菜美第一次说出了自己心中的抱负。可能是突然有些不好意思，她将杯子里的葡萄酒一饮而尽，又朝吧台里那个酷似电影明星的调酒师招呼了一句。

“One more！（再来一杯）”

你也长成大人了。这话刚要说出口，又被甜美的葡萄酒冲跑了。“Me，too！（我也是）”千明也举起了空玻璃杯。“今天晚上喝个痛快！”说着她把手搭在了菜菜美肩上。

本来策划了一场转换心情的旅行，没想到却因此窥探到了女儿的内心世界。回国之后，千明至少表面上看起来恢复了以往的精气神。

“这个钱您帮我还给兰姐姐吧。她用挂号信寄来的，说让我好好照顾您。不过我也是有骨气的。看妈妈情绪不高，请您喝个冰葡萄酒这点儿钱我还是有的。”

分别时菜菜美突然塞过来两万日元。无端地让女儿们操心，千明感觉自己实在有些没出息。

不知道从什么时候开始，一直靠自己支撑的女儿们开始支撑起了自己。

还有件事让千明更深刻地体会到了这一点。次年——平成五年（1993年）的元旦，又到了正月特训的繁忙期。那天晚上千明疲惫不堪地回到家，收到的贺卡中有一张令她很意外。

贺卡是蕗子亲笔写的，里面还夹着一郎和杏的近照。

加拿大的汉堡好吃吗？妈妈抱怨得少了，菜菜美好像还挺失落的。您要是想孩子们了就再来秋田玩吧。

蕗子

照片里一郎抬着脑袋故意摆出一副目中无人的样子，杏比去年九月抱她时大了一圈。千明不住地用手指抚摸着照片，仿佛真能感受到那肌肤的温度，不知不觉中眼角已经湿润了。

《文部省　全面禁止业者测试》

《“中学谨慎干预”逐步取消偏差值》

正月特训结束后，一月底文部省推出了最新的强攻政策，正好又赶上皇太子和外务省官僚之女的婚约公之于世。

取消偏差值——文部省过去也曾两次提出加强业者测试的自律性，而明言“禁止”这还是第一次，同时还明确要求各地方自治体今后不得采用基于偏差值制订的升学指导方案。

面对这些政策，私塾界的反应中暴露出了前所未有的摩擦。大中型升学类私塾和小规模经营的补习类私塾发出了两种截然不同的声音。

如果学校废除偏差值制度，学生和家长苦于不知如何选择出路，必然会转向私塾寻求帮助。对于原本就主攻升学考试的升学私塾而言，这甚至可以说是一个获得生源的大好商机。然而，补习私塾没有针对考试进行的辅导，新需求的产生只会进一步拉开他们与大私塾之间的差距。

一边是由于取消偏差值危机感加剧的补习私塾，一边是高枕无忧的大中型私塾，尽管习志野私塾协会尽力想找到一条中间路线，但对立仍无法避免。

“文部省到底要迫害私塾到什么程度才罢休啊，是要把与测试相关的从业人员和小规模私塾置于死地吗？”

“哎呀，我倒觉得这回他们还算是站在理上了。废除毒害战后教育的业者测试绝对是个英明决定。”

“就算废除业者测试也可以保留偏差值啊。现在这样只会让那些有条件上大型私塾的孩子越来越吃香。要是真想给日本教育解毒，只能改革考试制度。”

升学私塾抗衡补习私塾，对峙陷入僵局，习志野私塾协会分成了两大阵营，尤其是补习私塾一方反应相当激烈。千明夹在中间，希望他们能冷静下来讨论，结果也遭到了攻击："您的私塾有那么充足的应试资料，当然站着说话不腰疼了。"无奈只能听之任之。

连连推出强攻政策的文部省，本应相互扶持，关键时刻却始终难以统一的同行。

今天绝对不是昨天的继续。真不知道私塾界今后会朝着什么方向发展下去。

遮住未来的阴云越聚越多，这天千明又听到一个令人灰心的消息。

一位业内的老前辈，开办私塾三十五年的个性派补习私塾"学习吧私塾"的校长突然离世。

听说是自杀，夫人在浴室里发现了他的尸体。风传他欠下大笔债务，泡沫经济时期投资失败，股票也赔得一塌糊涂。刚想回归初心重整"学习吧私塾"，又遭到废除业者测试的打击，最终对未来失去了希望——

千明在习志野私塾协会也曾和这位故人有过一些交流，守灵夜那晚她听到大家议论纷纷。

"文部省终于逼死人了。"

回家的路上，迎着小雨和国分寺一起往车站走，千明忍不住抱怨起来。

"接下来会有更多的人成为牺牲品。只喜欢教孩子学习却不懂经商，时不时就被一些所谓的赚钱机会骗得一塌糊涂，害怕冒险，禁不住女人的诱惑，但还特别执着拼命地要提高孩子们的学习能力。像这种集中了人性弱点的同行肯定会一个个完蛋的。"

面对千明略带伤感的声音，国分寺依旧保持着一贯犀利的口吻。

“就算霸王龙灭绝了，蜥蜴还是能存活下来。我倒是觉得低成本运行的个人私塾更容易抵御时代的寒冬。当然，业者测试遭禁，混乱会持续一段时间。但是把文部省看作是唯一的加害者，我觉得也未必如此吧。”

不知道是不是因为隔着雨伞，国分寺的声音听起来像是从比雨更高的地方落下来。对于国分寺独到的见解，千明平日里总是甘拜下风，唯独这种支持文部省的话她可是听不下去的。

“废除业者测试，文部省可是一言九鼎。”

“有时候就需要这种大刀阔斧的决定。”

“但流血的都是一线从业者。”

“那我想请教一下，校长您个人对业者测试是怎么看的？”

意外的提问让千明停住了脚步。没来得及避开水坑，黑丝袜溅上了一些带着泥的水珠。

“偏差值只会增加学校教师的惰性，也让孩子们缺少骨气。校长您不是一直都愤愤不平地这么说吗？”

“的确，偏差值伤害了日本的教育是事实。不管是父母还是孩子都被绑在了分数上，没有人真正关注知识能力的提升。”

“就是啊！”

正中下怀，国分寺一个劲地点头。

“其实我之前就觉得，校长的某些想法和注重发展孩子个性的现行学习指导要领其实是一致的。”

“啊？”

“就是在教育改革大潮中诞生的新学力观什么的。重视培养孩子的思考力和创造力，充分发挥他们的个性。”

“那我可要说一下了，这里提到的‘个性’说到底还是指每个人与生俱来的能力。只不过是把过去的能力主义又巧妙地加了进来，换汤不换药。很多专家都指出过这点。”

“可是，文部省里也有持不同观点的人。不是所有的文部官僚都只关心培养高技术人才，也有一些人在认真思考落后生的问题。”

不愿意听对方的反驳，千明加快了脚步。脚边溅起的水珠越来越多，国分寺还是不死心地追了上来。

“等一下，校长，我了解您对文部省的宿怨。可您不要总是一味否定，也应该听听他们的声音吧。”

“我？为什么……”

“有个人想和校长聊聊。”

“文部省的？”

千明越发混乱了。

“怎么可能？”

“是我的朋友，你能见他一次吗？”

“文部省里没有我想见的人！”

愤怒的话音刚落，如同从地面上掀起了一阵狂风，把千明手里举的格纹雨伞都吹翻了过来。雨水打在她脸上，国分寺赶紧把自己的黑色雨伞撑过来。

“泉也不见吗？”

“啊？”

“对方是泉，您也不想见？”

“泉……是那个？”

千明的表情突然变了，国分寺点点头，任凭雨水沿着发际流下来。

“是，就是那个风流倜傥的大少爷，他一直都想见见校长。”

☽

按照约好的时间到达指定咖啡馆时，泉已经坐在靠墙的位置上喝起了牛奶咖啡。

“千明老师，好久不见。”

他看到千明马上起身，彬彬有礼地鞠了个躬，表情里看不出对过去的耿耿于怀。

这多少让人安心了一些，千明不无尴尬地冲他笑了笑。

“泉老师，你看起来不错啊！”

“是啊，拖您的福，不管过去还是现在身体都还说得过去。”

这孩子举止稳重，言谈间透着一股儒雅。对了，记得原来私塾的学生都喜欢叫他“殿下”。千明忽然回忆起他学生时代在千叶私塾勤工俭学时的样子。到底是用优雅还是细腻来形容他呢？如今那气质还和过去一样，让人不由得联想到身着和服手拿扇子的古代公卿。用风流倜傥来形容确实恰如其分。

“当时……你和我女儿那件事，实在抱歉。”

千明和服务员点了杯咖啡，这句道歉的话，她来之前都已经想好了，今天无论如何都要说出口。

“现在想想，那时真不该干涉你们。本来我都没脸来见你的……”

“千明老师，您别说了。”

泉白皙的脸颊微微泛红。

“都是过去的事情了。今天请您抽空过来，可不是为了旧事重提的。”

“可我不能当什么都没发生过啊。如果当时不写那封信，今天你们……”

“不是的，老师！”

泉执意阻止了千明的道歉。

“我们的事是两个人认真商量之后决定的。我确实也听她说了那封信，但那不过是个起因，就算没有那件事，我们俩的结果也是一样的。”

“那怎么会……”

“是的。现在我都能理解了，千明老师当时的推测全都应验了。我没对她提过，其实我父母是反对我们结婚的。就算勉强坚持下去，我想自己也没办法带给她幸福。”

泉说得很平淡，千明凝神望着他，还想了解他更多的真实想法。

“那现在，幸福吗？我听说你住在市川。”

“是的，托您的福，虽然过着普通的日子，但一家四口非常和乐。”

“是吗？都有孩子了。”

“两个女儿，最近从早到晚都是水兵月[①]水兵月的。”

“你一定是个好爸爸吧。”

千明微笑着点点头，内心却在极力控制。如果泉问我蕗子好不好、现在在哪儿，应该怎么回答呢？都告诉他些什么？上田的事要怎么和他说？

千明心里还在纠结，可泉却重新调整了表情和声音，意思好像在说闲话到此。

“今天叫千明老师出来不是为了别的，就是想和老师见面好好聊一次，让您了解我们的真正意图。”

“真正意图？”

“我十分清楚老师对文部省的不信任。但是，为了保护公立教育不受财界和政界的干扰，我们已经是拼尽全力了。也不像过去那样一味死守着现行制度不放，为了让所有孩子都能接受更好的教育，也为了不再有跟不上的学生，已经在研究各种改革办法了……”

第一人称从“我”变成了“我们”，泉如今也不再是那个勤工俭学的学生，而是一个身负公务的官员。

“特别是学校刚开始试行双休日，现在是事关成功与否最关键的时期。就像废除业者测试正在逐步得到认可一样，宽松教育的真正价值，不远的将来也一定……”

“请等一下。”

像是被藏好的舌锋突然打开了，千明此刻才终于找回了自我。

① 水兵月，即月野兔，武内直子原著漫画《美少女战士》及其衍生作品的第一女主角。

“就因为业者测试被禁，你知道有多少小型私塾正面临倒闭吗？”

“给这些经营者造成负担我们也深感抱歉。但是，取消偏差值对于文部省来说，是无论付出何种代价都要实现的目标。而且，近来由于少子化，应试战争有所缓和，正是下决心实施的最好时机。千明老师对旧有的偏差值主义也是持否定态度的吧。”

对方转移话题，千明一时也不知如何作答。

“这个谁都不认可的偏差值主义，始作俑者不是你们文部省吗？”

“如果您说的是三十年前的事情，我也认为强制推行学力测试确实存在问题。正因为有所反省，我们现在才会尽全力想缓解由于分数造成的压力，给孩子们创造一个更宽松的环境。”

“你们所谓的宽松到底是什么？总之背后有美国方面的要求吧，为了让学校老师一周休息两天，就要减少孩子们的上课时间，这算什么啊？本来学习能力低下的问题就已经越来越严重了。”

泉停顿了一会儿，并没有放弃。

“孩子学习能力低下，问题也出在教学方面。多年来，教师精力严重透支，如果能多给他们一些时间，长期来看教学质量会有所提升。这点我们很有信心。”

各种观点众说纷纭，这项伴随诸多压力的改革真能给老师们一个喘息的机会吗？

“可是。”泉完全没给千明插话的机会，又加重了语气接着说，“不单单是学习能力低下，如今出现的各种教育问题，单靠学校的努力都是难以消除的。”

“扰乱课堂、校园欺凌、拒绝上学。战后核心家庭和双职工家庭不断增多，那些没时间照顾孩子的家长就会完全依赖学校，不管是品德修养还是学习成绩通通推给老师负责。如今引发热议的各种教育弊病就是这么造成的。今后想有所改善，就要强调改变观念，联合整个地域社区的力量帮助孩子们成长。”泉越说越激动。

“而我觉得应该把私塾也算在社区之内，现在已经不是公立教育和私立教育势不两立的年代了。”

千明先是有些意外，之后又低声笑了起来。

“不管是势不两立还是其他什么，不是文部省一直把私塾当成是不共戴天的仇人吗？”

“私塾已经不是过去的私塾了，官员里也不全是那些始终带着偏见的人了。至少包括我在内的年轻职员，绝大部分小时候都上过私塾。”

“就算这样，最近推出的强攻政策又怎么解释呢？”

“因为上层还有不少顽固不化的余党吧。但另一方面也有不少提出新观点，像我一样主张让学校和私塾合作的人。”

“合作？不是在说梦话吧。”

“我不觉得。千明老师，至少有一点我希望您能了解，并不是所有的文部省官员都在与私塾为敌。”

“我理解的是……”

“我听说老师现在是习志野私塾协会的实际负责人。”

“也不是什么了不起的事。只是会长身体不太好，我出面帮帮忙。因为是女人嘛，容易被轻视，但协调起大家的关系来也有天然的优势。”

“请您一定要向习志野私塾协会的各位转达我们的真正意图。政策的过渡期总会伴随着一些阵痛，无论是取消偏差值还是实行宽松教育，一定会向好的方向发展的。但在这个过程中，整个区域的理解、合作也是必不可少的。”

泉深深地低下头，他头顶上的头发显得有些稀疏。

“现在面临的问题是，大家并不十分了解宽松教育的意义。周六还要上班，但是学校不上课了，谁来照顾孩子？家长们的宽松没了，所以个个都怨声载道。没办法，只能靠我们的职员像这样面对面去和各地的民众解释说明……”

原来如此，千明终于隐约明白泉非要安排这次会面的原因了。一向不把平民百姓放在眼里的官僚们对社会舆论却格外在意。他们会想到依靠私塾的人，就足以证明由于前期没做好充足的铺垫，贸然推行学校双休日制度招致了各方的恶评。

一方面，教育改革的方向盘被那些把“教育”当作选举筹码的政客夺走了，另一方面又得不到民众的信任，看来官员也有官员的难处。如今的泉，身上有种“殿下”时代没有的悲怆感，让千明看了也忍不住有些心疼。可她还没有要积极协助的想法，这些官僚没完没了的场面话实在无聊，能勉强撑开不断低垂的眼皮就不容易了。最近因为肠胃不调严格控制咖啡，可这一会儿的工夫都叫了第三杯了。

“……所以说，能做到学校和私塾各司其职相互尊重，这就是改善教育环境的第一步了。千明老师，希望您能理解这点，今后形成一个长期的合作机制……”

将近两个小时的时间里，泉一直在请求千明的理解，谈话持续到快晚上六点才结束。走出烟雾缭绕的咖啡馆，打在脸上的寒风让千明睡意全无。距离春天还很远呢。

傍晚群青色的天空下，两人结伴走向已经改名为JR的津田沼车站。完成了一项工作，泉看起来放松不少，一路都在回忆过去的事。“前面有个台球厅来着。”“我经常去逛那个书店。”那声音听上去无忧无虑。

“啊呀啊呀，一回家肯定要被女儿们缠着玩水兵月，今天又不知道要怎么折腾我呢。”

在检票口分手时，泉一脸孩子气地对千明说。

“千明老师也直接回家了吧。”

千明忍不住笑了。

“泉老师，这个时间私塾才刚开始上课呀。”

“哦，可不是吗？失礼了。”

泉不好意思地挠挠头，像是全然忘了自己也曾经和千明在一个地方工作过这件事。

“您还是那么忙吧，请一定多保重身体。代我向国分寺问好。”

千明随时警惕着他会问起蕗子的事，可直到分别，泉口中提到的也只是过去同事的名字。

“国分寺那家伙真不上讲台了？”

“是啊，现在是办公室主任。”

“可惜了，真是大材小用啊。”

“啊？”

“千明老师您还记得吧，国分寺的课上得多好啊，别的私塾的老师都偷偷跑来侦察。只要他想，当上东进的明星教师都不成问题。怎么为那么点儿小事就半途而废了？”

“对于他本人来说可能不是小事吧。”

“可再怎么说也不应该放弃做教师啊。”

“要彻底改变自己，就会想要改变立场吧。这也符合他果断的个性。”

“是果断还是不会变通呢？”

泉一直在关心老朋友。“那我走了，再见！”他转身进站，到最后也没主动提起蕗子。

和泉分别后，千明朝着津田沼本部所在的车站南出入口走去，此时她心中百感交集。

一帆风顺的精英人生，冠以室长头衔的名片，两个女儿。毫无疑问，对于自己的选择，如今的泉十分满足。

十三年前的那个青年一去不复返了。如同千明心中已没有了旧日恋人的身影，泉的心里也已经没有蕗子的位置了。拖着一份没能修成正果的恋情生活十三年，也许真的太长了。

结束了。原本早就结束的事情，终于在千明心里结束了。

那封信就像根小刺一直卡在喉咙里，现在也可以被当作过去的一部分咽下去了。

解脱和空虚交织在一起，千明不由得抬起头仰望星空。

璐子：

经过一个晚上，我以为自己多少该冷静些了，但此刻心中仍是翻江倒海。我也后悔不该一下子失去理智，对你说了那些感情用事的话。但那些对我来说实在是太意外了。

你正在和泉老师交往，单这一件就够让人吃惊了。还有泉老师大学毕业后要进入文部省，他已经向你求婚了。一下子面对这么多事，我的大脑已经完全失控了。

我自己也觉得很荒唐。原来还时常告诫自己不要成为一个干涉女儿恋爱的母亲，可还是成为现实了。人就是这么难以捉摸。

泉老师头脑极为清晰，要说缺点，就是不太能理解落后生的心情吧。但总体来说，还是一位人品好气质佳的年轻人，家世就更无可挑剔了。客观看，作为终身伴侣，算得上十全十美了吧。我不想用攀上高枝之类低俗的语言来表达，不过也承认这就是大多数人眼中的天赐良缘。

你说你的人生属于你自己，这是毫无疑问的。我冷静下来也想过了，假使你最终还是希望和泉老师结婚，就算我不赞成，也不能阻拦。

可是，在你下这个一生一世的决定之前，请无论如何先听我讲个故事。

我会尽量平静地把它写下来，也请你耐心读完。反正这件事早晚都要和你说的。

那件陈年往事距离现在已经超过二十五年了，那会儿我还是个大学生。你也许难以想象，不过妈妈也年轻过，同样有过那个年纪的烦恼。

当时我最大的难题还是毕业后的去向。估计你也早听腻了，那我就不多说了。到底该不该进入文部省管辖的公立教育机构呢？整个大学时代我都在为此而烦恼。我想成为新教育的推动者，但又不想做文部省的走狗。内心的钟摆不仅一刻都不曾停歇，振幅还在不断变大。

“你这么犹豫不决，不如干脆和文部省的人见面聊聊吧。”大学二年级的时候，研究小组有位热心的教授给我提了这个建议。教授的后辈当中，有在文部省任职的年轻官员。的确，文部省的人到底怎么样？试着做一次实际调查也许不是个坏主意。在好胜心和好奇心的驱使下，我在虎门的一家咖啡厅和那个人（暂且叫他A氏）见面了。

当年二十五岁的A氏是股长，算是顺利出人头地的晋级组一员。可是他一点儿傲气都没有，非常耐心地听我倾诉，又设身处地地给了我建议。“文部省里没有人希望恢复战时的教育体制。”“不如说是在奋不顾身地保护孩子们，不受那些标榜开放教育的阴险政客的迫害。”等等，他热情的话语深深打动了我，也颠覆了我之前对文部省官僚的固有印象。

由排斥变为关注是故事里常见的情节，而关注往往会转化成好感，关于这些我就不想对着自己的女儿啰嗦了。

反正我那时候就是个不谙世事的小丫头，在几次和A氏聊天接触的过程中完全被他的知性和宽容吸引了，A氏好像也觉得我这个倔丫头很有意思。就这样我们越走越近，顺理成章地发展成了恋人关系。

“怎么会？你那么厌恶文部省。”朋友们都不敢相信。不过A氏和我一样，痛恨战争期间的军国主义教育。而且他对教育的中央集权化也持反对态度，很多次都愤愤不平地指责保守派对教育基本法的破坏。我真的以为自己在文部省里找到了知己，所以才接受他。可是随着时间的推移，我们之间不可回避地出现了一些裂痕。

当恋爱初期的激情开始退去，我渐渐感觉和他相处很不舒服。虽然他主张自由民主的思想，但终归是精英教育培养出来的官僚，这种人只会用体制内的眼光来衡量事物。了解了他的局限，我才发现两个人在教育观上的分歧点远远大于共同点，之后便开启了无休止的争论。

特别是在有关升学的问题上，我们的观点简直是势不两立。那时候高中升学率好不容易超过了五成，可文部省还忙着新建中小学，致使高中建设严重滞后。几年后引发普及高中运动的阴云正在一点点压下来。已经可以想见，会有大批的孩子在十五岁的春天中考落榜，哭着变成无业游民。说是因为文部省无能实在太便宜他们了，我认为这种政策无异于蓄意犯罪。

为什么不抓紧建高中呢？每次面对我气势汹汹的质

问，A氏总是不紧不慢地说：

“反正给优秀人才准备的位置是有限的，没必要让所有孩子都上高中。和强国打经济战，不仅需要精英，同样需要那些只接受过义务教育的勤勤恳恳的劳动者嘛。”

极少数的精英和大多数的平民，说到底这才是官僚们的真心话——把国民分成两部分，让他们分别接受相应的教育，从而提高日本的国际竞争力。结果他们失算了，日本人都把眼睛盯在有限的精英席位上，展开了激烈的竞争，可文部省那帮官僚根本不当回事儿，还认为普通百姓会安于所谓相应的教育（也就是相应的人生）。

不给希望升学的孩子提供校舍的做法违背了明治以来的“学制”。我摆出的道理他只当是小丫头的戏言，一笑了事。除非遗传基因是平等的，否则就不可能存在教育的平等，A氏对此直言不讳。他认为最重要的是将一部分优等生培养成日本社会的领导者，而大多数人只要老老实实地成为支撑日本经济基础的劳动者即可。

当然，这种选民思想也和A氏自己出身世家名门有直接关系。他生来就注定在精英大道上一往直前，自然也要承受这些所带来的巨大压力。A氏的父亲是原大藏省①官员，他决定入职文部省时，父亲觉得很没面子，都不好意思告诉亲戚们这个消息。过去文部省地位很低，被其他省厅的

① 大藏省是日本过去的最高财政机关，成立于明治维新时期，至2001年随着中央省厅再编而解散，为今财务省之前身。

人嘲笑为内务省的分公司。A氏会对我这种平民女孩感兴趣，多半也是因为某种扭曲的心理在作祟吧。

然而精英还是精英，在我看来A氏完全被祖辈们的特权意识洗脑了，总会在无意间流露出对平民的蔑视。不管是不是自己所期望的，他就在那样的环境里出生长大。一次次无谓的争执更让我强烈地意识到这点，也渐渐失去了对他的信任。

因为不信任，当我发现身体里孕育了新生命的时候，并没有马上告诉他，而是想试探一下A氏到底有没有想结婚的意思。

他应该也没有认真考虑过和我的未来。不出所料，A氏可能误以为我在逼婚，于是突然变脸、毫不犹豫地拒绝了。不知道什么时候，我没有父亲，以及母亲做过女招待的事他都调查得一清二楚，还给我打上了不可娶的烙印。表面上看他依旧体贴备至，还说结了婚我会更辛苦，自己那些家人朋友都不好对付。

我从小看着母亲因为嫁到大户人家而受到公婆的百般凌辱，原本对上流阶层就没有好感。我接受不了用血统和基因来衡量价值的人，也无法和这个男人共度一生。那时我就断然抛下了心中的执念，平民女孩也有平民女孩的骨气，我才不要这种看父母脸色活着的大少爷呢。我下决心要发奋努力，自己一个人把肚子里的孩子抚养长大。

不管怎样我都想把这个孩子生下来，自己不就是母亲一个人带大的吗？我完全不认为这是个荒唐的想法。既然是命中注定的，我就不会退缩；已经得到的东西，我就不想退回去。

可我当时还是个学生，没有经济能力独自生养一个没父亲的孩子。

于是我下决心把怀孕的事告诉了母亲，当她用温暖的手掌轻抚我的腹部，我无法形容当时的感受，只觉得心里一下子就踏实了。

“女人独自抚养孩子就好比坠入了修罗道。想到你要和我承受同样的艰辛，就有种撕心裂肺的感觉。不过，我还是很期待和你肚子里的小孙辈见面。”

不用我说了吧，母亲想要见的孙辈就是你，蕗子。我没能给你一个父亲，但至少有两个女人发疯似的盼望着你的到来。请千万不要忘记这点。

直到和A氏分手，我也没说出自己怀孕的事，他现在在什么地方做什么就不得而知了。如果你想见他的话，我会尽量想办法。不过看你和继父之间的关系，我猜你有这种愿望的可能性也不大。另外，如果他知道我在经营与文部省对立的私塾，对于你这个女儿的存在又会做何感想呢？我心里也没底。

昨天晚上你对我说了和泉老师交往的事情，我痛恨它与往事惊人的相似，而最先闪过脑海的一个念头是“泉家会接受大岛家的女儿吗？”

当然，我不应该将A氏和泉老师混为一谈，也不应该将自己的过去和你的现在混为一谈。我现在冷静下来是这么想的。开头说你的人生是你自己的，也是真心话。

但是有一点我希望你能清楚，精英们往往是非常相似的同类。首先有一点是确定的，他们都很在意家世，从某种意义上说就是对血统的执念。而你和我一样，都是家庭情况复杂的女孩，父母还是文部省的敌人。

如果泉老师的家人知道这些，会同意他和你结婚吗？在你答应求婚之前有必要先向他确认这点。如果此刻被热恋冲昏头脑做出轻率的选择，将来痛苦的是你自己。一个不受欢迎的女人嫁入豪门的辛酸，我从母亲那里已经学到了。无论发生什么，泉老师都能保护你不受到他父母的伤害吗？他在千叶私塾的时候，就因为有个男生在黑板上写了几句下流话，就哭着说“没有信心了”，你又能期待他有怎样的男子气概呢？

学习优秀和保护妻子是两回事。从来没有碰过家务的世家子弟，一旦开始抚养孩子基本就成了废物。如果结婚之后你还想继续工作，那现在就更有必要慎重地考虑清楚了。

担忧的事情说也说不完，就先写到这里吧。总之我再心平气和地说一次，希望你能再认真地考虑考虑。

妈妈

千明就像被神魔附体一般写完了这封信。大约半年后蕗子告诉她，自己和泉的关系已经结束了。

整整六个月，想象两个年轻人的纠结与迷茫，泉说那封信只是个起因倒也未必是假话。

最终下决心的是蕗子，就算不问，千明对此也深信不疑。面对人生的每个节点，蕗子总能自己选择一条该走的路，在这点上她比谁都固执。

蕗子凭着这种钢铁般的意志当上学校老师的时候，千明被一种难以言说的无力感吞噬了，她甚至感觉女儿是被那个可能还在文部省任职的亲生父亲抢走了，而自己的人生就这样被彻底否定了。

现在回想起来，那也许就是失败的开始。

之后的人生就是在不断失败中度过的。曾经那么依仗的胜见跳槽去了大型私塾；因为出书一跃成名的吾郎和自己渐行渐远；作为女人彻底输给了旧书店的一枝；大女儿和自己断绝了联系；小女儿无牵无挂地去了国外；连最后的梦想也轻易破灭了。

说这一切都是自作自受也未尝不可，但就算能穿越时空回到原先的某个岔路口，大概还是会仍然按自己的方式活下去吧。

——不行不行，本来只想回忆一下两个年轻人的事，怎么又开始感慨上不知不觉老去的自己了。

“烦人，真不想变老呀！”

自言自语变多也是衰老的证据吧，刚发完牢骚又瞎琢磨上了。

想要换换心情，回私塾的路上千明顺便去大荣百货的楼下买了个奶酪热狗当晚餐果腹，回到津田沼本部的时候天已经黑了。

担心自己不在期间有什么事，千明先去找了国分寺，可办公室里没见到他人影。

“您找主任吗？他去勤杂工室了。”

有个办事员告诉她。千明愣了一下，勤杂工室？

她一边纳闷国分寺跑那儿干吗去了，一边朝二楼的最北侧走去。那间小屋因长时间闲置都已经沦为杂物间了，今天倒显得热闹，国分寺正把里面乱七八糟堆着的东西往楼道里搬呢。

“国分寺，你干吗呢？”看他衬衫卷到手肘干得热火朝天的，千明冲他喊了一句。

“您不是都看到了吗？强制清除非法储存物。”回答的声音很冷淡。

“非法储存物？”

“成堆的文件、库存的教材、学生落下的东西、七夕节的细竹、圣诞节的松树。楼下明明有仓库，可就是什么都往这间屋子里塞。从今天起要制止这种恶习。”

“嗯？”

“您知道我为了把这儿清空都跑了几趟仓库了吗？拜托校长以后用完拖布和水桶也放回地下仓库吧。”

国分寺一本正经地说完就推着装满东西的推车走了。他还和当老师时一样瘦高，身上没有半点多余的赘肉。千明追上去问：

“怎么突然……”

收拾勤杂工室？

还没问完，刚坐上电梯国分寺就说：

“泉还好吗？”

“啊？”

“您不是去见他了吗？”

“啊，是啊，看起来挺好的。对了。”千明想起一件自己没弄明白的事，“国分寺，你知道水兵月是什么月亮吗？”

国分寺突然被问愣住了，下了电梯推着推车走在冷飕飕的楼道里，他才回过神来答道：

“校长，水兵月不是一种月亮，是现在最受欢迎的动画片主人公。”

“哎呀，原来是动画片啊。我想问泉老师又没问出口。”

“泉不会迷上美少女战士了吧？”

“怎么可能，是他女儿。泉老师像是个不错的父亲呢。真是成熟多了，工作家庭都很完满，我也就放心了。”

“不过，他已经开始谢顶了吧。”

国分寺一句话就斩杀了泉的幸福。

“嗨，现在文部省也在经受各种考验，那家伙也不轻松吧。他都找您谈什么了？”

“谈什么了呢……”

千明的声音有些含混不清。

“差不多都是在发牢骚，说希望我帮助沟通，还有私塾和学校合作什么的。”

“泉很有干劲吧。”

“你和泉老师是同一战线的吗？”

“非敌非友，只是对两方无休止的相互仇视感到厌烦了。”

“所以你就让我去见泉老师？”

“是因为泉想见您，而且对于校长来说，让外面的风刺激一下也不是坏事。”

“啊？”

“只要看不见您，保准就拿着拖把在学校里晃荡呢。孩子们都管校长叫‘嘞嘞嘞大婶[1]’，说实话我都觉得目不忍睹。”

“嘞嘞嘞大婶……”

放在过去，千明肯定要气得耸起肩膀大吼一句“说什么呢！”，可她此时却一言未发，只是默默垂下了双肩。对于她不断失败的人生来说，嘞嘞嘞大婶可能算是个恰如其分的结局吧，没被当成保洁阿姨已经算不错了。

正在安慰自己的时候，已经走到了仓库。国分寺边吐着白气边把推车上的东西整理好。和千明一起返回二楼勤杂工室后，他脸上突然多云转晴了。

“太棒了，这里足够摆下十张课桌。”

将非法储存物清走后，这里又变回原来那间八块榻榻米大的空屋，屋里充斥着灰尘和霉味，而国分寺却一个人满怀欣喜地环视着四周。

“这里，这样排成一个U字形，老师可以站这边。”

“你说什么呢？”

见千明一脸茫然，国分寺答道：

---

① 日本漫画巨匠赤塚不二夫创作的漫画《天才傻瓜》中一个人物叫嘞嘞嘞大叔，他为了排解失去妻子的孤独感，总喜欢拿着扫帚上街打扫。

"除了教室还有什么？"

教室。天天都接触的一个词，千明这会儿听起来却感觉耳朵麻酥酥的。

"教室……这儿？"

"我之前就一直在考虑，能不能找个地方给私塾的学生上补习课。"

"补习？"

"每个班都有几个跟不上课程进度的孩子吧，从问卷调查的结果也能看出来。在学校是落后生，到了私塾还是落后生。我们能不能给这些完全失去信心的孩子提供免费补习的机会呢？"

国分寺还是那张毫无表情的扑克脸，但仅从说话的语调上千明就已经听出了他的心意。是啊，虽说这个男人对大人总是毫不留情，但对孩子却充满了爱心。也因为这份爱心让吾郎对他另眼相看。原本前途不可限量，却在十年前走下了讲台。在一次与家长的谈话中，面对一个不停大骂自己孩子"蠢货！""无可救药！"的父亲，国分寺斥责他："愚蠢的是你自己，浑蛋！"结果两个人扭打起来。因为无法保证不再发生类似的事情，他主动要求不再教课。

国分寺接下来的话让千明大吃一惊。

"校长，我还有个请求，能把这个房间借给我用吗？"

"你？你要在这儿上课吗？"

"是的，请校长也一起来。"

"我？"

"我想只要是免费的，不管上什么课家长都不会挑毛病吧。在这里，您可以用自己希望的方式和孩子们尽情交流。私立学校并不是唯一能追求理想教育的地方，校长！”

“国分寺……”

来不及思考，身体已经在颤抖了，泪水模糊了千明的双眼。她再一次环视这个房间，雪白的天花板，连窗帘都没挂的窗户，放过东西的地方，榻榻米还显得很新。当初大家都不明白为什么要弄出这间没用的日式房间，而千明不顾反对坚持这么做了，结果这么多年都无人问津。没有勤杂工的勤杂工室，现在终于有了它存在的意义。

“说实话，每次看到校长垂头丧气的样子，我都在想是不是自己太残忍了，反对您开私立学校这件事让我感到很内疚。也可能只是一厢情愿的自私想法吧，但我真的希望校长能一直带着私塾走下去，就算不是所谓的正途大道，也可以作为后街小路的领袖完成自己应尽的使命啊。”

“使命？”

“有些事情只有小路领袖才能完成。”

使命——真的有吗？自己身上还背负着这些吗？

凝视着窗外墨色的天空，千明陷入了沉思。也许今后我就要在这间小屋里寻找答案了。

身体里有股力量像气泡一样不断涌上来，长久以来被掏空的腹部忽然感受到一股暖流。

说干就干。

“国分寺，走吧。”

“啊？”

“马上去会议室开策划会。我们两个好好讨论一下，如何开展补习，如何才能保证公平对待孩子们。”

千明说着已经走到了门口。

“可不能漫不经心的，想找回上课的感觉也没那么容易。你十年没上讲台，作为教师早就变成一块化石了。”

“您才是呢，好歹也是个私塾的校长，连水兵月都不知道可是个严重问题。说明您已经严重脱离孩子们了。”

“哎哟，你以为我拿着拖把在校园里来回逛是瞎耽误时间啊，那不就是在了解孩子们的想法吗？”

“那我建议您今后戴个助听器。”

“说什么呢！”

两人杂乱的脚步声渐渐远去，勤杂工室再次被寂静填满。月光透过窗子微微照亮了这片寂静，就如同期盼醒来的婴儿依然沉睡在甜美的梦乡里。

第七章
继承赤坂血统的女人们

“哇，是橙汁！”

“橙汁，橙汁！”

“要干吗？喝吗？我们喝？”

完美的切入点。

孩子们围坐在房间中央拼放的课桌旁，一个个目不转睛地盯着新上任的教师内藤惠手里的盒装橙汁。看老师打开封口按人数将橙汁倒入纸杯，他们更有些迫不及待了，连站在门口的千明好像都听到了咽口水的声音。

“大家都拿到就可以喝了，要好好品哦！”

好棒！孩子们先是一阵欢呼，然后都探起身子相互传递着橙汁。这要在过去肯定抢得不亦乐乎了，最近的孩子家教倒还不错。

“我喝啦！”

看到大家都一饮而尽，阿惠便问他们：“怎么样？”小学五年级的达也是这个房间的老面孔了，他高高地举起手说：

“我、我、我，要是这么上补习课，我每天都想来。交钱也想来！”

“说说你觉得味道如何？”

“好喝！”

“怎么个好喝呢？”

“嗯——味道就跟吃橘子一样，好喝！”

紧接着其他九个人也争先恐后地说上了。

“很浓很好喝。”

“味道很高级。”

“不是很甜。”

“带一点儿酸味。”

听他们各自说完感想，阿惠又从包里拿出一盒跟刚才不同的橙汁。

“那你们再尝尝这个，比较一下。”

孩子们又拿到一杯橙汁。

“啊，比刚才那个甜。”

好淡。便宜的味道。喝着很爽口。味道像果冻。和速溶橙汁差不多。看阿惠满意的神情就知道了，孩子们的反应肯定都在她的意料之中。

“那我要提问喽！同样是橙汁，为什么味道会不一样呢？”

“因为生产厂家不同啊。”

达也一说，大家都笑了。

“这是一方面，还有呢？”

“我觉得是里面加的东西不一样。”

“嗯，嗯，你觉得哪里不一样呢？”

“应该是……”

“橙子的品种吧。”

“还有橙子的产地。”

“是浓度不同吧？”

“回答得好！”阿惠边说边举起两个橙汁盒。

“开始喝的这个原汁含量80%，而这个只有20%。橙汁里所含的原汁量是不同的。”

孩子们听得出神，阿惠抓住时机抛出第二个问题。

“80%就是100份当中的80份，也就是我们说的八成。那用分数该怎么表示啊？”

“十分之八。”

“是五分之四吧。”

“对了，那20%呢？”

“十分之二。”

“是五分之一啦！”

没错，阿惠露出了笑容。

“这个橙汁里的原汁是五分之四，而这个是五分之一。所以这个的橙子味更浓，明白了吧。那接下来大家想一想，如果在一只杯子里将两种橙汁各加一半会怎么样呢？”

精彩的课堂引导。看到孩子们已经完全被带入阿惠设计的情境当中，千明也心悦诚服。

一直以来，算术当中的分数对于很多小学生来说都是个难点。一旦走进死胡同，之后只要看到分数符号就会出现抵触情绪，连思考的勇气都没有了。今天来补课的这些孩子都算是高危军团。不过这次老师用味觉让他们亲身感受了分数的意义，今后再遭遇这个强敌，只要舌头回味起不同浓度橙汁的甜美味道，多少都会有些亲切感的。

看孩子们都打开练习本埋头做起了计算题，千明向阿惠使了个眼色，转身离开了改名为补习室的勤杂工室。

从平成五年（1993年）春天开始的补习课，转眼就要进入第七个年头了。最初的摸索阶段，千明负责周二，国分寺负责周四，按一周两次悉心维护着。真正看到那些学习吃力的孩子有所变化之后，他们又增加了周三和周五的课。同时有意起用年轻教师，将补习课作为新人培训的一部分。要想培养出独立思考的孩子，首先就需要教师去思考如何创新。

今天的阿惠就是个让千明自叹不如的可塑之才。近来求职陷入冰河期，年轻人带着对未来的期许寒窗苦读，遇到这种情况也只能说是运气不佳。不过，这倒是让不少优秀人才流向了私塾。

内藤老师：

今天辛苦了。选择橙汁做课堂引导非常巧妙，唤起学生对难学科目的亲近感正是教师的职责。期待你今后更出色的表现。

只有一点，纸杯用完后应该尽快回收上来，手里有东西会分散孩子们的注意力。

回到办公室，千明趁自己还没忘赶紧发了邮件。

关于是否引入Windows95的问题和兰展开激辩都是过去的事了。在平成十一年（1999年）的今天，在私塾内部使用邮件联系及下达指令早已成为一种常态。各种文件，包括上课用的练习试卷全都是用电脑打的。如此一来效率自然是提高了，可对于用惯了油印机的那代人来说，想要追上这日新月异的变化绝非易事。

这天也是，千明搞不清国分寺发来的次月计划书要怎么打开，只能向办公室的同事求助。好不容易打开了，又不会操作这个软件。本来用电脑是为了方便，可自己却被折腾得够呛。这老花眼对着屏幕也是越看越干，只能不停地眨巴。

“校长，有家长来电话。”

千明正不停地按揉着手掌上的“明目穴”，刚才补习课上有个女生的妈妈打电话过来。

“你好，我是大岛。”刚把听筒放到耳边，对方刺耳的声音把千明的老花镜都吓得掉到地上了。

“我们家阿彩说老师让她喝了橙汁，这到底是怎么回事？我们家孩子一向只吃有机的蔬菜水果，这要是喝坏了肚子谁来负责啊？！”

备前烧[1]的马克杯里，咖啡上撒的一层奶精正在慢慢溶化。白色与褐色的分界线逐渐消失，形成几条模糊的带状拉花。年轻时千明只接受黑咖啡，忘了从什么时候开始不光是糖，连奶精都加上了。

“最近这些家长，简直不可理喻。”

千明使劲用勺子搅动着杯底的砂糖，边叹气边抱怨着。

“免费给孩子们补课，不说感谢就罢了，竟然还跑来告状。最近这种家长特别多，什么事儿都要挑刺。”

“说起来我们学校也是，家长投诉比过去多了不少。”

坐在餐桌对面说话的是蕗子。

“现在做家长的这代人小时候，体罚教育非常普遍，千叶县更是出了名的严苛。不知道是不是因为这个，他们对学校极度不信任。可能是不放心把孩子托付给学校吧，总之就是高度戒备。”

“戒备？”

“学生一挨批评妈妈就抗议，弄不好还会寄来一封告发信，弄得现在的年轻老师都跟惊弓之鸟似的。”

“孩子们也畏畏缩缩的，就是家长管得太多了。也难怪，最近的孩子越来越没主见了。”

六十岁之后，千明比以前爱絮叨了，一感慨起“最近的孩子”就停不下来。

“表面上看又懂事又听话，可心里想什么谁也猜不透。怎么说呢，就是干什么都不积极，你家阿一不就是个典型吗？”

---

① 备前烧是烧陶制品，日本冈山县传统工艺品之一。不上釉、不绘彩，完全靠火温和技巧来制作。

“啊？”

正在批改小测验的蕗子突然放下笔皱起眉头，一脸严肃地看着千明。她脸上的斑点比过去多了不少。

“我家阿一可是表里如一、体谅父母的好孩子。不管心里想什么，只要听话不就行了？”

“好了好了，至于那么生气吗？”

“当然生气了。今天他不是还帮您去东京办事了吗？”

“他说学校社团休息，我就让他帮点儿忙，就当打一天工呗。”

“我不是说过吗，不让您随便给他零用钱！”

一说到儿子的事，蕗子眼神都变了，声调也提高了一个八度。好像算准了时间似的，她话音刚落就听见大门口传来一郎的声音。

“我回来了！”

“是哥哥！”

正在埋头打电玩的杏回过头来，趴在她膝盖上的雪貂粉红也嗖地蹿下地朝门口奔去。

一郎每次回家都不会马上露脸。他习惯先上二楼千明的房间，在供奉着父亲遗像的佛龛前拜一拜。两年前失去了家里的顶梁柱，蕗子一家三口（和雪貂）搬到这里居住，从那时起一郎始终坚持这么做，的确是个孝顺的孩子。

“阿一，快来汇报汇报！”

见一郎肩上扛着粉红来到客厅，千明急忙催问他。

“体验课上得怎么样？”

“嗯——还可以吧。”

“再多说点儿啊。”

“教室很漂亮。”

“还有呢？”

“老师也挺漂亮。”

“课上得如何？”

“是一对一的课程，所以听得很明白。不过……”

“什么？”

“觉得有点儿怪。”

“什么？”

“就是感觉。”

“你这么说我也搞不懂啊。”

每次都是这样，没说几句话就聊不下去了。看外表也是个有模有样的高一学生了，可是一张嘴还是那么不成熟，和初中时没什么两样。连刚上小学的杏都比他口齿伶俐，千明对此颇为忧心。

“你感觉哪些方面不错，哪些方面有问题，仔细说来听听。好不容易装成初三的样子混进去的。”

一郎不停地用手抠下巴上的青春痘，千明提高了语调他也置若罔闻。

“接待台上装饰了大簇的兰花，这点不错。问题就是太远了。没了。”

“没了？等一下……”

“对了，还有这个。”

见外婆还不满意，一郎赶紧又递过来一本小册子封她的口。

“这是入塾指南手册。”

小册子装帧精美，封面上点缀着一朵蝴蝶兰。千明小心翼翼地翻开封皮，那个过去被叫成入学体验小旋风的大岛家二女儿——兰的端庄的大头照就印在上面。

> 兰俱乐部是一家新型的个别辅导私塾，它刷新了人们对私塾“狭小”“昏暗”“污浊”的固有印象。想让孩子们的大脑活跃起来，不仅需要高品质的授课，学习环境也至关重要。为了让您孩子的注意力达到高度集中，我们采用了最时尚简约的教室设计。
>
> 兰俱乐部的授课老师均不超过三十岁。现在学校教师高龄化日趋严重，孩子们都渴望与年轻老师交流。
>
> 自从1996年我们在青山开设首座校区，就作为私塾业界的一股新浪潮受到广泛关注。目前又增设了广尾和惠比寿两个校区，今后我们会继续发挥个别辅导的优势，竭尽全力帮助您的孩子提高成绩。

那天晚上，千明把一郎带回来的小册子翻来覆去看了好几遍。她绞尽脑汁也想象不出，穿着一身红色套装出场的校长兰到底都说了些什么。

兰离开千叶私塾，自立门户开设个别辅导塾兰俱乐部是在三年前。

“我不认同千叶私塾的经营方针。”

“我想走出校长女儿的影子，看看自己能做些什么。”

听完她气势汹汹的一番言辞，千明感觉自己的肩胛骨上生出了一对翅膀，身体忽然间变轻了。

“说得很好。”

独立，太没问题了。先不说兰适不适合，就让她去体会一下站在高处的辛苦也好。成天听着兰对私塾运营的各个环节吹毛求疵，千明早就感觉无可奈何了。听说女儿要自己创业，她马上举双手赞成。倒是兰看起来有些失落，她本以为母亲会挽留自己的。

千明借给兰一笔开私塾的启动资金，对于她挖走自己的员工也是睁一只眼闭一只眼。业内流传着各种关于母女俩决裂的猜测，其实两个人并不是因为吵架闹翻的。

倒是兰独立之后，两人间出现了前所未有的平静。光鲜的教室配上靓丽的教师，兰俱乐部很快成了话题的焦点。兰更像是个企业家而不是校长，她事业做得风生水起，母女俩之间的距离也在慢慢拉大。

借给兰的钱她每月都会按时归还，不过她从来没和千明聊起过关于私塾的事情，自从一个人搬到东京生活就再没主动回过家。千明也觉得贸然去问她工作上的事，自己又会忍不住想插手，还不如互不干涉、保持一个安全距离呢。

这次，她头一回把一郎送去兰的地盘，是因为最近正在考虑一件事。

——妈，您可能没想到，您最担心的兰现在干得很好。虽然我一点儿都不清楚那孩子脑子里在想些什么。

和过去一样，每天睡前，千明都会对佛龛里赖子的照片说上几句心里话。

——教学质量好像还不错，据说前台装饰着鲜花。估计是经营得很顺利吧。我也差不多可以放心了。是时候了。

赖子的遗像没有回答。可总感觉照片里那双眼睛越来越平和了。

——阿纯，今天阿一给我帮忙了。

和赖子说完，千明又转向上田的遗照，这是两年前开始养成的习惯。

——这孩子越来越像你了。再过几年就到你热心学生运动的那个年纪了，日子过得可真快啊！

黑色相框里四十七岁的上田，被太阳晒得黝黑的脸上始终洋溢着那憨厚的笑容。没想到喜欢钓鱼竟会惹来杀身之祸，一场翻船事故让他成了不归人。回想起两年前，千明现在心里还是堵得难受，只是不会再为他撇下妻儿早亡而叹息流泪了。

当初心灰意冷地带着两个孩子回娘家的蕗子，最近也有好长时间没看到她红肿的眼圈了。

时光荏苒，无论是逝去的，还是成长中的生命，都注定会被一股脑儿吞噬掉。

一周后，千明向办公室主任国分寺说出了自己心中的打算。那天他们参加完围绕新学习指导要领中将学习任务减少三成这一内容展开的讨论会，一起返回了私塾。

“国分寺，有件事我考虑了很久。我也该从校长的位置上退下来了，你能接我的班吗？”

两人在途中的快餐店里吃午餐，千明尽量让语气显得很轻松，国分寺的反应倒是在她的预料之中。

“校长，您说什么呢？！”

表情可以直接释义为“一笑置之”。

“校长您身体这么好，起码还能再干十年吧。”

“哪有啊，真的已经到极限了。连电脑都用不好的老家伙，动不动就紧张得直出冷汗。我对于员工们来说已经没有帮助了。”

“没那回事。校长您可是咱们千叶私塾的招牌，就算多几条皱纹也不影响啊。”

“国分寺！”

“对不起。”

“我的时代已经过去了，现在带领千叶私塾的人是你。”

这话并没有夸大。这两年因为和蕗子轮流照看两个孩子，千明经常提前下班。这无形中也给国分寺增加了负担，实际上他已经把这个担子接过来了。而眼下最关键的任务是——五年内将已经扩张到二十八个校区的规模缩小至十八个校区。如果缺了国分寺这个提议人的领导力，恐怕寸步难行。退出东京市场，专注在千叶地区做好特色的应试辅导。对于一路借着经济高速增长东风的千明来说，无论如何也提不出这种想法。

“只要有你在，今后遇到再多的难题都能迎刃而解。”

“您过誉了，我才四十五岁，扛不起那么重的担子。”

“初任校长当年只有二十二岁。”

“我那点儿器量怎么敢和吾郎老师相提并论呢？我这人一堆缺点，校长您是了解的呀。”

“不就是嘴不饶人吗？可你对孩子们是真的好啊。多亏你想出那个补习室的点子，这些年来帮多少孩子摘掉了差生的帽子啊！”

“这个和那个是两回事。再怎么说，校长还有兰这个名正言顺的继承人呢！”

“兰可不行，她胜任不了。”

关于能否让兰继承私塾的问题，千明也从几年前就开始考虑了，所以才能回答得那么干脆。

“首先，那孩子选择了个别辅导，和我们走的是完全相反的路。没想到现在干得好像也还不错，就随她去干自己喜欢干的吧。”

千明一副已经想开的样子，可国分寺的表情却并未转晴。

“真是那样吗？在我看来，现在的兰俱乐部只是兰的一种尝试，她明知道存在各种问题，还故意去打破以往的常规，对于她来说不过只是一种武士修行罢了。”

“武士修行？”

“只想暂时离开父母去试试自己的能力。我觉得不管怎样，最终她还是打算回到千叶私塾的。”

“你说兰？怎么可能！”

千明没再往下说了，这时候她点的炒蔬菜套餐和国分寺点的炸竹荚鱼套餐都端了上来，两个人在略显尴尬的气氛中拿起了筷子。最近千明的饭量忽然变小，没吃之前她先把自己碗里的米饭拨给了国分寺一半。现在这样的举动已经变得很自然了，对她来说国分寺比兰更像是自己的家人。有什么理由非要执着于血缘呢?

“不管怎样,您先问问兰的意思吧。之后的事,之后再说。”

饭后国分寺对千明说,千明也没有异议。

“我本来也打算好好和兰聊一下的。后天要带外孙女出去玩,想叫上她一起吃晚餐。”

“啊,那个啊……”

国分寺的表情放松下来。

“看来,小杏终于把停课给利用上啦。”

“可别再让其他人知道了哈。”

一说起这个千明也笑了。

杏读书的一年级三班爆发了咽结膜热,就是常说的游泳池热,上周六开始就全班停课了。杏倒没被传染,就是成天待在家里无聊得要命,一直央求着想出去玩玩。平时照顾得少,本来就感觉对不住这孩子,所以她一撒娇千明马上败下阵来,决定赶在后天周三,蕗子工作的小学建校纪念日那天,带杏去她一直日思夜想的梦幻王国。

不知道是不是杏的晴天娃娃起了作用,周三是个大晴天,碧蓝色的天空中看不到一丝云朵。看来,一直担心的梅雨前锋还在太平洋上原地踏步呢。

难得一个出游的好天气,虽说是工作日,东京迪士尼乐园里和家人、恋人一同游玩的人还真是不少。到处都是闪光灯闪个不停,孩子们的笑声哭声交织在一起,好不热闹,身着白色工装的清洁工动作轻盈地穿梭在游客当中。周围的一切都炫目到有些刺眼。

“要说，这美国人下功夫弄出来的东西就是不一样。”

望着眼前汹涌的人潮和超大的占地面积，千明暗自回想起如今已不复存在的谷津游乐园。那是和赖子、蕗子还有吾郎全家人一起出行为数不多的记忆之一。当时还在上小学的蕗子如今已经做了母亲，当时身为人母的自己也做上了外婆。杏今年都七岁了，牵着她的小手，千明好像乘上了时光穿梭机，她难以抑制地陷入了对逝去时光的无尽追忆中。

当时老百姓人人向往的谷津游乐园，现在想起来不过是在经济发展过程中，战败国为了撑场面赶鸭子上架的速成品。所有人都在看样学样地表演着所谓的“娱乐”。

尽管如此，在千明看看来，那个生搬硬套的游乐园依然承载着过去的记忆，带给她无限怀念。而眼前迪士尼乐园美轮美奂的装饰和工作人员上了发条似的笑容，倒是让人感觉有些格格不入了。

杏昨天晚上兴奋得睡不着，一直闹个不停。这会儿进了游乐园反而变老实了，只是呆呆地望着眼前的一切。加勒比海盗，汤姆索亚岛的木筏。看她那样子，好像还没玩就已经被征服了似的。

“我就说嘛，哥哥要是来了就好了。”

在鬼屋前排长队等着的时候，可能是昨晚没睡好的缘故，杏懒懒地靠在蕗子身上抱怨着。

“为什么哥哥不来啊？”

“他还要上学啊。而且哥哥已经过了和家人一起上游乐场的年纪啦。”

“兰也来就好了。”

“她说对老鼠没兴趣。”

“不是说好了大家一起来的吗？”

“晚上大家会一起吃饭哦！”

“把粉红带来就好了。”

“雪貂和老鼠能玩到一起去吗？”

平时最听话的杏难得这样给妈妈出难题。在园内餐厅的露天座位吃过午餐，她一副累到不行的样子，还是坚持不住睡着了。

六月的初夏，炙热的阳光。在蕗子怀里熟睡的杏额头上渗出了汗珠。

“这孩子，迪士尼迪士尼的都念叨那么久了。”

千明说着拿出手绢要给杏擦汗，这时蕗子的一句话让她心里一紧。

“小杏可能有些伤心，别人家都有爸爸跟着一起来。”

环顾四周，有孩子的桌上的确都能看到爸爸的身影。难道杏并不是被这里顶级的娱乐设施惊呆了，而是在为父亲的缺席而忧伤？千明的视线渐渐模糊，眼前的梦幻王国也好像变成了一片幻影。

“我也太粗心了，根本就没往那儿想。”

“我也一样，不过这也没办法。是她自己吵着要来的，我们不可能把什么事情都想在前面。父亲的死，是这孩子注定要背负一生的命运。”

蕗子声音里流露出她要和杏共同背负这一命运的决心。四十四岁，在这个年龄面对丈夫的离世，除了让自己更坚强蕗子别无选择。

“这也许就是继承了赤坂血统女人的宿命吧。”

赤坂是千明的旧姓。千明、蕗子、杏。的确，继承赤坂血统的女人都缺少父爱的呵护。

千明的父亲在她很小时就战死了，未婚妈妈生下的蕗子也失去了自己视同生父一般亲近的吾郎。

——那件事，蕗子是什么时候原谅我的？或许还没有原谅？

想到和吾郎的离别，千明忍不住偷瞄蕗子的表情。

自从那次在秋田重逢，母女俩经常通过书信或电话沟通，一点点修复着那条被剪断的线。上田去世之后，“一定要保护好一郎和杏”共同的想法将两人紧紧相连，又开始了在同一屋檐下的生活。她们彼此适应着生活的剧变，竭尽全力帮助孩子们从失去父亲的悲伤中走出来，根本无暇提及那些往事。

“大概就是血缘注定的吧。”

之前两人一直刻意回避的话题，这么自然就说出来了。这也算是梦幻王国的一大魔力吧。

“不过，你和他现在还有联系吧？”

蕗子正打算喝掉杏剩下的果汁，忽然停住了。

“嗯。”

喝光了米奇杯子里的果汁，蕗子眼里的迟疑也不见了。

“爸爸他，现在在日本。”

“是吗？”

“我带着孩子们去见过他几次。”

“没事的，不用什么都和我说。”

“他变了。”

“嗯？”

“爸爸他变化很大。虽说本来就是个开朗的人吧，但现在可以说是彻底释放，或者是冲破束缚了吧。”

“哦。”

“他去了很多国家旅行，随遇而安地做着这样那样的事情，没想到这种生活特别适合他。阿纯也经常说，和在千叶私塾那会儿相比，现在的爸爸更生龙活虎呢。”

“是吗？阿纯他也……”

上田比任何人都更敬重吾郎，既然连他也认可了吾郎的转变，千明心里多少感觉踏实了一些。

“不过，估计是流浪的生活过够了，他终于打算安定下来了。妈，你就不想见见我爸吗？”

“我？事到如今，见面又能怎么样？”

千明半开玩笑地说，蕗子倒还是一本正经的。

“还是见面好好谈一次吧。户籍的事情也该说一下。”

“那也没什么好谈的了，不过就是一张纸的事。”

“这点你们俩倒是挺像的，爸也一直这么说。不过最近想到菜菜美，又觉得一直这么下去不太好。”

“菜菜美？”

为什么这时候会提到三女儿的名字？千明有些不解，刚想追问下去，坐在蕗子腿上的杏突然睁开眼睛，像是被明媚的蓝天吓到了似的一跃而起。

“妈妈，外婆，快走啦！”

杏就像只被蓝天带走的红色气球，千明和蕗子跟着她站起身来。

“太可惜啦！”

“啊？”

“买一日券的钱太可惜啦！”

继承了赤坂血统的女人，都会精打细算。

从小睡中醒来的杏像充满了电似的又变得活蹦乱跳了，一日券也用到了尽兴。匹诺曹的冒险之旅、爱丽丝的茶会、热带雨林巡游、卡丁车、小小世界。她最喜欢的是小飞象旋转世界。好在不用排长队，就为了“一定要坐上粉色的小象”，连续穿了三次闸门。

也不知道中午之前她木呆呆的表情是因为太困了，还是杏已经用她自己的方式找回了快乐。

“我要去给哥哥和兰买礼物！”

最后去了商店，杏闪着像灰姑娘似的大眼睛，专心挑起了礼物。比来比去剩下两个备选：一个是罐装的糖果，另一个是盒装的曲奇饼。她左思右想选了后者，理由是“糖果的罐子虽然可爱，但是里面的糖太少了”。相当有主见。

“小杏是个朴实的孩子，她的人生一定会是丰富多彩的。”

千明不住地感叹，结果还被蕗子嘲笑她这个外婆“看自家孩子哪儿都好”。

玩了一整天，离开游乐园时千明的膝盖已经开始抗议了。拖着到处都疼的身体前往舞滨站的路上，忽然看见马路中间有一坨狗屎，千明莫名其妙地松了口气。人上了年纪，不再像过去那样执迷于无垃圾国度的梦想了。

晚餐预订的是海滨幕张站附近一家酒店里的中餐厅，约好和兰、一郎在大堂会合，一家人共进晚餐。兰虽然一直推说太忙不想来，可是见了面还是和大家聊得热火朝天。

和普通家庭不太一样的是，他们聊天的话题总离不开教育。两个私塾经营者和一个学校教师，碍着面子也只能聊这些。特别是千明和兰相互牵制着，为了避开职场的话题，自然就多谈一些社会普遍的教育问题了。

“文部省这次又提了个‘生存能力’，这又是要干什么啊？只要别再有那么多假装听话的孩子就好。”

“不管是‘新学力观’还是‘生存能力’，出发点都是好的，可到头来只是换了个角度给学生打分。现在什么都要打分，感觉孩子们身上的枷锁真是越来越多了。”

“另一方面又说要减少三成的学习任务，以为这样就能消灭落后生了吗？文部省那帮官僚是不是脑子出问题了？”

大人们正围绕着三年后将要推行的新学习指导要领交换意见，而一郎和杏开口就只为了吃东西，他俩像比赛似的吃光了盘子里的饭菜。尤其是正处在发育期的一郎，食量大得惊人。可能因为太累了，千明都没怎么动筷子，她那份也被一郎吃得精光，连当配菜用的香芹都一根没剩。

讨论教育的大人和不说话只顾吃的孩子。一直到吃光了七大盘菜，甜点杏仁豆腐上桌，这幅构图才终于被打破。

"你看兰姨穿的衣服，今天这叫'前进'。"

一郎和杏说的悄悄话全都被耳朵尖的兰听见了。

"谁啊，什么姨、姨的？"

"兰，兰，行了吧，不叫姨。"

"前进是什么？"

"啊，那个啊就是那个……"

"说清楚点儿！"

"衣服，亮眼的绿色，信号灯……"

兰听完就一脸不高兴，千明和蕗子都忍不住乐了。

兰今天穿的翻领连衣裙的确是很扎眼的鲜绿色，配上胸前那条珍珠项链更衬托出一种特有的光泽感。她以前总爱穿一身黑，独立之后着装品位也突然变了，可那个头盔似的波波头却一直没变，所以不管穿什么总给人感觉是一身战袍。

"那照片里的衣服，应该是暂停吧。"

杏接着一郎的话小声嘀咕着。

"啊，暂停？这又是什么？什么照片？"

"书上的照片。"

"书？"

"就是哥哥拿回来那本。"

"那是小册子，兰俱乐部的。"

一郎护着杏插进来说了一句。

"什么？"兰皱起眉头。

"我私塾的小册子？你从哪儿拿到的？"

千明和蕗子面面相觑，心想这回露馅了。圆桌上的气氛立刻紧张起来。

“是我，让阿一去的。”千明略显忐忑地说，“我让他去看看你们私塾都是怎么上课的。”

“妈！”

兰把勺子摔在圆桌上大吼起来，杏吓得直往后仰。

“派人调查自己女儿的学校，您真是太过分了！是要窃取我们的教学方法吗？现在您把我都当竞争对手了？”

“你说什么啊，那怎么可能啊！”

“哼，妈你干得出来！那种事儿你干得出来！”

“兰你冷静点，没提前打招呼是我不对。可我真没有其他意思，就是替你瞎操心呗。”

千明边叹气边安抚。今天她实在太累了，实在没劲再和气急败坏的兰争辩什么。

“不知道你私塾经营得好不好，今后能不能做下去，有点儿担心而已。最近你接受《私塾界》采访时说的那些我也听不太懂，就想知道最要紧的课堂教学怎么样，所以才让阿一去体验了一下。”

“然后呢？”

兰稍微平静了一些，转头看着一郎。

“最要紧的课题教学怎么样？”

“嗯，还可以吧。”

“还可以？老师是哪个？”

“名字不记得了，是个美女。”

“我们那儿全是美女，就是看外表选的。”

“啊？”

“和那些自以为是的老教师相比，年轻漂亮的老师更受欢迎。谁愿意在满是汗臭味的教室里学习啊？当然是整洁优美的环境更好了。现在这个时代需要包装。倒是……”

多疑的兰又把矛头指向千明。

“妈你一向不关心我们私塾的，这又是刮的哪阵风啊？”

“那是……”

见千明有些支吾，蕗子马上站起身，招呼孩子们说一起去楼上的瞭望台看看。她知道今天千明约兰过来是为了什么。

“不用管我们，你们俩好好聊吧。”

上田家三口人刚走，兰就交叉起两只鲜绿色的衣袖。

“果然，突然叫我一起吃饭，一猜就是有黑幕。”

“黑幕？”

“有什么话就快说吧，学校的人还等着我呢。”

虽说气氛不太好，但事已至此也没其他办法，千明一咬牙就说了出来。

“是这样的，我已经过六十岁了，考虑是不是该从校长的位置上退下来。”

此时她发现兰的眼睛深处闪出一道光，千明开始犹豫要不要把下面的话咽回去，可是头一开就收不住了。

“我想让国分寺接替我。”

兰眼睛里的光熄灭了。她什么都没说，像是受了很大的打击，低垂着眼睛，脸上没有丝毫表情。这让千明想起了国分寺的话。

——只想暂时离开父母去试试自己的能力。我觉得不管怎样，最终她还是打算回到千叶私塾的。

真的是那样吗？难道自己误读了兰的本意？可兰为什么没像平时那样发作呢？

不如干脆冲自己发通脾气，千明屏息等待着，可兰却低头盯着渗进桌布的一块污渍一动不动。千明忍不住继续问："你是怎么想的？"

这次兰终于小声嘟囔了一句。

"妈，您愿意怎样都行。"

说完就站起身，踩着高跟鞋"嘎嘎嘎"地朝门口走去。

是要回去了吗？千明急忙把服务生叫来结账，随后便冲出了餐厅。她强忍着膝盖的疼痛，到处寻找兰的踪影。

不在酒店大堂，大门口也没有，到底去哪儿了？

终于在通往车站的人行道前方发现了那抹耀眼的绿色，可几乎同时手机响了，好像就为了要阻止她追上去似的。千明不能无视手提包里传出的声音，因为那是国分寺的来电铃声。

没有特殊情况国分寺是不会打千明手机的，更何况他知道今天全家聚餐的事儿。

"打扰您和家人欢聚了，实在抱歉。我刚看了今天的晚报，无论如何想和您说一下。"

千明接电话前就猜到肯定出什么事了，不出所料，很少听到国分寺语气这么慌张。

“是这样的，文部省……”

“文部省？又怎么了？”

难道这次要让私塾从地球上消失吗？

“到底，又施加什么压力了？”

千明咬紧了牙关，而国分寺的声音听起来有些难以捉摸。

“不是，正相反。”

“相反？”

“文部省公开宣布，认可私塾为学校的辅助机构。”

边接电话边追着兰的千明此刻停住了脚步。

文部省认可了私塾。她呆立着不动，好像还不能完全领会其中的意思。眼看那抹艳绿色渐渐远去，成了一个模糊的小点。

☽

怎么看都像是个魑魅魍魉横行的魔窟。会场内坐着的都是知名大私塾的校长和各联盟的头目，千明感觉很不自在，于是便躲到最里面靠墙的角落去了。见面会被标榜为具有历史意义的一步，因为今天是最后一次，除了参会人员之外许多媒体工作者也蜂拥而至，加起来有一百多人。屋里闷得透不过起来，感觉空气都凝滞了。

在这些人尖锐的目光前方，官僚们并排坐在一张长条桌子后面。

下午一点召开的文部官员和私塾人士对话会——名为对话实为“对决”或叫“对战”。

此刻正在发言的是某私塾联盟的会长。

“希望文部省的诸位能认清私塾今天的现状。目前日本全国有大约三万五千所中小学校，相比较之下私塾的数量是四万九千家。统计数字表明，初中阶段就有八成的学生都在私塾上课。有需求才会扩大市场，对于孩子们来说，私塾已经成了不可或缺的学习场所。可为什么时至今日文部省仍然企图对我们实施管控呢？是不是太不合时宜了？”

“没错！”“纯属越权行为！”“反对干扰营业！”他发言的过程中，周围不断有人发出强烈的声援。

之前三次会谈均以破裂告终，看样子今天多半还是徒劳无功。台上的官员个个满面愁容，千明远远望见坐在末席的泉正在擦汗，不由得长叹了一口气。“您好。”紧接着她的叹息声，传来邻座男人打招呼的声音。

“您是千叶私塾的大岛校长吧。”

对方看上去四十来岁，千明并不认识他。

“初次见面，我是RC学园的现任董事长小出。听说大岛校长之前对我的父亲非常关照。”

千明一听那私塾的名字，脸就沉了下来。

看来他是已经离任的前任小出社长的儿子。RC学园是曾在津田沼之战中与千叶私塾兵戎相见的旧敌。前任小出社长在生源争夺战中败北，短短两年就不得不撤出津田沼。说获胜组的千明曾经关照过他，这明显就是挖苦。

“我父亲时常感叹千叶私塾自从换了女校长就不得了了。就算守株待兔都能招来学生的时代，千叶私塾也还在积极推动家访，营销能力那是数一数二的。他还不服气呢，说教学上本来赢了，只是输了在公关上。哈哈哈哈。”

不出所料。二代小出这么快就放出了毒舌。

“我们前任董事长也是从大岛校长您这儿认识了女人的厉害。什么道德危机有个屁用，男人不敢做的事儿都敢做。就连把曾经共患难的老公赶下台也做得干脆利索。对了，说起来……”

千明神色如初，那男人又挑衅似的把脸凑了过来。

“关于大岛吾郎的传闻，您听说了吗？”

“传闻？”

“听说他在新检见川的肯德基打工呢。”

千明根本不会理睬这种无耻的恶意，她什么也没说，只是轻蔑地瞥了他一眼。

私塾的经营者都非常忙。他们将全身心都投入到学生的教育上，致使不少人耽误了自己孩子的教育。看来前任小出社长就是其中之一，想到这些，千明就觉得这位曾经一起从私塾摇篮期苦熬过来的同行也挺可怜的。

“果然，世袭制不行。”

“啊？”

千明根本没把一旁张口结舌的二代小出放在眼里，此刻让她心中若有所失的是兰。

自从那天绿色连衣裙消失在人群里，一直都没有二女儿的消息。每次打电话过去都是留言电话，留了言也一次都没打回来过。只是太忙了？是在闹情绪，还是真的受打击了？难道这孩子真是想继承千叶私塾吗？日子一天天过去，千明心中的不安也在与日俱增。可是，这三个月来，她根本没办法把心思都放在这件事上。另外一件事同样始于那个晚上，之后又引发了一系列的骚动。

文部省"认可私塾"的声明本来应该是个天大的好消息，可没想到结果却正相反——引发了整个私塾界的强烈抵制。

文部省每次给私塾找麻烦，业界都会像被捅了马蜂窝似的闹上一阵，这都已经是家常便饭了。可是大、中、小各种不同规模的私塾突破界限、不计前嫌地联起手来向文部省表示不满，这还是头一次。

可以说这是自私塾成为一大产业以来，最大规模的一次起义。

不知道是不是因为遭到重创，这次文部省也意外地做出了前所未有的转变。之前只会自说自话的官僚们，第一次学着去倾听别人的意见。

"撑不下去了。唉，这次真是撑不下去了。怎么会变成这样啊？"

"认可私塾"引发骚动后没几天，文部省官员泉专程来拜访千明。

时隔六年泉忽然打来电话，通话当天又赶来见面。性子急是一方面，也能看出来他此刻已经心急如焚了。

"我们明明已经让步了，也接受了生涯学习审议会的建议，首次公开宣布认可私塾的存在。可私塾界不仅不领情，还掀起这么大的反对声浪。"

“那是必然的呀。”

在津田沼本部接待室里迎接泉的千明声音显得有些无力。

“认可是认可了，却附带了那么多荒唐的要求。就像是给了我们一把金斧头，又要求以后只能在自家院子里砍树，不是吗？”

要是文部省真心看到了私塾界的贡献要以礼相待，那当然是最好不过的。可一想到作为认可代价被强加的那些无理要求，这些年脾气都被磨得差不多的千明也不免有些情绪失控。

一、针对小学生的学习辅导必须安排在晚上七点之前。

二、2002年学校全面推行五日制后，周六日限制营业。

三、PTA团体（家长教师协会）承担监督任务，负责确认私塾是否严格执行时间限制，并要求其做出改善。

最主要就是这三点激怒了私塾界。

可是泉似乎没有马上领会千明的意思。

“确实也暴露出一些问题，但是作为我们来说，完全是从‘认可’的角度出发的。把和私塾之间的相互让步作为大前提，大家担心的那些问题今后可以共同探讨解决……”

“你们提出那种要求，还有什么让步可言啊！”

“不，我们已经做了应有的妥协。”

“不过是居高临下的妥协而已。”

“那总比居高临下的敌对要好吧。难道千明老师也宁愿持续这样毫无意义的敌对吗？”

面对千明的无奈，泉的语气更加尖锐了。

“我了解您的旧恨，文部省里也有一些顽固的老人到现在还不接受私塾。但是为了能放下多年的恩怨，共同努力提升孩子们的教育，我们已经在行动上让步了。可私塾的人呢，还是牢骚满腹。结果就是我们做什么都是错的。无视招致愤怒，认可同样招致愤怒。那我们就不会想，既然是这样就无所谓了吗？”

泉挠了挠六年前刻意隐藏的稀薄头顶，语气变得有些粗暴。忽然间又灰心地耸了耸肩，边用指尖按压太阳穴边道歉：

“抱歉，我不是要冲您发火。的确是我们想得太简单了。可政府官员也和大家一样都是人，这一点希望您能理解……”

此时泉颓废的样子在千明眼中已不再是那个风流倜傥的公卿，更像是个没落的武士。

“感觉你变了。”

“唉，都是这二十年被教育改革折腾的。”

“是条荆棘密布的路吧。”

“是野兽横行的路。到处都是财界和政界的魔兽。”

看泉抱怨的样子并不全是在开玩笑。

“尤其是最近几年，又跑出来一个叫新自由主义的怪物，公立教育成了最好的牺牲品。如果只强调预算问题那倒无所谓，但就我个人而言，对于教育的自由化倾向是无论如何也要阻止的。”

泉大肆发泄着心中的不满，声音里已经感觉不到六年前倡导宽松教育时的那股气势了。

“而且，不仅落后生的问题没得到根本改善，学习能力低下的状况还愈演愈烈了。宽松路线走不通明明是因为财界提出的那个什么学校轻量化，可是社会、媒体包括学校在内，集体向文部省开火，把所有责任都推给了我们。对千明老师我也没必要隐瞒了，说实话，就目前这种情况我们也不想与私塾界为敌。真承受不起更多的火苗了。”

“哪儿是火苗啊，都已经火光冲天了。”

“是啊，所以当务之急就是尽快熄灭蔓延的大火。”

“其实是这样的。”泉向前探了探身子，好像这才要步入正题。

“有位国会议员实在看不过去，就给我提了个建议。不如找个合适的机会让双方毫无顾忌地交换一下意见。”

“双方，你是说私塾和文部省吗？”

“是的，水和油的初次会面。如果能实现，必定是具有划时代意义的。因此，我希望千明老师也能来参加这次具有纪念意义的会面。”

“我？”

“千明老师在业内无人不知，同时还具有相当的影响力。对于老师自己来说，不也是个消除与文部省多年积怨的好机会吗？”

“哪里的话？年轻那会儿可能还行，现在已经没有那个精神和魄力了。”

千明只是一笑了之，没当回事。可泉并没有放弃，之后还频繁地往津田沼本部跑。六月下旬，文部省和私塾人士的历史性对话实现了。由于两方各持己见、互不相让，只能拖到下一次。“第二次会面您一定要参加。”“第三次很关键。”不知道是不是在野兽小路上获得的韧性，泉一直想说服千明参加会面。面对他的执着，在被认为是最后机会的第四次会面的前几天，千明终于松口了。

“你到底为什么非要我去不可呢？像千叶私塾这种规模的校长，多得可以拿簸箕装盛了。”

泉的脸上露出一抹羞涩，只有这时还能看出些许他年轻时的影子。

“这话只能私底下和您说。负责宣传的同事和我说，最好有女性参加，这样画面拍出来比较好。”

“啊？”

“这个时代对男女平等还是挺敏感的。”

“原来是这样。”

时至今日，作为一位女性经营者，自己仍然能吸引到别人好奇的目光。而文部省站在无性别歧视的立场，因此也期待有“女性”参加吗？千明觉得实在无聊，但看到泉在这莫名其妙的职场里备受折磨，又不免心生同情。

“行吧，要是就剩我这老太太了那就去吧。能让你有面子的话。”

“不过，文部省和私塾能相互让步什么的，我可是一点儿都不信。”千明最后也没忘了给泉打上预防针。

实际上，第四次对话同样和相互让步背道而驰。

可能是因为之前三次对话都没有取得任何成果，文部省吸取教训，这次在态度上也看出了一些软化，但是对于私塾方强烈抗议的那些规定却表现得相当顽固，坚决不予撤销。

“……所以说，限制七点之后给小学生安排学习辅导并不是强制执行的。只是希望从事民间教育的诸位能有所了解并引起注意……”

“有什么可注意的啊，本来七点钟之后给小学生上课的私塾就没几家。媒体举了很多事例，但实际上大多数私塾都是相当自律的。你们对私塾小学班的课程现状调查过吗？”

“这点上是我们关注不够，是需要反思。”

“还有，你们要搞什么宽松教育，不能因为减了学校的课时，就限制私塾周六、日营业吧。家长们不就是因为孩子在学校的学习有漏洞，才想要在外面补课的吗？”

“所以说，为了防止对私塾的过度依赖，还要依靠各位的协助……”

“一边依靠我们的协助，一边让PTA来监视私塾吗？”

面对文部省千篇一律的托词，私塾方面的忍耐也在逼近极限。官员看似放低了姿态，但这种顾左右而言他的交流方式感觉不过是在拖延时间。

距离三点钟会议结束还有半小时，已经听得不耐烦的千明终于开口了。

“这可真是一场闹剧啊！”

虽说没有了当老师那会儿的劲头，也没了扩张私塾时点燃的激情，但会场内第一次有女性发声，还是足以吸引在座所有人的目光。

“说到底，你们的目的就是想留下一个曾经和私塾对话过的记录吧。今后再出现什么情况，就可以辩解说自己已经采取过民主的方式了。你们在意的只是社会舆论，根本不是真心想要对话。”

她说完立刻起身，回头朝会场入口看了一眼。

“实在太无聊了，请恕我先走一步。把时间浪费在这儿，不如回去给学生补习呢！”

顷刻间四周变得鸦雀无声，紧接着就听到不断有拖动椅子的声音。

“是啊。”

“说得对。”

“官员就是官员。”

“别以为我们是好糊弄的。”

嘈杂声充斥着整个会场，大家纷纷跟着千明朝走廊方向走去。就在这时，“请等一下！”从后面的入口处传来一个男人的声音。

“大家请冷静一下，离散会还有三十分钟呢。如果现在就放弃的话，等于是私塾一方中途退出，这不又给文部省留下了一个有利的记录吗？”

挤在人流中的千明惊呆了，忽然间现实变得遥不可及，她感觉自己像被困在一张看不见的大网里，身体根本动弹不得。

被男人们的头挡住了视线，千明看不到说话人的脸，但是，那声音……

“如果今天是最后的机会，那无论如何请大家坚持到最后一秒，想办法取得一些成果。一旦见面会以失败告终，就再不会有这样的机会了。私塾和文部省之间毫无意义地对立下去，最终只能把这份消极财产留给下一代人。”

不可能。千明的呼吸变得有些急促。不可能，不可能，不可能，怎么会有这种事？是听错了，肯定是哪儿不对了。她必须去确认一下，于是拼命挣脱这张看不见的大网，朝着声音发出的方向走去。

场内一片寂静，人们一个个呆立着不动，透过他们之间的缝隙，千明窥视到了那人的样子。不可能，她的呼吸再次加速。

心脏剧烈地跳动着，仿佛要炸开一般。千明放在胸口的双手止不住地颤抖着。

就像是换了一个人。那神情变了，目光中多了坚定，曾经花白的头发已经成了满头银发，闪着光泽的棕色皮肤里看不出半点昔日的苍白。完全不一样的色彩。是因为这些吗？尽管岁月在那张脸上留下了痕迹，但他浑身上下都散发着奕奕光彩。

目光交会时，他笑了。只有那笑容亲切如初。

他就是千明的丈夫，大岛吾郎。

仿佛在梦中一般。

而那梦也不属于现在，只存在于遥远的过去。

远得连自己的梦都追不上了。

“哎呀，阿泉刚和我说的时候，本来是拒绝了，我现在哪儿适合出席这种场合啊。可是一听说你也参加，就不由自主地跑来了。”

这天差点就中途夭折的见面会，因为吾郎的一番话峰回路转。谈判一直持续到散会前一秒，私塾方终于争取到了“撤销让PTA负责监督授课时间的要求”。虽然没有十分令人满意，但好歹也完成了一个既定目标。为了让这次历史性的对话显得卓有成效，文部省也算是让步了。

千明离开乱哄哄的会场，吾郎正在走廊里等着想和她说话。于是两人去了附近一家酒店的高层观景酒廊。

“我真没想到会在这儿遇见你。”

面对谈笑自若的吾郎，千明依然无法让思绪平静下来。

“吓到你了，真抱歉。这么长时间没联系，说实话现在都有点没脸见你了。可我感觉阿泉这次给了我最后的机会。”

到底是谁没脸见谁？千明越发混乱了。难道吾郎是在暗示一枝的事情吗？那他被赶出千叶私塾的怨恨呢？

——不明白。在户籍上还是夫妇的两个人各自心怀内疚也好，心怀怨恨也罢，那都是二十年前的旧事了。

太久远了，千明透过玻璃窗望着远处成片的白色高楼暗暗想道。在私塾这片尚未开化的原始森林里相互伤害，却因为怕造成致命伤而不敢正面对决，在关键的时刻分道扬镳。这就是发生在那个野蛮时代的故事。

“确实吓了一跳，不过今天多亏有你在，不然的话会就开不下去了。”

“不，你勇敢地站起来的时候，我还在想这下要怎么收场呢，但或许正是你的做法刺激了那些官僚。”

“我当时只是觉得一味强求让步，还不如把决裂坚持到底呢。”

“不管怎么说，能走出这开始的一步总是值得庆祝的。”

吾郎说着举起咖啡杯，摆出一个干杯的姿势。这男人过去可不会有这样的举动，千明也随着他举起了装着番茄汁的玻璃杯，忽然又很不好意思地垂下了双眼。

餐桌上的白色桌布横跨两人之间，上面满是那些形同陌路的岁月。

“你说有话要说，是菜菜美的事吗？”

“啊？啊——蕗子和你说什么了？”

“就说你很担心。”

“嗯，是那个事。”

“菜菜美，怎么了？”

“那孩子，今年也三十了吧。”

“是啊，真快。”

“为什么不结婚呢？”

“嗯？”

“兰就不说了，以菜菜美的性格到这个年纪还独身，实在让人不放心。”

吾郎喝了口咖啡，看上去有些难以启齿。

“我最近一直在想，会不会和我们俩有关系。因为我们之前的那个约定。”

“约定？”

“菜菜美结婚之前先不离婚。”

“啊！”

“那孩子可能是不想让我们分开，所以才一直独身。”

吸管从千明的指尖滑入鲜红的果汁。菜菜美为了阻止父母离婚才独身的。怎么可能？面对这样的推测她沉默了，至少有二十秒，也可能是三十秒。

不过很快又恢复了平静。

“你想得太多了吧。如今三十岁不结婚的人有的是。而且，你要说蕗子倒有可能，菜菜美那孩子不会有那种想法的。现在的年轻人不都是顺其自然、活在当下吗？”

“可那孩子从小不就梦想着要当新娘吗……”

“她还吵着十六岁生日要结婚呢。可真到了那个年纪，又开始热衷和你一起出国旅行了不是吗？”

“那倒也是，嗯……”

在孩子的事情上出现分歧不是从现在才开始的，只是吾郎不会再像过去那样用看怪兽似的目光刺激千明了。

“说实话，我也搞不懂女孩子都在想些什么，也可能是搞不懂现在的菜菜美了。最近突然就很少和我联系，之前兴高采烈地说终于找到自己想做的事情了，可是却不愿意告诉我到底是干什么。”

“是啊，那孩子好像是找到了能全身心投入的事业。我估计她不着急结婚也和这个有关系吧。”

吾郎突然瞪大了眼睛看着问千明：

“你都听说了？”

“知道一些。她都三十了，我也不会干涉的。她没和你说可能是怕你担心吧。”

“什么事我会担心啊？”

“有时会碰到一些紧急情况吧，踩着法律的边界。”

吾郎的眼神有些异样，像是在说“果不其然”。

“是期货买卖吗？”

“期货？”

“之前杏不小心和我说漏了。说菜菜美小姨在做很危险的事情，和朋友一起做豆子的工作。”

“豆子……”

“小豆？大豆？还是咖啡豆？我认识的人里就有好几个做期货生意，赔得倾家荡产的。都这样了怎么还能听之任之呢！”

“…………”

不能笑，人家那么一本正经的。千明提醒自己，可她实在忍不住，拼命抖动着肩膀笑得腰都直不起来了。紧张感一下子化解了，感觉像自己盗取了吾郎一个人傻笑的特许专利权，心情大好。

“有什么好笑的？”

“小杏和你说的那个豆子……”望着一脸茫然的吾郎，千明擦了擦眼角笑出的眼泪，“指的是绿色和平（Greenpeace）。”

“绿色和平？”

“菜菜美加入了国际环保组织，绿色和平。”

“绿色和平”是一个相当知名的国际组织。其活动除了日本广为人知的抗议捕鲸之外，还涉及反对核试验和环境保护等诸多领域。他们果敢的行动的确取得了不少成绩，但一些时候，不择手段的强硬态度也引发了社会争议，既有人赞同也有人反对。起码在日本，会为女儿入会感到高兴的父母属于极少数。

“其实菜菜美所属的是提倡保护臭氧层的团队，活动内容没那么激进。据说她主动要求参与保护海豹，不过才加入第二年，还处于组织的下层。”

开始还显得有些惊慌的吾郎，听了千明的话渐渐恢复了平静。

“对了，绿色和平组织就是在温哥华发起的吧。”

千明看他还有心情琢磨菜菜美和组织之间的联系。

“你不反对吗？”

“啊？”

“我还以为你会担心得不知道怎么办了呢。”

过去三姐妹要是有谁发个烧吾郎都大惊小怪的，这会儿他却平静地望着一脸担忧的千明反问道：

“你反对了？”

“我？”

“对好不容易找到人生目标的女儿说，那样不行？”

“我可不会说那种话的，那是她自己的人生。”

“我也不能说。”

不会说，不能说。两人目光交会，在微妙的差异中发现彼此间的距离。

“让菜菜美走她坚信的路就好，那孩子对自己很负责，不会做傻事的。如果她真朝着危险的方向走了，到时候我们再商量吧。”

“也对。”

“其实无论是我还是你，不也都是不顾一切地按着自己的意愿在生活吗？”

“是啊！”

两人苦笑着垂下眼眉，彼此眼里都看不到丝毫情感的波澜。这份平静也让千明更加确信，自己和这个人是不可能再一起生活了。

一直都以为和吾郎重逢就意味着要了结户籍问题，但两人的对话始终都没朝那个方向进行。自己缺席的二十年里，对方是如何生活的？他们似乎对这个话题更感兴趣。

千明说着吾郎离开后的千叶私塾，吾郎追忆着自己在海外流浪的轨迹。滔滔不绝的吾郎讲述自己遍访亚洲各国时接触到多姿多彩的异国文化，并不断深入了解，将自己融入其中。他还在当地结识了日本的非政府组织，因为意气相投，参与了组织在尼泊尔贫困村建设学校的活动。之后还机缘巧合地当上了一所小学的校长，差点回不了日本。现在在一个本部位于东京的非政府组织里帮忙。

吾郎畅谈着各种失败的经历，当校长时常常流露出的疲惫神情已经荡然无存了。离开职场，离开家庭，离开祖国，这个人终于过上了属于他自己的人生。想到这些千明百感交集，她向往吾郎收获的这一切，同时也为他们一无所获的夫妻关系感到难过——有一小会儿的工夫，这两种情感在她的心里交织翻滚。忽然她回过神来，发现窗外已经被夕阳染成了红色。

“糟糕，今天是我负责做饭。”

千明说着慌忙起身要走，吾郎说还有件事要告诉和她，也急匆匆地追了上来。

从酒店到车站的路上，吾郎一直在说蕗子。

“开始听蕗子说要回娘家住我吓了一跳，不过倒也松了口气。现在当老师真的很忙，她一个女人，又要工作又要照顾孩子，实在太难了。”

“阿纯的父母也有帮忙，但老两口和大儿子一家同住，本来就要照顾三个孙子，蕗子不愿意再给他们增加负担了。”

“话说回来，一郎这孩子可真是坚强。没时间适应新环境就要参加中考。这么不容易都没叫过一句苦，这点像蕗子。”

吾郎说起一郎和杏就喜形于色，就算没有血缘也当成自己的亲外孙吗？想到这些，千明的嘴角也露出了微笑。可是就快要走到车站的时候，吾郎的话变少了，脸上的笑容也不见了。

两人沿着地铁站的台阶往下走，吾郎完全陷入了沉默，又突然停住脚步。

“其实有件事……”

听到他突然阴沉的声音，千明才明白吾郎说的“还有件事”不是指蕗子一家。

“我犹豫该不该和你说。上个月兰给我写了封信。”

最后的最后，吾郎提的不是大女儿也不是小女儿，而是这天两人像是约好了似的一直回避的话题。

“兰？”

“她说想买下我持有的千叶私塾的股份。”

吾郎曾经是千叶私塾的第一大股东，但现在他手里一股都不剩了。离开私塾的时候公司已经将他手中的股份全部回购进行了清算，同时还将他著作的版税和二次使用费的收款账户改到了他个人名下。这样一来，各种钱款和退职金加起来，吾郎得到了一笔不菲的积蓄，足以支持他去海外游历。

兰并不清楚这些内情，所以才会突然给他爸爸写信。但这已经足够让千明感到忐忑不安了。

要收购股份，目的不用想也知道。

“连我自己都得承认这是因果报应了。”

那天晚上，千明焦急地等着蕗子回来把这件事告诉她。

“我真是没想到，兰竟然这么执着于千叶私塾。”

“我也是，还以为她一心就想把兰俱乐部做大，那势头像是要赶超千叶私塾呢。”

妹妹昭然若揭的野心的确让蕗子有些意外，但兰会做出这样的事她倒也没有特别吃惊，反倒更关心分别多年的母亲和继父的这次不期而遇。

“兰再怎么精明也没想到吧，爸妈竟然在这场历史性的见面会上碰到了。”

“是吧，也不知道那孩子到底是聪明呢，还是糊涂？”

机关算尽太聪明，想到二女儿这棘手的个性，千明不由得压低了声音。

“听你爸爸说，之前给兰写的信一次都没回过。他还笑着说，这孩子这么现实，自己反倒觉得轻松了。其实心情很复杂吧。”

“不过，他确实变得开朗多了。”

“嗯？”

“爸爸过去看起来总是一副忧郁苦闷的样子。”

的确如蕗子所说，千明苦笑了一下。

“你说得没错，他变了。要不怎么会在国外的穷山村当小学校长呢？”

“估计没少吃苦，据说当地的妈妈们都超级热情，也让人吃不消呢。”

“是吗？这个没听他说啊！”

“……”

“……”

为了掩饰尴尬，蕗子故意提高了声调。

“那妈妈今后有什么打算吗？”

“打算？”

“兰的事儿，不能就这么不理了吧。要不要我侧面和她联系看看？”

“你爸说最近会去约她聊聊。”

“爸爸？”

“他回信告诉兰自己已经没有股份了，之后又是音信全无，应该是有点不放心吧。顺便也帮我旁敲侧击地问问兰对继承家业的想法。”

“哦，那就交给爸爸吧。这样也好，心里踏实多啦。”

吾郎能帮着分担一些肩上的重担已经让千明轻松了不少，再看看蕗子平和的笑容，更感觉松了口气。

一天就要结束的时候和女儿聊上几句，对于千明来说已经成了不能缺少的暖心时光。和赖子的照片不同，蕗子是鲜活的，她能回应自己，在交谈中感受肌肤的温度。和家人住在同一屋檐下，听着孩子们的声音，不同的脚步声，兄妹俩斗嘴的吵闹声。那些做母亲时感觉不胜其烦的琐事，如今当上外婆，却成了治愈千明内心最好的良药。同住原本是为了孙辈们考虑，没想到却拯救了自己。

千明想着想着，忽然听到杏快要哭了的声音。

“妈妈，妈妈，哥哥不给我玩！”

不给你玩？蕗子回头一看，一郎正盘腿坐在电视机正前方专心打游戏呢。

“说好了轮着玩的，哥哥就占着不给我。”

“阿一，你就给小杏玩一会儿呗。”

蕗子说得很温和。“正到关键的地方呢！”一郎很少这样任性。

“再有一小会儿，小杏你先看看，学习一下。”

“看不见！哥哥挡着，根本看不见！”

杏边说边在一郎身后跳来跳去。

“看不见！看不见！看不见！”

“小杏！”

千明实在忍不住大喊了一声。

“不要省掉‘ら’[①]！”

“啊？省掉‘ら’？”

“看不见不是‘見れない’，‘見られない’才是正确的日

① 日语中二类动词的可能形变化是去掉词尾接“られる”，很多日本人在日常使用时会丢掉“ら”，这是一种随意又不规范的用法。

语。省掉‘ら’是难以容忍的语言错乱。”

千明正一本正经地教导着杏，“啊！”一郎猛地回过头，身子一歪还把粉红摔在了地上。

“我知道了，就是这个！兰姨她们私塾的老师，我就觉得什么地方怪怪的。她翻译‘cannot’时就省掉了‘ら’。”

可算是想起来了，一郎扯着嗓门大声说。他说话时轻微抖动的一字眉和他父亲一模一样。蕗子看着一郎，表情渐渐凝固了。

千明的脸色变得很难看。

兰请的老师上课时竟然使用省略ら的表达方式，这件事让千明受到了非同一般的打击。因为她自己从千叶私塾成立开始，就一直坚守着“在教师素质上决不妥协”的信条。

首先要对应聘者进行学科考试。只有分数超过70分及格线的人才有资格进入面试，面试时要看应聘者的语言表达能力、着装品位以及音量是否符合班级授课要求等。除此之外，人品也是相当重要的考核标准之一。通过了层层筛选的人将成为实习生，在主管的带领下接受至少一个月以上的培训。

之所以在新人养成方面不惜人力、时间，也是因为千明心里一直在和公立学校较劲。

学校老师这边的情况是，不少应届毕业生四月一日才接到录用书，最快的四月六日前后就开始正式执教了。仅凭着大学时教育实习的那点儿记忆，一个菜鸟就这样当上“老师”了。

而在私塾则决不允许有这种情况出现。既然收了家长的学费，私塾老师从第一天上课开始就必须具有专业精神。在教学技能上也有责任超过学校教师。在这条教育的小路上，千明始终带着领袖般的骄傲，不断激励着自己。

兰在千叶私塾的办公室工作了将近十五年，教师素质是私塾命脉这句话应该也听过无数次了。但她为什么会采取“注重外貌”这种浅薄的录用标准呢？关键是自己之前听她亲口这么说过，却没有提出任何质疑。

——我们那儿全是美女，就是看外表选的。

——和那些自以为是的老教师相比，年轻漂亮的老师更受欢迎。

回想起兰当时说这些话时得意的样子，千明的心在发抖，她觉得自己犯了一个无法挽回的错误。那天从迪士尼乐园回来实在太累了，她不想破坏家庭聚会的气氛，一直在寻找合适的时机抛出继承私塾的话题。借口总有很多，可是——

自己是不是已经没有足够的体力，像过去那样和女儿正面对峙了呢？

想到这个结论时，千明从未那样痛苦地意识到自己的衰老，甚至有一瞬间她想要去依赖吾郎。那天之后她开始给自己打气，不断给兰的公寓、手机和私塾打电话，想找机会和她沟通，但听到的不是留言电话就是职员回复说校长不在。

这天，已经等到不耐烦的千明终于行动了。那是深秋里一个大风席卷枯叶的午后。

“我还要再去一个地方。”

在计划关停的千叶私塾代代木校区开完家长说明会，千明心中突然涌起一股冲动。她让国分寺先回去，自己给吾郎打了个电话。

“我现在要去找兰。”

如此唐突的通知让吾郎惊讶地冒出一句“为什么？”。

“为什么？见自己女儿需要理由吗？我正好在附近，要见兰最方便的方法就是去她在青山的私塾教室了吧。”

“等等我，你一个人去也解决不了问题。”

这是来自他经验的忠告，可千明还是气势汹汹地说：

“这么下去可不行，她是我的女儿。”

“我也没打算就这么下去，最近肯定要去见她的。你再稍微等等，兰正在调整她的日程安排。”

“见自己父母还调整什么日程啊！哪有心情慢悠悠地等着她？而且，我今天心里发慌，总觉得要出什么事。”

现在说什么千明都听不进去了，最后吾郎只好妥协。

“明白了，你非要去的话，我也一起去，你现在在哪儿？”

“代代木车站。”

“那离我也不算太远。”

放下电话，吾郎用了不到二十分钟就从高田马场附近非政府组织的事务所赶到了千明身边。两人一起乘上了开往青山校区附近表参道车站的电车，一路上他反复唠叨着让千明先冷静下来。

“拜托你千万不要感情用事。再怎么说兰也是校长，不能让她在员工面前丢了面子。而且她都三十五岁了，早就过了被父母指手画脚的年纪了。”

“我也已经六十多了，有分寸的，你放心吧。我早就没你想的那么勇敢了。”

“不，你没变。”

吾郎说得很干脆。爬上长长的楼梯，两个人走出表参道站，一股凉风扑面而来。

“你还是那么锋芒毕露，一点儿都沉不住气。”

“锋芒？”

“就像一把只要找准猎物就无往不至的匕首，又像是一弯绝不会变圆的月亮。”

月亮。猛地抬起头向上望，午后三点的天空中找不见月亮的影子，只看见白浊如冰的云朵随风浮动。

千明最禁不住软磨硬泡，最后在吾郎的说服下答应等兰抽出空，去附近的咖啡馆说话。她本来也不想给员工们添麻烦，而且在女儿工作的地方说话总是不太自在。抬头看到兰俱乐部的大招牌，千明心中从早起就挥之不去的那份不安又加重了。

招牌上有漂亮的兰花造型装饰，外墙贴着欧式风格的瓷砖，整个建筑乍看像是一间时髦的杂货店。这栋二层小楼夹在一些珠宝店和帽子店中间，没有小册子上给人感觉的那么大，周围也没看到能给学生放自行车的地方。记得兰还曾经说过，没有自行车停放处的私塾注定短命。不过看这个地理位置，应该是需要父母接送的。

这里是兰的新天地。就算出发点难以评定，也是女儿赌上自己人生构筑的城堡。

千明还在犹豫要不要进去，吾郎已经站在自动门前的地垫上了。穿过静静开启的玻璃门，千明朝点着大瓦数日光灯的地方走去。忽然，眼前出现了一幅不祥的画面。

接待大厅里摆着一张彩色的六边形桌子，背景是一组白色的书架。铺着瓷砖的地面被水打湿了，碎玻璃和兰花的花瓣散落了一地，那色彩让人联想到紫色的鲜血，千明忍不住“啊”地叫出声来，她和吾郎面面相觑。

“这是……”

一看就知这是插着鲜花的花瓶摔碎了。是自己掉在地下的，还是被人弄掉的呢？

不知道发生了什么，环顾四周也不见一个人影。虽说距离上课时间还早，但整栋建筑都笼罩在一片令人窒息的寂静之中。

“你好，有人在吗？”

吾郎大声询问，终于从接待室里出来一个员工。

没想到还是千明认识的。

“松村？”

“校长……”

对方也望着千明，脸颊有些泛红。

“哦，你也来这儿了。”

松村美代子曾是千叶私塾营业部的精英，泡沫经济崩溃之后，因为在经营战略上和国分寺出现意见分歧，就被兰挖走了。

“我说，这花儿是怎么回事？还不赶紧收拾一下，孩子们就快来了。”

千明一心想赶快清掉这些令人不安的东西，可美代子却只是疲惫地注视着地面，没有任何行动。

"孩子们不会来的，没关系。"

她的声音听起来空洞无力，"不！"马上又自己反驳道：

"不是没关系。糟糕，太糟糕了，完蛋了……"

千明看出她不对劲，心里也乱作了一团。

"怎么了？松村，出什么事了？"

"太突然了，他们突然上门，兰情绪很激动。"

"什么突然？谁来了？"

"警察。"

还有比这个答案更糟的吗？千明两条腿直发软，吾郎赶快扶住她的手臂。

"慢慢说，先平静一下，到底怎么回事。"

看到吾郎的瞬间，目光呆滞的美代子好像突然回过神来，她颤抖着嘴唇，泪水止不住地从红肿的眼睛里流出来。

"我们私塾有个老师被警察带走了，怀疑他介绍学生做援助交际[①]。兰也被叫去问话了……"

千明的手臂在吾郎手中彻底没了气力。

两人脚边散落着那些垂死的花朵，花粉慢慢在水中溶化。

☽

酷似甜甜圈的巨型水槽里，目测足有上百条金枪鱼成群结队地

① 援助交际简称援交。最初指少女为获得金钱而同意与男士交往约会。后期演变为学生卖春的代名词。

游来游去。它们一刻都不停歇，目不斜视，全神贯注。尽管知道这是本能所致，但面对鱼儿们井然有序的群游，千明脑子里还是不由自主地闪出“狮子奋迅”“横冲直撞”“一心不乱”等四字熟语，这样的韵律不正是被看成工作狂的日本人所钟爱的吗？向前、向前、向前，却不知道在和什么比拼。千明在一门心思前进的鱼群中看到了自己的过往，她感到有些头晕，极力控制着不让眼泪流出来。

“妈！您没事吧？“

听到蕗子的呼唤，她才突然回过神来。

“嗯，没事。“

要振作起来，考验一个母亲的关键时刻到了，可不能稀里糊涂的！

千明不断地给自己打气，但疲劳和睡眠不足已经让她心力交瘁了。鱼群在身边一圈圈地打转，她好不容易才站定了脚步。

兰真的会来这儿吗？昨天美代子口中那件事带来的打击，此刻竟变得愈加沉重了。

在兰俱乐部做外聘教师的大学生被捕，这对于兰及整个私塾的员工来说都是件地覆天翻的大事。毕竟是私塾教师给自己上初二的学生介绍了援交对象。是孩子妈妈在女儿房间里发现了来路不明的大笔现金，追问之下事情才败露的。父母愤怒的矛头没有指向身份不明的援交对象，而是直指私塾教师。

更让所有员工都难以接受的是，涉事教师本人面对警方的怀疑也供认不讳。虽说是在独立空间内私下进行的，但雇用了这种给学生拉皮条的人，作为校长肯定有不可推卸的责任。不管别人怎么想，兰感到极度自责，据说警察来时还引发了不小的恐慌。

不知道兰要如何面对警方的调查取证。

一想到这些千明就如芒在背，昨天她和吾郎从青山的教室出来后就直接坐上出租车去了警察局，无论如何要先见到兰本人才放心。可急匆匆赶到的两个人却扑了个空，兰已经离开了。可能是回家了吧？他们又去了兰独居的公寓，可门口的对讲机一直无人应答，房间的灯也是黑着的。

就在这里等兰回来。千明的语气很坚决，可在大门口等了将近一个小时后，吾郎发现她脸色变得很差。

“这里交给我吧，你先回去休息。”

此时千明自己也感觉明显撑不住了，只得勉强答应。

她刚一到家就去问蕗子，知不知道兰可能会去的地方。

这种时候兰会去什么地方，可以依靠什么人呢？然而和千明一样，蕗子也毫无头绪。

闺密、恋人、志同道合的朋友。兰从来没在家里提起过她的这些私交。如果只是藏着不说还好，就怕是根本没有。兰会不会是在什么地方一个人煎熬着呢？

千明整夜未眠，蕗子也没睡好，第二天早晨眼里布满血丝的她突然对母亲说：

“我想起来了，说不定是葛西的水族馆。”

“水族馆？”

“之前听兰说起过，她遇上什么烦心事总喜欢去那儿。看着一圈圈不停打转的鱼，脑子一下子就变得清爽了。我觉得真是太像她的风格了，所以一直都记着。”

一圈圈不停打转的鱼，的确很符合兰的性格。那就去碰碰运气吧，就算白跑一趟也比在家干等着强，千明马上开始收拾准备。

“我也不放心。”蕗子提出要一起去。

“你不去学校了？”

“今天是这个月第二个周六了。”

真没想到，母女俩就这样第一次体会到了双休日的好处。

不知道银色鱼群是否注意到了玻璃对面众人的目光，它们纹丝不乱地游弋着，好像水之外的世界与自己毫无关系。兰在这个水槽里都看到了些什么呢？是被这勇往直前的坚韧所激励，还是在同情这些和自己一样停不下来的同类呢？

周末来葛西临海水族馆游玩的人很多，而金枪鱼又是这里最受欢迎的。甜甜圈的圆孔里不断有人涌进涌出。千明一直死守在入口附近，只要发现有人走近都会瞪大了眼睛仔细瞧瞧。一个小时过去了，两个小时过去了，眼睛渐渐有些干涩模糊，可始终不见那个自己在等的人。

“妈，我看着就行了，您歇会儿吧。”

蕗子劝她休息，可千明固执地不愿意离开。

兰会来的，一定会来的。而那一刻，不应该让这些金枪鱼去迎接受伤的她，必须是自己这个母亲——

就这样被金枪鱼包围着，转眼已经到了正午，千明昏昏沉沉地忽然听见手机在响。

“喂喂，是兰回来了吗？”

看来电显示知道是吾郎打来的，千明一下子来了精神，可电话那头的回答却令她很意外。

“不是，她还没回家。不过刚才青山教室那边来电话了。”

“说什么了？”

“说兰去上班了。”

上班。千明刚松了一口气，吾郎又和她说了另一个情况。

坐在校长室的办公桌前，背对着从玻璃窗照进来的午后阳光，兰在打印出来给学生家的道歉信上签了字，快速折成三折放入印有兰花的信封里。涂胶水、封口、贴邮票一气呵成。她把封好的信放在桌上一大摞信的最上面，紧接着又伸手去拿下一张。

“真是的。”兰板着脸一边专心手里的重复性动作，一边冲着办公桌前的客用沙发无奈地叹了口气。

“出了这么大的事儿，我哪有心思去水族馆看金枪鱼啊？”

慌忙从葛西赶过来的母女俩一言不发。蕗子难掩一脸的尴尬，身旁的千明也像丢了魂似的只顾着发呆。在电话里听吾郎说，中学生的家长撤回了报案，瞬时间积压在身体里的疲劳如洪水般倾泻出来。

“还不是因为担心你吗？从昨天就一直……”

吾郎忍不住埋怨兰，他也是一脸疲惫的邋遢胡子。

兰的手停顿了片刻，她见面前的三个人垂头丧气得就像是刚被捞上来的金枪鱼，自己也显得有些不好意思了。

“我怎么知道你们在找我？不然肯定会打声招呼的。”

“我担惊受怕了一整晚，你到底去哪儿了？”

“去哪儿了？泷本美也家啊！”

“泷本美也？”

“就是那个女学生。”

“啊。”

“这还用想吗？我是私塾的负责人啊！总不能真去看金枪鱼吧。”

三个人都不说话了，他们谁也没想到兰去了学生家。可是听她这么一说，又觉得确实有道理。

“不过吃了闭门羹，那家长气得发疯，根本就不听我的道歉。可我又不想回家，就去了熟人家里。”

“熟人？”

“有啊，我总也有一两个能收留我的熟人吧。”

兰气哼哼地说着，像是看穿了大家心里的想法。

“经过一个晚上理清头绪，我今天又去了。其实当时只是想，不管怎么样都要再试试，才又去拜访了泷本家。”

可没想到，学生父母的态度和前一天有了一百八十度的转变，他们略显慌张地将兰迎进屋，又告诉她说已经撤回了之前的报案。

“不是被你说服的？”

“不是，不是，是因为弄清了真相。当时他们一气之下报了警，可是仔细追问女儿才知道，是泷本美也自己提出要老师帮她介绍援交对象的。”

所有人都开始怀疑自己的耳朵了。

“这件事由泷本美也而起，当然了，和她一起商量的还是老师。可对于她父母来说就如同晴天霹雳，本来他们以为自己女儿是百分之百的受害者。可能是担心这么闹下去反而会伤害女儿的名誉，所以就想赶紧把这件事了结了。可是……”

已经晚了，兰说着又拿起一封道歉信。

“早就在网上传开了。这不是吗？家长的问询电话和退学申请全都来了。”

的确，从刚才开始每隔不到十分钟就听到有电话铃响，好像是美代子正在另一个房间里想办法应付呢。

“兰，你怎么说得就像跟自己没关系一样，这件事难道不是很严重吗？”

千明像突然醒过神来似的改变了声调。

“接下来你是怎么打算的？”

“总之既然已经这样了，就要做好心理准备。”

兰表情凝重，能看出她眼睛下面深深的黑眼圈。

“我很清楚就凭这样一封道歉信根本不可能得到谅解。家长把孩子托付给我们，可教师竟然和卖淫扯上关系，这对私塾来说就是致命的打击。弄不好就会和常见的那些垃圾私塾落得同一个下场。”

“什么下场？”

“学生一个个离去，只能静静地等死。”

听兰的口气好像已经放弃了重振私塾的希望，这到底是她的真心话，还是虚张声势？千明感到十分困惑，就在这时身旁的蕗子先开口了。

“兰，你只不过是‘表面冷漠’吧。”

“啊？你说什么？”

“内心并不是那么想的对吧？你的目标不就是办一所新式的私塾吗？现在刚刚处在摸索尝试的阶段啊。”

兰高速运转的手指突然停住了。

“说实话，我自己也不知道了。到底为什么要做这些摸索尝试？”

“啊？”

“其实一开始我就不知道，只是觉得既然进了这个行业就必须做到最好。和妈妈你们一样，我心里也始终有个疑问，自己是不是根本不适合这个工作？”

“兰……”

“你们也一直都这么想的吧。”

被兰这么一问，三个人不约而同地低下了头，没有人否定。拜托，你们倒是说点儿什么啊！千明心里大喊着，可她发觉那两个人也和自己想的差不多。

“之前好歹都对付着过来了，这次就感觉终于还是露出马脚了。”

“说什么呢！兰……”

“我今天见了泷本美也，她说想和我单独聊聊，我就去了那孩子的房间。”

兰的声音渐渐失去了往日的强硬。

“我本来也有各种猜想，没想到就是个很普通的中学生。看那张天真无邪的脸，真的还是个孩子。她哭着央求我不要辞退老师。”

“啊？”

“她说因为想赶紧从家里搬出去一个人生活，所以很需要钱，就去求老师，老师只是在帮她而已。因为老师总帮着自己，所以什么都愿意和老师说。还说不做好孩子也挺好的，不管是在家还是在学校都必须做个好孩子，只有在私塾可以做回真正的自己。上私塾很开心，可今后再也不能去了，但至少别辞退老师。”

兰的手肘撑在那一大摞道歉信前面，脸埋在手掌里。

“我从来都没好好思考过，私塾对于孩子们来说是什么样的地方，照管这些孩子又是怎么一回事。身为校长，我竟然糊涂到这种地步……”

没有声响，也不让人看到她的眼泪，只有西服硬朗的肩部在微微颤抖。这孩子是这样哭的吗？千明忽然站了起来，她忍不住想过去抱住女儿的肩膀。

就在那一瞬间兰开口了。

“拜托，让我一个人待会儿。”

刚迈出的腿停在了半空中。这次终于用尽了气力，整个世界一片昏暗。

……怎么？

充满金色阳光的房间莫名其妙地变暗了，看不到兰、蕗子和吾郎在哪儿。突然消失的意识里，只模模糊糊地听见有声音在呼唤自己。妈！妈！妈！

今天又做梦了。

为什么呢？梦里的千明总在家里的油印机前拼命地工作。那时候千叶私塾还叫八千代私塾，印好的讲义都堆在起居室的地上，四周充满了刺鼻的油墨味。上课的时间临近，孩子们就要兴高采烈地来了，可是教材还没准备好。

每次都是如此，千明披头散发地催促着自己，快点！快点！快点！握着辊子的手掌心里沁满了冰凉的汗水。

嘎达一声，大门响了。啊啊，已经来了。怎么办？可是从走廊探头进来的竟然是穿着军装的父亲，他手里还拿着棒球手套和球。千明，我们去院子里玩投接球吧！父亲举着棒球说。爸，你说什么呢？马上就要上课了，我哪有时间！可父亲似乎并不介意千明的大嚷大叫，他踩着地上的讲义走过来。走呀，去玩投接球吧，你看外面天气多好，小风一吹多舒服啊！他无忧无虑地笑着，也不知道什么时候，那张天真无邪的脸变成了吾郎的脸。

别闹了！现在没工夫玩，你自己看看就知道了！感觉只有自己被塞进了没风的地窖，心里很不舒服。

总是在自己愤愤不平大声抗议的时候，梦就醒了。

打扰千明的有时候是拿着扫帚的赖子，有时候是被御手洗团子[①]的糖蜜搞得满手黏糊糊的女儿们，有好几种版本。而出场最多的还是父亲和吾郎的双重角色。

---

① 御手洗团子：将米粉做成的团子穿在竹签上，蘸上酱油烤成的食品。

这天也是。别玩了，赶紧准备上课！她正在梦里对着黑发的丈夫抱怨，突然梦醒了，睁开眼，身边坐着白发的吾郎。

“你在梦里也是那么气势汹汹的，总说梦话。”

一瞬间，千明的意识被拽回到充满了消毒水气味的病房。吾郎在床旁边呵呵呵地笑着，身后是蕗子一家。

“外婆，你没事吧？”

“没事，就是做了个梦。”

“什么梦？”

“黄金时代[①]。”

“那是什么？”

“和霸王龙的时代差不多久远啦。”

杏越听越糊涂了。就是恐龙！旁边的一郎小声告诉她。

“妈您都开始追忆往昔啦，看来是睡足了。好事儿啊，彻底地放松一下，把过去的疲劳通通赶走。”

蕗子笑着回头看了看窗边的小桌。

“兰刚才也来了，向妈妈问好呢。”

吾郎送的玻璃花瓶里插着今早还没有的淡红色大波斯菊，那是千明最喜欢的花。过去在八千代台旧家的院子里也总是大片地盛开着。想到那些生命力旺盛的花朵，千明仿佛又融入了过去的时光。现实感渐渐退去，如同此刻依然是梦的延续，被推入了似睡非睡的状态里。

---

① 原文为“古き良き時代”，指逝去的美好时代。在日本常用这个词来形容昭和时代后半期。

住进东京医院的这一周里，可能是服药的关系，千明总是徘徊在世阿弥[①]梦幻能中演绎的梦境与现实的夹缝里。

自从那天在兰的私塾失去意识，转眼间一切都在快速地发生着变化。昏倒本身只是疲劳和失水导致的贫血造成的，但千明最近一段时间总是食欲不振，蕗子不放心，就让她做了个详细检查，结果发现夺走了赖子生命的那种病正在侵蚀着千明的身体。

怎么会这样？在母亲去世的年纪，患上了和母亲相同的病。

永远无法抵抗赤坂家的血缘。一时间全家人都变得灰心丧气，幸好千明和赖子相比有些方面还不算太糟。

首先是发现得早，再就是病灶的位置对生命威胁不大。吾郎拜托过去教过的学生介绍了一位不错的医生。

经过几次和医生的充分交流，大家逐渐恢复了平静，应该说能在初期阶段发现已经是不幸中的万幸了。

而千明自己从一开始就打定主意全听医生的。外行和专家，在她看来有着严格的分界线。对于专家擅长的领域，外行瞎插嘴是不会有好结果的。自己能做的只是不要慌张，就像沉入海底的贝壳一样静静地去接受危机。一年三百六十五天，作为校长天天被逼着做各种决定，现在终于可以让别人为自己做决定了，反而感觉轻松了不少。

尽管如此，“死”这个字还是会在某个瞬间突然出现在脑海里，让她面对内心不断涌出的恐惧瑟瑟发抖。这条命已经时日无多

---

① 世阿弥（1363—1443）：日本室町时代的猿乐演员与剧作家，是“女能”和“复式梦幻能”的首创者。

了？自己死了千叶私塾会怎样？女儿们，尤其是兰会怎样？私塾和文部省的和解不是只有一步之遥了吗？纷繁纠葛的教育改革前景如何？这样的教育环境将会带给孙辈们怎么样的未来？没想到竟然有这么多想要亲眼见证和未完成的事情，仅仅是对生命无限的留恋就足以把自己击垮了。

——像一把无往不至的匕首，又像是一弯绝不会圆满的月亮。

有时候，回想起吾郎评价她的这句话，千明不禁要嘲笑自己。都到这时候了，难道还想要圆满吗？

“妈，药好像起作用了。那我就先走了。”

是蕗子的声音。千明从半睡半醒中艰难地睁开眼睛，看到了女儿温暖的笑容。

“明天我请了半天假，会尽量早点来。”

“哎呀，不用特意请假的。”

“那怎么行？兰也会来的。”

“那孩子现在那么忙，哪有时间？”

“对女儿来说，妈妈的手术可是头等大事。菜菜也特别不放心呢。”

想到因为特殊情况不能马上回国的三女儿，千明觉得自己现在还不能倒下，求生的欲望又被点燃了。

“妈，等你出院了，我们可以一起去看看能剧什么的。你之前活得太辛苦了，也该好好享受一下人生了。”

或许是为了调节气氛，蕗子说话时还哼着小曲。吾郎也在一旁笑着说：

“哇，听着不错嘛，你们也记得带上我呗。”

人上了年纪，轻松的笑容里又多了几分从容。千明望着吾郎，忽然心里又闹起了小别扭，扭过头不高兴地说：

“哼，你不是对能剧一点都不感兴趣吗？”

“没有的事。是你总是一个人去，也不叫我。”

“你脑子里就只有上课那点事。”

“我现在可不一样了，还听宇多田光的歌呢！”

“你是认真的吗？”

说不感谢是不可能的。虽然只有户口本儿上的夫妻关系，但现在还像家人一样亲亲热热地相处着，吾郎这个男人特有的阳光照亮了此刻的千明。虽然她心里承认，但偶尔还会故意找碴儿，可能是因为住院生活让人闲得发慌吧。

人但凡空下来了，就喜欢回忆，越是过去不敢直视的窘境越要抻着脖子看，自寻烦恼。二十个春秋都过去了，千明发现自己还在对一枝的事耿耿于怀。原来人心是这般无药可救，既可悲又可笑。

“啊呀，妈你可真是个天气屋[①]，我爸特意来看你，还说这些。”

“妈妈，姥姥是卖天气的吗？”

“傻瓜，天气屋是说情绪多变。”

“没关系，明天又转晴了。”

温馨的对话在耳边回荡，千明又一次被带入了和煦的梦乡。

做了很多梦，又想起了很多事。恨了，又忘记了。

---

① 在日语中，某某屋多指贩卖东西的店家。但此处的“天气屋”是日本俗语，专指喜怒无常的人。

不知道为什么，到了这个年纪，千明每次从梦中醒来都感觉像获得了一次新生。

千明终于醒了，到术后第五天也有了足够的体力能和女儿们慢悠悠地聊天。

所幸没有发现肿瘤转移，医生切除局部肿瘤也没花太多时间。除了手术创伤部位抽搐式的疼痛之外，大体上预后还不错。千明已经烦透了死气沉沉的病房，她叫上来探病的蕗子和兰一起去了医院的中庭，三人围坐在玻璃天井下面露台的小桌旁聊天。

正午刚过，天气格外晴朗。进入十月，室外的空气渐渐变凉，不过隔着玻璃照进来的阳光依旧耀眼，拖着长长机尾云的天空也蓝得叫人心醉。成天对着白色天花板的千明此刻沉浸在难以言喻的释放之中，像是自己也获得了那抹明媚的色彩，又像是终于可以无所顾忌地回归万物了。

唯有一件事让人纳闷。两天没见，兰换了发型。原来那个像摘不掉的头盔一样的波波头不见了，剪了个让脸部线条看起来很清爽的短发。

“这？”

可能是不想让她俩总盯着自己看，兰干脆主动开口了。

“我可不是为了什么从头再来才剪头的啊。”

“还是留下了一点啊。”

“什么？”

“伤口。”

千明看的不是头发，而是兰额头上那个淡粉色的疤痕。

“啊，这个？这个无所谓。”

“难道你不是因为介意才用刘海儿遮住的吗？”

这问题千明之前一直问不出口，兰的脸颊微微泛红，略显焦躁地耸了耸鼻子。

“我并不在乎别人怎么看。把伤疤遮住只是因为感到羞耻。”

“因为伤疤？”

“不是，因为自己。”

“自己？”

“自己的胆怯。”

像是为了避开妈妈和姐姐目光，兰故意把头歪到一边撇着嘴说：

“我从来也没说过……其实我一直都特别害怕那种神啊鬼啊的东西。什么幽灵，什么超自然现象，还有占卜之类的。用化学公式无法准确解释的东西都让我感觉毛骨悚然。直到现在，提到诺查丹玛斯[①]的预言还会心惊肉跳。菜菜美说过那个嘴巴裂开的女人，我虽然表面上笑话她，其实心里怕得不行。所以那天晚上戴口罩的大婶过来搭话，我吓得魂都没了，最后还摔了个跟头，简直太丢人了。我就希望大家都别当回事，可爸爸他还一个劲地让我去医院。”

兰边说边用指尖摩挲着额头上的伤。

“每次看到这个伤口，我就感觉是在被迫面对自己的耻辱，心里很不舒服。”

---

① 诺查丹玛斯（Michel de Nostredame，1503—1566）：法国籍犹太裔预言家，精通希伯来文和希腊文，留下以四行体诗写成的预言集《百诗集》。

除了吾郎，其他人都隐约察觉到了那次事故的原因。可二十年过去了，这还是第一次听兰亲口说出来。

“但我不想再假装看不见了。”

“是心境发生什么变化了吗？”

兰没有直接回答母亲的问题，而是换了个话题。

“妈，我决定了，等今年的课程告一段落，我就离开教育这行。”

听到她如此决绝的宣布，原本靠在椅子上的千明颤颤巍巍地直起了腰。

“为什么，突然……”

“那件事之后我一直在考虑。”

“为什么呢？”

“我明白了自己的幼稚，仅此而已。”

兰言辞果断，没有半点迟疑。

“自从我进入这个行业，有件事就始终想不明白——为什么不能把私塾当成单纯的生意来对待呢？”

“生意？”

“是，比如像奢华的料理，还有宝石之类的，标价会很高，但这就是生意，没人有半句怨言。只有私塾，因为提供有偿教育就要莫名其妙地背上某种负罪感。只有富人能享受的美容沙龙是众人垂涎的目标，而学费高昂的私塾却只能成为被攻击的靶子。同样是面对顾客，为什么会有这么大的差别呢？”

可是，兰说着便缩了缩藏在黑色翻领衬衫里的脖颈。

“经过这次的事我明白了。孩子们既是顾客又不是顾客。因为决定上不上私塾的，还有最终付钱的都不是他们，而是父母。来上私塾的这些孩子，不管什么时候在什么地方都是极其弱势的。我发现在这点上，私塾和其他生意有根本的区别。今后再也不敢用过去那种做生意的方式了。”

既然已经想明白了，为什么不能从头再来呢？为什么不能继续前进，将知识的力量传授给弱势的孩子们，实现私塾真正的价值呢？

想说的话有很多，但千明在犹豫要不要说出口。不光因为兰是个听不进劝的人，最重要的是，好多年没见过她这样温和的表情了。

“不干私塾的话，你做什么呢？”

“嗯，做点什么呢？现在是备考的紧要关头，还是先把这些孩子送走了再考虑吧。”

“你不想回千叶私塾吗？”

“不想，不想。我不是说了吗，要离开私塾。”

“可是兰，你不是想继承千叶私塾吗？”

蕗子问得直截了当。

“不然干吗要和爸爸买股份？”

“那不过想学着妈的样子，捣捣乱而已。”

兰一副不以为然的样子。

“让我发泄一下总可以吧，再怎么说都是我的位置被人抢走了。”

“位置？”

“千叶私塾下一代的头号人物啊。现在想想挺可笑的，可我从进私塾第一天起就认为那个位置是给自己留的。”

“你觉得校长的位置是自己的？”

“也可以这么说吧，反正就是头把交椅。再怎么说，我从小到大都要求自己必须当第一。姐姐是不会明白的。”

兰苦笑着说。

“因为姐姐一直都有很多位子。不管什么时候在什么地方都被大家喜欢和接纳，我心里一直很羡慕姐姐这点。”

“哪有……”

“而我却正相反。和谁都相处不好，冲突、离群、不知不觉就剩下自己一个人了。唉，可能是自己不好吧，感觉哪儿都找不到一个容身之处。”

所有人眼中好强、任性、算计的二女儿，此刻第一次卸下武装，袒露出内心最柔弱的部分。面对真实的她，千明不由得闭上了双眼。眼里是兰小时候的样子，走路大步流星，就算绊倒了也一声不吭地爬起来，就是不想让任何人注意到她摔倒。

“可是，有一回我考了全班第一后，好像突然开窍了。是最高处。把最高处当成自己的位置不是挺好吗？假使能站在那儿，所有人都会夸奖我，就可以扬眉吐气了。而且只要我拼了命地学习，谁也不敢说让我离开。哪怕孤单一人也无所谓，只要站在最上面就不丢人。”

兰沉默了，她的话让人心疼。周围没有其他人，露台笼罩在一片寂静之中。不知道从哪儿飞进来一只小蝴蝶，在三个人的头顶轻快地飞来飞去。它刚要停在兰一动不动的肩膀上，忽然又改变主意，扇动着黄色的小翅膀，飞到蕗子坐的椅子靠背上休息了。兰使了个眼色好像在说，看吧，连蝴蝶都嫌弃我。千明却假装没看见。

在那个你追我赶的经济高速发展期，所有人都被迫和周围人竞争，挤破脑袋也要成为新时代的胜利者。和菜菜美的彷徨无措不同，可以说，兰很享受获胜的滋味。千明一直觉得她是和那个时代完美同步的孩子。

可事实是那样的吗？不管是童年时代、学生时代还是进私塾工作之后，兰奋不顾身追求的，仅仅是自己的位置吗——

不知不觉的用力让腹部的刀口疼到钻心。不过，千明心里想着，真是那样的话，兰如今决定退出这场战斗，不就可以彻底解脱、回到平地上了吗？

"我……其实我小时候也在心里羡慕兰。"

蕗子的话打破了沉默。千明倏地转过头，兰也用不解的眼神望着姐姐。

"怎么可能，姐姐为什么会……"

"兰总是我行我素，自信满满，就算被妈妈责备也不放在心上，而且……"

"而且什么？"

"你是爸爸亲生的孩子。"

玻璃天井上好像有道裂缝，一阵看不见的旋风朝三人袭来。见妈妈和妹妹都呆呆地凝视着天空，蕗子露出浅浅的微笑。

"我已经习惯被大家叫成私生子了，所以并不太放在心上。可每当想到自己不是爸爸的亲生孩子，就会莫名伤心，感觉偌大的世界都没有我的容身之处……不过现在想想，也许正因为这样我才会一直那么努力吧。就算不能继承爸爸的血脉，至少也要继承他的头脑，当时还是孩子的我就是这样说服自己的。我竭尽全力去领会爸爸的教导，渐渐地，血缘就变得不那么重要了。”

“姐姐……”

“兰，不管有没有血缘，我们都是大岛吾郎和大岛千明的女儿，还是那个倔强老太太赖子的外孙女。”

所以没关系的。蕗子说话时，眼里流露出身为大姐的慈爱神情。

“不管遇上什么事，我们都不会轻易被打垮。兰可不是个软弱的孩子哦！不然怎么会一个人去学生家里道歉呢，还去了两次……”

蕗子说着说着哽咽了，她把手指伸向兰的额头。就在那一瞬，蝴蝶轻轻地飞回了空中。

“兰是个坚强的孩子！”

千明的目光被飞舞的黄色蝴蝶吸引了，转回头时，只见蕗子的手指已经从兰的额头移到了眼角。雪白的指尖轻拭着妹妹默默流淌的泪水——此情此景仿佛凝聚了这世上所有的光明。千明的身体颤抖着，眼前“生命”激荡的画面让她感动到窒息。能再多活些日子真好，不，能做这些孩子的母亲才是最好的。

出院那天，国分寺开着商务面包车来接千明。

千明住院期间，国分寺从来没和她提起过工作的事情。好不容易逃离了医院的消毒水气味，千明马上抓住时机旧事重提。

“国分寺，我想再次请求你，能不能接替我坐上校长的位置？我这个身体已经靠不住了，也该提前有个安排。”

这次能平安活下来，千明心里首先考虑的就是把私塾后继的事尽快定下来。

国分寺好像也预感到了，并没有表现得很惊讶。但也看不出他对千明的询问有积极回应，从眼镜片后面的目光中读不出任何意味。

“兰那边不用担心，那孩子比任何人都更认可你的实力。今后你还要多多激励她才好。”

“……”

“当然，我也会在幕后助力的。墙上的污渍啊，窗框的灰尘之类的，我打算彻底清理一下。”

“……”

“我的时代已经过去了，就让我做个开心的清洁阿婆吧。”

不管千明说什么，手握方向盘的国分寺的表情都不为所动，始终保持着一张扑克脸。

“校长，”他忽然转过头对千明说，“回家之前您要不要先去趟本部？”

“啊？”

“想让您回去看看。”

千明没理由拒绝。三周没去了，她心里一直记挂着私塾。国分寺再次陷入沉默，几十分钟后车子驶入了津田沼本部的大门。

白天的教学楼里见不到孩子们的身影。“您回来啦！”在楼道里遇到员工们，大家都用温暖的笑容迎接千明的归来。她跟在国分寺后面一直走到了二层的最北边，那里不常有人走动。

“带我来补习室干吗？”

“嘘——”

国分寺把食指放在嘴唇上。他轻轻转动门把手，打开一条十厘米左右的缝，有个人正坐在学生用的小课桌上写着什么，看头顶的发旋就知道是吾郎。

“啊？”

为什么他会在这儿？千明怀疑是不是自己老花眼加重了，国分寺却悄声对她说：

“他不让我告诉您。校长不在的这段时间，补习班的课都是吾郎老师帮您上的。”

“哦。”

“而且很快就进入了状态，还开始做起了平成版的吾郎式训练。我估计他昨天又一宿没睡。现在谁都拦不住他啊。”

的确，吾郎全神贯注地写着练习题，根本没察觉到门外两人的耳语。虽然头发白了，皮肤黑得有些夸张，但在千明眼中，他此刻的样子和年轻时的身影重叠在了一起。

勤杂工室的守护神。天生的教师。禁不住女人诱惑的好色吾郎。

“他还是老样子。”

“是啊，我告诉他这里原本是勤杂工室的时候，吾郎老师就说，既然这样就雇了我这个勤杂工老伯吧。”

“他是这么说的？”

“不过很遗憾，目前千叶私塾没法负担清洁阿婆和勤杂工老伯两名闲散人员。”

国分寺有意摆出一副郑重其事的架势。

“既然是这种情况，您觉得让吾郎老师坐回校长的位置如何？”

“啊？”

“恢复大岛吾郎的校长职位。”

一瞬间，千明以为国分寺在开玩笑，可是看他的眼神却非常严肃。

“我才四十五岁，要坐上私塾的头把交椅，无论是经验上还是人格气度上都略有不足，至少还要再学习一段时间。如果可能的话，我想跟在大岛吾郎身边。”

“国分寺……”

“当然，这都是为了千叶私塾考虑。时至今日，吾郎老师仍然拥有一批坚定的追随者。如果我们再把大岛吾郎这块招牌打出去，很多过去他教过的学生一定会争先恐后地想把自己的孩子托付给他吧。而且这样做还能提升士气，那些因为校长生病变得意志消沉的老员工也能重新振作起来了。”

国分寺低下头恳请千明，而千明只是呆呆地望着天空。吾郎重回校长的位置，这是她连做梦都没想过的事。那样真的可以吗？

“可是……他本人会愿意吗？”

“我去求他，多少次都可以，直到他同意为止。”

“可是……他在财务方面一窍不通啊。”

“是的，这点我非常清楚，因此我和其他管理人员会全力协助的。”

“可是……”

“校长。”

国分寺制止了第三个“可是”，他望着千明的眼睛问：

“我干脆直接问您吧，吾郎老师回来，您是高兴还是不高兴？”

一记正中要害的直线球让千明顾不上思考，身体本能地晃了一下。

“说什么傻话呢！”

她握紧拳头瞪着国分寺大喊一声。

“怎么可能不高兴？”

不可能不高兴啊。光是在这所教学楼里看到吾郎，就让她高兴得不敢相信这是现实了。

她不出声地念叨着，最近越发脆弱的泪腺又不听使唤了，身旁满脸笑容的国分寺也变得模糊起来。

人生真是变幻莫测。那天晚上全家人在津田沼的家里庆祝千明出院，又一次让她深切地体会到这句话的含义。

蕗子、兰、吾郎、一郎、杏。说好只有家里那几个人参加的，可围坐在摆满了蕗子拿手菜的餐桌前，千明却发现了一张陌生的面孔。

兰身边端端正正地坐着一个微胖的娃娃脸男生。不知道是不是因为肉肉的很舒服，一向都特别认生的粉红竟然趴在他的大腿上一动不动。

“佐原修平。”

为庆祝千明出院干杯之后，面对全桌人的好奇，兰主动介绍了身边的男士。

“我的男朋友。”

“哇——”一郎把一口生姜汽水喷了出来，吾郎筷子夹着的红烧芋头也掉在了桌上。其他几个人有的掐掐自己的脸，有的咳嗽不止，再就是到处找老花镜，总之全都不淡定了。

“我也可以有一两个男朋友吧！”

大家的反应让兰很是不爽，听她说这个佐原修平是一家鲜花老店家的公子，私塾和花店签订了全年的供花协议，两人就是这么认识并开始交往的。而且兰已经答应等兰俱乐部歇业之后就和他结婚。

“结婚？”

此话一出又把所有人吓了一跳，大家都以为兰对结婚毫无兴趣。

面对所有人清一色的惊讶表情，修平本人好像并不在意，倒是红着脸一副痴痴的样子。男人和女人真是难以捉摸的动物。

“那，你是花店家的公子，就是说今后会继承家业了？”

吾郎似乎又瞬间回归了现实。“不是的。”修平晃了晃他那可爱的圆脸。

“我是二儿子，所以永远都排第二。”

“啊，是二儿子。”

“还有，我上面有一个哥哥和两个姐姐。”

“那你是四个人里最小的了？”

“是的。还有，我比兰小四岁。”

“修平，别净说些没用的。”

“这样啊，比兰小。”

“哥哥，他比兰姨小。”

“呵呵。”

“还有，我们第一次约会是在葛西的临海水族馆，回来时吃的金枪鱼套餐……”

“修平，别说了！”

千明开始还半信半疑，不相信这个少爷模样的男人能真心疼爱兰，甚至担心是最近常听说的婚姻诈骗。不过听着修平和大家聊天，她开始觉得这个人可能真的很适合兰。无论是面对一家人奇异的目光，兰的威吓，还是粘在高级西裤上粉红的毛，他都笑呵呵地丝毫不介意，那副大大咧咧的样子绝不输给吾郎。千明看到了他身上能赢得赤坂血统女人芳心的天性，也许正是因为身边有了这个维尼熊一样的男人，兰才能下决心剪掉刘海儿蜕去内心的铠甲吧。

千明还沉浸在感慨当中，身边倒越来越热闹起来，餐桌上的紧张气氛解除了。路子和兰打趣，一个劲地追问他俩是怎么好上的。吾郎像是惊魂未定，一杯接一杯地喝着啤酒。一郎和杏一边饶有兴致地望着修平，一边把盘子里的糖醋里脊和春卷吃了个精光。曾经的分崩离析已经荡然无存，眼前有的只是其乐融融的阖家团聚。

如果阿纯在的话……上田的样子突然浮现在眼前，千明感到某种难以抑制的情绪涌上心头。“我失陪一下。”她假装去洗手间，离开了座位。

回到二楼自己的房间，千明面对着佛龛里上田的遗像双手合十。

——阿纯，虽说发生了好多事，不过你家那几口子都挺好的。

要是他……大岛吾郎能回千叶私塾的话，你一定要在天上给他加油哦！

接着千明又面向赖子的遗像。

——妈，我回来了。我可能还要在这边待一段时间，估计是还有没完成的任务吧。

也可能是因为刚出院有些疲惫，闻着线香的气味坐在床边，千明感觉身上懒懒的不想动弹。楼下家人的声音将她拽入了一段短暂而美好的梦境。

就一小会儿，她轻轻闭上双眼，霎时间各种场景浮现在眼前。女儿们小时候比赛谁的个子长得快；冬季的被炉争夺战；夏天全家人一起吹出来一个塑料充气泳池；大家整晚围着走失几天又若无其事跑回来的布朗尼痛哭流涕。明明是矛盾重重的一家人，可为什么出现在脑海里的都是那些快乐的记忆呢？

不知道睡着了多久，大门口传来的对讲机铃声让千明突然睁开了眼睛。她迷迷糊糊觉得可能是收订报费的，刚要再闭上眼，楼下突如其来的吵闹声把她彻底惊醒了。

出什么事了？千明缓缓起身打开房门，正好看见蕗子在楼梯往上跑。

“妈。”

蕗子的表情里带着许久未见的少女时代的影子，那种窥探母亲反应的戒备的眼神。

“一直都保密来着，其实今天还有件事会吓您一跳。”

“还有件事？”

“菜菜回来了。”

砰！是心脏撞击的声音，仿佛受到了那声音的刺激，千明向楼下奔去。说是奔，原本大病初愈，腰腿都没什么力气，再加上伤口还是很疼，在旁人看来其实和走也差不多。

嗵！第二次心音响起是看到菜菜美站在进门的地方被大家簇拥着。

“菜菜美……”

接二连三的刺激让千明快要支撑不住了，只能勉强挤出这么几个字。

“这孩子，是谁？”

七年没见了，菜菜美臂弯里抱着一个看起来刚出生没多久的婴儿。

“是樱，您的外孙女。”

菜菜美说话时，自豪的表情中带着一丝羞怯。

“没和您说，对不起。一直想说来着，可是听蕗子姐说您生病了，觉得在那种情况下还是不要影响您的情绪为好。”

菜菜美为没有及时赶回来向母亲道歉。千明手术的时候樱刚刚出生，没办法带着她乘飞机。“没关系的。”千明边说边用手压住太阳穴。

“这孩子的爸爸呢？”

“之前是有的，不过已经分手了。”

菜菜美傻笑着吐了吐舌头，想要打破瞬间紧张起来的气氛。

“他是个好人，只是我们没办法一起生活。还好没办手续。”

“什么叫还好，那你今后怎么打算的？“

“现在不是我为地球出力的时候，就先努力做好这个孩子的母亲吧。能出去工作之前就要在这里打扰各位了。”

“啊——”

“太棒了！”

随着兰和杏的叫声，大家也都边说着什么边把菜菜美迎进了屋。千明一个人留在原地没动，事发突然，她还来不及反应。

没想到身后有人拍了拍自己的肩膀，她这才发现原来吾郎也站着没动。

两人面面相觑，面对眼前突然出现的荆棘路，这对共同渡过了无数难关的老夫妇像是在确认着彼此的决心。

先行动的是吾郎，他朝千明点点头，然后缓缓迈出了第一步，跟在往起居室去的菜菜美身后。

“菜菜美。”

菜菜美回过头，脸上显露出不安。“回来就好。”吾郎摸摸她的头，又把手伸向小婴儿。

“樱，小樱，欢迎你。好乖，我是外公哦！”

吾郎把一脸懵懂的外孙女抱在怀里，眼睛笑成一条缝。他一边唤着小樱的名字，一边把这个长着金色头发的小婴儿带到了千明身边。

眼前的这个小生命，是自己的第三个孙儿。千明感觉脑子不听使唤，完全理不清思绪。身体在后退，可一看到了那双蓝色的眼睛和幼嫩的肌肤，她还是下意识地把手伸了过去。

生命的重量就这样轻轻地压在了手臂上，是牛奶般甜美的香气。那睡意朦胧的小脸让千明忍不住也把脸颊凑了上去。瞬间，她脑海里闪过一个清晰的声音，那时母亲赖子第一次将新生儿路子抱在怀里。

“啊——好可爱啊！”

千明颤抖着声音，一个字一个字地说出了那句她这辈子都不会忘记的话：

“没关系，我来保护她。”

第八章
新 月

宴会厅布置得相当华美，与屋顶上典雅的枝形吊灯相得益彰。不大的空间里挤满了宾客，当中有不少熟悉的面孔。坐在圆桌旁被一群马屁精围着的是日本最大私塾的校长；身着金色西服套装颇引人注目的是经常在电视上露脸的教育评论家；还有那个以社会派著称的作家，陪在他身边的和服美人看起来像是俱乐部的妈妈桑；不断有笑声传来的那个方向，竟然还看到了某个笑星的面孔。

外公也太牛了！放眼望去这各路能人已经让一郎五体投地了。人脉，虽然不想用这么政治化的词语，可就凭聚在会场的这些人，也能看出外公不凡的人生经历。在一郎眼中，他们每个人身上都折射出一个自己所不了解的“大岛吾郎”。

“看吧，就应该找个更大点儿的会场。”

“这儿可是会馆里最大的一间了。爸又说他不要酒店宴会厅那种浮夸的地方。”

“他还是不爱出风头。”

“不过也怪了，抛头露面的事，他最近倒也不那么反感了，还做起了电视台的记者。”

“你说是《访问教育大国芬兰》吧。就因为这个节目，小樱现在满屋子都是姆明[①]。”

宾客络绎不绝，一郎透过人流的间隙看到母亲和两个姨妈正并排站在入口一侧窃窃私语。今天蕗子穿了一条米色连衣裙，兰一身藏蓝色西裤套装，菜菜美穿的是黑色晚礼服，三姐妹都是盛装出席。

“说了半天，老爸在哪儿呢？”

“还在休息室吧，刚刚在接受采访。”

“采访？这时候？”

“可不是，爸不来也没法开始啊。”

“真是的，心真大。”

一郎穿着一身正装本来就浑身不自在，忽然又感觉哪里不太对劲。果不其然，三姐妹同时回头冲自己说。

“阿一，赶紧去把主角叫来。”

“行！行！”

三位姐妹个个不好对付，联起手来就更没胜算了。一郎知道抵抗也是白费，只得蔫头耷脑地去找外公。他穿过大厅径直朝楼道深处走去，余光看到接待台前还排着不少人。

---

① 姆明（Moomin）：芬兰女作家、画家托芙·扬松创造的著名漫画角色，有一系列漫画作品。姆明故事被改编成一系列的动画，此外其形象亦被制成周边产品，包括文具、玩具及饰物等。

休息室门前，妹妹杏和表妹樱两个人摆开拳击对战的姿势蹦来跳去，连衣裙的下摆都翻起来了，就像在参加美式新兵训练营①的集训。一郎一边纳闷她俩怎么在这地方玩上了一边走过去问："外公，在里面？""Yeah！"两个人异口同声地竖起大拇指。

"外公，我进来了。"

一郎边敲门边推门进屋，正面沙发上一个记者模样的男人和外公相对而坐。两人看了看他，接着继续热火朝天的对话。

"问题是恢复学力测试的意图，并不是单纯要将孩子们按成绩排序。我觉得他们真正的目的是要将学校排序，加速教育自由化的进程……"

他们谈的好像是去年、平成十九年（2007）四月实施学力测试的事。

教育基本法经过修订，时隔四十三年又恢复了学力测试。各个时代都在不停变换轨道的教育改革总会在社会上掀起一阵舆论狂潮。每到这种时候，吾郎就会被媒体揪出来发表意见，忙得不可开交。三年前他决定辞去校长的职务，声言要开始过晴耕雨读的隐居生活，结果直到现在还是整天忙着写作、演讲，根本闲不下来。

"教育自由化不是说要赋予国民自由选择学校的权利吗？"

"是啊，可如果所有人都选择自己喜欢的学校，一部分高人气学校必定会迎来大批的报考者，从而引发激烈的竞争。到时候说不

---

① 美式新兵训练营（Billy's Boot Camp）是美国有氧运动培训师比利研发的一套短期训练方案，美国军队将其纳入新兵训练的基础项目。还有很多人将这套训练内容用于减肥瘦身。

定为了参加小学入学考试，连五岁的孩子都要头悬梁锥刺股地熬夜学习了。不是宫崎县知事①也知道那个吧，就那个，不能再坐以待毙了！”

吾郎突然瞪大了双眼，感觉像在模仿那个知事的样子。可能是对自己的表现颇为得意，他呵呵呵地笑了起来，眼角又挤出好几条皱纹。

一郎颇为同情那个不知所措的记者，于是就站在门口朝屋里喊了一句：

“外公，马上要开始了！”

还在自我陶醉的吾郎这才不笑了。

“啊，都这个时间啦。”

“妈妈她们已经急得不行了，您快点儿吧！”

“啊呀，糟糕。抱歉啦，咱们待会儿再继续吧。”

吾郎说着朝记者摆摆手。嘴上说得着急，步伐倒还稳当。虽说满头白发的他在身高上和一郎比是一年不如一年了，不过脚下还是健步如飞，根本看不出已经年近七十，说是正在接受美式新兵集训也不算太夸张。

“哦，对了，这是我外孙一郎。”

吾郎说完就带着楼道里的两个小兵急匆匆地往会场去了，一郎刚要跟过去，男记者却突然追上来和他搭话。

---

① 2007年2月，宫崎县知事东国原英夫（曾经师从北野武的喜剧演员）在县议会的就职演讲中曾说“宫崎县不能再坐以待毙了！”电视台现场直播，在全国引发轰动，这句话还入选了当年的流行语大赏。

“抱歉，初次见面，这是我的名片。”

名片上印着一家知名报社的名字。对方言谈举止相当稳重，可近看才发现这位记者还很年轻，也就三十来岁吧。在那个求职冰河期能被如此高端的公司录用，该是个多优秀的学生啊，一郎正看着名片琢磨着。

“没想到您这么年轻就能在幕后组织这次活动，真了不起，太让我佩服了。”

竟然被对方先恭维上了，一郎有些不知所措。

“没没，可别这么说，哪儿的话啊。”

“下次请找机会接受我的采访，我想一定会引发更多社会关注的。”

“不用不用，哪里……啊，好的，那就拜托了！”

一郎已经有点儿语无伦次了，记者微笑着望着他说：

“其实，很早以前我还采访过您的外婆，大岛千明女士。那可真是位睿智又坚毅的人物啊。这次有缘又安排我来采访您的外公，这么说可能有些唐突，我很希望也能有机会和一郎先生聊聊。”

“和我？”

“当然也是对您从事的社会活动感兴趣，不过更多还是想了解您是位什么样的年轻人。有那么了不起的外公外婆，您一定也非常优秀。”

“没有没有，根本没那回事。”

一郎的脸已经红到耳后根了。

“什么优秀啊，我脑子慢，嘴也笨，完全不像外公外婆。要不然外婆怎么总骂我呢。”

“怎么可能？”

“真的，说我太懒散，没骨气，没冲劲，被骂得可惨了，总之说起我总是毫不留情。”

这也不算是谦虚，对外婆来说自己的确是个没出息的外孙。一郎至今还清楚记得外婆一脸无奈的表情，想着想着他也学着那样子苦笑了一下。这时候隔着一扇门，大厅那边传来了响亮的掌声和喝彩声。

宴会开始了。

“实在抱歉，拉着您说个没完。”

记者默默鞠了个躬往大厅去了。一郎却没有马上跟过去，他抬头望着天花板，仿佛在寻找一个人的灵魂。不在这栋建筑里，也不可能在会场的人群中。

那个不即不离、孽缘不断的丈夫，今天是他的大日子，外婆应该会在什么地方看着吧。说不定还要顺便看看现在的自己。这身高级西装和完全不搭调的发色，还有绕了一大圈才安上的古怪头衔。在那个世界的外婆都看见了吧。

“阿一啊，怎么长了这么个脑袋，真不像话！”

就算不给好脸也没关系，被骂一顿也行。一郎好想让外婆看看自己啊。

少年时代，那个曾经遥不可及的外婆和一郎之间的关系分为两个阶段。

第一阶段是父亲去世之后，一郎离开了自己出生长大的秋田县，开始在千叶县的外婆家生活。一位慈祥的阿婆，这是他对千明的第一印象，看来人的直觉的确靠不住。

不过，那时候的千明真的是和蔼可亲，也很在意一郎和杏的感受，从来不说重话。不管兄妹俩怎么折腾，她都不发火。就像戴着好几层手套小心翼翼地想做点什么又害怕出错。一郎现在想想，也许是不知道该如何与孙辈们相处的无措，和对兄妹俩失去父亲的同情，才让千明表现得异乎寻常。

妈妈晚归的时候，外婆还会努力做饭给他们吃，虽然手艺不算太好。可后来千明渐渐改变了和事佬的形象，变回了原本的样子。那时候他们刚刚从失去父亲的悲伤中走出来，一家人好不容易适应了新生活。母亲消瘦的脸颊又有了一些圆润，小杏也不再动不动就抽泣了，连刚搬家那会儿爱拉肚子的粉红都一天天健壮了起来。虽然还有很多困难要克服，可是最艰难的日子总算是撑过来了。外婆好像也看出了大家的变化，于是就亮出了真本事。她变得很挑剔，一点小事就唠叨个没完。

而且她的毒舌从不用在杏身上，总是针对一郎。

“阿一，把你自己的意见说清楚！”

“不要人云亦云，自己不是也有脑子吗？”

“振作点儿！你可是个男人。”

和聪明伶俐又能说会道的杏不同，一郎天生木讷还有些懒散，做什么事情都拖拖拉拉的，总是比别人慢半拍。脑子转得不快，突然问他什么也反应不过来。外婆喜欢的是那种对答如流的机敏，而这个问十句都答不上一句的外孙估计快把她急死了。

原本慈祥的老奶奶转眼间就变成了一个絮絮叨叨的老婆子。不过初高中阶段还算是好的，主要是因为不管千明说些什么，一郎根本就不放在心上。

慈祥也好唠叨也罢，外婆只是外婆，不过是个家庭成员而已。更何况当时对他而言，家里发生的事大多都不值一提。父亲离世、生活环境突变、建立新的朋友圈、中考、改掉秋田口音，一郎在家庭之外必须面对的考验实在太多了。

“家之外”才是他日常生活的主战场。为了让每分每秒都不出岔子，一郎几乎用掉了自己全部的精力。还好他最终扭转了转校生的不利地位，还算愉快地度过了初高中时代。无论是在初中还是高中，他都不属于那种引人注目的类型，也没加入过引人注目的小团体，可身边从来都没缺过意气相投的朋友。学习成绩一直处于上游，在足球队也始终保持着自己的位置。退出俱乐部活动后他全力准备高考，又顺利考上了自己志愿的大学。

或许是继承了大块头父亲的基因，一郎身材魁梧，相貌上则遗传母亲更多，随着年龄增长身上还多了几分温柔美男子的忧郁气质。多半是这个组合发挥了作用，一上大学就有不少异性向他表示出了好感。说来有些讽刺，他顺风顺水的好日子也因为这个才蒙上了一层阴云。

大一的冬天，他交了第一个女朋友，第二年夏天就被人家给甩了。大二的秋天又交了第二个女朋友，转过年的春天又被甩了。而且两个女生接连给出了差不多的分手理由。“一郎是个好人，可总觉得少点儿什么。”“一郎是个好人，可我有了其他喜欢的人。”

这让一郎突然在意起之前一直被自己无视的外婆的训诫。

“阿一，你都这个年纪，也该振作点儿。总那副样子将来怎么办啊？”

“找工作没问题吗？顺其自然这种安逸的想法如今已经行不通了。”

“首先要自己动脑子思考，不要糊里糊涂地随波逐流。”

不服输的外婆年纪越大越爱挑刺儿，好像只有这么做才能填补自己和一天天长大的外孙之间的落差。而一郎呢，恋爱受挫，找工作更是举步维艰。他越是失去自信，越是对外婆那些话格外敏感。

自己真有那么差劲吗？真像外婆说的那样无药可救了吗？一直在视野里被边缘化的“外婆”的威胁正在慢慢加剧，一郎甚至害怕这样下去自己的人生会被连根拔掉。

“算了，要是哪个公司都不用你，我就拜托国分寺，让你进千叶私塾不也行吗？”

这话给了一郎致命一击，“别说了！”他头一次将自己的厌烦表露无遗。那天之后，一郎开始故意躲着外婆，总猫在自己房间里不露面，晚饭也都在外面吃。外孙的变化让千明越发焦躁，一抓到机会就想插手他的事。而一郎呢，被逼得东躲西藏——就在这难以摆脱的恶性循环中，千明病倒了。发生在这样一个时间里，对他们两个人来说都是不幸的。

是心脏出了问题。得知突然病倒的外婆的检查结果时，说实话一郎并没觉得有多严重。说到担心程度，还是上高中时外婆得恶性肿瘤那会儿更让人提心吊胆。他甚至还暗自庆幸不是肿瘤复发就挺好。千明自己好像也没当回事，“那我走了哈。”连住院都说得跟出门散步似的。

一郎以为外婆过不了几天就回来了，千明住院期间他也几乎没去看望过。一是听说千明最喜欢的小樱每天都陪在她身边，再就是他真心觉得看到自己也只会让外婆血压升高。结果，外婆住院后一郎只去看望过一次。千明一见到一郎就把氧气面罩拽了下来，喘着粗气开始教育他。

“阿一，都什么时候了，你有工夫来这儿？不如好好想想自己的事。都大四了吧，那些早下手的孩子早就把出路定下来了吧，你心可真够大的。”

“你干什么呢？”慌忙冲过来的护士又把一郎训了一顿。外婆令人发指的固执让一郎避之不及，自从那次从病房落荒而逃，他就再也不想迈进医院的大门了。

在求职大战中久攻不下也是一郎不愿去看望外婆的原因之一。他从大三的秋天就开始走访各家公司，可一直徒劳无功看不到希望，感觉只是在浪费时间。持续多年的求职冰河期已经迎来了破冰的曙光，再也不能把接连失败的面试归罪于这个时代了。

一郎很清楚自己不擅长面试。本来就不善言辞、反应慢，再加上紧张就更完蛋了，连完整的一句话都说不出来。他一直都想找一份对人有益、让人快乐的工作，因此给所有在偏重承担社会责任的CSR[①]部门的企业都投了简历。参加面试之前也会对公司开展的社

① CSR（Corporate Social Responsibility），即企业社会责任，指企业在创造利润、对股东负责的同时，还承担对劳动者、消费者、环境、社区等利益相关方的责任。

会活动做足功课，并不像外婆说的那样什么都不考虑。可一旦见到面试官，如果自己准备的成果发挥不出来，那就等同于什么都没考虑。他每天都在烦恼自己不能把完整的想法传达给别人，无法让对方感受到自己的一腔热忱。

如果说他根本没工夫想外婆的话也许太过分了，但那个时候成天闷闷不乐的一郎完全没心思顾及家人也是事实。

再说了，那个老太婆怎么可能这么轻易死掉呢？一郎过分相信了自己的感觉。过了很长时间都不见外婆出院，虽然也有些担心，但又安慰自己说应该是年纪大了，医院比较谨慎吧。他坚信不可能有其他问题的。

也因为如此，外婆住院五个月后的一天，突然接到杏的电话时，一郎大脑一片空白。

“哥，你快来医院！外婆病危了！”

病危，病危，病危。无论杏的哭声在脑海里重复多少次，他还是拒绝领会其中的意思。

一郎恍恍惚惚地往医院赶。那天他又搞砸了一场面试，身上穿着藏蓝色的西服套装，领带是淡蓝色的。说起来外婆还没见过自己穿西服的样子呢，想到这些他不知所以地把头转向一旁。眼前的天空也是淡蓝色的，朦胧的白色月影挂在天际，不知为何搅得人心神不宁。

将近一小时后，一郎到了医院，姨夫修平正在大门口等他。

“一郎，快点！外婆在等你。”

修平用力推着一郎，催他赶紧走，自己已经跑在了前面。看到姨夫领路的背影，一郎想起自己还记得病房的号码便立刻超了过去。他拼命地跑啊跑，打开房门的一刹那，看到床上的千明已经没有了丝毫生机。外婆瘦得不成人形，和五个月前他来探病时判若两人，脸上毫无血色，甚至不确定还有没有气息。吾郎、蕗子、兰、菜菜美、杏、樱、国分寺——围在床边的人们如同死神一般，千明的死亡已无可挽回。

“阿一，终于赶上了……”

蕗子哽咽着催促一郎。

“快，到外婆这边来。”

两条腿已经不听使唤了，不知道什么时候被修平在背后推了一把，一郎才迈步走到病床前。他俯身望着外婆，用颤抖的声音呼唤着：

“外婆。”

千明那看似已经永远不会再睁开的眼睑动了动，能看到她浑浊的瞳孔，无法聚焦的视线无所适从地徘徊在空中。一郎不知道她能不能看到自己。

“外婆，是我！”

他握着那枯枝一般的手，把脸凑了过去。终于，那双眼睛找到了一郎。

“一……”

千明已经没有力气再发声了，只看到一颗泪珠从她一侧的脸颊划过。这是第一次在外孙面前流泪，也成了她最后的生命之光。

“她昏迷之后，偶尔还会微微睁眼看一下，应该是在找你吧。”

几分钟后，外婆被医生宣告死亡。一郎呆呆地站在那儿，外公的话让他再也控制不住自己的泪水了。

一郎终于明白了。外婆总忍不住唠叨训斥，是因为心里一直记挂着他这个不孝的外孙。从小到大外婆一直那么疼爱自己，那份爱强烈到让他厌烦，甚至还想要逃跑。

外婆，你要看着我！一郎立下誓言，他决心要全力以赴找个好工作，也许还能在外婆灵前挽回一些颜面。

可是不管一郎怎么冲，往哪儿冲，都有一种无力感。好像外婆不在了，支撑着他的主心骨也嘎吧一下折断了。

“你外婆一直叮嘱我们，不要把她病情严重的事告诉你们几个孩子。特别是不能告诉阿一，说现在是你最关键的时刻，不能再为她的事操心了。”

自从母亲告诉他这些，一郎就陷入了难以自拔的消沉和抑郁中，不光是面试，他连写简历的精神都打不起来了。

自己从小就让外婆操碎了心，到头来还是变成了她最怕看到的样子。连在病床上度过的最后日子都没能让她释怀。而自己面对已经预感到死亡的外婆，就只会一味地逃避。强烈的罪恶感和自我厌恶从早到晚无时无刻不在折磨着一郎的神经，他感觉自己一下子老了十岁。给外婆做七七那天，亲戚们都在说：“还好一郎赶上了。”“最后能见到阿一也算了却了她的心愿。”每每听到这样的话，一郎就感觉内心有什么东西在崩塌。

没等到大四的冬天，一郎就放弃了进企业的念头。

他在求职的战场上做了逃兵，之后的堕落便一发而不可收拾。

一郎过得一塌糊涂，走上了显而易见的自暴自弃之路。先是把一头邋遢的长发染成了金色，又在耳朵的软骨上打了洞。连自己都觉得不像样子，自然遭到了周围人的猛烈抨击。朋友和家人看自己的目光，就像是在嘲笑一个刚进大学的不良少年。只有母亲待他一如既往，她相信自己的儿子。母亲坚定的眼神也成了一郎最深的痛。

至少也要给家里交个伙食费吧。已经基本达到大学毕业条件的一郎，从放弃进企业后的第二个月开始，利用空闲时间做起了派遣公司介绍的日工。开始他打算在便利店或快递公司找活儿，却因为这一头金发和软骨耳钉四处碰壁。

在小泉首先推行的新自由主义改革的大潮下，劳动者派遣法重新修订，派遣工迎来了真正的黄金时代。凭着二十二岁的年轻和体力能得到大把的工作，在建筑工地搬运材料、搭建活动会场，自暴自弃的一郎开始拼命工作。最初他忙到没时间让酸痛的肌肉充分休息，终日在太阳的炙烤下劳作，黝黑的皮肤就像是日晒沙龙的常客。可有些重体力活干完之后，第二天就累得爬不起来了。总的算下来收入并不理想，一郎也知道这不是长远之计。

可在家干待着也不舒服，又没有其他想做的事，一郎只能逼迫自己不断地出去干活。白天干到精疲力竭，晚上自然就睡着了。累到不行就睡觉、起床去干活，累到不行再睡觉、起床——在这种周而复始的单调生活中，他却真实地感受到自己二十二年都无法摆脱的矫情与自负正在一点点被剥去。

自诩为工人阶级过了差不多半年时间，大学毕业后一郎成了真正的自由职业者，就在这时出现了一个转机。

自从一郎听一起干活的工人说，自己每天在工地的收入有一大部分都要被派遣公司抽走，劳动积极性就大不如前了。这天他接到自己开店的姨夫修平打来的电话，说有件事想拜托他。

“你要是有空的话，能不能过来帮我一段时间？店里有个配送员突然辞职了，急需有人顶上。”

一郎一听就发怵了，主要是因为在修平公司执掌大权的姨妈。一郎从小就怕兰，现在每次见面也要被她吼一顿：“把你这个脑袋给我剃光了！”

可他没法断然拒绝。一是因为姨夫修平是个一顶一的大好人，一郎特别喜欢他。再就是对姨夫干的买卖他也挺感兴趣的。

五年前，修平把家里的花店交给兄长，自己和兰开了一家专门给老年人配送便当的“兰兰便当店”。

“我从现在开始要舍花求食啦！”

“我从现在开始要舍子为老啦！”

两人的转行让大家颇为吃惊，其实他们在结婚之初就已经有了这个打算。为此夫妇俩私下做了充分的准备，他们攒够一笔钱，又考取了厨师执照，还去进修了营养学课程。修平本来就酷爱烹调，他的厨艺让千明都另眼相看。年纪大了再加上生病，千明的胃口变得很差，也就是偶尔女婿探病时带来自己亲手做的饭菜，她还能主动吃上几口。

“先不说兰，有修平做的便当就绝对没问题。”

正如千明打下的包票，熬过了开业之初的混战期，如今便当店的生意已渐入正轨。

“你愿意的话就先过来看看，顺便聊一下。”

一郎被修平叫到了他们的工厂。从幕张本乡车站步行过去大约二十分钟，工厂比想象的更大更气派，是一栋二层建筑，停车场上停着三辆面包车。听说是因为最开始的厂房不够用去年才刚搬过来的，厨房设备也都是最新式。

“真舍得花钱啊！”

一郎东瞧瞧西看看。“都是借的钱，借的钱。”修平摆了摆他胖嘟嘟的手。

“说实在话，所谓的服务行业，越是想服务得好越是不挣钱。”

“可订单不是在增加吗？”

“那是因为我们家的便当好吃啊。选材特别讲究，而且两年前还推出了可以自选主菜和配菜的系统，也很受欢迎。”

不知道是不是因为成天研究菜谱害的，好久不见修平的脸又大了一圈，再看他腰间的救生圈，明显像个代谢综合征患者。估计是忙到没时间运动吧。听说开业之初是以个人订单为主，最近像护理中心和医院这样的大客户正在不断增加。

“可别说，配送也是个重体力活呢。而且和客人之间的沟通特别重要，所以不是谁都能干的。过去也出过一些纠纷，所以我老婆选择员工特别挑剔。在她还没找到可以信赖的人之前，希望一郎你能过来帮忙。”

“不是谁都能干的，我这样的行吗？”

“当然了，对你我肯定是放心的。从你高中时咱们就认识了，我老婆那就更早了。”

“可我的记忆里全都是被兰姨骂。”

“我也一样，现在还每天被她骂。骂你是因为觉得你有前途嘛。”

“抱歉，我光往坏处想了。”

“那就拜托了。只要你好好干，我虽然给不出很高的薪水，但绝对是正式工的待遇，对你找下一份工作应该也有帮助的。”

连今后找工作的事都为自己考虑了，修平的体贴让一郎很感动。怎么办呢？比起现在这样被派遣公司压榨，他当然希望能帮上姨夫的忙了。可是……

“可是，我这个头？”

就算是修平开口，一郎现在也不想改变这一头金发。当初只为一时发泄染了这个头，可是后来每次因为头发被拒绝，反而激起了他内心莫名的坚持。

没想到修平的回答倒是让他有些扫兴。

“没事，没事。那些老人家可没你想的那么在意外表。他们倒是更关心出身，你是咱们千叶县的孩子，还是我的外甥，凭这些就足够让他们放心了。”

“啊？这样啊？”

“嗯，而且白头发的客人很多，说不定看到你这种浅色头发还更亲切呢。”

“……想得是不是太好了？”

虽然还不大相信，但既然社长都说可以了，那就应该没问题吧。一郎已经没有理由再拒绝了，更没必要一味纠结在对兰姨的惧怕上，于是便答应在店里帮忙配送。

每天两趟，开着面包车在负责的区域内配送便当。工作内容大致如此，只要把地图印在脑子里就行了，干起来并不费力。因为修平反复强调沟通的重要性，一郎就把更多的精力用在了维护和客人之间的关系上。

对于有些独居老人来说，一郎不仅是个来送餐的年轻人，也可能是他们一天中唯一接触的人。兰兰便当店开张的时候，修平就在公司的隐形业务中加入向客人问安的内容。不能只把便当送过去就完了，还要仔细确认客人的状态是否正常，发现问题要及时与他们的家人或相关部门联系。因此就要求配送员平时要尽量多和老人们聊天，掌握每个人的日常情况。

“今天膝盖感觉怎么样？”

“爷爷，把冷气打开吧，不然会中暑的。”

“您的花园真漂亮，那是什么花啊？”

每次去送便当一郎都会主动搭话，大多数渴望交流的老人也因此更喜欢他了。只有在最开始的时候，有些人会介意那一头金发，但到后来，老人们都把一郎当成是自己的孙子，在一起聊的也越来越多。他那种慢吞吞让人起急的说话方式反而很得爷爷奶奶们的欢心。

天生与老年人合拍。刚二十二岁已经对人生失望的一郎，感觉终于找到了适合自己的位置。他希望这种特质能发挥更大的作用，也想让那些和自己熟识的客人更开心。突然来了干劲的他不再满足于和客人们愉快地交谈，为了提升服务质量又做起了调研的工作。

喜欢哪款配餐？有没有不合口味的菜品？咸淡如何？一郎询问客人对便当的感受，然后转达给修平。“每样都很好吃哦！”开始老人们总是微笑着表现得有些客套，但只要坚持问下去，总会说出两三点不太满意的地方。主妇经验丰富的老奶奶中有些高手不光发表感想，还给他们推荐了新的菜单。

其中最特别的一位叫永泽宽子。

永泽宽子一个人住在大久保的住宅区，原来是学校的配餐阿姨。七十二岁的年龄在客人中还算是年轻的，她特别勤快，成天忙前忙后的，脑子转得比一郎都快。

可就在去年，相濡以沫的老伴先走了。那时候她每天伤心得食不下咽，人也越来越憔悴了。如果没有人说自己做的饭好吃，烹调就变得毫无意义。看母亲整日愁眉不展，嫁到四国的女儿担心她的身体，就委托了兰兰便当店给她送晚餐。

这也成了让她重新振作起来的契机。

“你家做便当很用心。我每次提出芋头太硬了、魔芋不入味之类的意见，本来以为你们只是嘴上应付一下就完了，没想到再送来的便当真的有改进。有了反馈，搞得我这爱管闲事的毛病也被勾起来了。”

修平的诚意打动了这位老厨娘的心。她凭借自己的职业经历，帮便当店提出了各种低成本菜式的方案，自己也因此找回了原有的活力。宽子越做越起劲，一郎接替前任负责配送之后，她已经不满足于口头建议，开始试做了。

按说已经有了这么大精神头应该不需要送餐了，但她好像是“因为有人交流才有了动力”。

“来，来，你看这个葫芦干，尝尝吧。”

“昨天那个豆腐肉饼，我想如果把里面的羊栖菜换成裙带菜会怎么样？就试着做了点。”

每次去送餐，一郎都会被带到起居室，然后恭恭敬敬地接过盛着试做菜肴的器皿。八块榻榻米大的起居室简单朴素，屋里总有个看起来像宽子孙女的女孩在看书。她也要负责试吃，不断地被宽子追问“怎么样？”“怎么样？”

“好吃还是不好吃，说清楚嘛！”

态度稍有迟疑宽子就急了。从某种意义上说，她也算是个难缠的客人。对于正在配送途中的一郎来说，试吃可能会耽误后面的工作，因此就需要提前出发。尽管如此，他还是想尽可能地去回应宽子的好意，也许是因为心里一直都放不下对外婆的罪恶感吧。

自己辜负了外婆的期待，现在又做起了这份和老人打交道的工作，难道是命运的安排吗？如果真是那样，他很愿意接受。在一郎心中这种想法日益强烈。

而他此时并不知道，在这个“命运安排”的前方，正有一个怒涛般的急转弯在等着自己。

一郎不会忘记，那是平成十八年（2006年）十月上旬的一天。

宽子住的那栋楼四周种满了丹桂，一到秋天就会散发出独特的香气。前一天还香得醉人，一夜秋雨过后，就只剩下大片散落的花瓣层层叠叠地铺在潮湿的地面上。看起来有些像特殊的泥土，又有些像怪异的昆虫尸体。

一郎不觉有些伤感，他把便当送去三楼的永泽家，发现起居室那朵小花今天也不见了。

“您孙女今天不在？”

总在矮桌边看书的少女——一郎很少和她说话。那是个很安静的孩子，表情也不多。不主动和她说话的话自己就从不开口。可是她不在，又觉得少了点什么。

“哎呀，美铃不是我孙女。”

宽子的回答让人有些意外。

“不是孙女，是下面的孩子。”

“下面的孩子？您的女儿吗？”

看一郎瞪大了眼睛，宽子哈哈大笑起来。

“怎么可能？是住在我楼下203号住户的孩子。”

“可她怎么总在您家呢？”

“因为回家没有人。她妈妈很晚才回来。”

美铃的母亲是单身妈妈，从早到晚都在打零工。之前美铃放学后都是和同学一起玩，可上了小学六年级后，好多朋友都去上私塾和学习班了，经常只剩下她孤零零一个人。

“她说自己没地方去，我看着怪可怜的就让她来我家了。”

“美铃不去参加学习班吗？”

“哪有那个钱啊，单身妈妈不容易啊。肯定也特别想送她去私塾什么的。”

私塾。宽子每次提到这个词，一郎就感觉心里一阵刺痛。总是独自一人静静地在洒满夕阳的房间里等待母亲回家的美铃，是一种什么样的心情呢?

“也不是因为我喜欢这孩子，美铃本来就很聪明。四年级之前一直在班里排前几名。可自从身边的同学都上了学习班，也可能因为心情不好，成绩掉得很快。要是她妈妈有时间多关心一下她的学习就好了。”

宽子皱了皱眉，突然不说了。大门口传来“嘎哒”一声，紧接着就听见美铃说：“我回来了！”

“回来啦，今天怎么晚了？”

美铃无精打采地跨过起居室的门槛。

“被老师留下了。因为考试成绩不好，说学习不能偷懒。”

她把书包摘下来，一屁股坐在边上，双手抱着膝盖。美铃个子很小，不像是六年级的孩子，一郎没办法让自己的眼睛从她身上移开。那娇小的身形，随意飘散的头发，还有贴着图书馆标签的图书，加上宽子刚说的那些话，让他忍不住胡思乱想起来。

“我没偷懒，是真的不会。”

“那你就这么和老师说呗。”

“老师说只要学不可能不会的。”

“你不是每天都在学习吗？”

“是啊，可是不会的地方还是不会。”

“那就告诉老师啊。”

“说了他也不明白。”

班主任老师肯定很严厉吧，听着美铃委屈的声音，一郎没法再沉默下去了，他忍不住冒出一句：

“你不会什么？”

这孩子竟会有如此咄咄逼人的眼神——

美铃立刻回过头来小声说了句“数学”。刹那间，一郎仿佛被那双眼睛刺中了，吓得他倒吸了一口冷气。难以形容那目光有多犀利，像是在冲一郎发火，又像是在吓唬他。但其实都不是，一郎感到浑身发麻，直觉告诉他这孩子只是用尽全力想求得帮助。

☽

对、对、对、对、对、对、对、对、对——

美铃屏住呼吸，目光紧追一郎握着红笔的手。最后一道题，伴随着美铃喉咙里咕噜一声，答题纸被画上了一个大大的圈[①]。

“哇！”

“全对，满分哦！美铃。”

“不敢相信！我做应用题从来没对过。”

宽子说得没错，美铃本来就很聪明。一郎实在不忍心看她因为搞不懂算术而沮丧的样子，于是答应每周一次晚上送餐结束后给她补习功课。才刚一个月，做事专注的美铃就已经有了明显的进步。

“哥哥，谢谢你。我妈妈看了这个，肯定会高兴得哭出来。”

---

① 在日本，批改试卷时画红圈表示正确。

“是因为美铃努力，领会得又快，教一次就记住了。倒是让我学到了不少东西。”

这话倒不假，对于初次辅导别人学习的一郎来说，美铃是个理想的学生。由于他经验不足，费了一番周折才找出困扰美玲的最大问题。应用题的理解能力和十进制概念，弄清楚问题出在这两方面，他开始有针对性地补习，也看到了喜人的变化。

“你已经没问题了，我也没什么可教你的了。再有不会的，我来送餐的时候随时问就行。”

“那个，哥哥，那个……”

“嗯？”

“那个……”

“怎么了？”

“是……”

“美铃，你有什么话就说呀！”

听美铃支支吾吾的，宽子在厨房里喊了一嗓子。

“是小萌的事，我想拜托哥哥。”

小萌是谁？见一郎询问的眼神，美铃小声说：

“那个，我的朋友里，还有人和我有一样的苦恼。”

“啊？”

“学习，我和她说了哥哥的事，小萌很羡慕，说也想让你教教她……”

美铃越说声越小，就没了后文。这时宽子从门帘里钻出来，帮她接着说了下去。

“在这个小区的38栋，也有个学习有困难的孩子。她叫小萌，比美铃小一岁，她俩从小一起玩大的。她家有三个孩子，爸爸赶上公司裁员，又生病住了医院，简直是一团糟。她妈妈从早到晚都在工作，没时间照顾几个孩子。”

如果可以的话，也请帮小萌辅导一下学习吧！面对这样的请求，一郎无法立刻答复，并不是因为拿不定主意，只是有个让他不寒而栗的疑问涌上了心头。

因为家庭原因学习受挫的孩子，在这个小区至少就有两个，也许还有很多也说不定。那全国会有多少呢？

忧心忡忡的一郎回家后上网查了一下，结果令他震惊。这真的是日本的情况吗——

大约十五年前，泡沫经济崩溃带来的严重后果遍及社会各个角落，远远超过了一郎的想象。从九十年代中期开始，失业率和接受社会救济的人数不断上升。对于许多家庭来说，别说给孩子支付私塾的学费，就连学校的伙食费都快交不上了。这样看来，像美铃和小萌这样的孩子肯定在全国各地都有不少。

也许是因为自己在外婆家过着无忧无虑的生活，虽说也听过各种传言，但一直都坚信日本是个富裕的国家。而此刻，在这个现实面前，一郎感到惶惶不安，他甚至怀疑自己脚下的地面是不是平的。

这几年日本经济的确有了一些复苏的迹象，然而那只是一部分有钱人的财产恢复。真正贫困的人并没有受益，贫富差距反倒是越来越大了。为孩子教育不惜一掷千金的家庭和付不起私塾学费的家庭，谁能来填补他们之间巨大的鸿沟呢？

私塾，一郎总是纠结在这个问题上，自然是因为无法摆脱经营私塾的外公外婆的影子。

一郎答应给小萌辅导功课，但他不愿告诉小萌自己是一家私塾创始人的外孙。并不是因为外公外婆的职业让他羞于启齿。这背后到底有什么隐情呢？就像是一块久治不愈的脓疮留在心上挥之不去。

就在那段郁郁寡欢的日子里，有天晚上大学时代的好友增野约一郎见面。

“上田，偶尔也出来喝一杯啊！”

脱离求职战线之后，一郎有意和大学时的朋友们保持着距离，这回因为是增野约他，他才答应的。两人同为登山小队的成员，增野是个爱说爱笑爱动的快节奏男孩，虽说和一郎是完全相反的类型，两人却相当投缘。一郎染头发的时候，其他人都避之不及，只有增野流着鼻涕冲他大笑。

“嘿，还留着这怪头呢！”

两人约在新宿的烤肉馆见面。增野毕业后进了一家竞争激烈的出版社，一郎以为他会是一身上班族的西服打扮，没想到坐在吧台一角的增野还和大学时代一样穿着帽衫和牛仔裤。

“编辑部就是这样，特别是周刊杂志那帮人，都是邋里邋遢的。”

“你分到周刊杂志了？”

“是啊，别提了，本来还想在色情版面大显身手一番呢，结果让我负责政治内容，一点儿情趣都没有。”

被问到近况，一郎说自己在配送便当，增野稍稍沉默了片刻，小声嘟囔着说：

“真有你的风格。”这种反应也符合增野的风格。

“对了，翔太不是进了IT公司了吗？听说辞职了。”

“啊？好不容易找到那么好的工作。”

“好像是工作之后和自己想的差距很大吧。他父母气得要和他断绝关系，还说男人只要干上一份工作就必须做到退休。”

“又是那套克己奉公的理论。”

“既然终身雇佣制得不到保证，那套理论也就不成立了。”

增野大口干着酒壶里的清酒，一郎小口喝着柠檬鸡尾酒，两人先聊了一会儿大学同学的近况。餐厅墙壁上贴满了菜单，周围吵吵嚷嚷的都是下班的公司职员。每次看到这些打着领带的男人，一郎总会因为自卑而感觉到局促，这让他对自己很失望。

“哦，对了，你外公就是经常在报纸上谈教育的那个人吧。”

酒喝微醺相聊甚欢，增野忽然提到了吾郎的名字。

“接下来我们周刊杂志打算做一个《宽松教育是什么》的特辑。安倍召开的教育改革会议提出要重新审视宽松教育。看来宽松还是不行啊，所以社里想找一位言辞犀利的专家好好抨击一下，你外公能帮我们吗？”

“宽松教育啊。”

一郎的声音听起来有些闷。面对众口一词的批评之声，文科省[①]屈服了，去年已经明确表态要转换方针。说到宽松教育，他的心

① 文科省全称文部科学省，前身是文部省。2001年1月6日起由原文部省及科学技术厅合并组成，是日本中央政府行政机关之一，负责统筹日本国内教育、科学技术、学术、文化及体育等事务。

情颇为复杂。自己刚好是“宽松”之前的一代，可一遇到事却总是被大人们奚落说什么“瞧吧，这就是宽松”。

“我也是无语了，宽松世代[①]那帮人确实让人受不了。可是当初拍拍脑袋就把宽松吹上了天，现在墙倒众人推，谁都想踩一脚。要是我外婆活着的话，肯定又要愤愤不平了。”

“这样啊，那你外公呢？有没有尖锐地批评过？”

“啊……应该没有吧。他本来就不是那种喜欢抨击别人的人，而且好像对文科省经费困难的问题还挺同情的。”

“哦，的确像那种稳健的角色。”

可能是觉得这事没戏了，增野就没再往下说，话题一转又聊起了今年夏天登富士山的事。可一郎却感觉有什么东西留在心里刺得难受，让他集中不了精神。这种异物感来自哪里？为了弄清楚它的真面目，趁增野沉默的间隙一郎又把话题拉了回来。

“我说，宽松教育到底是什么啊？”

“上田，你这家伙还是这样一根筋。”

“我记得，刚开始推行宽松的时候，文科省的官员还言之凿凿地说，今后就不会有落后生了。可是根本就没做到。而且因为课时减少，学习跟不上的孩子反而增加了。能上私塾的孩子都去上私塾了，上不了的孩子就被落在了后面。”

一郎脑子里浮现出美铃和小萌的样子。家境宽裕的和不宽裕的

---

① 宽松世代指1987年以后出生的世代，因这个世代的人在就学时期主要受到2002年开始推行的“宽松教育”影响，被舆论认为学习能力下降，各方面竞争力都不如之前的世代。

孩子，他们之间的差距被越拉越大，难道宽松教育不应该承担一部分责任吗？想到这些，他内心里就涌起一股愤怒。

“这算什么啊，太不公平了！”

借着点酒劲，一郎发起牢骚都比平时强硬了。“咳。”增野倒是一副满不在乎的样子。

“政府那帮人觉得教育平等，不过是明治时代的幻想罢了。”

“啊？”

“有个很有意思的资料。”

增野说着把脚边那个看似很沉的波士顿包举了上来，从包里拿出一个透明的文件夹，里面夹着一张铅字印刷品的复印件。

“上田，你知道宽松教育是谁提出来的吗？”

“不知道。”

“是现在已经解散的教育课程审议会那帮人。这份就是原会长的发言。记者齐藤贵男采访他的时候，这位大叔把他们对宽松教育的真实想法都说出来了。”

一郎大概看了一下马克笔标出来的内容，表情随之变得凝固。

并不是担心会出现学力下降的问题，而是我们做课程审查的时候已经有了这个心理准备。如果平均学力再不下降的话，今后日本就很难发展了。就是说，让那些不行的人自生自灭。战后五十年，在提升落后生底线上消耗了太多精力，今后要用于拓展优等生的无限可能。一百个人里有一个足矣，不久之后他们会带领这个国家前进。其余那些能力不足的人，只要能做到忠诚正直就够了。

（日本的）平均学力高是因为一直在鞭策激励国民，要让这个落后的国家追上并超过那些现代化的国家。如果在国际上比较的话，美国和欧洲的分数比我们低，但是都培养出了杰出的领导者。日本必须变成那样的发达国家。这就是“宽松教育”的真正目的。现在说精英教育还不合时宜，所以就采取了一种迂回的方式。

这是什么啊！一郎看得目瞪口呆，增野怅然若失地对他说：

“说到底，这才是掌控国家那帮人的真心话。说得像煞有介事，可能他们真的认为那才是日本唯一的出路吧。”

“除了精英，其他人都要被这样丧心病狂地舍弃吗？”

“是啊，他们觉得没有才能的人只要老老实实工作就行了。”

“可并不是都没有才能的啊！有些资质好又上进的孩子，只是因为家里没钱就被其他同学落下了。难道国家连这些孩子也要舍弃吗？”

奇怪。有什么东西在内心肆无忌惮地蔓延着，一郎紧紧地握着啤酒杯的把手。增野一边摇晃着见底的酒壶一边说：

“我说上田啊，所谓国家是保护国民的，那不过是昭和时代的幻想罢了。要我说，现在的日本已经指望不上了，今后只能自己保护自己。”

增野眼神冷静，根本看不出他刚喝光了五壶酒，一郎热血沸腾的身体也渐渐冷了下来。小饭馆里一片嘈杂，他突然像喝醉了似的感觉头昏脑涨，增野的话就回荡在脑海里。今后只能自己保护自己——

结果那天晚上两个人因为喝得太多错过了末班车，只好在桑拿房凑合了一宿。第二天清早，增野就穿着前一天的衣服直接去公司上班了，走之前他拍拍一郎的肩膀说：“便当店加油哦！”又满面愁容地留下一句话：

“孩子和老人都无法开怀大笑的国家没有未来。”

那个周末，菜菜美和樱去了上田家。

“你听听，老爸上周去了京都，这周去了福冈，下周还要去广岛。最近一到周末就满处跑。让他休息休息，根本就不听。真是在外面疯惯了，改不了。”

菜菜美母女俩搬去八千代台老房子改建的外公家已经快五年了。开始菜菜美说老人独居不安全，主动承担起了照顾的任务。可结果呢，她平时都把樱交给吾郎照看，自己跑出去工作，这个“外公”用得还挺顺手。吾郎不在家的时候，就经常带着樱去上田家蹭晚餐。

“跑那么多地方干吗？演讲？”

“是啊，我就奇怪了，怎么哪儿都有一帮老太太追着老爸啊。年纪大的人求他，他从来不会说No。”

“还是老样子。”

“尤其是最近，全都是让他去谈教育基本法的。修订引发的争议让大家很不安。”

只要菜菜美她们来吃晚餐，几乎每次都是手卷寿司派对。有一半加拿大血统的樱虽然头发、皮肤和眼睛的颜色都比其他人浅，却吃不惯花哨的西餐，见了生鱼片就挪不开眼睛。鲷鱼、金枪鱼、三文鱼、鱿鱼、章鱼。杏也正是食欲旺盛的年纪，就看她们俩抢着吃，在铺开的海苔上放上醋拌米饭，然后再加入各种生鱼馅料卷起来。“我们已经过了可以尽情享用碳水化合物的年纪了。”蕗子和菜菜美不敢多吃米饭，只拿生鱼片当下酒菜，边喝啤酒边聊天。只有一郎一个男生被夹在中间如坐针毡，平时他都是一声不吭地填饱肚子就跑回自己房间的。

可这天却不知不觉地插上了话。

“我说，教育基本法，到底有什么意义啊？”

一颗鲑鱼子从蕗子的筷子上掉了下来，其他三个人也一起转头看着一郎。

“意义吗？”

过去从来不会加入这种话题的儿子让蕗子有些措手不及，不过她还是认真思考着如何回答。

“嗯——可以说是战败后，代替教育勅语推出的一个方针吧。主要是表明日本坚守民主主义教育的基本态度。”

“基本态度，是什么？”

“尊重个人的尊严、崇尚真理和正义之类的，都是些标准化的东西。所以长久以来很多人是不满足于这些的。”

“不满足？”

“说是应该把培养大和魂啊、爱国心之类日本独有的精神元素加进去。”

“教育的平等呢？”

“平等？”

“所有人都有平等接受教育的权利，没写吗？”

“当然有，说的是必须给予所有国民根据他们能力接受教育的机会。”

“可是，没有平等地给予啊。”

“啊？”

“根本就不平等。”

一郎气哼哼地咬了一大口章鱼和梅子干的手卷。明明是自己喜欢的口味，但是吃着一点都不痛快。教育不平等，自从那晚和增野喝过酒之后，这个问题就一直压在他心上。增野说今后要自己保护自己，可是美铃和小萌这样的孩子怎么保护自己呢？难道让小学生自己赚钱交私塾的学费吗？

有没有什么组织是专门帮助她们这种孩子学习的呢？一郎满怀期待地彻夜在网上查找，却没有发现这样的机构。有些团体是支援患病儿童、残障儿童和遗弃儿的，但还没有一个组织是向贫困孩子提供“学习援助”的。

“我说……”

吃饱了肚子的杏和樱都开始打游戏了，这天晚上一郎始终没有离开餐桌。

“外婆原来是不是经常在私塾开设免费课程？”

“补习室吗？是啊，生病前还一直在上课呢。”

“现在还有吗？”

“应该还有，国分寺对那个也很热心。”

“免费课程能对私塾以外的孩子开放吗？”

一郎抱着一线希望，可母亲的回答却让他失望了。

“估计不行吧，那样的话，付钱把孩子送来的家长肯定要提意见。”

“这样啊。”

“可不是吗？现在这个社会不光是妈妈们，连爸爸们也开始计较钱了。”

遭到拒绝的一郎不吱声了，蕗子担心地望着他。

“怎么突然问这些？”

或许是因为有菜菜美在吧。迟疑了许久，一郎决定把美铃她们的事说出来。和母亲两个人时气氛容易变得凝重，有这个喝多了就笑个没完的姨妈在多少能缓和一些。

“是这样啊，原来阿一在做这些……”

一郎给送餐时遇到的女孩补习功课，蕗子知道后颇为感慨，沉默了片刻又说：

“确实，我们学校拖欠伙食费的孩子也变多了。我很理解你想为她们做点什么的心情。”

不过，蕗子的声音沉了下去。

“这件事你还是不能去求国分寺。毕竟私塾有它的制度，而且千叶私塾最近的经营状况好像也不太好。”

“啊，是吗？”

“这几年因为招不满学生而面临关停的校区越来越多。少子化的影响还是挺大的，连四谷大塚都被永濑兄弟公司（Nagase Brothers）收购了。”

“千叶私塾也会被收购吗？”

“应该还没到那个地步，但是做不挣钱的慈善肯定不现实。尤其是老爸回归之后，不像老妈那时候那么重视经营了。完全把重心放在课程质量上，钱的方面估计没少让国分寺为难。”

外婆退下来之后，千叶私塾重新挂起大岛吾郎这块招牌，也因此得到了以老毕业生为首的一部分家长的大力支持。国分寺接任校长之后，表面上看并没有人气下滑的迹象，难道内部的财务状况正在恶化？一郎沉默了，不知该如何面对如此严峻的状况变化。“喂喂！”见母子俩都不说话了，菜菜美赶紧插了进来。

“这件事没必要非依靠国分寺吧，阿一做起来不就行了？”

第一遍听的时候，一郎的耳朵一时没反应过来。

“阿一自己做不好吗？”

第二遍听的时候还是一头雾水。

“啊？”

“不是说没有援助孩子们学习的组织吗，那阿一就成立一个呗。比如不收钱的私塾那种。”

说到第三遍，一郎才明白是菜菜美啤酒喝多了。

“小姨，你醉了！”

“就这种大瓶的，喝个一两瓶怎么可能醉呢？”

菜菜美醉眼惺忪地瞪着一郎。

“阿一，你爸爸可是为了让世界更美好而战的上田纯！现在轮到你了，只要发现这世上有什么不好的，就要坚定地站出来。要学习奥特曼兄弟！”

完全喝醉了。一郎把视线从小姨身上移开，又不知道该看什么。他看到一脸无奈的母亲，看到电视机前争抢游戏控制器的姐妹俩温馨的背影，又看到餐柜上贴着的粉红的遗照。

实在没的看了，又把目光转回菜菜美。

“干吧，阿一！”

“不行。”

想了半天只说出这一个词。

“为什么不行？”

“我做不到的。”

“只要脑子里想那么干就足够了。你爸爸在左思右想之前早就拿着铁棍子杀出去了。”

“我爸他们那会儿就流行这个，这样才受欢迎。现在时代变了，我也不是他那种类型的。”

“你原本也不是染金发的类型啊，可是没想到自己还挺喜欢吧，人就是这样的。”

“那个和这个不一样。”

“哪儿不一样了？”

“反正我早就决定了，绝不会接近教育界。”

“为什么？”

“不为什么。”

一郎无言以对。在身为小学老师的母亲面前，他犹豫要不要说出真心话。

我，已经和教育没关系了！每次父亲喝醉酒都会这么说。可能是受父亲影响，一郎始终对教育界存在着某种抗拒。虽然总是笑着说不留恋，却感觉父亲的笑容若有所失。不知道他曾经工作的千叶私塾到底发生过什么，但一郎推测很久以前，母亲和外婆关系的破裂应该和那个私塾有关系。原本神圣的校舍，在一郎眼中却成了一大片恐怖的泥沼。

从一开始他就感觉教育的给予者在某种意义上支配着教育的接受者。秋田县以重视教育出名，在那边读书的时候，每次看到学校老师眼睛里那种支配者的眼神，一郎就会暗暗生出一丝反感。初中二年级搬到千叶县，不走运又被憎恶私塾的班主任视为眼中钉，动不动就说什么"你家私塾怎么教的我不知道……"回到家还要被迫听外婆对学校无休无止的批评，更加深了一郎心中的阴影。无论是学校还是私塾，都想用教育这根绳子任意地将孩子们捆绑在自己的阵地里。这种不信任感至今还潜藏在他内心深处。

"我说，你再好好想想。只要阿一想干，我也会出把力的。"

菜菜美临走前又和一郎念叨了一遍，却没能动摇他不想踏入教育界的念头。毕竟那份抗拒存在心里不是一两天了。

可他心里并没有放下这件事。时不时就会想起美铃和小萌，也就自然而然地想起了菜菜美离谱的提议。说不想不想还是会想，搞得那段日子他这个轻松的自由职业者也像被套上了枷锁，成天愁眉不展的。

恰好在那个时候，又出了件让一郎堵心的事。

和往常一样，那天傍晚送餐结束后他去宽子家给小萌补习功课。

四门功课都有问题的小萌，和本来就喜欢学习的美铃情况还不太一样。教她什么反应都比较慢，也不怎么积极。教过一次的东西很快就忘了，总是犯同样的错误，而且从来都不写作业。

考虑到这孩子的家庭状况，一郎对她也很宽容。可小萌打开空白作业本时总是很坦然，看不出丝毫的内疚，他又觉得这样下去不行。

那天，一郎第一次严肃地批评了小萌。

“我知道你要给家里帮忙很辛苦，但作业一定要做。如果全做完有困难的话，可以先做一半，或者一两道题都可以。要慢慢养成督促自己学习的习惯，否则不会有进步的。”

小学五年级的小萌天真懵懂，面对一郎严厉的口吻，既没有伤心羞愧也没有心怀不满，只是一脸的惊愕。除了惊愕一郎什么都没看到，他懊恼万分，感觉一朵纯洁的小野花被自己践踏了。

自己连一个孩子的学习都照看不好，还想成立什么助学组织？

那夜比平时更难熬，他辗转反侧难以入眠。迷迷糊糊地醒过来，又心烦意乱地睡过去——在难以挣脱的混沌中寻求一线光明，一郎的意识在不知不觉中向某个方向倾斜了。

八千代台。

据说外公家附近原来长着茂密的松林，还有白鹭在松林上空盘旋。虽然母亲说她亲眼见过，但一郎还是觉得难以置信。就像听别人说“很久很久以前有个老奶奶在河里捡到一个桃子”的故事差不多。现在那里只是一处极其普通的住宅区，外形颜色相似的民宅一栋连着一栋间隔相等地排列着，让人完全失去了方向感。

那天送完午餐的便当，一郎开着面包车去吾郎家，透过前挡风玻璃看到天上飞来飞去的都是黑黢黢的乌鸦，家家户户院子里种的树在寒风的侵袭下落了一大半叶子。

只有吾郎家看起来没有那般萧瑟，也许是因为门前争相开放的大波斯菊吧。隔着大片的淡红色还能看到里面绿油油的小菜园。

平时白天在家的时候，吾郎不是摆弄菜地就是在二楼的书房里写作。天阴阴的，院子里没看到人影，看来今天是后者。

一郎把面包车停在前院，正要往大门口走又停住了。面前的大门从里面打开了，跟着走出来两个人。是吾郎和一个老妇人，看那老妇人走路晃晃悠悠的少说也有八十多岁了。吾郎一边小心脚下一边往院子里走，可能是眼神不济，都走到面前了才“啊”了一声抬起头。

“我还以为是谁呢，原来是一郎。”

“哎呀，这是哪位啊？”

“是我外孙，大女儿家的。”

虽然没搞清状况，一郎还是礼貌地说了句“我是上田一郎”。一头白色盘发的优雅老妇人也客气地点了点头。

“哎呀呀，我没少给大岛老师添麻烦啊。”

走近一看估计，老人已经超过八十五岁了，吾郎和她站在一起显得格外年轻。可这老妇人眼里却闪动着一种可爱的犹如少女般的清纯。

吾郎一直把她送到大门外。一郎问道：

“那人是谁啊？”

“住在附近的春乃女士，有时候会过来。”

“春乃？”

“就像春天一样的人。”

“比您大几岁？”

“十五六岁吧。”

“外公，你是不是也太没原则啦！”

看一郎一本正经的样子，吾郎停了几秒，然后就前仰后合地大笑起来。他这人一向只陶醉在自己的笑话里，对别人的段子不大感冒，今天这样还真少有。

“我还真想说实在没脸见人啊。可是太遗憾了，我只是在教她认字。”

“认字？”

“听说是小时候因为家里的原因没上过学。她和我商量问有没有时间教她读书写字，我就答应了。”

“现在开始学习读写？”

都这个年龄了，为什么啊？看一郎满脸不解的样子，吾郎接着说：

“明年是她老公的米寿，她说无论如何都想亲手写一封情书当礼物。”

一郎冷不防看过去，发现吾郎眼睛里闪着比平时更灿烂的笑。

“有点儿嫉妒啊，不过也只能尽力帮她啦！”

外公眼里没有支配者的眼神。他干了一辈子教育，怎么就一点都没有教育者那股劲儿呢？在一郎眼中他还是那个谜一样的老头儿。

“我说，你今天来干吗？”

吾郎像是突然想起什么似的歪着脑袋问。

“午饭吃了吗？”

一郎说着举起手里的两盒便当。

“多出来的，还没吃的话就一起吃吧。”

他不好意思说，只是想来看看。

一郎和吾郎没有血缘关系。母亲蕗子是吾郎的养女，从这点来说和亲生女儿兰还有菜菜美不一样。可不管是过去还是现在，都有很多人说“你和你外公真像”“眼睛长得一模一样”之类的话。尽管觉得人的感觉靠不住，但一郎并没有不高兴。

对一郎本人来说，有吾郎在身边总会感到莫名的安心。他的确有种感觉，自己在血缘之外的地方和这个人紧密相连着。所以每当自己一筹莫展的时候，就会突然跑到外公家去。

但他并不是去诉苦或发泄，那只是男人之间的一种交流。这天也一样，两人在起居室里一边吃便当一边聊着修平的减肥、杏热烈的单相思（对方是“手帕王子”齐藤佑树），还有软骨上的耳洞很容易化脓不能大意之类的，都是些无关紧要的话题。

“一郎，你遇上什么麻烦了？”

饭后两人坐在能眺望庭院的檐廊下喝茶，一郎被问得吓了一跳。

“嗯？为什么这么问？”

“幸福的年轻人是不会来老人家里的。”

“是吧。”

“有什么话就说吧。”

当外公的手放在自己肩头时，一郎很想把堵在心里的话通通都说出来。

但是，不能说。外公是千叶私塾的创始人，没理由和他提那些因为上不了私塾而苦恼的孩子啊。

可另一方面，他又很想知道吾郎的想法。

“那个，比如说……”

一郎于是兜了个圈子。

“有件事让我很发愁，自己能做的只有很少一点。也有人对我说，这一点是不够的，应该去做更多。可是这件事太大了，我办不到。明知道是不可能的，可还是放不下……”

不行，这圈子兜得太大了。一郎又一次对自己的表达能力感到绝望，而吾郎却一边望着随风摇曳的大波斯菊一边说：

“就是说你没有自信对吧？”

没想到竟然把重点说清楚了。

“啊，是，应该是。”

“那就不用担心了。没有自信也会有办法的。”

“啊？”

“很久很久以前，在这个房子里开办私塾的时候，我也和现在的你差不多大，可以说是一丁点自信都没有。只是在难以抗争的情势下任其发展，也可以说是被三个女人绑架了。”

“三个？外婆、妈妈和……”

“你妈妈的外婆赖子。一郎，你千万记住，谁也无法击败三个联起手来的女人。”

“啊。”

“我自己既没有胆量也没有钱，什么都没有，就是个两手空空的毛头小子。能不能把私塾经营好？一身毛病的自己能不能做一个好丈夫、好父亲？我完全没有自信。”

吾郎仰起头，像是在看那老房子的屋檐。他布满皱纹的脸上又多了几道笑纹。

“实际上婚姻生活并不顺利，也不知道自己有没有成为一个合格的父亲。不过所有的事情都走在既定的轨道上，时间就这样一天天过去了。”

“外公，就算您说得轻松……”

“一郎，我不知道你在犹豫什么。你可能没意识到自己有多年轻，与其什么都不做将来后悔，不如做了再后悔。”

“嗯，说不定还成了呢，对吧？”

两人相差了四十多岁，寒风从他们中间吹过，脚下的落叶沙沙作响。一郎喝了口变冷的绿茶，长舒了一口气。

“外公，不管怎么说，您都是个有实力的男人，既懂得教孩子们学习又会写书。可我就不一样了，找工作一败涂地，现在才明白外婆说的那些话。”

“嗯？”

“她说我前途堪忧。您看我这人反应迟钝，不是经常让别人着急吗？”

“啊，你说说她，过去总嘲笑过度保护孩子的妈妈，结果自己却成了过度干涉你的外婆。”

人真是搞不懂的动物。吾郎边小声嘀咕边摩挲着手里那个缺口的茶杯。

“不过呢一郎，要我说啊，我从来没担心过你的未来，反而觉得能做成大事的可能就是你这种类型。”

“啊？您说什么呢！”

“如今这个时代，凡事靠小聪明的人可能比较得宠，但会耍手段的人往往都小富即安。要花时间做大事，坚持比手段更重要。”

“外公，您是在安慰我吗？”

“不是。数学家远山启曾说过，达尔文、爱因斯坦还有门捷列夫他们都不是脑子转得快的人，但都是能深入思考的人。”

“深入思考……”

达尔文、爱因斯坦。一郎脑海里浮现出这些伟人的影子，连那样的天才脑子转得都不快。伟大的事业是坚持不懈的成果。真的吗？如果是真的话——

吾郎的鼓励奏效了，想想自己这么容易释怀，一郎不好意思地低下了头，表情比刚刚放松了许多。外公竟然看出自己是个思虑周全的人，着实让他有些难为情。

“谢谢外公。”

是啊，没必要这么快下结论。现在应该是沉下心来深入思考的阶段吧。

“我会再好好想想的，结果怎么样不知道，但不会先说不可能了。”

一郎心里轻松了一些，他朝微笑的外公点点头。

——对嘛，用自己的头脑思考！

有一个声音夹杂在随风飘散的花粉中从耳边掠过。

可现实并没有留给一郎太多思考的时间。

离开外公家几小时后，一个难以逃避的决定就摆在了面前。

配送晚餐时，一郎照例来到宽子家，门口的童鞋引起了他的注意。一双本来应该是白色的土黄色球鞋是美铃的，可这天旁边又多了一双原本是红色但已经发黑的帆布鞋，那是小萌平时穿的。

给小萌辅导功课是每周四送餐之后，可今天是周二。一郎正纳闷呢，宽子走过来小声对他说：

“小萌说有东西要给你看，进来看看吧。我去热一下肉馅煮萝卜，你顺便尝尝。”

说完就消失在厨房里了。

有东西要给我看？什么啊？一郎边琢磨边往起居室走。小萌和美铃面对面坐在矮桌前，见一郎进来吓得赶紧低头，大概还是因为之前作业的事被批评了吧。想起那件事一郎心里很不舒服，他一屁股坐在两个人中间。

“小萌，今天怎么来了？“

他尽量柔声细语地说，可小萌还是不抬头。

“小萌，快拿出来吧。”

在美铃的催促下，她才战战兢兢地递过来一个本子。

“那，这个。”

“这是？”

“作业。”

一郎瞬间提高了声调。

“你做啦？！”

说完就迫不及待地打开本子，果然作业那页都写满了。小萌最怕除法，尤其是三位数除以两位数的计算，一郎给她出了十道题。粗粗看了一下有七道题没做对，但是起皱的纸面和橡皮涂改的痕迹都说明小萌很努力了。

“还是全错了？”

“不，有对的。真棒啊，小萌。”

“啊？”

“十道题都做了，这就已经很了不起了。不容易吧，用了多长时间……”

说着说着声音有些颤抖了，一郎感觉有股热热的东西从喉咙往上涌，连他自己都没想到，小萌做了作业，就为这点事他高兴得快要哭了。

可哭的不是一郎，而是小萌。她眼里的慌张不见了，刹那间大颗的泪珠夺眶而出。

“小萌？”

“表……表……”

“表？”

“表扬我了。”

小萌不住地抽泣着，美铃靠过来轻抚她颤抖的后背。

“哥哥，你不知道，小萌在学校里就是个小豆子。”

“豆子？”

“有她和没她都一样。就算考试成绩不好，上课睡觉，谁也不会说什么。不写作业老师也没骂过她。大家好像都觉得拿小萌没办法。”

“怎么会……”

“所以那天被哥哥训，她吓了一大跳，虽然吓着了但是却很开心，因为开心所以就很努力，努力……”

美铃说不下去了，把脸埋在小萌背后哭了起来。一郎眼里再次充满了泪水，可还没等他的眼泪流出来，厨房那边又传来一个人的哭声。

“呜呜……呜……”

一看才知道是宽子蹲在厨房和起居室之间的门帘下呜咽着，应该是听到了美铃说的话，她用围裙捂住脸尽情哭泣的样子止住了一郎的泪水。

小萌、美铃、宽子——房间里同时回荡着三个人的哭声，只有一郎恢复了平静。他极度冷静又猝不及防地意识到一件事。

自己已经没有退路了。

就像是种毫无道理的命中注定。“一郎，你千万记住，谁也无法击败三个联起手来的女人。”外公的声音回荡在耳边。啊，没错，自己果然从这个人身上继承了某种东西。就算不够自信，就算有些自不量力，就算自己只是一位对教育界抗拒的大岛一族的编外人员。

一旦下定决心就感觉畅快多了。接下来还有数不清的困难在等着自己吧，不过从明天开始发愁也不晚。

“小萌，错的题，我周四一起给你讲。”

等女人们哭得差不多了，一郎才从宽子家出来。那天傍晚送完餐回家的路上，他大步流星地走在月光下。好久都没有这种从厚重盔甲中解放出来的感觉了。回避解决不了问题，他终于迈出了正确的第一步，不安与振奋同时搅动着内心。

“我回来了！”

回到家，一郎还和往常一样先去父亲和外婆的遗像前祈祷，然后就直奔蕗子。在他最苦恼的时候母亲从来不多说一句话，只是默默地守护着自己。现在他要第一时间把自己的决定告诉母亲。

“妈，我……”

蕗子正坐在起居室的餐桌前写报告书，她看了儿子一眼，没等一郎说出口就微笑着说：

“妈妈支持你。”

如同满月般慈爱的笑容，像一股暖流注入一郎刚刚在外面冻得瑟瑟发抖的身体。

尽己所能，竭尽全力。外婆，看我的吧！他在心底默念着。

☽

应接不暇的日子开始了。

创建一个组织，帮助那些上不了私塾的孩子。这样一个宽泛的计划在具体实施过程中，首先必须解决“场地”和“人”的问题。

幸运的是，给孩子们辅导学习的场地没费什么力气就找到了。菜菜美毛遂自荐要给一郎当助手，她找到自己做办事员的贸易公司藤浦商事的社长商量，希望能得到他的帮助。社长和菜菜美一样也是绿色和平组织的成员，本来就热心公益，他答应每周日把公司的会议室借给一郎他们自由使用。公司的四层小楼地理位置也很理想，距离四通八达的JR船桥站步行只要十分钟。

关键问题是人。究竟能接收多少孩子，在没有正式启动前都不得而知。但显而易见的是，只有一郎和菜菜美两个人是难以应付的。既然不向孩子们收费，也就意味着无法向辅导的一方支付报酬。

一郎和菜菜美第一步要做的就是招募一些认同组织宗旨、愿意无偿提供帮助的志愿者。他们先是申请在地方自治区发行的报纸和区域信息杂志上发布招募广告，但很快就碰壁了。

“免费上课？那是属于NPO（非营利组织）的一种吗？有许可证吗？啊，还没正式开始吗？”

“实在抱歉，按规定，提供不了过往业绩的团体不能在我们这儿刊登招募广告。”

教条主义的高墙难以逾越，不管他俩如何强调这不是一个危险组织，并强调了学习援助的重要性，那些负责人一概不予理睬。甚至还有人说：“贫困家庭？你说的还是我们国家的事吗？”一亿总中流[①]的意识在某些人心里依然根深蒂固。

---

① 一亿总中流是19世纪60年代在日本出现的一种国民意识。在终身雇佣制下，九成左右的国民都自认为是中产阶级。泡沫经济崩溃后，有人认为一亿总中流也随之崩溃。但政府调查显示，只有一成以下的国民自认属于下流阶层，说明一亿总中流的概念并未消失。

一郎他们没钱在普通报纸上打广告，只能靠自己的力量招募伙伴。两个人说干就干，马上在互联网上制作了主页，介绍无力负担私塾学费的孩子们的现状，呼吁大学生及有经验的人士加入成为“志愿者教师”。与此同时，他们还在各大网站及蜜秀网[①]上发布招募贴、拜托本地的熟人朋友帮助推广、向蕗子熟悉的退休教师发送介绍函等，想尽一切办法将消息散布出去。

结果超出了他们的预期，招募开始只有短短两个月，应征人数就达到了二十一人。

大家应征的动机各不相同：想帮助别人；想丰富退休时光；对社会的贫富差距感到不满；喜欢孩子；想积累社会经验；想发挥过去做教师时积累的经验；希望对今后求职有帮助。

新年刚过，平成十九年（2007年）的一月下旬，一郎将这群形形色色的应征者召集起来开了第一次碰头会。

会议地点就定在藤浦大厦三层的会议室，参会人员的年龄层完全是两极分化。二十一个人当中有十四个人是在读大学生，剩下七个人是退休组，中间年龄层的一个都没有。可能对于工作繁忙的上班族来说，每周日再做义工有些强人所难了吧。其中最多的是教育系的女大学生，估计是因为当初希望有更多的年轻人加入，他们就把各大学的网上论坛当作主要的宣传渠道。

淡绿色墙壁包围的会议室内弥漫着妙龄少女的气息，让退休组那几个人多少有些不自在。他们多为退休的学校教师和私塾教师，

---

① 蜜秀网（Mixi）是日本2004年上线的社交网站，已经成为了日本的一种时尚文化。

有丰富的教学经验。对此一郎感觉既踏实又不安，自己一个十足的外行能带领这些老前辈吗？

担忧很快就变成了现实。

“首先请我们的带头人说两句吧。”

一郎被菜菜美推着站到了并排就座的应征者面前，在四十二只眼睛的关注下兴高采烈地讲了起来。

“今天非常感谢各位专程过来。那个，学习援助这种形式过去在日本是没有的，接下来要怎么做，如何去实现这个计划都没有经验可循。不夸张地说，目前还处于一张白纸的状态。因此还要，还要请各位多出谋划策……”

也许是他结结巴巴的致辞让人听得起急，刚说到一半退休组就有人提出质疑。

“我说你啊，一副吊儿郎当的样子，说什么都不让人信服啊！”

“吊儿……郎当？”

“你要真是诚心想帮助孩子们，就先把那个头发换换吧。”

自己的金发遭到抨击，让一郎哑口无言，整个退休组都向他投来了冰冷的目光。

“无非就是兴趣小组的延续吧。”

“我听说是大岛吾郎的外孙才来的，这算什么啊！”

“敷衍了事的话，别说帮不了孩子，还可能带给他们负面影响呢。”

退休组劈头盖脸的指责把一郎吓傻了。对于年轻人的品行，这些长期从事教育工作的人眼里容不下半粒沙子。怎么事先没估计到这种情况呢？送餐时接触的老人都对自己很好，所以就完全忽视了。

“那，那个……”

怎么办，如何收场？一郎大脑一片空白，嗓子干得冒烟。这时候，一个意想不到的大救星出现了。

“才不是什么吊儿郎当呢！”

跟菜菜美一起来的樱，突然在会议室后面大喊了一句。

“不管头发是什么颜色，一郎哥哥还是一郎哥哥。你们不知道就不要瞎说！”

本来是个文静的孩子，可一旦遇上自己不服气的事，樱就会骤然表现出内心强悍的一面。尤其是说到头发的颜色，她自己平时也没少因为这个受气，简直就像是踩了这个混血的地雷。

“哎呀，连小孩都染头发。”

“不是，这孩子她，不是那样的……”

“棕色头发有什么不好吗？”

“别说了，樱！”

退休组越吵越凶，樱气得暴跳如雷，菜菜美急忙冲过去安抚女儿。在这地狱图景般糟糕的情况下，一名女大学生勇敢地站了出来。

“我也同意这孩子的意见。”

笔直的黑色长发，黑黑的大眼睛。乍看像个标致的日本人偶，却用藏在怀中的匕首将退休组一刀斩断。

“只要组织的宗旨是真的，带头人的头发是什么颜色都无所谓，争论这些实在是太愚蠢了。你们要是不想帮这个金毛小子，就不用在这儿废话了，干脆撤回应征不就完了？”

与相貌极不相符的犀利言辞让吵嚷声戛然而止，寂静里暗藏着危机。一郎不祥的预感应验了。

“看来今天我们就不该来。”

随着第一个人的离场，噩梦就此展开，愤怒的长者们相继走出了会议室。

“那个，请等一下，我们再好好谈谈，一定……”

一郎的挽留无济于事，暴风骤雨后的会议室已不见了退休组的踪影。

无论怎么看，这都是个混乱的开始。

“剃光头？别这么没出息。只是该走的人都走了，大多数学生不都留下了吗？这说明他们认可了现在的阿一，你只要放心大胆地去做就好了。”

“是啊，哥哥不是总对樱说吗？看人不要看外表而要看内心。这不刚好是以身证言的机会吗？”

“小樱也反对哥哥剃光头。”

“从孩子们的角度出发，这样反而更好。孩子都很喜欢年轻老师，特别是上中学之后他们对大人产生了严重的不信任感。我看你也没必要非拽着那帮老人，和年轻人一起更容易做事。”

“可能因为女生比较多，学生们大都挺同情阿一的。感觉像是一定要帮帮这个不靠谱的带头人，结果也不算太坏。”

那天夜里，上田家紧急召开了“鼓励阿一大会”。母亲，妹妹、表妹和两个姨妈，一郎被五个女人团团围住。可越是被鼓励他就越感觉灰心，真希望她们都别管自己了。

从零开始变成了负数。因为自己的想法太肤浅，惹恼了好不容易才招募来的退休组。失去了这些人的宝贵经验，恐怕学生们也会感到不安吧。一郎无药可救地陷入了自我厌恶当中。

不知道是幸运还是不幸？求职全军覆没让一郎适应了自我厌恶。没有一个地方愿意接纳自己，在彻底失去自信中度日。可是换个角度思考，正因为有了那段经历，才有了今天下决心想做点什么的自己。这么一想，心中被压垮的斗志又悄悄涌起。

是啊，困难是不可避免的。既然决定要做，就不能因为这点小事放弃。现在该做的的确不是剃光头，而是为一周后的第二次碰头会做好充分准备，挽回这次的失利。

一郎立刻着手准备。他先给第一次开会最后留下的十二个人制作了通信录，而后归纳了今后需要大家一起探讨的话题，又复印了有关近年来领取生活救济金的人数和伙食费滞纳率的资料作为参考。此外，他想起菜菜美曾经抱怨“和加拿大相比，日本的教育费用高得离谱”。于是又增加了各个发达国家与日本教育费用的对比数据。

功夫不负有心人，第二次会议比初次会议更具有建设性，还针对组织今后的发展展开了讨论。

学习会的形式、入会孩子需要符合的条件、孩子的募集方式。大家就每个问题都交换了意见，深入探索着组织的方向性。因为要占用假日，所以成员中女生占了八成。她们个个积极踊跃，完全不需要一郎勉为其难地发挥什么领导力。

不过，还是有些问题一时找不出答案，让十二个人加上一郎和菜菜美都犯了难。

其中之一就是被忽略的组织名称。会议上有人提出活动开始时组织应该有个名字，可是大家反复讨论却迟迟定不下来。

不要太夸大，质朴一些的名字比较好；有亲和力的名字比较好；因为是一种全新的尝试，名字不要太老套，最好能有点创意。在抽象概念方面大家的想法都差不多，可说到具体的建议又张不开嘴了。

“要不就叫，学习援助会？”

“免费学习会。好像缺乏冲击力。”

“Study Supporters，简称SS。怎么听着有点耳熟呢？”

和取名一样，同样被留到下次会议解决的难题还有一个。在辅导孩子们学习之前，自己要如何掌握学习指导的方法？这可是一个关键性的问题。

退休组相继离开之后，包括一郎和菜菜美在内的十四个人没有一个是专业从事教育的。几个教育系的学生也都是大一、大二的，还没经历过教育实习。虽然有些半吊子的学问，但经验严重不足。

“教成绩不好的孩子，比教成绩好的孩子更难。如果真想帮他们，一定程度的培训还是很有必要的。”

“我同意，就算是免费的也不能不讲究方法啊，还是想学习一些专业知识再开始。”

大家提的意见都很有道理，但是要请谁来教这些专业知识呢？如果加盟大型私塾并缴纳了相应的费用当然没问题，可谁会帮助这些既没钱又没名的志愿者呢？

——千叶私塾。

这个名字自然而然地浮现在一郎脑海里。千叶私塾在教师素质方面是得到公认的。不行，他否定了这个想法，但瞬间又再次浮现在脑海里。

不能依赖现在的千叶私塾，虽然心里很清楚这点，但一郎也听说千叶私塾是业内最先引入学费分期制的，还开设了免费的补习课程，在经营方面一直主张要减轻家庭负担。他觉得如果把情况说清楚，再提出诚恳的请求，国分寺多少会教给自己一些培训新人的方法吧。于是一郎对大家说：

“我已经有点头绪了，要去试试看。这件事请给我一些时间。”

第二天他就给国分寺打电话约了见面。菜菜美让他直接找吾郎，可是退休的人再过问公司事务到底不合规矩，最重要的是，在这件事上一郎不愿意倚仗外公的力量。

五年后，千叶私塾将迎来创立五十周年。从JR津田沼车站南出入口到津田沼本部只有四分钟的步行距离。这是一座五层的钢筋混凝土建筑，原本纯白的外墙有些地方被熏黑了，还有些地方已经彻底变黄了。

很久没来了，一郎惊讶地发现这栋曾经需要仰视的高楼，如今看起来矮小了许多。老旧的建筑淹没在周围的高楼大厦之中，如同一株老树被周围长高的小树遮住阳光夺走了养分。

经营状况不佳。一郎一边回想着母亲的话一边走进正门。因为之前既没有机会也没有兴趣，这竟是自己第一次踏入这栋教学楼。

为了尽快让忐忑的心情平静下来，一郎大步流星地走到前台，说明了自己和国分寺的约定，然后就坐上电梯直奔五楼的接待室。

下午两点，离上课时间还早。看不到孩子们的身影，楼里显得异常冷清。就像是没有动物的动物园，没有图书的图书馆，这寂静带给人一种特有的失落感。

“嘿，我还以为是哪个外国人偷跑进来了呢！原来是一郎啊。”

在接待室迎接一郎的国分寺还是那副毒舌。

“本来还想说你又长个了呢，看来是真不长了。纵向不长就该横向发展了，小心点儿吧。”

光顾着挖苦别人，倒是他自己过了五十岁，脸上的肉都松了，啤酒肚也出来了，只有目光深处仿佛住着个耿直少年的感觉一如既往。千明在世那会儿，他常出入于家中的，现在家里做法事什么的也都会露面。因此对于一郎来说，国分寺更像是个亲戚家的叔父。

“说吧，今天来找我谈什么？又被女人甩了？”

他让一郎坐在沙发上，自己在对面坐下，漫不经心地催问着。其实以国分寺的睿智，电话里就应该听出来了这件事和谈情说爱扯不上关系。

“其实是……”

和这个人耍心眼都是白费，一郎怯生生地望着眼镜后面那双仿佛能看穿一切的眼睛，结结巴巴地把自己开始送便当、认识了美铃和小萌，再到现在的整个经过都说了出来。他知道和一个私塾经营者谈论因为贫困而上不了私塾的孩子有些不合适，但还是把组织成员目前面临的问题开诚布公地说了出来。过程中，每次提到“学习援助”，一郎的声音都有些沙哑，不光是因为自己面对一个学习指导方面的专家底气不足。

“啊，你要帮助孩子们学习……”

一向处事不惊的国分寺有片刻说不出话来，一郎依旧不敢直视他的眼睛。

“老实说，你把我吓着了。”

“是吧。”

“我以为你会一直回避教育问题呢。”

一郎显得有些狼狈。之前国分寺对自己说“将来让你继承千叶私塾怎么样？”时自己冷冰冰地一口拒绝了，当时说的什么还记得很清楚：我不想干教育这一行！

“也不是想法变了，我现在对教育界还是很抗拒……”

一郎四处游移的目光突然停住了。他和摆在书架一角照片里的外婆四目交会。

“可同时又感到一种不可思议的缘分……”

银色相框中的千明带着一种超然的愉悦，像是已经看破了生前的一切。

“是大岛家的宿命吗？”

“不知道，但我还想保持现在的样子，不是什么教育者，就是个金发的哥哥，做自己力所能及的事。”

“走和私塾不同的路？”

“没那么夸张啦，而且我也不是完全否定私塾的。”

一郎铆足力气，像是有什么重要的话想说。

“私塾……私塾业已经成为一大产业，这是不争的事实。说是时代的需要也好，填鸭式教育的反作用力也罢，我觉得私塾的兴盛是顺理成章的。可如今时代不同了，又出现了新的问题……”

私塾开始普及的时候，日本的孩子们成天被灌输的都是“不能输给强国！”“不能输给其他的孩子！”就这样被迫卷入了学力大战。但无论是能领悟这个竞争法则的孩子，还是不能领悟的孩子，他们起码都站在同一起跑线上。可是现在不一样了，起跑之前父母的学历、收入等因素已经将他们拉开了巨大的差距。想要填补这个差距，就要有新的东西出现，这难道不也是顺理成章的吗？

面对这个外婆无条件信任的男人吐露心声，一郎感觉自己渐渐找回了平静，刚刚还一片混乱的大脑也理清了头绪。

把想说的话都说出来了，一郎抬起头。不知道是不是心理作用，他感觉那厚厚的眼镜片后面投射过来的目光带着一丝温情。

“这件事，”半天没说话的国分寺终于开口了，“你和前任校长说了吧？”

“啊？”

“你外公。”

“啊，是的，大概说了一下。”

“他说什么了？”

“他说……”

回想起当时的情景，一郎皱了皱眉。

虽然没有信心，但已经决定要做了。去年年底，他把学习援助的计划告诉了吾郎。当时的一郎和现在一样，内心惶惶不安，猜不出对方会做何反应。尽管他知道外公一定会支持自己，但又感觉自己要做的事在更深的层面上对外公是一种伤害。

没想到吾郎对他的杞人忧天只是一笑了之，还很慈祥地说了句神秘的话。

“新的月亮。”

“啊？”

“外公说，是吗，新的月亮要升起来了吗……只说了这一句。”

新的月亮要升起来了。是什么意思呢？一郎还是一头雾水，而国分寺把目光投向了千明的照片。

“是新的月亮吗？”

他反复念叨了几次，然后两手拍着膝盖说：

“好，明白了！我帮你。”

“啊？”

“你想了解培训新人的方法对吧？”

“啊……对，对对。”

“一点点给你讲太麻烦了。你们的伙伴，所有人，我都管了！让大家来我们这儿接受系统的培训吧。”

“真的吗？”

“不过事先说好，是非常严格的，我可不会因为是志愿者就手下留情。你最好有个心理准备，估计只有一半人能合格。没问题吧？”

一郎高兴得说不出话来，再没有比这更难得的机会了，行家中的行家要亲自向他们传授技艺。

“啊，不过真的可以吗？千叶私塾现在日子也不好过吧……”

“啊，是不轻松。不光是我们，受到少子化和平成萧条[①]的双重打击，整个行业都是一筹莫展。可没办法啊，谁让我这么兴奋呢？”

“兴奋？”

“听了你的话，我有种热血沸腾的感觉。又想起了很久以前和你外婆一起开私塾的事。”

“国分寺……”

“怎么样，一郎？做自己热爱的事，你要学着兴奋起来！不管遇到什么问题，都不能在孩子们面前苦着脸哦。”

“嗯，我记住了。”

异想天开的计划渐渐有了眉目。原本只有自己一个人的地方变成了许多人，这是一条将不可能变成可能的必经之路。

那天晚上，一郎给菜菜美的手机打电话，告诉她自己和国分寺商量的结果。赶上公司结算期特别忙，小姨还在藤浦大厦加班。

“千叶私塾让我们去培训？哇——感觉就像荒川静香[②]要给业余选手辅导下腰鲍步一样。干得好，阿一！”

可能因为在海外生活得久了，菜菜美对事情的反应总显得很夸张。

“说是至少需要一周，我就拜托国分寺把时间调整到大学放

---

① 平成萧条指的是1991年初开始的日本周期性经济不景气现象。由于此次经济不景气发生在平成初期，故称之为“平成萧条”。

② 荒川静香（1981—）：日本著名花样滑冰运动员。她在2006年冬季奥林匹克运动会上成为亚洲第一位花样滑冰奥运会冠军。

春假期间。白天我还要送盒饭，所以就考虑安排在晚上私塾下课之后。”

“嗯嗯，我也要上班，这个时间比较理想。”

“那樱的晚餐怎么办？”

“平时你外公一般都在。”

“哦，对了，修平说，培训期间所有成员的盒饭他都包了。”

“哇！”

聊了一会儿，一郎正想挂电话。“啊！”菜菜美突然提高了语调。

“阿一，你现在旁边有窗户吗？”

“嗯，有。”

“打开看看！”

一郎照她说的打开了窗户，晚冬的风好似带着扎人的小冰晶扑面而来，让他不禁打了个寒战。

“好冷。”

“Look at the sky!（快看天上！）”

刺骨的寒气让人有些睁不开眼，一郎仰望着清朗无云的夜空。无边的黑暗中一轮弯钩似的月牙发出盈盈的光亮。它是那么细，细得像是马上就要消失一般，好在有满天的繁星发出耀眼的光芒。

“Crescent。”

菜菜美在办公室的窗边凝视着同一轮月亮。

Crescent——蛾眉月，也叫新月。

就像一块遗失的拼图，此刻头顶的月光和吾郎那句神秘的话被某种引力紧紧相连，在一郎的心中合为一体。

“小姨，用新月做我们组织的名字如何？”

“新月吗？恰如其分啊。”

“尚不完美，像一条纽带，又很新鲜。”

“嗯，不错。很有年轻团体的感觉。”

接着，菜菜美突然一个人嘿嘿嘿地傻笑起来，

“而且那个月亮的颜色和阿一的头发一模一样！”

寒风中光秃秃的樱花树，细看才发现枝头已经爆出了花蕾。路上的积雪还未融化，清澈的天空时而洒下一缕暖阳慰藉着外套下的肌肤。

三月初。不知从什么时候开始，“樱花盛开的时候”成了每晚去千叶私塾培训的伙伴间的暗语。

培训结束，樱花盛开的时候，新月的活动就可以正式开始了。他们相互鼓励打气，度过了并不轻松的一周。一直担心有人中途掉队的情况并未出现，除了得益于成员间渐渐形成的团队意识外，可能还因为他们都切身感受到了这次培训带来的巨大收获。

目前，千叶私塾的课程分为升学班和补习班两大类，一郎他们学习后者的教学方法。如何针对每个孩子的实际问题确定授课内容、如何出作业、大多数孩子都感觉棘手的应用题的讲解方法——从这些直接的技巧到与孩子们的交流方式，以国分寺为首的教师团队的指导可谓细致入微。

“比方说，我们把一节课的时间设定为四十五分钟，但肯定做

不到让孩子们在这个时间里都能集中注意力。不爱学习的孩子一般注意力都不够集中。最开始的时候可以让他们先学习十分钟再闲聊五分钟，之后就休息，然后再学十分钟。等他们渐渐习惯了就可以把学习时间延迟到十五分钟、二十分钟。

“小班授课需要注意的是，教师不要过度插嘴。你陪在孩子身边看他们学习，当他们犯难就会不由自主地开口。否则可能他刚要自己弄明白，答案就被你说出来了。孩子们当时也许觉得弄懂了，可是却没有获得最基础的学习能力。

“语文也好，数学的应用题也好，包括英语的阅读题，困住孩子们的根本原因，在于这几年逐渐暴露出来的写作能力不足的倾向。可能是受电游和短信息的影响吧，只会罗列单词，稍微长点儿的文章就不会写也看不懂了。对于这类孩子，每次上课都要抽出一些时间专门训练他们组织文章的能力。”

不愧是创建四十五年的老牌私塾，老师们所讲的都很令人信服。而对于一郎来说，他感触最深也最有共鸣的还是千叶私塾自创建之初一直传承至今的教学理念：培养孩子的独立性。

“我们最终的目标是让孩子们适应独立学习。在固定的时间里，坐在书桌前解决自己提出的问题。能做到这些的孩子，说明他已经有了独立的意识。今后不管遇到什么难题都不会轻易被打垮。相反，那些不断被灌注死记硬背知识的孩子，有些一进大学马上就垮掉了。”

光考出一个漂亮的分数是不够的，关键是要提升能给未来积蓄能量的学习能力。结束了七次的培训课程，这句话已经牢牢地印在了一郎他们心里。

国分寺并没有他嘴上说的那么严格，最后十二个人当中有十个人顺利修完了全部课程。经过几天的培训，大家有了自信，脸上的表情都不一样了。此刻他们的热情已经达到了顶点。

接下来要做的，就是为四月开课招募学生。

“正在一个人困恼的你，我们将免费帮助你学习！”

首先，一郎他们在新月的网站上大张旗鼓地呼吁孩子们来参加，利用蜜秀网、博客、BBS等平台发布招募信息，成员们也依靠各自的关系网络尽量将消息散布出去。除此之外，又印刷了大量自制传单，全体出动去投进船桥周边区域居民家中的信箱。虽说这种方法有些过时，但听修平说，兰兰便当店刚开业那会儿，将传单投入信箱的方法收到了不错的效果。

能做的都做了，大家都觉得已经尽全力了。

可是，到了樱花盛开的时候，新月还没能启动。

没有孩子报名，无人可教。

没得到孩子们的反馈，学习会也没接到报名申请。这是怎么回事呢？

招募刚开始那会儿大家还比较乐观，可日子久了就渐渐失去了耐性。每次一郎在周例会通报“本周还是没人报名”，会议室里回荡的叹息声就越来越多。

三月的最后一个星期日，来参加会议的只剩八个人了。一郎一筹莫展地告知大家，四月份不能如期开课了。

“很遗憾，我们的招募要延长一个月，争取五月份开课。”

招募开始的三周时间里，登在主页和宣传单上的一郎的手机，只接到过三通家长打来的咨询电话。第一个人在确认了藤浦大厦的位置后说：“我们家孩子才小学三年级，船桥那边有很多商业街，不敢让他一个人去。”然后就遗憾地挂断了电话。第二个人住在茨城县，询问能不能出差过去给他的孩子上课。考虑到会给志愿者造成长期负担，一郎没有答应。最后一个人在电话里喋喋不休地说：“我把孩子送到私塾去了，可是成绩总上不去，能不能也去你们那儿补习一下啊？”为了让她理解组织的宗旨，一郎费了不少口舌。

结果，学习会的学生名单还是一张白纸。

“到五月份也未必能招到学生吧。我们做了这么多，可一点反馈都没有，接下来还能做什么啊？”

“这样下去要是一个报名的孩子都没有怎么办？我们还专门接受了培训呢。”

成员们明显已经开始沉不住气了。

“难道我们做这些是毫无意义的吗？”

“不会只是自娱自乐吧。”

“怎么会呢？不可能！”

因为担心一郎，只有菜菜美一个人总是发出积极的声音。

“绝对有在学习方面需要帮助的孩子。看一下领取生活救济金的人数和伙食费滞纳率就知道了，光千叶县应该就有相当数量的孩子上不起私塾。只是我们的声音还没能让这些孩子听到罢了。”

一郎也是这么认为的。一定有孩子需要学习援助，可是他们并不知道有这个组织的存在，怎样做才能让他们知道呢——

在这种急躁的情绪之下，再怎么商量也想不出好办法，一郎看出大家有些打退堂鼓。关系熟了说话不在意也是有的，可因为一点分歧就争吵的情况也变多了。

“上田，能和你说两句吗？”

那天例会结束后，成员中有个女生和一郎说了件令人担心的事。

“你听说井上阿里的事了吗？”

“什么？”

“听说她四月份开始要在千叶私塾打工了。”

“啊？”

井上阿里就是第一次会议时果断解决掉退休组的那个女大学生。那之后她成了组织的核心成员之一，在各方面都表现得非常积极。想到她今天还在会议上踊跃发言说“我觉得光坐等孩子们是不行的”，一郎就觉得有些奇怪。

“打工，为什么？”

“之前咱们培训之后，听说她直接去找国分寺要求接受升学课程的培训，然后就趁机做起了外聘教师。这人心眼也太多了吧。”

井上阿里在千叶私塾打工，一郎听了半天还是搞不清状况。

“那个，我还是去问问她本人再说吧。”

晚上，半信半疑的一郎在电话里和阿里确认这件事。“嗯，是真的。”听上去阿里并没当回事。

“我之前打的那份工，因为周日去不了就被辞了，正好在找新工作。我很认同千叶私塾的教育理念，国分寺也愿意我去。有什么问题吗？”

她说得光明正大，倒让一郎有点儿㞞了。

“不是，也不是什么问题。”

“志愿者我肯定还会做的。如果能通过在千叶私塾积累经验提高我的教学水平，对新月也会有帮助的，不是一石二鸟的好事吗？”

这话让人挑不出毛病，如何利用周日以外的时间是她本人的自由。可一郎还是有些担心，怕一向我行我素的阿里会被大家说成“不懂人情世故”。

“当然没什么不好的，只是我怕你处理不好被他们误会，所以还是想找机会把你的想法和大家说说……”

“被误会也无所谓。”

阿里好像没什么耐性听一郎把话说完。

“我加入新月是想帮助孩子们，不是为了和大家搞好关系。要是有那个精力耗费在人际关系上，不如再认真考虑一下孩子们的情况。”

“啊？”

“我有时候真的很怀疑，大家到底有没有认真为那些家里没钱有困难的孩子考虑过？”

一郎心里一惊。没有认真考虑过孩子们的情况，所以没人报名。感觉这才是她要说的，一郎不由得屏住了呼吸。其实这个时候，阿里说的话他连一半都没领悟，但挂断电话后还是很长时间都心绪难平。

或许是因为阿里的话始终在他脑海里挥之不去，之后一周的周四,一郎一见到小萌就问：

“小萌，你看新月的网站了吗？”

现在一郎还是每周给小萌补习一次，他一有机会就和小萌提起新月的事，一直说希望她能来参加学习会，小萌也表现出很感兴趣的样子，总闪着大眼睛说想去。可始终都不见她去浏览网站，也没收到她母亲的报名申请。

“比起一个人在这儿学习，和大家一起学习肯定更带劲、更有意思。先确认一下是什么感觉，起码和妈妈商量一下嘛。今晚就上网站看看吧。”

一郎的语气显得比平时更迫切，而小萌的头却越来越低。他还是不放弃，坚持想说服小萌，终于那个微弱的声音嘟囔了一句：

“……没有。”

“嗯？”

“看不了。”

“看不了？什么？”

“电脑，我家里没有。”

“啊……”

胸口仿佛挨了一记重拳，意外的打击让一郎的声音有些失控。

“那传单呢？这附近的信箱应该都投过了。妈妈没看吗？”

“那个，大概没看吧，我妈妈总是很忙。”

“……”

“妈妈平时都是站在厨房里吃饭。”

平时沉默寡言的小萌每说出一句话，一郎都感觉自己的身体正在从脚底开始变得支离破碎。原以为充分考虑了贫困家庭孩子的情况，现在才发现自己的想象范围一步都没跨出过优越的生活环境之外。

“而且，船桥必须乘电车去。”

这是致命的一句话。

“电车票，往返要一百八十日元。”

小萌有些浮肿的脸涨得通红，一郎把目光从她身上转向书桌。字写得很小很密，是在省着用纸，橡皮也都要用到手指捏不住了才丢掉。对小萌，自己到底是有多残忍啊?

“小萌，对不起！真的，我……”

想到自己的无情，一郎的声音颤抖了。什么新月，什么新月，他下意识地攥紧了拳头，此刻只想狠狠地扇自己一巴掌。不管是到樱花绽放，还是落樱缤纷，这样下去新的月亮是不可能升起来的。

☽

七月十八日

去了学校。

回家待着。

妈妈工作了。

七月二十日

放暑假了。

我在家待着。

妈妈做电话和寿司的工作。

七月二十三日

妈妈说一起去图书馆，在工作之前，我说不去。

我和拼图玩了。

“嗯——”

一郎低头看着本子上那些歪歪扭扭又没头没脑的文字犯了愁。这能叫日记吗？

“直哉，是这样的，之前也和你讲过好几次了，日记这个东西不能光写自己干了什么没干什么。要把怎么干的，干的时候怎么想的写出来。就拿蛋糕来说吧，如果只是一个海绵蛋糕放在那儿，你肯定不会觉得好吃吧。可要是涂上奶油，再点缀上草莓会怎么样？蛋糕装饰得越漂亮就越能勾起我们的食欲。”

一郎把之前已经反复说过的话又换了种比喻说出来，可是直哉仍旧坐在离会议室入口最近的第一排低头不语。今天还是不开口吗？一郎默默叹了口气。

直哉上小学五年级，但看起来特别小。这两个月来，一郎只在点名的时候听到过他的声音。用他妈妈的话说“这孩子天生嘴笨”。再加上读写的基础能力不足，一郎就想到让他写日记。一方面能培养他的写作能力，另一方面也能借机了解他的内心世界，可到现在还没看到效果。

“喂，喂，你们知道吗？听说那个纸馅包子的事是电视台捏造的。我总算是松了口气，主要是我晚餐总吃肉包子。”

直哉像个狸猫摆件似的一动不动，而他身后第二排的长桌边，初二的真奈香今天还是一个人叽里呱啦地说个没完，影响了同一排的小萌学习。

“真奈，让你在学习的间隙聊天，可不是让你在聊天的间隙学习！明年你也要准备中考了，现在不做好准备，到时候像加斯一样掉队了，就有你的苦头吃了。”

听到真奈美的辅导员阿里的抱怨，正坐在第三排窗边抠鼻子的加斯突然一激灵。

“不要拿我例如好不好！”

“例如？应该是举例，加斯。”

“啊？”

“切！还例如呢，加斯，你怎么连话都说不明白？”

“讨厌！肉包子真奈。”

“说什么呢！”

大嗓门斗嘴的中学组真奈香和加斯，安静学习和装样子学习的小学组小萌和直哉。今天藤浦大厦会议室里的光景一如往常。

虽说比计划晚了两个月，由一群有志青年组织的学习援助会——新月学习会终于在六月初启动了。这还是把“成员的熟人”“熟人的孩子”“朋友的熟人的孩子”全部动员起来的结果。如今又过去了两个月，孩子的数量还是最初的四名，一个都没增加。本以为只要能启动，接下来口口相传自然会招到很多孩子，看来还是想得太简单了。

结果，除了这四个孩子的辅导员之外，其他成员都没机会一展身手，只能在家待命了。最开始考虑让所有人都参与辅导，可是又担心老师太多孩子们会发怵。

四名学生配四名教师。人数少就很方便照顾到每个人，空荡荡的会议室也显得很温馨快乐。可另一方面又容易缺乏紧张感，四个孩子本来就没有良好的学习习惯，想让他们集中注意力就更难了。

眼下最大的难题是初三的加斯，因为经济条件所限，无论如何都必须考上公立高中。可他本人又不太上心。

“加斯，你拿着笔都能睡着的绝技，拜托就不要在这儿展示了。你知不知道大家都说，备考从暑假就进入决战阶段了？”

加斯今天还是一副无精打采的样子，把他的辅导员利辉愁坏了。

“可都到这会儿了，我再怎么学习，内申点①太差也上不了像样的学校啊。”

“正相反。就因为内申点不好，才必须从现在开始好好学习。要是正式考试时分数不行，你上高中才真是危险了。”

“可就算正式考试分数一样，还是会输给内申点高的人。我有个学长，考分特别高，真的就因为内申点落榜了。”

“所以才叫你也要努力提高内申点啊。”

“你是让我去讨好老师，参加汉字能力测试，再弄个学生会主

---

① 内申点是日本初中生各个学科的评分（数值从1到5），评分标准不仅基于期中、期末考试成绩，还包括平时的学习表现等，是升入高中时高校作为录取参考的重要数据。

席候选人当当？不行不行，我一干那种事就想拉大便。”

“为什么是大便！”

“嗯嗯，我懂。要我也选大便。”

“真奈，你先把元素周期表背下来再说什么大便。”

“完蛋了，元素符号怎么看起来像大便啊！”

“所有人都不许再说大便了！”

一旦注意力的线被扯断，就像掉了一地的串珠难以收拾，这也是学生太少的一大弊病。如果是学习指导方面的专家，说不定能有办法让孩子们平静下来。可一郎他们毕竟还是新人，面对加斯和真奈香兴致勃勃的大便喜乐会完全是一筹莫展，最后连一直在认真听写汉字的小萌都吃吃地笑了起来。

正闹得厉害的时候，忽然有人敲门进来。

“打扰了。”

一个沉稳的声音打破了室内的喧嚣。“哇！”看到来人，真奈香第一个丢下了手里的铅笔。

“下午茶大叔，正等着您呢！”

房间里飘荡着香草的甜香，不光是真奈美，其他三个人也都开始眼睛放光了。

“别光等我呀，你们好好学习了吗？”

“学啦，学啦！那个，那个，今天是什么点心啊？”

“好像说是蓝莓和奶油奶酪做的松饼。”

“哇噻！好高级！”

“哇——太喜欢大叔的夫人了！”

看看表，下午三点半。每次都在这个大伙儿肚子开始咕咕叫的时候送过来。四个人已经无心学习，“那就吃点心休息吧。”一郎说完又转身冲抱着松饼袋头发花白的男人低头行礼。

那男人宽大的额头上横着两条粗粗的眉毛，他笑容满面地给大家分发着松饼。这位孩子们最喜欢的“下午茶大叔”不是别人，正是这栋大楼的主人，藤浦商事的藤浦社长。

今年就将迎来创社六十周年的藤浦商事，是一家主营北美贸易的老牌企业。听入职四年的菜菜美说，现任社长在泡沫经济时期从父亲那里继承了这份产业，之后便立刻着手拓展有机食品销售等其他业务并取得了成功，在业内也算是一号能人了。

一郎初次见到这位藤浦社长大约是在半年前，就是组织成立前去藤浦商事拜访的时候。

“这次真的非常感谢您。”

一郎感谢他能把会议室借给学习会使用。藤浦社长却平静地说，反正休息日办公室也闲着，不用这么客气。

“只要是曾经把孩子送去海外读书的父母，面对日本高得惊人的教育费用都感觉心惊肉跳。这样下去贫富差距还会拉大，你们这些年轻人敢于投石激浪，我也想在背后出把力啊。”

藤浦社长温文尔雅的气质让人心里很踏实。学习会正式开始前，一郎又去找他商量了一件事。

“如果方便的话，能不能把地下停车场借给我们一小块？”

“停车场？”

“嗯，用来放自行车。”

一郎想为那些付不起交通费的孩子创造些条件，让他们能骑自行车过来。藤浦社长对他的请求连声应允，还说自己也有事想拜托一郎。

“我夫人特别喜欢做点心，可我家孩子早就独立了，她总是感叹自己的手艺无处施展。你看能不能让我时常送一些给学习会的孩子们吃啊？”

一郎当然没理由拒绝，可他没想到社长会每周都亲自把夫人做的点心送过来。

虽说他家距离办公楼步行只要三分钟，可每周都来肯定也麻烦。一郎干脆提出自己过去取，可社长坚决不肯，说就想见见孩子们，一直坚持给大家送三点的下午茶，还说成年之后再做什么事都难得有机会这么大受欢迎了。

能给冗长的时光带来一抹亮色的下午茶，对于陪伴在孩子们身边的志愿者来说也是求之不得的。高级的点心仿佛能给孩子们的大脑注入活力，吃过点心到五点下课这段时间，四个人学习也是最认真的。还沉浸在松饼的香甜里的孩子们不情愿地拿起了笔开始学习，早就把大便的事抛在了脑后。

可有件事却让一郎耿耿于怀。

“我说，为什么现在的孩子那么在意内申点啊？”

学习会结束后大家都走了，正在将会议室桌椅归位的一郎不经意间冒出了这么个直白的问题。

“啊？”

听到一郎的声音，正在扫地的阿里惊讶地回过头，她吃惊的样子反倒把一郎吓了一跳。

“怎么了？”

“我只是感觉到了特别大的代沟。果然，上田你们那代人不是这样的对吧？”

阿里和自己只相差四岁，她的话让一郎有些摸不着头脑。

“为什么这么说？”

“我上初三那年，之前只作为间接评价的内申书的评分变成了直接评价。都是文科省提出的那个什么‘生存能力’的产物。”

“啊——”

“说起来简单，那可是绝对评价，你不觉得太武断了吗？将内申点作为考试选拔的依据，说极端点，就是总在担心要是被班主任嫌弃影响自己考高中怎么办，压力可不小啊。”

“原来是这样。”

“从那之后我的情绪就变得很差，可能是因为总在强迫自己扮演好孩子吧。不能不合群，必须懂得察言观色……我觉得社会上类似的这种风气也是在那个时期加速形成的。”

阿里边说边麻利地将橡皮屑扫入簸箕，一郎呆呆地望着她一动不动。不愧是教育专业的学生，说起教育问题来比一郎更在行。一郎倒不是没听懂，只是奇怪这些话怎么会从她嘴里说出来。

“可是，你不会察言观色啊。”

一郎小心翼翼地说出了自己的不解。阿里马上回过头瞪了他一眼，又突然苦笑着说：

“上高中之前曾经拼命地察言观色。”

“上高中前？”

“说实话，因为我家里也没钱。”

阿里很小的时候父母离异，父亲没工作，无力支付抚养费，靠母亲一个人拼命打工生活还是很艰难。为了考上公立高中，她初中时每天都看着老师的脸色度日。她极度厌恶那样的自己，曾经反复出现厌食和暴食的情况，差点连命都丢了。高中发榜那天，阿里发誓再也不假装好孩子了，就算不合群也无所谓，她只想做回自己好好活下去。为了守住这个誓言，就不得不承受相应的代价。有段时间她被大家孤立了，但她没有认输，从零开始努力构筑新的人际关系。“就成了现在这个样子。”阿里平静地讲述着那段动荡的往事，边说边拿着簸箕往垃圾桶走。她看到一郎傻站着不动便催促道：

“上田，你怎么停下了？”

“啊，抱歉！”

“没想到我也是吃过苦的人，吓了一跳？”

“那个，嗯……”

一郎有些支支吾吾。说没吃惊是撒谎，但阿里的话也解开了他心中的一些疑惑。

最开始，一郎对阿里我行我素的态度还有些吃不消，可接触下来才发现她并不是那种自私任性的孩子，虽然不会察言观色却很善解人意。学习会刚启动那会儿，也只有她一个人注意到每次下课后一郎会独自留下打扫教室。

现在回想起来，她在千叶私塾打工也许真是因为需要钱。而她说想用在专业机构获得的教学经验来帮助新月，那份热情应该也发自真心。

“所以你才报名做志愿者的？”

一郎还是老样子，想什么都慢半拍，直到打扫完会议室锁门离开，两个人一起往船桥站走的时候才冒出这个问题。

“想帮助那些和自己有相同遭遇的孩子？”

“当然也有这个原因，我也是那种在学习上很吃力的小孩。”

那时候要是有新月就好了，阿里小声嘟囔了一句。“不过，”接着她又说，“不过，无论是那时的自己，还是现在这些孩子，我都不觉得可怜。虽然没有钱，但是看着母亲坚强地把自己抚养长大，我们得到的是一种富裕家庭孩子身上没有的韧性。你仔细观察加斯和真奈，就能感受到这种力量。怎么说呢？那才是真正的‘生存能力’吧。”

她笑着抬起了小小的下颌，那迷人的侧脸吸引着一郎的目光。

“确实是那样的。唉，一看到你，我就感觉自己是个没用的少爷。是叫懦弱呢，还是叫没骨气？”

“啊，你说什么呢！上田，第一次开会时你被那帮人贬得一钱不值，后来看到你还是坚持这一头金发，把我吓了一大跳，心想这人胆子怎么这么大。再不就是脑子出问题了？”

“啊，不是你当时说头发是什么颜色都没关系吗？”

“谁知道你还当真了？”

两人同时停住了脚步，呆呆地望着对方。

先忍不住笑出来的是阿里，接着一郎也笑了，然后就一发而不可收。被夕阳映得通红的柏油路上，两个人畅快地放声大笑，来往的行人都诧异地望着他们俩。

好不容易止住笑，阿里倏地抻了抻腰，抬起头仰望着流光溢彩的天空。

“我啊，最近总是不自觉地在寻找月亮。”

一郎没有跟着一起仰望天空，他再一次被那个侧脸迷住了，两只眼睛盯着她，一寸都舍不得移开。

校服的长袖变成了短袖，夏季蔬菜开始占据兰兰便当店的菜单，藤浦夫人做的点心也增加了水羊羹、果冻这类滑溜溜的品种。

不经意间已经是盛夏了。迎来了八月，让一郎心急如焚的依旧是改不了无言、无表情、无积极性这三无的直哉。

除了直哉之外，其他三个人都有了进步的苗头。加斯两周能完成一次作业；真奈香正在努力克服着自己故意逃避数理化的毛病；还有小萌，和一郎初次见她时相比表情都变得自信了，她妈妈还哭着打电话来致谢说“最近，这孩子说不讨厌学习了”。

唯一没有变化的是直哉。他还是很少开口说话，只有下午茶时能看到他的笑容。日记也没什么长进，把单词随意连在一起的文章就像海绵蛋糕坯一样索然无味。

很明显，直哉需要的是多说话。想提高学习能力，这个问题解决不了就会寸步难行。说起直哉，就让一郎更深刻地体会到语言的重要性。他感觉外婆常说的“用自己头脑思考”的能力和运用语言的能力是紧密相连的。也许直哉缺的不是“思考”，而是“表达思考的能力”。那应该怎么做才能弥补这个不足呢？

还是母亲蕗子为苦恼的一郎指明了方向。

“有不少人都在说，最近的孩子整体语文能力偏弱，有些孩子还因此影响到其他学科的成绩。针对问题比较严重的孩子，写作文可能比写日记更有效。”

让不善于表达的孩子写日记，怎么写都是拖拖拉拉的流水账。与其硬让不清楚自己在想什么的孩子去表达“想法”，还不如先设定一个题目，从训练他们把看到的听到的事物记录下来入手更行之有效。

蕗子不仅给一郎提了建议，还帮他找了几本参考书。都是纸张严重发黄的旧书，标题里还都有“缀文”两个字。

“缀文？”

“从前都管作文叫缀文。作为一种能挖掘孩子潜在能力的教学方法，好像有阵子很受关注。”

“哦，那是多久以前？”

“昭和初期吧，后来就没那么火了。但还是有不少人在潜心研究，你爸爸就是其中之一。”

“老爸？”

那这些都是父亲留下的书吗？一郎凝视着那些破旧的封皮。母亲接下来的话，带给了他更大的震动。

“回到秋田后，只有这些书你爸一直没舍得扔。我没告诉过你们，他有时还会去本地的补习班教作文。”

“呃，可老爸不是说彻底不干教育了吗……”

“嘴上虽然那么说，可真离开了还是忍不住想参与吧。”

面对蕗子不自然的笑，一郎沉着脸一言未发。

“老爸他……”

本以为父亲斩断了与课堂的一切关系，没想到他还通过教作文和孩子们保持着交流。父亲没有抛下教育，这个事实让一郎感觉很奇妙。说不高兴是不可能的，另一方面他也见识了教育界的吸引力，就像一个深不见底的沼泽，一旦陷入便难以自拔。

“老天保佑，老天保佑。”

“你说什么？”

“没什么，谢啦，我先拿去读读看。”

从那天开始，一郎有大半的自由时间都在读书。翻开一本本沾满了尘土味的旧书，他渐渐被缀文深奥的世界吸引了。

简单地说就是孩子的作文。但在昭和初年，存在着对作文持不同看法的多个流派。“以忠实记录所见所闻为最高境界的派别”“关注文章艺术品位的派别”“重视有助于改善生活道德层面的派别”等等，他们各自否定自己之外的流派，展开了一场血雨腥风的苦战。

这也太可怕了，刚读完第一本时一郎有些不知所措。而当他坚持读完第二本、第三本之后反而感觉豁然开朗了。“现在都已经是平成了，取各派之长不行吗？”对于作文，这个时代应该也有了全新的观点，今后花时间慢慢学习就好了。

在父亲留下的书里，有本昭和十二年（1937年）出版的《缀文教室》让一郎如获至宝。书里集中收录了一名叫丰田正子的小学生所写的作文，并详细记录了她在老师的指导下，作文水平逐步提高、作品入选了三重吉主编的儿童杂志《红鸟》的经过。身为贫困之家的长女，正子充满“生命力”的文笔相当有趣。

让直哉读读这些如何？突然想到这个主意是因为直哉与正子有着类似的生活境遇，一郎希望作文里展现出的那份坚毅和朝气能在某些方面感染到他。

“直哉，你读一下这个看看。”

好事不宜迟，一郎马上从《缀文教室》中挑选了一篇作文，安排在学习会一开始让直哉阅读。他没有勉强直哉谈感想，只是让他大声地读出来，也难得有这样的机会能听听直哉的声音。

刚开始直哉的反应有些滞后，还是那样面无表情，十一岁了依然瘦弱的身体一会儿晃晃一会儿扭扭，怎么都不踏实。可不知道是不是心理作用，两三次之后感觉他追着正子文章的黑眼珠慢慢开始发光了。和学习其他科目时相比，打哈欠的次数也变少了。

就在引入《缀文教室》的第四堂课上，直哉读完一郎为他选的《小兔子》这篇作文之后，终于发出了值得纪念的第一声。

是什么触动了他的脑电波？两条淡墨轻点般的眉毛微微抽动了一下又向眉心挤了挤，然后他用那双圆圆的眼睛直视着一郎说：

“二十钱，是多少？”

那天下午，一个少年充满好奇的声音吸引了全屋人的目光。之后的一周，直哉交给一郎的作业本上写了一篇从来没有过的长篇作文。

仓鼠

新川直哉

我对妈妈说："昭和的孩子可真幸福。"因为昭和的孩子只用一日元的五分之一就能买到一只小兔子。

妈妈问我是不是想要小兔子，我回答是。妈妈说："我打工的地方有人养仓鼠，等生了小仓鼠给你要一只吧。"

我没说我更想要小兔子。

水一滴一滴地灌满接水的竹筒。这样微小的变化持续一段时间后，积水的重量使竹筒倾斜，最终水流出，竹筒翻转下落敲击石头发出清脆的声音。那东西叫什么来着？一郎在网上查了一下，原来是叫"添水"。

一郎突然感觉到，他们这群人正在做的事就如同水滴。眼下水还在一滴滴地下落，虽然微不足道，但积少成多已经开始显露效果了。他真切地感受到有些东西在慢慢积累，渐渐倾斜。

九月过半，之前召开教育再生会议①积极推进教育改革的安倍首相突然辞职，引发舆论一片哗然。也在这个时候，一郎终于听到了竹筒翻转下落时的清脆声音。

而压倒竹筒的最后一滴水来自小姨菜菜美。

"我突然想到，现在来参加学习会的四个孩子，除了小萌之外都是和单亲妈妈一起生活的。我虽然有老爸帮忙，也是一个女人赚

---

① 为研究教育改革问题，2006年召开了第一次会议。安倍首相在会议开始的致辞中，提出了引进教师资格证更新制、学校评估制等课题，强调了振兴教育的决心。

钱抚养孩子，要面对各种困难。”

把辅导的机会让给了学生们，自己留在待命组的菜菜美一直都在为新月的事操心。对于同是单亲妈妈的她来说，母子家庭的问题与自己息息相关。

“三年前的调查显示，母子家庭的贫困率达到了66%，这个数字可不得了啊。在这个国家里，每三个和单亲妈妈生活的孩子中就有两个饱受贫困之苦。现在这个时代，单身者想养活自己都不容易，而这些女人既要工作又要独立抚养孩子，她们一定很渴望能得到别人的帮助。”

因此菜菜美提出，为了能让那些真正有困难的人了解学习会的活动，可以有针对性地向单亲妈妈家庭做一些推广。

“我查了一下，全国各地都有援助母子家庭的公益团体。他们会与单亲妈妈谈心，向她们提供一些必要的知识。我们可以找从事这些活动的人帮忙。”

“有道理。”

的确，向母子家庭提供帮助的人，应该能联络到那些为教育费发愁的母亲。

“可是，他们会愿意帮我们吗？”

“不试试怎么知道？这样干等着学生也不会增加。”

“是啊，万一成了呢。”

两人马上联系了一个事务所位于船桥的公益团体，并约好利用午休时间见面谈一下。此时他们根本不会想到，这件事将大大改变新月的未来。本以为会像当初被自治体刊物拒绝刊登招募信息时一样，人家一听说“学习援助”就觉得可疑，再拿出没有过往业绩之类的理由直接把他们轰出来也说不定。

可没想到事务所里一位看起来五十岁左右的女性负责人很认真地听完了他俩的介绍，开口第一句便说：

“明白了，如果有介绍你们组织的宣传单就放在这儿吧。”

如此简单的回答让一郎和菜菜美面面相觑。

“呃……”

“啊……”

“今天没带吗？”

“不，带着呢。您愿意帮我们推荐？”

“是的，组织有保密义务，不能向你们提供妈妈们的信息。但我们可以把你们的活动介绍给大家。尤其会优先介绍给那些因为孩子要参加升学考试而苦恼的妈妈。对了对了，船桥这边还有一位很不错的民生委员①，也托她帮帮忙吧。”

对方虽然是一副干练的工作腔调，但说的话都特别贴心。实在太意外了，一郎有些手足无措，他忍不住问：

“那个，您为什么要这么帮我们？”

女负责人始终保持着冷静的目光，她回答得很干脆。

“那是自然，因为我们一直都在等。”

“啊？”

“等着像你们这样的一群人出现啊。”

---

① 民生委员是日本政府根据都道府县的推荐，由环境大臣委任的名誉职务。对生活贫困者进行保护和指导，协助推进社会福利事业。

就这样，新月遇到了继藤浦社长之后第二个大贵人。那之后大约过了两周，竹筒发出了清脆的响声。

一郎不会忘记那天的事。

那天晚上，媒体大肆报道着被选出来接替辞职首相的那个人。一郎已经听腻了这些虚张声势的宣传，他猫在自己房间里看直哉的作文。配送完晚餐之后就感觉气温突然下降了，雨水带着秋日的寒意静静地打湿了窗户。

估计是丰田正子起的作用吧，直哉每周的作文都会多写几行。虽然内容还很幼稚，但现阶段一郎不打算提任何意见。现在他费尽心思考虑的都是如何增加兴趣点让直哉更有干劲，再就是怎么做才能让直哉体验到写作文的乐趣。

正想得出神的时候手机响了，是一个陌生号码打过来的。“喂，我是上田。”一郎接起电话，电话那头传来一个微弱的少女的声音。

“我是住在海神的高桥麻里奈，听民生委员桥口说了学习会的事情。您就是新月的上田先生吗？”

可能是因为紧张吧，女孩的声音有些发抖，话说得很快。

“是的，我是上田，你好。”

上田故作镇定地回答道。女孩长舒了口气，“你好。”声音听上去平静了一些。

“我没有妈妈，爸爸的公司三年前倒闭了，他现在只能做些派遣的工作，家里生活很拮据。我还有个弟弟，所以无论如何都要考上公立高中，可是我脑子不太好用，那个，那个……”

说完了自己的艰难处境，女孩咽了咽口水。

“能让我加入新月的学习会吗？”

一郎感觉浑身上下又热又麻，他深吸了口气吐出去，又深吸了口气说：

“当然，我们成立这个组织就是希望像你这样的孩子能加入。”

和少女一样，他的声音也有些颤抖了。

向女孩说明了入会手续后一郎就挂断了电话，可让他浑身发热的麻木感却并未消失。

不管怎么样要先和小姨汇报一下，一郎心里想着又拿起了电话，可手指却不由自主地按下了井上阿里的号码。

“喂喂，是上田吗？出什么事了？”

听着那个和往常一样洪亮的声音，一郎走到窗边，他敞开了还在滴水的玻璃窗，天空中布满了厚厚一层云，什么都看不到，可此时的他却感觉第一次抓住了新月的微光。

“终于，终于……”

有一团火从一郎喉咙深处喷涌而出。

“我们终于，做到了。”

竹筒刚一翻转，整个情况都随之逆转了。不知不觉中新月已经不再是一个小水滴了。没想到只是见了一个人，就能获得了如此惊人的能量，让所有事情都变得顺风顺水，瞬间又化作了一股足以吞没他们自身的激流。

从六月到九月一直都只有四个孩子，十月就变成了六个，到十一月已经有九个了。

“抱歉，我女儿马上就要参加升学考试了，她没有任何退路，只能考公立。可班主任老师说很危险……”

“我家孩子上初二，下半学期的英语只考了10分……”

“都上小学六年级了，连乘法口诀都背不下来。”

每天都要接听很多家长打来的求助电话。看来学习援助的组织不是没有意义的，的确有不少需要帮助的孩子。待命组的成员们也终于有机会一展身手了，而媒体的介入则给已充满活力的新月又注入了一剂强心针。

有关注新月活动的报社记者来学习会采访了。

不久后，报纸上醒目的大标题吓掉了蕗子的老花镜，杏也一边喊着“太逗了”一边大笑不止。

《无法忍受教育的贫富差距——宽松世代出动》

《金发老师大显身手！》

“……我都说了，我根本不算是宽松世代。”

一郎本人还在淡定地给报道挑毛病，而社会上对新月这次媒体首秀的反响却大大超出了他们的预期。可能是学习援助和金发的奇葩组合产生了出其不意的效果，之后又有多家报社相继发出了采访邀约，学习会的问询量也随之大涨。

学习会规定只接收从小学五年级到初中三年级的学生，因此难以满足所有家庭的需求。还有一些是家长提出了申请，但孩子并没有来。不管怎么说，原本空荡荡的会议室每周人数都在增加。如此一来，大家也不能光顾着高兴了。

“现在这个房间能装得下吗？三十人左右就是极限了。超过这个人数怎么办？”

“接下来的事要早做打算，下一期志愿者招募也该着手准备了。”

“培训怎么办？也不能总去麻烦千叶私塾吧，新月是不是该自己组建一个负责培训的小组？”

前不久还在为招不上孩子而发愁，而此刻解决孩子不断增加的问题已经迫在眉睫。每周日学习会结束之后，成员们都会留下来开会，讨论各项事务的时间也越来越长。除此之外，一郎还要负责接待那些想要报名的人。

一郎的生活一下子忙碌起来。白天要送便当，晚上还要接待报名的家长，安排面谈和备课等，每天都忙得不可开交。说一天24个小时不够用还算是好的，开始担心就算有30个小时可能都不够的那段时间，经常是连着几天熬通宵。

“哥哥，最近金发的发根都变黑了，这样可不够帅哦！”

最后连送餐时遇到的客人都看不下去了。

如洪水决堤般汹涌而至的每一天，一郎体会着从未有过的充实感和热血的亢奋。但这并不意味着从现在开始就万事大吉了，他也不敢高兴得太早。在那些废寝忘食的日子里，他内心总有种隐隐的不安，感觉有些东西被自己忽视了、弄丢了。因此才有了之后那件事。

“上田，能和你聊几句吗？”

新年将至，年内最后一次学习会结束后，一郎被藤浦社长叫去说话，令他颇为意外。

现在学习会已经有二十个孩子了，藤浦社长还是经常带着夫人亲手做的曲奇饼、甜甜圈什么的来会议室。不难想象，孩子人数增加，他夫人肯定要付出更多的辛苦。

“真不好意思，总让您这么费心。”

和社长面对面坐在社长室的沙发上，一郎就先忙着道歉。

“要是给您夫人增加了太多负担，以后就别……”

“连新烤箱都买了，现在谁还拦得住她呀。”

藤浦社长打断了一郎的话。

“倒是你，该多操心操心你们自己的事了。”

“我们？”

“照这样下去，你们学习会维持不了太久的。”

社长语气里带着平时没有的严肃，一郎忐忑地问：

“您为什么这么说？”

“最近，大学生志愿者们都显得很疲惫。”

“啊……”

“每个人负责的孩子数量都增加了，光备课就不轻松。从12点到5点给孩子辅导学习，之后还有个长会吧。本来周日是用来休息放松的，他们平时要应付大学里的考试，还要打工，想一直坚持下去谈何容易？”

“是啊。”被戳到痛点的一郎低下了头。

“这些我早该想到的，可是……”

“没时间想这些吧？也是啊，你边工作边做志愿者，比他们还要辛苦。不过，我之前和你小姨在同一个环保组织里待过，所以知道志愿者一旦超负荷，接下来要面临的就是中途解散了。”

中途解散，如此严峻的未来摆在面前。一郎凝视着面前这个人，他好像不是平时那个笑呵呵的“下午茶大叔”了。简而言之，社长室里的藤浦社长带着一股社长的威严。

“不说这些不好的了。你要还想把这个组织做下去，就不能让志愿者们太疲劳。现在她们好像都是自己花钱过来的。就算是不给报酬，起码也应该补贴个交通费吧。经济方面的负担也会消磨人的意志，别再让他们自己掏腰包复印参考书和教材了。”

“我也很想那样。可是既然不向孩子们收费，又哪儿来的钱支付大家的交通费和教材费呢……”

“方法是有的。就像之前招募志愿者和孩子们一样，你们可以为组织拉一些赞助。”

“赞助？”

“若要长期维持组织的运行，随着规模不断扩大，迟早都会需要资金支持的。如果能有集团做后盾，你们也不至于有这么大压力了。”

再次被戳到痛点的一郎沉默了。很明显，这种自己掏腰包的活动方式很局限，脚下的路已经岌岌可危了。

可是——因为这个就要拉赞助吗？

这个建议太突然了，一郎从来都没想过，他没有掩饰自己的困惑。而藤浦社长依然一脸严肃地说：

“上田，如果你真想把组织做下去，藤浦商事很愿意做你的赞助商。但有一点，如果接受赞助，你要有相应的心理准备。既然我们做了官方的后援，你这个带头人可不能中途撤退啊。”

一条河流着流着就流进了一片未知的海洋。藤浦社长的每句话都让一郎始料未及，眼前突然出现了一片辽阔的新大陆。他十分清楚这是件好事，可一时又不知该如何作答，本来就慢的脑子这会儿好像更转不动了。

如果接受援助，自然会受到相应的制约吧。不可能所有的事情都维持现状。我真的做好了这个心理准备吗？

这无疑是一郎的真实想法。

这一年，一路走来，自己心里想的都是做自己力所能及的事。难道现在要依靠企业的资金做自己做不到的事吗？如今还不愿被别人称为教育者的我，真的要破釜沉舟地投身教育世界了？

“你们这代人，真的是没有野心。”

一郎的想法全写在脸上了，藤浦社长无奈地苦笑了一下。他总让大家打开会议室的暖风，不用为他省钱，自己办公室的空调却没开。可能是因为冻的，脸颊显得异常苍白。

“我呢，就是他们常说的团块世代。上小学的时候一个班有六十个学生，每天坐在拥挤不堪的教室里过着竞争、竞争甚至是弱肉强食的日子。现在想起来，那可真是个野蛮的时代。但至少，我们当时在战后获得的民主主义教育的精神现在仍然受到尊重。”

“民主主义教育……”

“教育不是为了国家，而是为了孩子。最近几年又有人想要颠覆这个大前提。极度混乱的教育改革到了最后，还是能力主义和国家主义当道。我感到了深深的绝望和极度的愤怒。上田，忍耐无异于是一种煎熬啊。”

社长的表情没有变化，但他说到“极度的愤怒”时，声音里的确充满了怒火。原来这个给孩子们分点心的好爷爷，竟然还有这样不为人知的一面——

莫名的恐惧让一郎大气都不敢出，此时浮现在他脑海里的是外婆时常为一些事发怒的样子。虽然从年龄上说，千明起码比社长大一轮，可是在战后新兴的民主主义教育的熏陶下长大的那代人，好像都被植入了某种特有的反抗精神。

而一郎自己，在遇到美铃和小萌之前，对于社会问题和政治他从来就没关心过，更别说感到义愤填膺了。和国家这个巨大的单位相比，他的意识总是集中在自己身边的小圈子里。这也算是一种时代性吗？从某种意义上说，也是“教育”的结果？

这些想法占据了一郎的大脑，屋内让人保持头脑清醒的低温正一点点侵入体内，他用手揉搓着越发感觉冰冷的大腿。

教育界里果然隐藏着深不可测的恐怖。

“赞助的事，真的非常感谢您。不过，能不能给我一些时间考虑一下？”

“这是关系到你人生的大事，不急，好好考虑。”

面对如此难得的机会，一郎居然犹豫了，而藤浦社长却表现出了极大的宽容。此刻，他又回归成了“下午茶大叔”。一郎想，老男人也是深不可测的。

和往常一样，回家时一郎和阿里一起走在通往车站的路上。今天他话很少，心里一直在纠结要不要把社长室发生的事说出来。

他很想听听阿里的意见，但是又觉得在那之前必须先理清自己的想法才行。

一直走到阿里要坐车的京成船桥站，他还是没说出口。一郎一副心事重重的样子，而阿里好像也没打算就此道别。

“上田，那个……”

很少见她这样欲言又止的样子，一郎这才意识到不光是自己，今天阿里也没怎么说话。

“出什么事了？”

“是那个……”

两人呆立在站前熙熙攘攘的人流中，耳边传来玛利亚·凯莉演唱的圣诞金曲。阿里的红色围巾一直裹到了下巴，可还是冻出了个驯鹿似的红鼻头。她反复说了好几次“那个”，最后终于下决心开口了。

“千叶私塾的事，你没听家里人说什么吗？”

“千叶私塾？没有。怎么了？”

“有件事，我觉得不太对劲。”

“什么？”

面对一旁表情突变的一郎，阿里的眼神黯淡了下来。

“同事之间，出现了一些不太好的传言。”

平时一郎会在JR船桥站乘坐总武线回家，可这天却和阿里一起乘上了京成电铁，他要去外公住的八千代台一趟。不知道阿里说的是不是真的，他心里七上八下的，就想尽快确认一下。

“小姨，外公在吗？”

正赶上晚餐时间，家家房前都飘着一股温馨的味道。吾郎家也不例外，打开大门，一股高汤的香气扑鼻而来。顺着香味来到厨房，一小时前刚在学习会道别的菜菜美正忙着准备什锦火锅呢。

“啊，阿一！你怎么来了？”

“外公在吗？”

“在，在房间呢。啊，阿一，还没吃饭吧……”

菜菜美让一郎留下一起吃饭，他只是含糊地嗯了一句就踩着吱吱呀呀的楼梯急匆匆地往吾郎书房去了，那是整栋房子里阳光最充沛的房间。

“外公。”

“哦，一郎！怎么了？”

“千叶私塾要被收购，是真的吗？”

本来想慢慢说的，可看外公书桌上摊着笔记本电脑，说话不紧不慢的样子，就顾不了那么多直奔主题了。

最近一段时间，以国分寺为首的管理层的动向有些不正常。几乎每天都要开几个小时的会议，还总有一些穿着正装的陌生男人出入私塾。他们到底在商议些什么呢？难道在谈收购的事情？员工们开始人心惶惶，昨天国分寺又通知说近期要宣布一项重大事宜。

一郎来向外公求证阿里说的这些话是有原因的。

“外公您也参加会议了吧。有人说看到了创始人大岛吾郎。您一定知道些什么，千叶私塾真的要被收购吗？”

由外公创建、外婆到死都在坚守的私塾。现任校长国分寺也是新月的恩人。面对一场眼看着迫在眉睫的危机，一郎也没想到自己会如此心乱如麻。

吾郎泰然自若地望着慌了神的一郎，淡定地摇了摇头。

“不用担心，一郎。”

“啊？”

“时代的风浪从来就没停止过，但那也未必就是坏的风浪啊。”

一郎没有弄懂外公的意思，他看到笔记本后面慢悠悠地爬出来一个小东西，那是樱养的小绿龟，绿宝石达·芬奇。

吾郎抓着龟壳把它放在手心里，露出淡淡的一笑。

“不如期待一下国分寺要宣布的事。”

“期待？期待什么？”

“太阳和月亮终于要合为一体了。”

太阳和月亮合为一体——

最近外公经常这样说话说一半，把人搞得糊里糊涂的。一郎和绿宝石同时歪了歪头。

外公，这次您说的又是什么呢？

出站的时候已经是人潮涌动了。缓步经过一条两旁全是小吃车的路，好不容易才穿过了鸟居，接着过太鼓桥再到大殿又费了不少时间。

本来穿着厚重的大衣是为了抵御寒风，可挤在这黑压压的人群里，一郎反倒感到有些燥热了。身边有穿着和服的老夫妇，有一家三口，还有成群结队看起来像是备考生的少年们。大家全都争先恐后地去向菅原道真大人祈福许愿。一郎身旁的阿里倒是一句抱怨也没有，只是跟着人流慢慢往前走。她穿着毛衣配牛仔裤的休闲装，外面套了件黑色的羽绒服。

“抱歉啊，我没想到会这么多人，避开元旦就好了。”

一路上一郎不停地道歉。“这是哪儿的话呀。”每次阿里都轻松地回应他。

“就因为人多大神才会显灵呢！这么不容易挤过来一定要好好祈祷。”

她说到做到。终于来到了大殿前，阿里双手合十，就像殿前那两头石狮子似的一动不动，连呼吸吐出的白色水汽都不见了。看她心无旁骛的样子，一郎也不敢马虎，全神贯注地祈祷着。

希望新月的备考生们都能顺利考取志愿的学校；希望最近已经开始一点点说话的直哉能再多说一些；希望新月的活动能慢慢看到成果；希望外公还有送餐时遇到的爷爷奶奶都能身体健康。

用心祈祷过后，一郎侧目看了看身边的阿里，她依旧纹丝不动地将两只红色手套紧紧贴在一起。

一郎又闭上双眼，向神追加了一个愿望。

今后，如果可以的话，让我和这个女孩永远在一起。

不知道从什么时候开始，阿里已经成了自己不可或缺的搭档。第一次对异性感兴趣不是出于生理需求，虽然不知道这算不算是爱情，但对于一郎来说，这女孩身上有种自己没有的东西深深地吸引着他。细想起来，别说是新年的初次参拜了，就连主动约女孩子这都是第一次。

迎着当头的太阳出门，参拜结束时地上的人影已经变浅了。机会难得，离开人多到缺氧的神社前，一郎给学习会的七个备考生都买了护身符，阿里也在绘马[①]上认真地写下了所有人的名字。

“我说，顺便抽个签怎么样？”

听了阿里的建议，两人各自抽了签，阿里是“大吉”，一郎是“中吉”。一郎觉得这结果正合他意，又看了看运势栏，上面写了一段意味深长的话。

平心静气　不慌不忙　认真做事　答案自现

答案自现——一郎猛然想起了藤浦社长。

到底是为了巩固新月的根基请求后援，还是靠自己的力量做力所能及的事？

---

① 绘马是日本人许愿的一种形式。在一个小木牌上写上自己的愿望，供在神前，祈求得到神的庇护。

答案还没有出现在一郎面前。

"千叶私塾可真了不起啊！这个，是我在图书馆的报纸上看到的。"

那天从神社返回千叶，在摇晃的黄色电车上，阿里给一郎看了她复印的新闻报道。

《官民合作教育终于在千叶开启》

《千叶私塾将于每周六在公立中学授课》

相关的报道几乎都看过了，可不管看多少遍，在一郎眼中都充满了新鲜感。

《划时代的一步——打破积年僵局，文科省与私塾联手》

原来，吾郎所说的"太阳和月亮合为一体"指的就是这个。

政府与私塾合作。这种尝试本身并不是第一次，两三年前就已经在各地看到了一些苗头。废除宽松教育之后，一旦扩大学习范围，想让学生们在每周五天的课堂教学中全部消化是有困难的，现如今要取消教师的双休日也不现实。万般无奈之下，各自治体的教育委员会只能抓住私塾教师这根救命稻草了。

将那些以学习辅导见长的专业人士派往学校，利用放学后和周末等时间开设特别课程。开始的时候赞成和反对两种声音此起彼伏，而随着成果的广泛传播，效仿的自治体逐渐增多。最终在去年，这种官民合作的形式也走入了千叶私塾。

“不过，校长为什么迟迟没有接受呢？开了那么多次会，感觉一直争执不下。”

看阿里映在车窗上的表情，有些难以释怀的样子。

“对于私塾来说不是好事吗？与政府合作既能保证稳定的收入，又能提高自身的社会地位。”

“嗯，好像是合作方式存在一些问题。”

一郎把从吾郎那里听来的话告诉了阿里。

“凡是有政府参与的项目，说是合作，其实大多数情况下，民间机构都被剥夺了全部的主导权，只能任人摆布。但国分寺认为如果是那样的话，对我们就没有任何意义了。所以一直争取要在计划中体现出千叶私塾的理念。”

“原来是这样，的确像校长所为。”

“还有，我外婆好像也是个很大的阻碍。”

“你外婆？”

“我外婆是第二任校长，她对文科省恨之入骨。所以国分寺特别害怕要是他在任期间和文科省联手了，外婆会变成鬼来找他算账。最后还是我外公说服了他。”

“哦——不过，上田的外婆为什么那么恨文科省呢？”

“这个，我到现在也没太弄清楚。”

电车每次靠站，下车的人、留下的人还有新上来的人在挤得水泄不通的车厢里就会展开一场攻防战。一郎护着阿里，脚上一直绷着劲儿。他把从母亲和姨妈那里听来的只言片语串连起来。

“怎么说呢，最开始是文科省对私塾表现出反感，不仅不认可还施加各种压力，因此激起了私塾界的反弹……可以说是宿敌吧，持续了很久。他们都说宿敌之间的联手简直就像是太阳和月亮合体，绝对具有划时代的意义。”

“这样啊——”

阿里随声附和着，也不知道是听明白了还是没听明白。连一郎自己对两方反目的历史都是一知半解，也不怪别人听得糊涂了。

“哦，对了，我外公好像就要出版他的第一本自传了。里面应该会写到那时候的事吧。”

“哇！自传？我一定要读读。”

“哦？”

“那可是千叶私塾的创始人啊！”

“那倒也是。”

不过就是在私塾勤工俭学，怎么会对创始人那么感兴趣？可能是一郎又把心里想的都写在脸上了，阿里补充说：

“和在新月一样，我也很喜欢在千叶私塾里教孩子们学习。我很认同校长的想法，每当看到那些不喜欢学习的孩子渐渐有了积极性，就有种激情燃烧的感觉。而且我对官民合作也很感兴趣，正考虑毕业后要不要就留在千叶私塾当老师。”

“你要留在千叶私塾？”

激情燃烧的感觉。一郎觉得阿里说这话时眼睛里闪着一团火，和曾经在外婆眼中看到的很像，忽然间他的心扑通扑通跳得厉害。

“上田，为什么一副这么奇怪的表情？”

“啊，不是，那个……那个，千叶私塾好像不太景气，没关系吗？”

“不是我自夸，我早就习惯在逆境中行进了。”

阿里的笑容里充满了自信。这时候电车猛一倾斜，乘客们个个东倒西歪。阿里一个踉跄，一郎搂住她的肩膀，瞬间一股甜甜的洗发水味钻进他的鼻孔。啊，一郎又是一阵心跳加速，自己仿佛和心一起飞走了，身体也再次感受到某种预兆。

两人的祈祷有没有传达给神，那就只有神才知道了。但至少龟户天神社的护身符多少起了些作用。

“真的吗？真的吗？菅原道真会保佑我？哇噻！太高兴了！”

“太棒了！有同一位大神在保佑我们考试！”

加斯仿佛已获神助，不仅是他，同一位大神的庇护让学习会的七名备考生结盟成了为中考发奋的“THE MITIZANES①”小队，成了惺惺相惜的队友。他们的口号是“必须全体合格”。不管怎么说，考前最后冲刺的烈火已经点燃了。

此外，问题儿童直哉的状况也有了起色。

在学习辅导中引入丰田正子的作文已经过去四个月了，直哉的作文有了明显的变化。和之前枯燥无味的文字罗列相比，现在的作文里有了主题，有了少年看待事物直率的视角，词汇虽然不够丰富但也别有妙趣。而对于一郎适时提出的一些建议和要求，他也在努

① MITIZANE是菅原道真中“道真”两个字的日语发音。

力地回应着。

随着作文兴趣的提高，直哉对丰田正子也产生了更多的亲切感。原本每次学习会一郎给直哉看的作文都是自己誊写下来的，去年年底他竟然提出想借《缀文教室》的原书读一读。

“字很小，汉字也很多哦！”

“那我也想读读看。”

一郎因为直哉终于有了主动学习的意识很激动，新年第一次学习会直哉又交上了这样一篇作文。

洗澡水的温度

新川直哉

修野说：“我们家的洗澡水很热。”他还说：“我们家的洗澡水有43度呢！”

我不知道43度到底是多热，不过看修野得意的表情，就觉得一定很棒。

“我们家的有44度。”君津说。

“我们家45度！”小竹说。

“我家46度！”我说。

说完之后大家都说我撒谎。46度被说成是撒谎，我不知道怎么办，感觉很难为情，于是就说那不是撒谎。

“浑蛋！凭什么说我撒谎？要是那样的话，46度是撒谎，45度就是真的了？46度是撒谎，44度就是真的了？”

“45度是真的，46度是撒谎。”

"44度是真的，46度是撒谎。"

君津君和小竹坏笑着说。我觉得君津君和小竹也在撒谎，真是太无聊了。

直哉的作文里闪烁着过去不曾有过的情感火花。他写的全都是与母亲还有同学间的交流。虽然有些孩子气，却带着一种质朴的趣味。得知直哉还有一帮能相互炫耀洗澡水温度的朋友，这也让一郎松了口气。

可是，尽管如此——

"浑蛋！你们凭什么说我撒谎？要是那样的话，46度是撒谎，45度就是真的了？46度是撒谎，44度就是真的了？"

这句话却让一郎很纳闷。

作文里这是直哉说的话，可显然又不是他平时的语言。难道说他在学习会表现得很乖，在朋友面前就会那么说话？真让人难以想象。

那之后直哉的作文里又频频出现一些奇怪的措辞，让一郎百思不解。

"你看看，我早就警告你了！"

"瞎扯什么，你他妈的！"

"切，别犯傻了！不是开玩笑的。"

作文里的粗话越来越多，一郎终于想明白是怎么回事了。

"是丰田正子的父亲。"

没错，直哉是在模仿正子作文中她父亲的说话方式。

正子的爸爸很讲义气，虽然穷却在拼命赚钱养家，看到朋友身处困境绝不会袖手旁观，是个脾气暴躁又不失可爱的有趣人物。看来直哉很喜欢他那些男人味十足的语言。

“直哉，你是不是在模仿正子爸爸说话？”

一郎向他本人求证，直哉红着脸点点头。

“因为很帅对吧？”

听直哉说他没有真的用这种口吻和朋友们说过话，虽然也很想在大家面前说，但又说不出口，所以才将自己在现实中做不到的写在了作文里。

“这样啊。”

“嗯，不过我也在一点点练着说。”

“不不，写写就好了。”

尽管一郎觉得这些语言并不适合在现实生活中使用，但关于作文他不想指手画脚，只是希望直哉能一直随心所欲地写下去。和母亲两个人一起生活的直哉，也许是在正子爸爸身上找到了某种父亲的感觉。一郎不想点破，他觉得在作文中追求某种现实中求之不得的东西，也可以成为一种写作动机。

而结果却事与愿违。

“我是新川洋子。”突然有一天接到直哉母亲的电话，她的话让一郎大受打击。

“我不知道你们学习会都教些什么，但我们家孩子最近说话越来越粗野了。学校的朋友，包括老师都说他说话怪怪的，把我吓坏了。”

他本来不是这样的孩子啊，洋子哭着说。

“要是因为这个出了什么问题可怎么办？我只供得起他上公立学校，不可能因为和朋友、老师搞不好关系就让他转到私立学校去。很感谢你们能免费给他补习，但是就到此为止吧。”

让直哉退会。洋子说得斩钉截铁，不管一郎解释什么她都听不进去了。要是在学校被排挤了怎么办？在班里被欺负了怎么办？拒绝上学了怎么办？她满脑子想的都是最坏的结果，八头牛也拉不回来了。

“直哉妈妈，拜托您了，起码让我和直哉说两句吧。”

“不必了，今后我们家孩子就不劳您操心了。”

话没说完电话就挂了。那周的周日一郎盼着直哉能来学习会，可他始终没有出现。

一片好心推荐的《缀文教室》却成了祸害。没想到竟会带来负面影响，把直哉变成了粗野的孩子。

对一郎来说再没有比这更令他懊悔的了，事到如今后悔自己考虑不周也于事无补。可他细想起来又觉得，只用“负面影响”一个词来总结直哉的变化太过片面，他接受不了。

真的是那样吗？丰田一家带给直哉的只有粗鄙的言行？一郎回想起一篇篇作文中记录的变化轨迹，又不觉心生疑惑。现在的直哉正经历着一个如饥似渴地吸收语言的成长过程，粗鲁的说话方式只是他在这条路上向正子爸爸暂时借用一下而已。把眼光放长远些，拿出足够的耐心，过不了多久他一定能获得更适合自己的语言。一郎总是不住地这样想。

可是如何才能将这个想法传达给直哉的妈妈呢？洋子很忙，兼职做着配送寿司和电话咨询两份工作，给她打电话也是爱搭不理的。现在对于她来说，将儿子从学校的麻烦中解救出来才是当务之急，一郎说的什么作文的效果好像根本听不进去。她表现得很警惕，故意躲着一郎，只是不停地说我家儿子不用你管了。

“您要是不让直哉听电话，那我现在就去您家拜访，直接和他聊聊。”

这样毫无意义的争论让一郎失去了耐性，终于有一天他抑制不住心中的焦躁，向洋子放出了狠话。

可能是吓坏了，洋子半天没说话，然后嘶哑着嗓子说：

“你有这个权利吗？！”

声音里流露出的胆怯让一郎清醒了过来。

权利。我有吗？我有什么权利越过这位母亲坚守的底线？我是那样的人吗？

他越想越觉得自己说出那种话实在是太无耻了。

新月不是学校。孩子们是自愿来到学习会的，来或不来都是他们的自由。可现在我无论如何都要留住直哉，觉得应该留住直哉。而我经验尚浅，这样蛮横的态度又从何而来呢？难道是因为无偿地为孩子们补习就觉得自己了不起了？还是打着善意的旗号就自认为有资格把直哉带回来了？要是那样的话——

那样的话，我比自己看不起的支配型的教育者——企图把教育当成工具来控制孩子的那帮人更无药可救。

“对不起，是我太鲁莽了。”

一郎一边道歉一边挂断了电话。那天之后他没有再去接近直哉母子，但又忘不了这件事，只能自取其咎过着闷闷不乐的日子。

作为一种情感表达，他唯一允许自己做的只是给直哉写信。每周末，没有直哉的学习会结束后，为了填补内心的空虚，一郎都会拿起笔。他觉得母亲时常外出工作的家庭，孩子放学回来都会习惯性地看看信箱。因为相信直哉能看到这些信，所以他一次又一次地在印有哈姆太郎卡通图案的信笺上写下了自己想说的话。

写来写去一郎发现自己的文章一点长进都没有，竟然还一直让直哉练习写作文，想想更觉得难为情了。

直哉，你好吗？

已经有一个月没见到你了。

除了备考生之外，新月的伙伴们都很好。眼看就要到公立高中的入学考试了，MITIZANE的七个人全都拼了，使出全力在拼。今天也是，一直留下来学习到晚上十一点多。

做点心的夫人说“不能饿着肚子备考”，就给大家送来了饭团。放了好多明太鱼子的（加斯说“超豪华”的）特大号饭团。有直哉的脸那么大哦！

他们那么努力，相信一定能顺利考上高中。

今年春天，直哉也要上小学六年级了吧。学习会越来越难的，你要好好加油哦。有不懂的就去问老师或其他人，问明白了为止。

现在还写作文吗？

作文写腻了，也可以试着给别人写信。

啊，我这么说可不是在催你回信呀。

只要直哉过得好就行。

上田

仰望满天繁星，依然愁上心头。

月亮再圆，也填不满空虚的心。

日子一天天过去了，内心的空洞让一郎束手无策。他痛恨自己的无能，但却始终坚守着和国分寺的约定：不管遇到什么问题，都不能在孩子们面前苦着脸。

现在他要做的是更努力地去辅导其他孩子，特别是要对七个备考生尽心尽力，无论如何都要让他们考上高中。

不管怎样，坚持到春天——一郎这样对自己说，好让濒临崩溃的意志能勉强支撑下去。

终于到了樱花盛开的春天——

“Thank you for MITIZANE！”

“哦——”

“We love MITIZANE！”

“Love！”

“全体合格，耶！”

“耶！”

加斯大吼着就像个说唱歌手，围坐在一起的MITIZANE的其余六个人也跟着他一起举起了拳头。另外一只手里拿的应该是可乐，一郎佩服这帮孩子不喝酒都能兴奋成这样，坐在他旁边的加斯的辅导员利辉眼睛有些湿润了。

“有些话我今天才敢说，之前真觉得加斯有点危险。其他六个人都根据自己的情况做了调整，算是进入了安全范围。只有加斯死扛着不改志愿，然而问他理由，竟然说是因为那个高中的女生校服性感……”

和利辉一样，考试前个个面容憔悴的辅导员，此刻全都一脸感慨地看着自己负责的孩子。

公立高中发榜三天后的周日，藤浦大厦的会议室里，学习会比平时提前结束了。大家为全体合格的初三学生们开起了庆功会。

三月份他们七个就要从新月毕业了，这也算是毕业典礼吧。大家围坐在一起，桌子中央摆着藤浦夫人的杰作“红白馒头①金字塔”。首先拉开了成员们亲手制作的庆祝彩球，“庆祝合格&毕业”的标语伴随五彩缤纷的彩带和彩纸垂挂下来。接着一郎为孩子们颁发了同样是手工制作的毕业证书。原以为大家会哭成一团，结果湿了眼睛的只有那些志愿者，孩子们沉浸在考上高中的喜悦当中，还顾不上伤感。

“终于考上了，让内申点见鬼去吧！”

“见鬼去吧！”

① 红白馒头：做成白色和粉色的豆沙包，用来庆祝考试或比赛等取得成功。

吵嚷了一阵七个人终于安静下来，桌上的红白馒头金字塔只剩下一个小土包的高度了。此时有人提议："给学弟学妹们说说此刻的感想吧。"

"那个，幸亏我当初鼓足勇气给上田老师打了电话，不然学习一塌糊涂，根本考不上这么好的女子高中，只能去工作了。而且还认识了大家，能来到这儿真好。"

"说真的，我有些后悔没早点参加学习会，那说不定就能考上更好的学校了。马上就要上初三的各位，先下手为强哦！"

"我很感谢各位老师，也特别感谢MITIZANE小队。学弟学妹们，你们一定要相互支持，顶住压力哦！"

七个人战胜了上不了私立高中的巨大压力，此刻脸上都洋溢着灿烂的笑容。他们的母亲也给一郎打来了电话。"不知道该说什么感谢的话了。""我和女儿抱在一起哭了。""我再也不会做噩梦担心儿子考不上高中了。"面对诸多感谢的话语，一郎却觉得对于这七个孩子来说，同病相怜的伙伴间的相互鼓励也许才是真正的特效药。

樱花盛开的春天，七个人的合格对于新月来说也是莫大的鼓舞。第一次大考的好成绩不仅让成员们信心倍增，更有助于下一步活动的推广。为了迎接四月的新学期，第二期志愿者招募已经开始，新月的发展逐步走入了正轨。一郎强烈地感受着这样的变化，可笑容依旧的他却在内心为自己的掉队感到焦躁不安。

一个个大口吃着馒头的笑脸中唯独少了直哉，他的缺席让一郎难以释怀。那个因为自己的不成熟而落跑的少年。就算在座的所有人学习能力都有所提高，但只要有一个落下了，也是自己作为老师的失职。

“小姨，我有件事想和您谈谈。”

一郎的自信心跌入了谷底。那天庆功会结束又来了一次全员大扫除，大家回去后他把菜菜美留在了会议室。

“啊，你说什么呢？！”

小姨的反应是意料之中的，她本来就是个喜怒哀乐形于色的人。一郎猜想她听了自己的话肯定会打开“怒”的按钮。

“让我当新月的带头人？”

可事实上，难掩惊讶的菜菜美脸上流露出更多“哀”的色彩，让一郎看了揪心。

“到底是怎么回事？”

“我想从下学期开始把工作移交给您。”

“为什么呀？”

“藤浦商事要做我们的赞助商，我想还是让小姨这样靠得住的大人来做代表比较好。”

这是一郎给出的答案。

应该接受藤浦社长的好意。在备考的最后阶段，看到成员们自己掏腰包买参考书和习题集，又请留下来学习的孩子吃夜宵，一郎就更加确信了。事实上，虽然负责备考生的成员在这期间尽心竭力，但他们当中已经有人提出要退会了。

这样下去新月是不可能长久的。想要减轻成员们的负担，后方支援必不可少。可如果向企业寻求帮助，势必就要承担相应的责任。

“感觉像我这样的金发哥哥，没办法带着组织继续往前走了。估计连社长都不放心，所以才反复问我有没有做好心理准备。”

“这是什么话，社长就是因为看好阿一才会提出赞助的事啊。”

“那是你们高估我了，我不是那块料。”

“没有的事。难道不是阿一组建了新月，又带领大家走到了今天吗？孩子们都特别喜欢你，还有接待家长和媒体、调解成员之间的矛盾，你都做得很好啊！”

“要是小姨的话一定会做得更好。而且不管怎么说你是藤浦商事的员工，社长也会更放心不是？”

“哪有……”

坐在一郎对面的菜菜美脸色越来越难看。

“阿一，你不会是烦了吧？不想管新月了？”

“没有，只要学习会在我就不会退出，就是今后不当带头人了，和大家一样还是成员之一……”

“怎么又要半途而废啊，阿一！”

菜菜美的“怒”终于爆发了。

“你在逃避吗？”

“啊？”

“又要逃避？反正不管遇到什么事，阿一就只会逃避不是吗？”

一郎猛然被击中了要害，菜菜美紧接着又补了一刀。

“没出息！看到你这副德行，那个世界的爸爸和外婆都要哭了。亏你有个和时代抗争的父亲，还有个为教育奉献一生的外婆……”

“别再说了！”

一郎禁不住喊了一声。

“我不知道那些！和爸爸、外婆有什么关系？我过的是我的人生！”

一郎已经有些语无伦次了，而且因为太用力声音都在走调。

他意识到自己的失态，脸涨得通红。菜菜美瞪大了眼睛望着他，目光中的愤怒不见了。

“嗯，你说得也对。”

“啊？”

“是那么回事。确实，阿一过的是阿一自己的人生。”

抱歉。菜菜美说着耸了耸肩膀。

“我也太没个大人样了，和外甥发这么大火。”

“小姨……”

“我要回去了，边准备晚餐边冷静一下，要是不嫌弃就来吃火锅吧。”

气来得快消得也快，小姨说完就转身离开了，只留下一郎一个人在空荡荡的会议室里发呆。楼道里传来高跟鞋轻轻踩在地板上的声音，随着那声音渐渐远去，早就关了空调的房间变得鸦雀无声。一股能将人淹没的寂静滚滚而来，没过了膝盖，没过了腰，没过了肩膀……

——又在逃避吗？

一郎神情恍惚，仿佛陷入了缺氧状态，刚才的痛骂像呼啸的海浪朝他倾覆过来。父亲和外婆的提及让他极为恼火，可如果诚实地面对自己的内心，真正的答案也许就在这里。

——反正不管遇到什么事，阿一就只会逃避不是吗？

自己的确是在逃避。现在是，过去也是，总是这样。逃避外婆，逃避求职。新月刚步入正轨，现在面对让大岛一族着魔的“教育”又开始畏首畏尾了。

是在逃避藤浦社长，还是在逃避带头人的责任？难道要这样逃避一辈子吗？

这就是我要过的人生？

一郎沉入了寂静的深渊，也不知道过了多长时间。

也许是一分钟，也许是十分钟。他两手托着额头一动不动，仿佛就要被会议室吞没了。这时，耳边忽然传来嘎达一声，是开门的声音。

一郎倏地抬起头。

是菜菜美又回来了？

原来悄悄探头进来的是阿里，她的黑色长发上戴着一顶毛线帽子。

“井上？”

自己不是和她说今天有事要和小姨商量，让她先回去了吗？阿里怎么会在这儿？

没等一郎问出口，阿里就先说了：

“我本来是回去了，可是……”

“可是？”

“还没到车站，就遇见了他。”

谁？又没等一郎提问，另一个身影跟在阿里身后出现在门口。

“直哉！”

一郎猛地把椅子拉到一边，三步并作两步地冲了过去。

不敢相信自己的眼睛。没错，就是直哉！他穿着平时总穿的那件深蓝色羽绒外套，不自在地低着头。一郎都站到他边上了，也只是抬头看了一眼，马上又把头低下了。

“直哉。”

一郎还没弄清楚是怎么回事，又一个人在他面前停住了脚步。

是一位素颜的短发女性，身上穿着深绿色毛衣配灰色外套。

“上田老师……”

“啊……”

“太好了，赶上了。”

女人把手按在胸口上喘了口气，然后深深地鞠了一躬。

“很长时间没联系了，我是直哉的妈妈。”

一郎越发混乱了，喉咙动了一下却发不出声音。直哉的母亲，新川洋子。就是那个一直拒绝自己说“我们母子俩的事不需要你管”的人。

“我儿子承蒙您的照顾，之前是我太失礼了。今天我是很诚恳地有话想和上田老师说。”

“请等一下。”阿里在背后打断了她紧绷的声音。

“直哉妈妈，直哉他……”

“嗯？”

“直哉他好像想自己说。”

洋子和一郎同时把目光转向直哉。忽然被大家注视，少年咽了咽口水，显得十分拘谨。洋子问他是不是想说，他忸怩地点了点头。

“上田老师，那个，我……”

“嗯？”

“那个，我……”

“怎么了，直哉。”

一郎俯下身子，想给那双无措的眼睛带去一些鼓励。想说的话不知如何表达，他自已也深深明白那份焦虑。

“别着急，慢慢来，试着说。”

“我……之前……参加学校的考试……”

“嗯。”

“分数……提高了……好多。”

“真的吗？”

“语文、算术、理科，都提高了。”

太棒了！一郎刚想开口表扬他，却被直哉接下去的话挡住了。

“因为这个，大家都说我作弊。”

“啊？”

“我说我没有，他们也不相信。连老师都怀疑我，还说只要我说实话就不生气。”

“怎么会……”

一郎脸色有些发青。

“所以，所以……”

直哉努力想要继续说下去，小脸红得像个苹果。

“所以，我就给老师写了封信。”

“信？”

“我说我没有作弊，老师说只要我说实话就不生气。我很讨厌那样，就算老师不生气，可我生老师的气了。”

“你在信里这样写的？”

“嗯，然后，然后……”

直哉的脸越来越红了，嘴唇微微颤抖着。一郎以为他要哭了，没想到他却好像忍不住了似的呵呵呵地笑了起来。

“然后，老师向我道歉了。”

“啊？”

“他说对不起，不应该怀疑我。老师和我道歉啦！”

从来没听过直哉如此爽朗的声音，一直弯着腰的一郎长舒了口气，他膝盖一软，瘫坐在了地上。“对不起！”直哉的母亲接着儿子的话开口了：

“我真是太糊涂了。听直哉的朋友说他说脏话，我一下子就慌了。其实班主任对直哉很宽容，说虽然用词有些奇怪，但直哉开始表达自己的想法了，很令人高兴。还和我说因为和第二学期相比成绩提高得太快，就忍不住怀疑是作弊了，后来收到直哉的信，他特别开心。”

“老师，”洋子两眼含着泪，望着一郎说，“我是他妈妈，最了解他。我儿子……直哉不是个会用笔向别人表达自己心情的孩子，最起码是在来新月之前。”

“直哉妈妈……”

"相比分数提高，这个更让我高兴。"

白皙的脸颊上流下一行泪水。洋子强忍住没有让第二行眼泪流出来，她的声音里带着一股倔强。

"谢谢，谢谢您帮助直哉！"

洋子说着深深地低下了头。她的这番话后来又多次出现在一郎的脑海里。每当他感到气馁的时候，想要逃避的时候，他都会让自己回到这天的这个地方，并且每次都要反复回味孩子母亲在无意中带给自己的启示。

教育不是为了要控制孩子，而是要带给他们敢于对抗不合理、不轻易被控制的力量。

不过此刻，一郎还没有想到这些，喜极而泣的他一个劲地抚摸着直哉的头。

"直哉，你好棒啊！太帅了！"

直哉用力吸了吸就快要流到唇边的鼻涕，笑着说：

"那当然了！"

☽

每位来宾致辞后都会响起热烈的掌声。一郎的眼睛渐渐适应了枝形吊灯的光亮，他看到人们脸上满是沁人心脾的温暖笑容。会场里挤了两百多人，空气中却洋溢着家一样的温馨气氛。是因为吾郎巨大的人格魅力吗？得知来宾中有一半都是他原来教过的学生，一郎又一次感到了外公的伟大。

在致辞结尾提议大家一起干杯的是千叶私塾原来的合伙人胜见。

“回想起来大概是三十年前了吧，当时的风云人物大岛吾郎在和夫人的攻防战中败北，离开了日本。那时候谁会想到他还能这样若无其事地华丽回归啊。他在流浪途中给我寄来一封信，我想象着他悲惨的处境边哭边打开信，结果你们猜我看到什么了？一群夏尔巴少妇围着他拍的纪念照……”

胜见风趣幽默的谈吐引得场内一片沸腾。“干杯。”他高举酒杯，在场所有人也都跟着举杯共饮。随后大家纷纷散开，会场里一下子热闹起来。

有人走到吾郎身边和他寒暄。

有人手拿酒杯愉快地交谈。

还有人涌向了餐台上的美食。

不习惯这种场合的一郎被淹没在热烈的气氛里有些坐立不安，他遇到了和自己一样的修平。

“修平，你又胖了？”

可能是看惯了他穿白色工作服的样子，一身黑色礼服反倒显得那肚子更富态了。

“最近店里的便当太好吃，都有客人投诉说长胖了，要我们设计一些瘦身菜单。所以我就一直在研究低卡料理，结果不停地试吃搞得自己肥了不少……这不，我老婆已经下命令了，要我必须去参加美式减肥营呢。”

“悲惨啊，悲惨啊！”修平说着擦了擦头上的汗。

“对了一郎，正好我还有件事想找你好好聊聊呢。”

一郎端起的啤酒杯在嘴边停住了。虽说每天都会在店里见面，可修平总在厨房里忙前忙后，很少有机会能说上话。

“是这样的，最开始创业的时候我就有个想法，希望能在我们公司设立一个CSR部门。”

“CSR部门……在便当店吗？”

从来没听他提起过，一郎吓了一跳。修平冲他摆摆手，好像还不想让其他人知道。

“我知道，我知道，不就是想用两句英文显得洋气吗？也没那么夸张啦。只不过小公司也可以用小公司的方式为社会出一份力吧。”

“比如说……”修平闪着他那双孩子气的圆眼睛。

“每周为学习援助会的孩子们免费提供便当之类的。”

“修平……”

“现在有人赞助新月了是件大好事。不过呢，我也算是你一路努力的见证人，好人都让藤浦商事的社长当了我可不甘心。点心当然也不错啦，不过正在长身体的孩子最需要的还是蛋白质吧。”

修平的关怀让一郎很感动。

“谢谢。真正接触下来我才发现，有些孩子不吃午饭就来学习会了，在饮食上比我们想象的还要拮据。修平的便当肯定会大受欢迎。”

藤浦社长、修平，帮助新月的人越来越多了。一郎相信像现在这样圈子扩大，学习会的环境也会一点点得到改善。自从决定做一个愿意接受别人好意、寻求更多人帮助的带头人，他感觉肩上的担子也轻了不少。

“除此之外，我还在考虑能不能在便当店的客人中成立一个交流会，或是办一份报纸作为大家沟通的媒介。一郎，作为我们CSR的负责人，你也帮着我一起想想吧。”

“太期待了！修平你可真厉害，能想出这么多好主意。”

“没有没有，有一半都是我老婆的主意。刚开店那会儿她就跃跃欲试地提出要通过便当建立一个老年人社区。”

“在这儿呢！”说曹操曹操到，修平正在挠头，就听到兰的声音。

“修平，你怎么跑这儿偷懒来了？”

兰穿过人群快步走过来，一把抓住了修平的手腕。

“宴会可是拓展客户的最好商机。我刚刚和一个爸爸原来的学生聊天，他正在经营一家康复机构，对我们的便当很感兴趣。看样子能签下个大单。社长也过去说两句吧，快点！”

兰还是那么精力旺盛，不由分说就把修平拉走了，留下一郎一个人站在原地发呆，刚刚聊天的话烙在他脑子里挥之不去。

客人之间的交流会，作为沟通媒介的报纸。听起来可真不错，他不由得露出了笑容。

虽然作为新月的带头人每天都忙得焦头烂额，可是送餐的工作一郎从来没有懈怠过。孩子们的问题接踵而来，每当他感觉力不从心的时候，是那些充满爱心和智慧的客人激励着他，带给他莫大的勇气。

说不定哪一天，老年人社区和新月的孩子们之间会出现交集。

如同点心和便当，对于孩子们来说，爷爷奶奶也是他们所需要的。

想着想着，一个宏伟的计划出现在脑海里。

刚才的局促不见了，一郎闲不住就在会场里到处转悠。一会儿向今天的主持人国分寺汇报新月的近况，一会儿又跟在蕗子后面和那些与吾郎有工作往来的人寒暄，表现得比平时都要积极。其间还有不少来宾鼓劲他："学习援助会要加油哦！""虽然钱不多，但我也想给你们捐助一些。"更是让一郎信心倍增。

庆典接近尾声，吾郎出现在舞台中央。外公的答谢词将他的情绪推向了顶点。

"首先非常感谢大家能在百忙之中抽空来参加今天的宴会。我从事写作多年，举办出版纪念庆典这样隆重的活动还是头一回。为什么突然会有这样不自量力的想法呢？估计在座的各位也很好奇吧。其实，因为这次的新书是我这些年参与编写的评传、教育书籍、对话集、合著以及面向儿童的启蒙读物等全都算在一起的第五十六本出版物。"

五十六。提到这个不明所以的数字，一郎发现吾郎瞬间鼓了鼓鼻翼。外公，不会吧……他感觉背后有股凉气在乱窜。

坏预感应验了。

"是不是有人已经猜到了。五十六本，五十六①，GO、ROKU、GORO、GORO、吾郎……哈，哈哈哈哈哈……"

吾郎控制不住地大笑起来，捂着肚子腰越弯越低。

---

① 日语中五和六两个数字的发音，与吾郎名字的发音很接近。

竟然能在这么正式的场合一个人笑了起来，一郎感觉眼前发黑。“爸……”身边的蕗子把手抵在额头上欲言又止。看着台上抖动着肩膀笑个不停的吾郎，台下那些被如此无聊的笑话骗来的客人个个神情僵硬像被冻住了似的。

没想到吾郎自己笑够了，完全不在意会场内已经变味的气氛，又泰然自若地说了起来。

“而这第五十六本出版物竟然是我的第一本自传，感觉就像是某种命运的安排。”

吾郎沿着自传中的轨迹简述了千叶私塾的成立、摇篮期和成长期，又提到和文部省之间的对立与妥协。随后话题又转向了私塾界的现状。

“大家都知道，目前私塾界迎来了极其严酷的寒冬期。小学生的人数只有二十年前的七成左右，中学生只有六成。想要在这个少子化的时代生存下去实属不易。可是另一方面，也在业界萌生出了前所未有的新希望。”

尽管声音不大还有些沙哑，但长年从事课堂教学让吾郎的音色带着某种特有的抑扬顿挫，总能让人听得津津有味。随着发言的继续，来宾们冰冻的表情渐渐融化，会场内再度升温。

“刚刚向各位通报过了，今年将迎来创建四十六周年的千叶私塾，受政府委托已经从这个春天开始每周六在公立学校开课了。现在回想起私塾和文部省势如水火的那段过往恍如隔世，就像美国和俄罗斯都能共同开发宇宙那么不可思议。”

说得没错！会场的一角有人大声附和，笑声此起彼伏。

“尽管如此，对于教育方面这类官民联手的举措我是非常赞成的。先不说目前学校教师的负荷已经远超极限，我认为这种联手本身对私塾一方来说大有益处。而值得期待的绝不仅仅是经济上的获益。有一点可能不便对业内的诸位提及，我们这些做私塾的人无法让所有孩子都平等地都接受教育，这个现实很残酷，也很无奈。经营的局限性就像一根扎在喉咙里的小刺……不，更像是一把如影随形的尖刀。而官民联合的方式让我们有机会打着私塾的招牌平等地去面对所有孩子，也让我看到了新的希望。并且……”

吾郎环顾整个会场，将目光停在了一郎身上。

“新的教育举措还远远不止这些。就在我家里，现在我外孙和他的伙伴们为那些经济条件不好的孩子办了一个学习会。当我听说这件事的时候，我觉得自己没能做到的事情他帮我做到了，给那些活在社会阴影里的孩子送去了一线希望。同时也让我不禁感慨，对比四十六年前，那时候只有很少一部分孩子上私塾，还担心被别人知道。如今不上私塾的孩子成了极少数，教育环境的确发生了翻天覆地的变化。

“时代在变化。围绕着教育，创建私塾的四十六年前和今天有着各自的难题，也都有人义无反顾地愿意为之奉献一切。我想用这本自传把同伴们不遗余力的付出记录下来，所以就拿起了笔。”

说完自己执笔的初衷，吾郎缓缓地压低了声音。

“今天很多朋友见到我都问，为什么要给书取名叫《新月》？我吞吞吐吐地回答说不值得一提。虽然有些难为情，但我还是想在这里说一下，这个书名是为了怀念我已故的妻子。”

场内一阵喧哗。无论是已经读过自传的还是没读过的，大家都没有忘记那场曾经搅动业界的大岛夫妇的纷争。

“我想在座的很多人都有所了解，我妻子是个对任何事都充满激情的女性，尤其是涉及孩子的教育问题更是势不可挡。她的那份热忱，我感觉自己这辈子都望尘莫及。她作为校长坚守了千叶私塾二十年，退休后还常常来给孩子们上补习课，在家也会大量阅读教育方面的书籍。从早到晚书不离手，让同住的女儿都叫苦不迭说自己的书没地方摆。手边的书都读完了，又拜托旧书店的熟人到处搜罗过去的教育书籍。她就是这样一个学无止境的人，连生病住院期间也没有一天放下过教育，只要有可能便会翻看放在枕边的书籍。”

说起来，自己仅有的一次去医院探病时，外婆枕边的确摆着好几本书。望着台上的吾郎，一郎脑子里浮现出当时的情景。

“不过，在她去世前三天……我最后一次去探病时，不知为何妻子枕边的书不见了，只剩下一张小孙女画的全家的肖像画。我说，要是没书看了我再帮你找几本吧。妻子看上去心情出奇地好，她摇着头说，不用了，我还是放弃圆满好啦！”

吾郎解释说，自己曾经把总是拼命追赶着什么的妻子比作是永远不会圆满的新月。

“妻子还对我说了这样一些话。她读了很多时代很多人写的书，就弄明白一件事。不管什么时代的什么人，都对当世的教育持悲观态度。现在的教育不像样子！这怎么能教出好孩子呢？所有人都在哀叹。他们高喊着必须改善，必须改革！读来读去，书里全都是否定的声音。开始妻子也感觉一筹莫展，可渐渐她觉得也许这样就很好。她说教育就和她自己一样，像是总有欠缺的新月。正因为意识到自己的不足，人才会为了变得更好、变得圆满而不断地钻研。”

会场内变得鸦雀无声，吾郎余音绕梁的话语深深感动了在场的每个人。

“教育永无止境。很多人仰望着那不够圆满的半途之月，满心忧虑又在不懈努力。我想借此机会向他们表示由衷的敬意。此外，在今后瞬息万变的日本社会里，无论是官是民，那些为了完善教育而尽心竭力的战士，祝愿他们的精神能永远传承下去。希望这份祝福能代表我对诸位的感谢之情。”

不够圆满的半途之月。仿佛所有人都在默默地仰望着它的光芒，吾郎的发言结束后会场被瞬间的寂静包围了，随后便响起了雷鸣般的掌声。走下舞台之前，吾郎向台下的来宾深深地鞠了一躬。

“这场宴会太棒了。”

“不愧是大岛老师，来值了！”

“可也不至于说成是无聊笑话的纪念派对吧……”

满面笑容的来宾三五成群地散去了，只有一郎还沉浸在宴会的余韵中，久久不愿离去。

外公关注教育新浪潮的心情，外婆与疾病抗争时的样子。第一次听到这些，他百感交集。原来外公是那样看待新月活动的。外婆放弃圆满的时候，难道不是已经圆满了吗？各种想法毫无头绪地冒了出来，搞得他的脑袋跟火烧似的发热。

一郎随着离场的人一起走到室外，想给脑袋降降温。

他想走出华丽吊灯的光芒，在月光下吹吹初夏的风。抬头仰望天空，可月亮正巧被云遮住了。

如层层薄纱般的云朵背后勉强还能透出一圈光晕。只是不清楚究竟是新月、半月还是满月呢——

“一郎？”

一郎出神地望着天空，忽然听到有人叫自己的名字吓了一跳。

回头一看，身穿白色连衣裙配米色风衣的阿里就站在自己面前。

“阿里？”

阿里为什么会在这儿？她今天晚上不是去庆祝学姐乔迁了吗？

一郎很意外，脑子一时没转过来。阿里耸耸肩笑了。

“心里还是放不下，就跑来了。”

“没事儿吗？”

“读了自传之后，无论如何都想见见一郎的外公。”

本来想出来冷静冷静，结果阿里一句话又把一郎心里的火点燃了。

阿里想见外公。一郎想立刻就带她过去，他想把这个女孩介绍给外公。

“跟我来！”

他跟随着内心的冲动，拉起阿里的手逆着人流穿过了会馆的大门，等不及电梯就直接跑上了三楼。

众人已经散去的大厅内不见吾郎的身影，一郎又急匆匆地朝休息室去了。

“外公！”

他用力推开屋门，桌上摆满了鲜花和礼物，围坐在桌边的吾郎、蕗子、兰、菜菜美、修平、杏、樱——全家人都转过头来。

见他带着一个女孩突然出现，所有人都投来了惊异的目光。一郎没有胆怯，他紧握着阿里的手，朝坐在最里面正在喝茶的吾郎走去。

“外公，我想给您介绍个人……”

没等一郎把名字说出口，阿里就在一旁鞠了个躬。

“初次见面，我叫井上阿里，在新月一直备受一郎的关照。”

那落落大方的谈吐让吾郎眼里泛起笑意。

“是一郎的同事吗？”

这可不行，一郎心里一急就说走了嘴：

“我想和她结婚。”

哇啊——杏和樱发出了尖叫。大人们全都目瞪口呆，不敢相信自己的耳朵。连一郎本人都被这自己突如其来的表白吓到了。

我，刚刚说了什么？是不是用力过猛了？

无数的问号在房间里乱飞，只有吾郎和阿里两个人始终保持淡定，静静地交换着目光。

“我外孙是这么说的。”

“结婚的事我也是第一次听他说，不过我们确实相处得很愉快。”

“是吗？那我这个外孙就要拜托你多多关照啦！”

“嗯，我们彼此关照。我这么说可能太自以为是了，拜读了您的《新月》，感觉一郎和外公有些地方很像。”

“啊——这可真是奇妙的缘分哪。”

“嗯？”

“我看到你的时候也觉得很像某个人。”

吾郎眯起眼睛，会心一笑。

后 记

我写作本书时得到了多方协力。

有关私塾的取材，得到了ICHISHIN HOLDINGS株式会社的下屋俊裕社长、YGD学校的山田彻雄校长、原山田义私塾的山田圭佑校长、儿童文学作家芝田胜茂先生、给我提供宝贵资料的株式会社私塾界的山田未知之社长、松本晃先生、鸠田真贵先生和松本晓先生的帮助。有关学习援助活动的取材，得到了NPO法人孩子之门的代表渡边由美子女士和诸位教师的帮助。是这些人，让我感受到了那个曾经如遥远朦胧的月影般的“教育”世界的热度。我要借此机会向他们表示深深的谢意。

此外，还要衷心感谢为我提供充满怀旧感的谷津游乐园信息的山岸直孝先生，从准备写作开始一路陪我走来的集英社的稻野努先生、栗原佳子女士、伊藤亮先生、武田和子女士及城裕也先生。

本书纯属虚构，我本人对作品承担所有责任。

森绘都

主要参考文献

[1] 神保哲生、宫台真司等著，格差社会という不幸（《贫富差距的不幸》），春秋社

[2] 苅谷刚彦、山口二郎著，格差社会と教育改革（《贫富差距与教育改革》），岩波Booklet

[3] 佐藤勇治编，学習塾百年の歴史——塾団体五十年史（《学习塾的百年历史——私塾团体五十年史》），全日本学习塾联络会议

[4] 齐藤贵男著，機会不平等（《机会不平等》），文艺春秋

[5] 山本由美著，教育改革はアメリカの失敗を追いかける——学力テスト、小中一貫、学校統廃合の全体像（《教育改革追赶美国的失败——学力测试、中小学一贯制、学校合并与撤销的全貌》），花传社

[6] 苏霍姆林斯基著，索洛韦伊奇克编，福井研介、伊集院俊隆、川野边敏译，教育と教師について（《关于教育和教师》），新读书社

[7] 苏霍姆林斯基著，笹尾道子译，教育の仕事（《教育的工作》），新读书社

[8] 神保哲生、宫台真司等著，教育をめぐる虚構と真実（《围绕教育的虚构与真实》），春秋社

[9] 森口秀志编，教師（《教师》），晶文社

[10] 远山启著，競争原理を超えて——ひとりひとりを生かす教育（《超越竞争原理——发挥个体特质的教育》），太郎次郎社

[11] 月刊私塾界（《月刊私塾界》），私塾界

[12] 佐古田好一、河野干雄编，子どもを伸ばす生活綴方（《有益于孩子的生活写作法》），青木书店

[13] 丰田正子著，山住正己编，新編　綴方教室（《新编 作文教室》），岩波文库

[14] Leonard J. Schoppa著，小川正人监译，日本の教育政策過程——1970～80年代教育改革の政治システム（《日本的教育政策进程——70～80年代教育改革的政治体系》），三省堂

[15] 冈本薰著，日本を滅ぼす教育論議（《灭绝日本的教育讨论》），讲谈社现代新书

[16] 小森健吉、南泽贞美、室井修著，人間教育の省察（《人性教育的自省》），法律文化社

[17] 寺脇研著，文部科学省——「三流官庁」の知られざる素顔（《文部科学省——“三流官厅”不为人知的素颜》），中公新书La Clef

图书在版编目（CIP）数据

追逐新月的人 /（日）森绘都著；黄晔译 . -- 上海：上海文艺出版社，2019.11

（读客外国小说文库）

ISBN 978-7-5321-7388-4

Ⅰ . ①追… Ⅱ . ①森… ②黄… Ⅲ . ①长篇小说 - 日本 - 现代 Ⅳ . ① I313.45

中国版本图书馆 CIP 数据核字（2019）第 207969 号

责任编辑：冯　凌
特邀编辑：宋　琰　　叶启秀
封面设计：陈艳丽

追逐新月的人
［日］森绘都　著
黄　晔　译
上海文艺出版社出版、发行
地址：上海绍兴路7号
电子信箱：cslcm@publicl.sta.net.cn
网址：www.slcm.com
新華書店经销　三河市龙大印装有限公司印刷
开本 890毫米×1270毫米　1/32　16印张　字数 336千字
2019年11月第1版　2019年11月第1次印刷
ISBN 978-7-5321-7388-4/I.5875
定价：65.00元

如有印刷、装订质量问题，
请致电010-87681002（免费更换，邮寄到付）